無間繚乱

秋山香乃

徳間書店

無間繚乱

目次

登場人物

藤原彰子　藤原道長の長女。一条天皇に入内、中宮となる。
藤原定子　藤原道隆の長女。一条天皇の中宮となるも彰子の入内で皇后と号する。

藤原道長　藤原兼家の五男。内覧、左大臣を経て摂政となり、天皇の外戚として権力を振るう。
藤原兼家　道長の父。一条天皇の即位時に摂政となり、のち天皇の元服を機に関白となる。
藤原道隆　兼家の嫡男。定子の父。父の病により関白となり、ついで摂政となる。
藤原道綱　兼家の次男。
藤原道兼　兼家の三男。道隆の死後、関白となる。
藤原詮子　兼家の次女。道長の姉。円融天皇の女御。一条天皇の母。
藤原伊周　道隆の嫡男。定子の兄。父の引き立てにより内大臣となるが道長と対立、長徳の変で失脚。
藤原隆家　道隆の四男。権中納言に任ぜられるも、兄・伊周とともに長徳の変で失脚。
源倫子　道長の妻。彰子の母。
高階貴子　道隆の妻。定子の母。
藤原行成　権大納言。一条天皇の蔵人頭。

清少納言　歌人・清原元輔の娘。才気煥発。定子のもとに女房として出仕。
紫式部　花山天皇の副侍読・藤原為時の娘。文学の才を発揮し、彰子の女房として出仕。
安倍晴明　陰陽師。陰陽寮に属する天文博士。並外れた才能を持ち畏怖される存在。

円融天皇　第六十四代天皇。一条天皇の父。
花山天皇　第六十五代天皇。冷泉天皇の第一皇子。長徳の変で伊周・隆家兄弟と敵対。
一条天皇　第六十六代天皇。円融天皇の第一皇子。
居貞親王　冷泉天皇の第二皇子。従弟・一条天皇の東宮となり、のち第六十七代三条天皇となる。
敦康親王　一条天皇の第一皇子。母は定子。異母弟の敦成親王の立太子により、親王のまま薨去。
敦成親王　一条天皇の第二皇子。母は彰子。三条天皇の皇太子。のちの第六十八代後一条天皇。

装画　甲斐千鶴
装丁　鈴木俊文
（ムシカゴグラフィクス）

序章

第六十六代一条《いちじょう》帝の辞世の句を、内覧並びに左大臣の藤原道長《ふじわらのみちなが》は、

「露の身の　草の宿りに　君をおきて　塵《ちり》を出でぬる　ことをこそ思へ」

と書き留め、帝《みかど》に親しく仕えた権大納言藤原行成《ふじわらのゆきなり》は、

「露の身の　風の宿りに　君をおきて　塵を出でぬる　事ぞ悲しき」

と記した。

道長は歌の中の「君」は中宮彰子《あきこ》を指すのだと解したが、行成は違った。皇后定子《さだこ》を詠《よ》んだ言葉だと、日記『権記《ごんき》』に確信をもって綴《つづ》った。

実際は、千年以上過ぎた今も、意見が割れておぼつかない。

定子はこの十一年前に崩御しており、彰子は生きて帝を看取った。

定子の辞世の句は、次の通りだ。

「煙とも　雲ともならぬ　身なりとも　草葉の露を　それとながめよ」

露をわたしと思ってながめてください、と残された人にこいねがっている。

これに対し帝は、

「野辺までに　心ばかりは　通へども　わがみゆきとも　知らずやあるらん」

帝ゆえに葬儀に参列することの叶わぬ身だが、心だけでもあなたの傍に行幸しましたよ。お気付きになりませんかと返し、慟哭《どうこく》を露わにした。

このやり取りを見る限り、「露」は定子である。だが、「君をおきて」の部分に注目すると、置いていかれる立場にいるのは、彰子である。

いったい、死ぬ間際に一条帝が呼びかけた「君」とは、だれなのだろうか。

第一章　彰子

一

時の権力者藤原道長《ふじわらのみちなが》の大姫彰子《おおひめあきこ》は、入内《じゅだい》を明日に控え、憂鬱《ゆううつ》な気分を持て余していた。

長保《ちょうほう》元（九九九）年十月つごもり。

まだ数えで十二歳。

平安の世になってから今日に至るまで、定子《さだこ》の記録を塗り替えて、自分がもっとも年若いキサキになるということも、彰子の気を重くしている。それだけ強引な入内である証《あかし》だからだ。

この年齢で従三位《じゅさんみ》。彰子という馴染《なじ》まぬ名は、今年の桃の花が咲き誇る中、裳着《もぎ》の儀を済ませた直後に大姫に与えられたものだ。

はっきりとあらわれるという意味の「彰」に美称《びしょう》の「子」が付いた新しい名は、「これから時代は大きく変わるのだ、今上《きんじょう》の後宮はわが娘彰子が取り仕切るのだ」と、道長が宣言したようなものだ。

それはとりもなおさず、今上・諡号一条《しごういちじょう》天皇が寵愛《ちょうあい》する中宮《ちゅうぐう》定子をどんな手を使っても退《しりぞ》け、娘の彰子を第一の寵妃《ちょうひ》となし、その男君を皇位につけようとする強い意志の表れでもある。

定子は今、二人目の子を身ごもって、平生昌邸《たいらのなりまさ》三条院にて出産に備えている。三年前に生んだ最初の子は姫君で、名を脩子《ながこ》という。母后《ぼこう》によく似た内側から光り輝くような姫君なのだと、彰子は聞き及んでいる。

二人目は皇子が生まれるかもしれない。男君なら、今上帝の第一皇子となる。定子はただのキサキではなく后《きさき》（中宮）だから、よほどのことがない限り、末は東宮《とうぐう》として立つだろう。后の生んだ第一皇子を差し置いて、弟君が東宮に即《つ》いたことなど、律令《りつりょう》の世ではまだ一度もないのだ。

ゆえに、道長は強い焦燥《しょうそう》に駆られている。彰子の入内を急いだのも、一刻も早く定子を中宮の座から引きずり下ろし、我が娘彰子を中宮職に就けてしまおうと画策しているからに他ならない。

彰子の生んだ男君こそ後の帝《みかど》に――。

これは願いなどという生易《なまやさ》しいものではない。そういう未来を、道長は決めてしまっている。この男の望みは、目標なのだ。実現させるために、あらゆる人を動かし、慣例さえ変え、新たな道を作る。

彰子は道長の娘に相応《ふさわ》しい頭脳で、大人の世界を垣間見《かいまみ》る。父が何をしてきたか、今後何をしようとしているか、すべてはわからぬまでも薄々知っている。

だから此度《こたび》の入内も辛《つら》いのだ。

（私は……主上《しゅじょう》が全身全霊を賭けて一途に愛するお方を、地獄に引きずり落とそうとする敵役なのだ……）

十二歳の少女の胸は、その事実だけで押しつぶされそうだった。生まれて十一年弱。まだ綺麗《きれい》なものだけを見ていたい年頃だ。純粋なままでいたいし、醜い心に喘《あえ》ぎたくもない。罪を、背負いたくない。

誰だって幸せになりたい。

(誰かの幸せを壊して、その人の居場所だったところに居座って、それで幸せになれるというの)

やらなければやられる世界だと、父も母も繰り返し彰子を諭す。甘い考えは、命取りでしかない。眼前に伸びる権勢への道に彰子が怯《ひる》めば、一族の衰退を招き、今の定子のように転落の一途を辿《たど》るのだと。

「よき例があるのだから、我々は道を踏み外してはならない」

道長は、雛遊《ひなあそ》びに興じていてもおかしくない年頃の娘を相手に、鋭く言い聞かせてきた。

彰子は、耳を塞《ふさ》ぎたいのを我慢して、そんなときは真っ直ぐに父を見つめ返す。口答えをしたことはなかったが、はっきりと頷《うなず》いたこともなかった。

「中宮は、甘く弱かった。だからあの事件の時に、主上をお見捨てになり、出家などという愚かな道を選んだのだ。もっともそのおかげで、そなたが中宮に上れるやもしれぬ隙ができたのだがな」

そう機嫌よく笑む父を前に、彰子は口角を上げた表情を保ったまま、曖昧《あいまい》に小首を傾げてその場をやり過ごした。

(幼すぎて、私には何が本当に良いことなのか、わからない。されど……ああいう時の父上のお顔はひどく醜い……）

外は雪が降っているらしい。部屋のあちらこちらに火は熾《おこ》してあったが、止めようのない冷気が御簾《みす》の隙間から忍び込み、肌に纏《まと》わりつく。

冬に生まれたからだろうか、彰子はひやりとした底冷えする空気も、罪を覆い隠すようにすべてを白く変える雪も、嫌いではなかった。

にゃあ、にゃあ、と子猫が煩《うるさ》く鳴いている。尖《とが》った小さな爪を立て、袴《はかま》や小袿《こうちぎ》に引っかき傷を作りながらよじ登ってくるのを、彰子は抱き上げた。笑えるほど胴が伸びる。

ピーッ。

自由を奪われた子猫が、下手糞《へたくそ》な笛のような声をあげ、小さな体をよじった。

まだ生まれてひと月半ほどの雌の真っ白な子猫である。瞳の色が左右別で、右が空色、左が金色だ。

数日前、帝に賜ったとかで、道長が連れ帰ってきた。

「主上はたいそうな猫好きでな、先月の十日過ぎに生まれたうちの一匹を、そなたの入内と共に宮中に連れ戻す約束で、ようよういただけたのだよ」

などと言っていた。

内裏で子猫が生まれた話なら、彰子も知っている。

（出産は不浄で「穢《え》」となるはずなのに）

生まれて数日たった先月の十九日に、国母且《か》つ女院詮子《あきこ》（道長の姉）と左大臣道長、右大臣藤原顕光《あきみつ》ら三人が、勅命で産養《うぶやしない》を行ったため、「奇怪なこと」として噂《うわさ》が駆け巡ったからだ。

産養とは、一日おきに出生の祝いの宴を行う儀式のことだ。一日目が女院、三日目が左大臣、五日目が右大臣、最後の七日目には帝自身が宴を主催した。

猫を相手に、国家の最高権力者たちが大真面目に祝いの宴を張ったのだから、こんなおかしな話を世間が黙っているはずがない。高貴な者もそうでない者も、都に住む者たちはみな、この一件を面白おかしく騒ぎ立てた。

噂と言えば――。

猫事件の三ヶ月前の六月、内裏は火事に遭って燃えた。人々は帝の住まいが焼け落ちた原因は、中宮定子にあると非難した。

兄弟の失脚を機に落飾したはずの定子が、いまだ大内裏に出入りして帝と睦まじく過ごしている。さらに、子まで孕《はら》んだ。度を越えた帝の寵愛に甘えてすがる定子の浅ましさが、火事を招いたのだ、ということらしい。

だが、彰子は知っている。悪評を流したのは道長・倫子《みちこ》夫妻や彰子に仕える者たちだ。

まずは、文章博士《もんじょうはかせ》の大江匡衡《おおえのまさひら》を、帝の側近蔵人頭《くろうどのとう》の藤原行成のもとに行かせた。匡衡は、倫子の女房である赤染衛門《あかぞめえもん》の夫だ。

出家した則天武后《そくてんぶこう》が高宗の偏った愛で皇后となり、その結果、唐は乗っ取られて周となった故事を引き合いに、

「不吉なことです。出家した者が後宮に戻ったために起こった天罰でしょうか」

と行成に吹き込んだ後、複数の者たちを使って一斉に噂をばらまいた。

後ろ盾を失い罪人の家族となって一度は宮中を去った定子を、なんとか取り戻そうとあがく帝に、この噂は追い打ちをかけた。自分が愛すれば愛するほど、最愛の人は貶《おとし》められていく。精神的にもぎりぎりだったろう帝が、ふいに行った奇行が、猫の産養だったのだ。

賢帝と誉れ高かったはずの帝は、猫に五位を授け、殿上人とし、乳母まで付けて養育を始めた。

(主上は病んでいるのだろうか)

彰子は、この話を耳にしたとき不安を覚えた。まさか、その子猫のうちの一匹が、自分の手元にくるとは思わなかった。

「この猫も五位なのですか」

父にまっさきにそう尋ねたところ、道長はこともなげに「そうだ」と頷いた。

「子猫は二匹生まれてな、そのうちの一匹は帝ご自身の元で『命婦《みょうぶ》のおとど』と名付けられ、宮中にてのどかに暮らしておる。そしてもう一匹がこの猫だ」

「こんな小さな子猫、私に育てられましょうか」

「なあに、案ずることはない。うちでも乳母を付けてやろう」

父の言葉に眩暈《めまい》を覚えた彰子は、

「なぜもらってきたのですか」

少し非難がましい声を上げた。

「主上は御年二十歳になられる。十二のそなたの相手は、さぞ戸惑われるに違いない。その点、愛猫がいれば喜んでお通いになるやもしれぬ」

さすがに彰子は衝撃を受けた。

（つまり父上は、私自身の魅力が猫以下だとおっしゃりたいのですね）

もちろん、そのときも顔には出さず、曖昧に微笑んだ。

彰子は悩んだ末、子猫を白峰《しらみね》の君と名付けた。

猫以外にも、帝の気を引けそうな調度品を嫁入り道具として、道長はあれやこれや厳選し、入内までに取りそろえた。

小櫛《おぐし》の箱から几帳《きちょう》まで、どれをとっても通り一遍の物などない。見事な蒔絵《まきえ》を施してあったり、唐物の珍しいものだったり、ため息の出そうなものばかりだ。

ことに今日の夕刻に仕上がったばかりの四尺屏風《びょうぶ》は、醍醐《だいご》・村上《むらかみ》両帝に仕えた宮廷絵師の故飛鳥部常則《あすかべのつねのり》の描いた花鳥風月に、当代の院や公卿《くぎょう》らが詠んだ歌を、三蹟《さんせき》の一人である行成が色紙形に記したもので、道長の権力がなければ用意できるはずもない逸品だった。

もっと言えば、道長の要請に応じた貴人たちの一覧が、屏風を見れば一目でわかる仕掛けになっている。優美で珍しいだけの屏風ではない。実に政治的で、見る者にとっては背筋の凍る代物でもあるのだ。

（こんな前代未聞の品を生み出した父上の権力の大きさを誇示し、幼い私にもこの屏風に名のない公卿らは警戒せねばならぬ者たちだと無言のまま教え、恐れ多くも主上への牽制《けんせい》にもなる煌《きら》びやかな屏風……）

ここに名の書かれた者たちを敵に回してもなお、彰子より何の後ろ盾もなくなった定子を厚遇するのかと突き付けられた帝は、胸を押しつぶされるような思いで屏風に見入るに違いなかった。

さらに書を好む帝の気を引くために、目を瞠《みは》る装飾を施した厨子《ずし》に、一冊一冊道長自身が吟味した書を集め入れている。

これは彰子自身も、心が躍った。読書は、着飾るよりずっと好きなのだ。

当世一の絵師で、今上の「天下の一物」と言わしめた巨勢弘高《こせのひろたか》に歌絵を描かせ、優美な行成の手で古歌を綴った冊子は、何度捲《めく》っても、胸が高鳴る。

（一年くらいは熱心にお通いになられることでしょうね。……書物のもとに……）

彰子は抱きあげた子猫のふわふわとした頭の毛に頬ずりをした。

ほうっと溜息《ためいき》が起こった。床几《しょうぎ》の内側に控えていた古参の女房が漏らしたものだ。

「まるで一枚の絵のような……」

と感嘆の声を零す。彰子が愛おし気に子猫をあやす姿の滅多にない美しさに、目も心も奪われたのだと、女房は主張しているのだ。

本音はどうなのかはわからない。ただ、女房達は、日に何度も自分の主をほめそやす。

またか、と辟易《へきえき》したが、「絵のような姿」になるように、彰子自身も常に指先の動き一つにも気を配っているのも事実だった。母の倫子に、「常に絵になるような場面を作り出していきなさい」と教わってきたからだ。「その積み重ねが、優美な女を生み出すのですよ」と。

女房たちが評判を立てやすくなるよう、印象深い姿を見せてやることが、生まれた時から「后がね」として育てられる娘の務めであった。

彰子は、部屋の隅に溜まる闇より濃い漆黒の艶《つや》やかな髪を波打たせ、溜息を吐いた女房の方へ振り返ると、にっこりと微笑した。

二

十一月一日、彰子は予定通り入内した。

戌《いぬ》の刻に、彰子のいる西京の大蔵録太秦連理《おおくらのさかんうずまさのつらまさ》宅に勅使が送られ、出立する。連理の屋敷にいたのは入内の方違《かたたが》えのためで、先月二十五日に居所である土御門第《つちみかどてい》から移っていた。

この日のために集めた見目麗しく教育の行き届いた女房や女童、下仕えの者たちが、それぞれ四十人、六人、六人と、華やいだ装束を身に着け、彰子の乗った車に付き従う。目を瞠る供の数だが、道長は彰子を前例としてこれ以降入内する娘たちにはみな、同数の供を用意した。

さらに道長の呼びかけで彰子には、上達部《かんだちめ》らの有志が数多く参列した。

彰子は女房に命じ、大人びた化粧を施した。今日のために伸ばした髪は、立つと床に届いてからなお五、六寸ばかりも長く、大人の女と遜色《そんしょく》ない。豊かな上に漆黒なのに光を反射して照り輝き、塗り込んだ香油の良い香りが仄《ほの》かに匂い立つ。

内裏に着いたのは亥《い》の刻になる少し前だった。宮城門から輦車《れんしゃ》に乗り換え、いっそう供の者を増やし、仰々しく車寄せまで進む。

この内裏は本来のものではなく、六月の火事に伴って新たに遷御した里内裏の一条院である。別名、今内裏と言う。

院内では、北対を帝の住まう清涼殿《せいりょうでん》と定め、最も通いやすい北二対（北殿）に中宮定子の曹《ぞう》司《し》、西対の北西の廂《ひさし》にほかの二人の女御である元子《もとこ》と義子《よしこ》の曹司を置いている。彰子には、東北対が与えられた。

もし内裏が焼けていなければ、後宮七殿五舎のうち、定子は登華殿《とうかでん》、元子は承香殿《じょうきょうでん》、義子が弘徽殿《こきでん》、そして彰子には飛香舎《ひぎょうしゃ》（藤壺《ふじつぼ》）が割り当てられたはずだった。

入内したものの、帝はその日、彰子の元に渡ってこなかった。よほど好色な男でもない限り、十二歳の少女と体を重ねようとは思わないだろう。だとすれば物語などして過ごすしかないのだが、二十歳の帝からすれば彰子と時を過ごすということは、子守を強いられるような辛さがあるに違いない。

だからこその書物だが、それも直に目にしてもらわなければ、魅力は伝わらない。

彰子は入内に付き添った母の倫子と共に、寝所である母屋《もや》の中央に設《しつら》えた幅八尺四方の御帳《みちょう》に隠れ、

「帝はお前をお忘れなのか。ねえ、白峰や」

子猫の白峰の君の背を撫《な》でながら、外に聞こえぬほどの声で呟《つぶや》いた。

「もう夜も遅いことですし、さすがに今夜は……」

倫子が愛娘の髪を整えながら、お渡りにならなくても当然だと諭すように慰める。

簀子《すのこ》では、さっきまで付き従ってくれていた上達部らに道長が酒を振舞っていたが、その客人たちも帰ってしまい、濡羽色《ぬればいろ》の静寂が帳《とばり》を下ろしていた。

いつもは宿直の女房のお喋《しゃべ》りが、ひそひそとした声音で漏れ聞こえてくるものだが、この日はそれもない。

（ずいぶんと寂しい入内だこと）

父の設えた準備が華々しければその分だけ、空々しさが募っていく。

翌日も、帝のお渡りはなく、文《ふみ》すらない様に、倫子が悔し気に顔を歪《ゆが》ませた。それでも口に出して文句を言わないのは、彰子の年齢があまりに幼い後ろめたさからだろう。

(主上は私の年齢を逆手に取っておられる。権力者の掌におわす主上の、これはささやかな抵抗なのだ)

体を重ねられる年頃の娘だったなら、道長もこの状況を黙っていなかったろう。だが、十二歳のキサキでは、あまり強く出られない。

彰子自身、無理強いせぬようにと道長を引き留めている。

(今はただ、憎まれなければいい。私は敵役として入内したのだから、中宮様のように愛されることはないかもしれない。けれど、かまわない。人と人との繋《つな》がりは愛だけではないのだもの)

「女御の宣旨もまだない、身の定まらぬ姫を置いて、母はもう明日には帰らねばなりません」

倫子は不安気に彰子を見つめた。本当は帝と共に過ごす娘の姿を目に焼き付けてから、ここを去りたかったに違いない。が、倫子は今、道長の子を身ごもっている。来月にも出産予定の、無理のきかぬ体である。

「私は大丈夫でございます。それよりも母上はご自身のお体をお労りになってください」

彰子は自分の弟か妹の入った倫子の腹をそっとさすった。三十六歳の高齢出産に、彰子は母の身が心配だった。

それにしても父と母は仲が良い。そのことは彰子を嬉《うれ》しくさせる。

宇多《うだ》帝の血を引く倫子も、自分と同じように元々は帝に嫁ぐべき后がねとして育てられた姫君なのだと、彰子は聞いている。だから、家格の低い道長が娘に求婚したとき、倫子の父、当時左大臣だった源雅信は烈火のごとく怒ったらしい。

「母上はどうして主上ではなく、父上をお選びになったのですか」

彰子は尋ねた。

時の権力者となったばかりの藤原兼家《かねいえ》を父に持つとはいえ、五男。道長は兄たちの陰でいいように使われながら生きていくしかない立場だった。官職も少納言に過ぎない。よほどの奇跡が起きない限り、ぱっとしない人生を送るだろう男を、父親の反対を押し切ってまで、母はなぜ選んだのか。

これまでずっと聞いてみたかったものの、なんとなく後回しになっていた疑問だった。

「母上には、父上が今のように時の人になる未来が、見えていたのですか」

一度尋ねると矢継ぎ早になった。倫子はくすりと笑う。

「まあまあ、落ち着いて。夜は長いのだから、ゆっくりお話ししましょう」

「いいえ。母上は夜更かしなどなさってはいけませぬ。じゅうぶんにお休みにならなければ、お体に障りますもの」

そうね、と倫子は彰子の頬にそっと触れた。

「けれど明日には退出するのだから、姫と少しでも長く語らっていたいのですよ。日頃は無口な姫が、こんなに話しかけてくれるなんて。身重でなければ、膝枕をして、うんと甘やかしてあげたい」

これからは厳しい道を歩むのだから……という母の飲み込んだ言葉が、彰子には聞こえた気がした。

明日からのことを考えると、彰子も本音は甘えたかった。末は国母となれるよう、大人びた思考を道長によって訓練されてきたとはいえ、しょせん十二歳に過ぎない。彰子は噴き上がりそうになる子供らしい気持ちをぐっと抑え、笑みを作った。

「膝枕なら、私がして差し上げます」

「えっ」

「思い出を作りましょう。さあ、母上」

彰子がぽんぽんと自分の膝を叩く。倫子は躊躇《ためら》いながらも、娘の膝に頭を乗せて横たわった。

思い出を作りましょうと彰子が言わなければ、遠慮したはずだ。

昨日とは逆に、娘に頭を撫でられながら、倫子はぽつりぽつりと語りだした。

「確かに私は后がねとして入内するために育てられました。私と年齢があう主上はお一人しかいなくて、それは先の帝（花山院《かざん》）になります」

「あっ」

彰子が声を上げたのは、花山院の御代がたった二年で終わってしまっていたからだ。倫子は入内したくとも、機会を失ってしまったのだ。

終わらせたのは、東三条の大臣《おとど》兼家（当時右大臣）とその子らだ。この事件を寛和《かんな》の変という。

兼家は、安和《あんな》元（九六八）年に大姫超子《とおこ》を冷泉《れいぜい》帝へ、天元《てんげん》元（九七八）年に二の姫詮子を円融《えんゆう》帝に女御として入内させ、栄華への足掛かりを作った。

超子は現東宮である居貞親王《おきさだしんのう》（後の三条天皇）を、詮子は今上帝（一条天皇）を生み、兼家は皇位継承権を持つ二人の皇子の外祖父となった。

だからこそ、外戚関係のない花山帝は邪魔だったのだ。在位期間は短ければ短いほど都合がよい。とはいえ、花山帝が即位したのは十七歳の時。この先、数十年在位してもおかしくない若さである。兼家は待てなかった。

最愛の女御を、妊娠中に己の過失で亡くして苦しむ花山帝に、

「どこまでも御供いたします」

と三男の道兼《みちかね》に出家を勧めさせた。道兼は蔵人として花山帝の側近くに常に侍っていたのだ。共に出家をして仕えるという道兼の言葉を真に受けた花山帝は、誰かに引き留められぬように真夜中、月が雲に隠れた闇に乗じ、大内裏をこっそりと抜け出した。道兼と共に東山の花山寺（元慶寺）を目指して馬を駆った。

最初に異変に気付いたのは自宅にいた陰陽寮《おんようりょう》天文博士の安倍清明《あべのはるあきら》で、宮中に知らせるために式神を飛ばした。だが、この時にはもう、兼家の嫡男道隆《みちたか》と次男道綱《みちつな》らが神器を東宮御所へと移し、内裏の門を閉ざした後だった。五男の道長は、この夜の異変を時の関白藤原頼忠《よりただ》に伝える役を担った。つまり道長は、使者の役目は務めたが、事件そのものには関与していない。

このあとすぐに、花山帝に代わって七歳の今上（一条天皇）が即位し、兼家は晴れて帝の外祖父として摂政になった。七歳の即位は、平安朝始まって以来の最年少である。政《まつりごと》は兼家が采配し、朝廷の人事は一新された。

ちなみに定子は道隆の大姫で、この四年後に十一歳の今上に十四歳で入内している。彰子が入内したのは、定子入内から九年後の話であった。

定子はこの九年の間に栄華を極め、彰子の父道長の計略で没落した。

彰子は、どれだけ打ちのめされているか知れぬ傷心の定子にとどめを刺し、その地位を奪ってなりかわるため、道長が送り込んだキサキである。

「それでは……」

と彰子は母倫子の顔を覗《のぞ》き込み、言葉を続けた。

「父上の一家が、直接ではないにしろ。母上の入内を阻んだようなものなのですか」

「それは少し違うのよ。あのまま先の帝（花山帝）が在位していても、私自身はあの方の元へ行くというのは、とてもじゃないけれど考えられなくて……」

入内する気なら、在位二年の間にとっくにそうしていたと倫子は小さく肩をすくめる。

「なぜ」

「少し……奇行が目立っておいでだから」

倫子は言葉を濁した。

奇行と聞いて彰子の頭に真っ先に浮かんだのは、一条帝が猫に行った産養だ。二人の横でぽっこりと膨らんだ腹を天に向け、どうしたことか足をぴんと伸ばした格好で眠っている子猫の方へ、彰子は視線を走らせた。

娘が何を思い浮かべたのか察した倫子は、

「そんなお可愛らしい御行いではあらせられず、姫のようにお若い方には口にするのもはばかれることですよ」

倫子はこれ以上、教えてはくれなかった。後で女房たちに尋ねて彰子が聞いた話では、さもありなん。母親が年若い娘に話すには、品がなさすぎる内容だった。

花山帝は太極殿で行われる即位の儀の最中、屋根と帳で中が人々から見えぬよう設えた玉座・高御座《たかみくら》の中に、女を無理やり連れ込んで犯したということだ。即位式のために身に着けた冠と帯に飾られた玉が、帝の動きにあわせてぶつかり合って鳴る音が、まるで鈴の音のようだったという。

雲上人たちは、空しく鳴り続ける高い音を聞きながら、何も気付かぬ顔で粛々と儀式を進行させた。

倫子が、こんな帝に嫁ぎたくないと頑として嫌がった気持ちが、彰子には手に取るようにわかった。

とにかく母は入内を拒み、そうこうするうちに現れたのが、父親が激高するほど身分の釣り合わぬ道長だったということだ。

「毘沙門天王のようなお顔を拝見して、この方は常人とは違う勢いがあると感じたのです。私の一生をお賭けしようと決意して、父上のお許しを待たずに母上のお力添えのもと、三日夜《みかよ》の餅《もちい》の儀（婚礼の儀）を行いました。そしてすぐに貴女《あなた》を身ごもったのですよ」

倫子は愛おし気な面差しで起き上がり、彰子をそっと抱きしめた。

「まあ」

彰子は頬を熱くしながら、意外な父母の情熱的な馴れ初めに胸をときめかした。二人は困難を乗り越え、親の反対を押し切って結ばれたのだ。

その後、倫子が道長をよく支えたのは有名な話だ。道長の出世に、倫子の気配りや渡世術は欠かせない要素の一つだ。

「母上はお幸せですか」

との問いに、

「ええ、とても」

迷わず答えた母に、なぜだか彰子の胸は熱くなり、少しだけ泣きそうになった。

御帳の中で母子水いらずに語り明かしたこの日のことは、彰子にはかけがえのない思い出となった。この後、父道長と対立するたびに、今日の母を思い起こし、

(父上とて、鬼というわけではあるまいよ)

幾度も自身に言い聞かせ、歩み寄ろうと苦心することになる。

入内三日目、倫子は宮中から退出した。時折様子を見に、道長が曹司を訪ねてくるものの、帝のお渡りがないまま日を過ごし、彰子の寂しさは言葉では言い表せないほどだった。

三

十一月七日、卯《う》の刻。

中宮定子が一条帝の第一皇子敦康《あつやす》を出産した。

知らせを聞いた彰子は、漏れそうになる嘆息を呑みこんだ。几帳で隠された彰子の姿を見られる女房は多くないが、それでも側近くに仕える者たちが注目している。こんなとき、自分の女主はどういった反応を見せるのか——と。

彰子は微笑を作り、

「それはまことにお目出度いこと」

朗らかな声で言い切った。幼すぎて、まだそのことの意味が正しく理解できていないのではないかと、勘ぐる者もいたはずだ。そのくらいあどけなく彰子は振舞った。

本音は、ややこしいことになったと暗澹たる気持ちだ。彰子が子を成せる年齢に達するまで、あと何年もかかる。

そんな中、一条帝より年上の東宮・居貞親王の皇子敦明《あつあきら》皇子は、すでに六つを数える。敦明皇子の母は、宣耀殿《せんようでん》の君・藤原娍子《すけこ》で、父は亡き藤原済時《なりとき》。道長や彰子とは何の血の繋がりもない人物だから、いわば敦明皇子も邪魔者の一人である。

彰子の、生まれるか生まれないかわからぬ男君は、それら二人の皇子と、年齢的に圧倒的不利な中、帝の座を争わねばならない。

(父上は、中宮様の御産みになった一宮様を煙たく思いながらも、私の息子が生まれるまでは、敦明皇子を退ける当面の盾として利用なさるだろう)

生かさず殺さず、微妙に庇護《ひご》しつつ、利用するだけ利用して、いらなくなったらどんな手を使っても排除する。もし、彰子に男児が生まれねば、一宮敦康を手駒として帝位につけ、完全な傀儡《かいらい》の帝と成すはずだ。そうする一方で、六歳になる彰子の妹が年頃になったとたん、次期帝となることが決まっている居貞親王に嫁がせるのだ。妹に男児が生まれれば、一宮敦康は用済みとなる。

道長のやり口を近くで見ながら育った彰子には、定子と敦康母子の未来は暗いものにしか思えない。

（姫君を御産みになった方が、ずっとお幸せだったろうに）

物思いにふけっていると、朝のうちに勅使藤原行成が参上した。廂の間に控えていた道長は、上座を作って彰子と共に迎え入れる。

「従三位藤原朝臣彰子を女御とする」

行成は、帝の言葉を高らかに伝えた。

わっ、と曹司中が活気づいた。

「おめでとうございます」

「おめでとうございます」

次々と女房たちが身分の高い順に彰子に祝いの言葉を述べる。

続いて行成は下座へとにじり移り、

「政務の手が空き次第、上がお渡りになられるよし。ご準備をなされてお待ちください」

帝の渡御を告げた。

いっそうの歓声が上がった。入内以来、はじめての帝のお渡りだ。泣き出す女房もいるほどだ。

道長はただちに書状を認め、藤原一族の上達部に御所の南殿の廂に集まるよう命じた。慣例に従い、共に慶賀を奏上するためである。

午《うま》の刻には道長の呼びかけに応じた者たちが集まり始め、申《さる》の刻に帝へ喜びの言葉を述べた。しきたり通り、再拝の後、両手を前に突き出して袖を併せ、左、右、左と腰ごと向き、次は片足を着いて同じことを行う、拝舞《はいぶ》の礼を取った。

いったん陣座に引き上げた一同に、

「上は今より女御の曹司に渡御あそばされるため、御所で行われるべき盃酒の饗宴は、此度は女御の藤壺にて行われる」

道長が誇らしげに宣告した。

彰子はこの間、帝を迎える準備を、女房たちを指図して整える。今春に定子が贈ってきた裳着の祝いの品、香壺に添えられていた香を、どこからともなく匂うよう空薫《そらだき》させる。

(主上はこれが、中宮様の贈られた香だとお気付きになるだろうか)

ちょっとした彰子の悪戯《いたずら》だ。

白峰の君を抱き寄せ、

「私はツンと澄ましているから、お前は愛嬌《あいきょう》を振りまきなさい」

言い聞かせた。

「まあ、何をおっしゃります。女御様も笑ってお迎えせねば」

乳母《めのと》が聞きとがめて、他の女房たちに聞こえぬよう窘《たしな》める。

「満足なされたままお返しすれば、主上は私のことなどすぐにお忘れになっておしまいであろう。傅《かしず》かれることに慣れておいでなのだから。少し引っかかるくらいの方が、人形のように大人しい子供より、きっとましに思召《おぼしめ》すはず」

「駆け引きをなさるおつもりですか」

「ずっと放られて、私とて退屈しておるのだ」

「されど感心致しかねます」

「案ずるな。子供ゆえの人見知りと思われて終わりよ。年頃の女がやれば、鬱陶《うっとう》しいだけかもしれぬがな」

帝が渡る先ぶれに、彰子はさっと御帳の中に姿を消した。

「さあさあ、朕《ちん》の女御はどちらにおいでかな」

などと呟きながら、ひれ伏す女房たちの合間を縫って、帝が母屋に入ってくる。

「ああ、これは良い香りだ」

曹司に漂う香りを楽しんだ後、帝は御帳のたれぎぬを押し上げ、伏して待つ彰子の目前に現れた。

「さあ、顔を上げて」

言われるままに頭を上げる。とたんに抱き込んでいた白峰の君が「にゃあ」と帝の前に現れた。

帝は目を見開いて、紫を帯びる至極色《しごくいろ》の瞳を輝かせる。

(綺麗《きれい》な目)

彰子の頬が熱を帯びた。

(こんな高貴な瞳は、初めて見る)

「この子は朕の子猫だね」

彰子は帝から目をそらして頷いた。

「元気そうだ」

帝はほっとした様子で白峰を抱き上げる。

「この曹司は良い匂いがするね。誰にも教えたことなぞないが、朕の一番好きな香だ」

帝は何気なく言ったのだろうが、ハッと彰子は胸を突かれた。

（たった一人を除いては誰にも教えたことがないというのか、それとも教えずともあの方だけは気付いたということなのか……。中宮様はこの香が今上の好まれる香だと知っていて、入内を前にした私に贈ってくだされたのだ）

自分を追い詰めるために後宮へ入る女に、なんと心優しいことだろう。

（滅多にないお心をお持ちというお噂は、本当なのだ）

それなら自分はいったい何をもって勝負していけば良いのか。

顔立ちもきっと定子の方が優れているに違いない。そういう噂だ。

頭もよく、学者顔負けの知識を持っているときく。和書はもちろん、男でも難しい漢籍も、苦も無く読みこなすという。平安朝すべてのキサキの中で、ただ一人漢文を使いこなせると評判だ。彰子もたいてい書物には詳しいが、定子と比べれば足元にも及ばない。ましてや、漢籍は読めもしない。

父の道長でさえ、漢文は使いこなせない。一条帝の趣味の漢籍についていけるよう、度々勉強会を開いたり日記を慣れぬ漢文で綴ったりしているが、順調には成果が上がらず、苦心していた。

一方定子は、白氏文集や史記、論語や和歌集などを下地に、その場に相応《ふさわ》しい故事を選び出し、機知に飛んだ会話を、日常的に楽しんでいるという。すさまじいまでの教養だが、自身だけでなく女房らも中宮自ら教育し、高い水準を保っているらしい。清少納言《せいしょうなごん》とかいう女房が、頭の回転が速く、多くの公達《きんだち》がやり込めようと難題を振るたびに、すべて予想を上回る回答で今日まで唸《うな》らせてきたという。が、定子その人の方がずっと優れているということだ。

そのうえ、どんな苦しい境遇に落とされても、笑顔を絶やさず、さらに今のようにさりげなく、政敵の娘にも手を差し伸べるのだとしたら、彰子には定子に勝るものなど何もない。

彰子は作り物の表情がいつものように保てず、気付くとうつむき加減になっていた。視線が下がったことで、目の前に座す帝の膝で、仰向けの白峰が足を宙に向かって蹴《け》り上げている姿が映る。

「さっきから、まだ一度も声を聞かせてくれていないね」

帝の困惑した声音に、彰子はようやくもう一度、夫の顔を見上げた。

「左大臣藤原道長の娘、彰子にございます。此度は中宮様との間に親王様のご誕生、まことにおめでとうございます」

彰子は初めから決めていた。一番に発する言葉は、敦康の誕生を寿《ことほ》ぐものにすると。さらに、まだ親王宣下を受ける前だったが、あえて親王と呼んだ。あざといが、一条帝の心をもっとも占めているものは、今朝生まれたばかりの一宮のことに決まっている。

だが、出家している定子の腹から生まれる子が、世間に受け入れられるはずもない。ほとんどの者は、不吉の子と忌避している。祝いの言葉を口にする雲上人は、極端に少なかったはずだ。

本来なら皇子の誕生に朝廷中が沸き上がり、貴族らはこぞって定子の元へ祝いの品を届けに詰めかけるはずが、ほとんどの者たちが今から道長主導で行われる彰子の女御宣旨の祝いの宴の方に顔を出すのだ。

帝の中で、仕方がないと割り切る気持ちと、祝ってもらえぬ我が子への不憫《ふびん》さに歯噛みする思いが、鬩《せめ》ぎ合っているはずだ。

そんな帝の弱った心に付け込むように、欲しい言葉を最初の言葉として計算ずくで発するのだから、彰子は自身のことをまぎれもなくあの道長の娘なのだと自覚せざるを得ない。

（なんて嫌な女……）

自己嫌悪に陥るが、効果は絶大だった。

「そなただけだよ。我が一宮を祝ってくれるのは」

そう謝意を述べる帝の声が、震える。

母屋を囲む廂から、彰子を祝う宴のざわめきが聞こえてくる。

「ああ、始まったようだ。一度は皆の前に出て、挨拶《あいさつ》を受けねばならぬが、もうしばらくそなたの側で過ごそう」

この後も会話は弾まなかったが、そこに流れる空気は、もう気まずさではなかった。帝は白峰の小さな鼻を軽く突いたり、指を噛ませたりして寛いでいる。すぐ外の喧騒《けんそう》と裏腹の、御帳の中の落ち着いた時間を、帝が好ましく感じているのは明らかだった。

二人は長い間、黙り合って過ごしたが、

「あの香は中宮様が下されたものでございます」

そろそろ帝がここを去りそうな素振りを見せた機微をとらえ、彰子は二言目を発した。

帝はあまりに素直に目を見開いた。

「中宮が……」

「ありがたいお心遣いでございます」

うむ、うむと帝が頷く。

「そうであろう。あの人は、特別なのだ」

帝の頬が紅潮した。

予想通りの反応だが、何か小石を呑みこんだような心地悪さを、彰子は感じた。

これで帝との初顔合わせは終わった。宴に顔を出したあと、戌の刻には早々に帝は還御《かんぎょ》した。

あまりに短い滞在に、さっきまで笑っていた道長は、とたんに不機嫌になった。

四

明けて長保《ちょうほう》二（一〇〇〇）年一月二十八日。

勅使が彰子の曹司にやってきて、詔《みことのり》を道長に伝えた。道長は彰子の賜った東北対の廂に執務室を設え、夜を明かすことも多い。この日も、いた。後から思えば、勅使がくるのを知って、待っていたのだろう。

なにやらいつもと違い、漂ってくる空気が物々しい。

（どうしたのだろう）

彰子が不審に感じるうちに、道長が母屋に入ってくる。

「おお、ここは梅の園だな」

道長が感嘆したのは、彰子の命で女房達がみな、唐綾《からあや》に八重紅梅を織り出した表着で揃えていたからだ。

父娘の気安さから、几帳を立てずに彰子は対面する。扇だけは手に、顔を隠し気味にして、

「嬉しいお知らせでございますか。お顔が綻《ほころ》んでおられますね」

彰子も、にっこりと微笑んだ。が、父の次の言葉に息を呑む。

「たった今、中宮の宣旨が下ったのだ」

すぐには、彰子は返答ができなかった。ややあって、

「私が中宮に……」

おうむ返しに口にしたが、声が掠《かす》れた。

（なぜ）

一条帝の中宮には、すでに定子がいるではないか。

（私が中宮になるなら、定子様のことはどうなさるのか）

彰子の鳩尾《みぞおち》の辺りに嫌な感触が走った。

今日、冊立《さくりつ》されたということは、道長は娘を中宮に立てるため、昨年からずっと謀《はかりごと》を巡らしてきたことになる。

（気付けなかった）

その過程は一切彰子には知らされなかった。昨年の十二月八日から帝が眼病を患い、ほとんど会えていなかった。その前も、鎮魂祭の時に上の御座に呼ばれたものの、儀式の最中に親しく語り合うこともない。

もし、もう少し帝と親しむ機会があれば、なんらかの異変を感じ取ることができただろう。帝は見るからに、道長ほど隠し事が上手くなさそうだ。

（私も宮中の慣例を学ぶのに必死で、周りが見えていなかった）

だが、その慣例を覚えるよう言ってきたのは、誰だったか。道長ではなかったか。

(父上が故意に私の気をそらしたのか)

してやられた気分だ。

(いつかは立后に向けて動くと思っていたけれど……あまりに早すぎる)

定子はおよそ三ヶ月前に第一皇子敦康を生んだばかりだ。中宮とは、時の帝の正妃を意味する。我が子を守り抜けるか、ただでさえ不安に苛《さいな》まれているだろう中、中宮でなくなったことを告げられれば、定子はどれほどの絶望を味わうことか。

父の死と兄弟の失脚で後ろ盾を失い、自身は何の罪があったわけでもないのに、日が経つほどに落ちぶれていく現状。今上の最初の皇子を生んだものの、道長の目を気にして誰も公卿ら雲上人らは、祝ってくれないどころか、「尼が子を産むなど不吉なことだ」と誹《そし》るばかり。中宮の世話をする中宮職の者も辞職をして、次のなり手もいずに不自由な暮らしぶりと聞く。

もう定子やその一族が具合を悪くしても、医師も修験者も道長怖さに来てはくれない。僧侶だけは、一族の中に出家した者がいるため、自前でなんとかしていると、嘲笑交じりに誰かが話しているのを彰子は耳にしたことがある。

もう十分ではないかと思える惨状になんとか堪えている定子を、父はどれだけ鞭打《むちう》てば気が済むのか。これ以上、落ちようがないと思っていただろうに、さらに貶めてくる道長とその娘は、いったい定子の目にはどう映っているのだろう。

曹司内は立后に沸いたが、当の彰子は喜べなかった。ただ、胸が痛む。

「ずいぶんとご無理をなさったのでしょう」

非難がましくならないように、むしろ労う声音で、満面の笑みの道長に彰子は尋ねた。

「なあに、たいしたことはない。女院も手を貸してくだされたのだ」

女院とは道長の姉で一条帝の母・詮子のことだ。詮子からすれば、定子も彰子も同じ姪《めい》だが、目のかけ方には雲泥の差があった。定子の父である兄の亡き道隆より、共に同じ屋敷で過ごした時間の長い弟の道長を、ひいきにしていたからだ。

道長も、姉の愛情に胡坐《あぐら》をかくことなく、今も毎日のように詮子の元へ通っては、御機嫌伺いを欠かさない。詮子は、道長の土御門第に過ごすこともあれば、内裏に住まう日もあり、方違えで寺に籠《こも》ることもあって、居場所を転々として目まぐるしい。その何処にいても、道長は通い続けている。詮子から見れば、さぞ可愛い弟に違いない。

「そうですか。後で女院様には御礼を申さねば」

彰子は扇を閉じて父の顔を真っ直ぐに見た。

「して、本来の中宮様はどうなさったのでしょう」

一番知りたいことを率直に尋ねた。一人の帝に二人の后は前例がない。並び立てるはずもない。だとすれば廃后に追い込んだと考えるのが妥当である。彰子は覚悟をもって道長の返事を待った。

「主上の寵が深すぎてな、完全に退けることはできなんだ」

「えっ？」

道長の顔が曇る。

「中宮は皇后になる。皇后は皇太后となられる」

扇を外したことを彰子は後悔した。心の乱れは隠しきれていないだろう。

「今上の元に、中宮と皇后が並び立つというのですか」

「そういうことになるな」

「まさかそんな……一帝に二后だなんて」

「まこと忌々しい事態よ。父の力不足のせいで、そなたには苦労を掛ける」

口にこそしないが、道長の鋭い目の奥に、「死んでくれればよい」との定子への本音が、サッと過《よぎ》った。

道長は声を潜めて言葉を続けた。

「主上は最後まで躊躇われたが、廃后に持ち込まれるよりはと、二后を選ばれたのだ。されど、皇后も産後で心が常より乱れている中、そなたが中宮となったことを知れば、帝とは会うことができないだけに、さすがに『裏切られた』と嘆くであろう。心が弱れば怨霊《おんりょう》に付け入られよう。そうなったとて、駆け付ける陰陽師《おんみょうじ》も山伏もそうそういまいがな」

ふっふっと笑う父の顔が魑魅魍魎《ちみもうりょう》に見え、彰子は背筋の凍る思いだ。が、目を逸らしたりはしない。

(この人はろくな死に方をしない。死後は地獄に落ちるのではないか。でも、私も、望もうと望むまいと父に加担しているようなもの。中宮様から見れば、悪鬼に違いあるまい)

若い彰子には、抗いようのない己の人生の役回りが、ことのほか辛かった。一族繁栄の期待を担って、帝の寵妃を蹴落とすために後宮に送り込まれた傀儡。

(父の所業が権力欲からのものでなく、私を愛してくださってのことなら、まだ良かった)

彰子は有り得ないことを夢想した。

（……もし、もしもそうならば……慈しんでくださった分、喜んでその罪を共に背負おうものを……）

「父上」

「うん？」

道長の目尻が下がる。

「私を愛しておられますか」

衝動的に彰子は尋ねる。

「もちろんだ」

頷いた道長は、この後、彰子のことを「中宮」と呼んだ。立后の詔は下ったが、儀式が終わるまでは女御のままだというのに。さらに、親とはいえ中宮への礼を踏まえた喋り方へと変えた。

「何一つ憂うことはありません。中宮と親王、内親王らは、この道長が全力でお守り申し上げます」

なんといううそ寒さだ。

体を重ねてもいない男との未だ見ぬ子のことまで口にする、この国の最高権力者の無邪気な返答に、

（馬鹿みたい）

彰子はにこりと笑ったが、堪えようもなく涙が零れた。道長は、それを感謝の涙と取り違え、

「中宮に苦労はおかけしませぬぞ。そのためなら、私の命を削りましょうほどに」

にじり寄って彰子の背を撫でた。

五

二月十九日。彰子は打ちひしがれていた。

立后の儀を行うために、同月十日に宮中を退出し、道長の所有する二条第に入った。里で本宮の儀を行う決まりだったからだ。

立后当日の二十五日は、ただいま改築中の道長本宅・土御門第に早朝から入り、宮中から発せられる詔を待つ。勅使を迎え、本宮の儀を執り行った後、祝いに駆け付けてくれた雲上人らに禄を与え、酒と料理を振舞う予定となっている。

これらの日時はみな老陰陽師安倍晴明が式盤による占術で導き出した。道長は、重要な日付を決めるときは、たいてい晴明を頼る。占いは、未来に進むさいの灯りのようなものだ。優れた陰陽師に頼めば頼むほど、灯りの照らす範囲は広くなる。

今の定子のように占ってもらえぬ者は、暗闇を手探りで歩むのに似て、無事に人生を渡り切るのは難しい。定子とて、父道隆が生きている間は、眩《まぶ》しいまでの灯りに照らされていたに違いない。その灯りが切れたとたん、道を踏み外した。

(私は中宮様をお可哀そうなどと気を揉《も》みながら、己は父上に守られた明るく安全な場所から、見下していたのかもしれない)

定子の境遇に心を痛めながら、意地の悪い感情が、ただの一度も湧き起こったことがないと言い切れるのか。

（否《いな》）

他人を前にいかように取り繕《つくろ》っても、己の心は誤魔化せない。

彰子は御帳の中に臥《ふ》せり、唇を嚙みたい気持ちを抑えて、代わりに目をぎゅっと閉じた。

（けれど、今は私の方こそが哀れまれているに違いない）

なぜなら帝は、彰子が宮中から退出するのを待ち構えて、平生昌邸三条院で過ごす定子を、一条院に呼び寄せたからだ。彰子が退出したのが十日。定子が参内したのは、十一日という露骨さだ。

同じ十一日に届いた優しさに溢《あふ》れてみえた帝からの消息を、喜びながら読んだ自分の他愛なさを、彰子は憎んだ。帝からすれば、権力者の娘を、義務であやしただけなのだ。

定子と帝の二人は、離れていた時間を取り戻すかのように、同じ御帳の中で過ごしていると聞く。

二人の子供、脩子内親王と敦康皇子は、詮子がすすんで面倒を見ているらしい。やはり孫の可愛さは格別だったということか。なんでも敦康皇子は一条帝の小さいころに瓜二つなのだそうだ。

昨日は皇子の百日儀が催された。

彰子が知ればさぞ不快だろうと、仕えるみなが示し合わせて黙っていたが、人の口に戸は立てられない。うっかりお喋りに興じてしまった女房らの声が、若い彰子の耳にも届いてしまった。

定子には、帝しか頼る人がいない。平素、父道長の仕打ちはあんまりだと思ってきた。ならば、逢瀬《おうせ》を楽しめてよかったと、なぜ喜んでやれないのか。

なにより、楽しむなどと生易しい気持ちではないだろう。もっと、二人にとっては切実なのだ。

（なぜ、こんな嫌な気持ちになるの。なぜこんなにも、私は打ちのめされているというの）

彰子には自分の心がわからない。己ですら底知れぬ本音を覗こうとすれば、認めがたい感情が湧き上がってくる。

定子の存在は、彰子の中に眠る醜さを引きずり出す。

死んでくれればいいのに……。

ふっと浮かんだ思いに、彰子は身震いした。


二十五日。土御門第と宮中に分かれて、彰子立后の儀が華やかにとり行われた。

まずは宮中の紫宸殿《ししんでん》にて立后宣命宣読の儀が行われた。紫宸殿といっても昨年の火事で再建中のため、一条院の南殿をそれと模している。

慣例で儀式の折に中宮に下給される大床子《だいしょうじ》二脚と獅子の置物二頭、および浅沓《あさぐつ》に繧繝錦《うんげんにしき》の文様を施した挿鞋《そうかい》が、蔵人によって土御門第の彰子に奉献された。

清涼殿に還御した帝の御前で、これより先、彰子に仕える宮司《みやづかさ》――中宮大夫《だいぶ》・中宮権《ごんの》大夫・中宮亮《すけ》・中宮権亮・中宮大進《たいじょう》・中宮権大進・中宮少進《しょうじょう》――が選出される。これは事前に道長が選んだ者たちを、帝の命のもと、蔵人が読み上げる。

中宮の内侍には、詮子の女房だった弁命婦の名で知られる橘良芸子《たちばなのおきこ》が任命され、新たに選ばれた宮司と共に土御門第へ向かった。内侍の最初の仕事として、純白の御衣で奥に控える彰子に、儀式のための理髪を奉仕した。

宮中を退出した上達部たちが、土御門第へと移動する。桜の枝を随所に飾った庭に、身分に合わせた座を設えてある。諸卿、群臣は、西中門より進み入り、東西に分かれて対座した。

彰子は寝殿に出御し、倚子《いし》に座した。倚子は、権威ある座具であり、女は后にならねば座れぬものだ。入内したキサキたちは、みなこの座具に座る日を、家のため、あるいは自分自身のために目指すのだ。

彰子は、傅く重臣たちを御簾越しに見渡した。中宮の座を望んだわけでもないのに、気分が高揚してくる。今朝まで、人を押しのけて中宮職に就くことを、あれほど辛く感じていたのに、血が滾《たぎ》る。ぞくぞくする。権力というものに、酔いしれる。

（なんという甘美な気分なのか。ああ、この陶酔を父は知ってしまい、引き返せなくなったのだ）

地位が人を作ると、誰かが言っていた。相応しいからその座につくのではない。座につくことで、それらしい人物へと変化するのだ。聞いたときは、何のことかよくわからなかった。

今は、実感する。自分の中で昨日までの自分がどろどろと溶け、新たに違う自分が生まれ出てくるようだ。

（私は中宮なのだ）

十年前、定子も同じ景色を見たはずだ。そのとき、何を思ったのだろう。今の自分のように、名のある大臣たちを従え、跪《ひざまず》かせる美酒に酔いしれたろうか。

そして、ふと思う。

（十年後、私はどうしているだろう）

今の彰子の権勢は、父道長がもたらした。自身の力ではない。定子の人生の暗雲は、父・道隆の死から立ち込め始めた。彰子も、道長が死ねば、どうなるかわからない。

近頃、道長は体調を崩すことが多くなった。訶梨勒丸《かりろくがん》という薬を、常に持ち歩いて飲んでいる。道隆は人生の絶頂で飲水《いんすい》（糖尿病）という病に侵され、死んだ。道長も同じ症状が出始めている。将来に、まったく不安がないわけではない。

道長の子は、彰子が一番年上である。道長の後を継ぐべき弟の田鶴《たづ》（後の頼通《よりみち》）は、九歳を数えたばかりで頼りない。一番下の子は、二ヶ月前に生まれた妹（後の威子《たけこ》）だ。もし、父に何かあれば、彰子が弟妹達を助けていかねばならない。

そこまで考え、彰子は政敵を徹底的につぶしていく道長のことが、少しだけわかった気がした。

（今日という日はもう二度とやってこない。こうして諸卿を見下ろした私の足元が、明日も同じく盤石とは限らない。何が起こるかわからないから、できる限りのことをしておかねばならないのだ。それが、宮中で生きるということなら、疎ましがってなぞいずに、私は父の剣となって戦わなければならない。後に続く弟妹や、まだ見ぬ子供たちのために）

思いを巡らすうちに、滞りなく本宮の儀は終わった。やがて、管弦の音が聞こえ始める。男たちは、今から朝まで飲み明かすのだ。彰子は、倚子から立ち上がると、土御門第の奥深くへ姿を消した。

六

彰子が一条院に戻る日は、立后の儀からひと月以上も過ぎた四月七日と定められた。

この日は、昼過ぎから雷を伴う大雨になった。

中宮内侍なので宮内侍《みやのないし》と呼ばれはじめた橘良芸子が、

「今日の御入は、ご無理かもしれませんねえ」

雨が止まねば延期も致し方ないと零しつつ、ほとほと困り果てた顔をする。

中宮になって初めて内裏に入るのだから、装束も輿《こし》もすべて新しいものを用意した。いったん袖を通してしまえば、後に引けない。だからといって、着付けには時間がかかる。どこかで決断しなければ、いつまでも様子見をしているわけにいかない。しかし選択を間違えれば、責任は決断した者に降りかかる。だから、宮内侍は曖昧なことしか口にしないのだ。

「支度にかかりなさい」

彰子が、決然と一同に命じた。宮内侍が、恥じ入った顔で、「はっ」とひれ伏す。

「私がなるべくして中宮として立ったのなら、どれほどの土砂降りでも、出立を前に必ずや晴れ渡り、上の弓張りの影が神輿に降り注ぐでしょう」

彰子は母屋に控える女房たちに聞こえる声で、告げた。

上の弓張りは上弦の月を指す。雨雲が散れば、白みがかった半月の光が、薄闇に降りかかるはずだった。酉《とり》の刻に南天を差し、真夜中の西の空へ沈んでいく。出立予定は亥の刻だから、晴れさえすればじゅうぶん高度を保った中、行列を進められるだろう。

自身の中宮としての運勢を、彰子は天候の変化で図ろうとしたのだ。

口に出してしまったのだから、この話はどちらに転んでも、新中宮最初の説話として外に漏れる。

晴れれば絶大な支持を得られるが、雨が止まねば彰子の評判は地に落ちる。中宮宣旨を出した帝にまで影響が及ぶだろう。いくら道長の娘でも廃后も有り得るかもしれない。

騒ぎを聞きつけた道長が、驚いて母屋の中に駆け込んできた。

「なんということをなされたのだ」

四尺の几帳を幾重にも巡らせて係りのものに着付けをさせていた彰子は、立っているせいで横竿の上に出た顔から扇をずらし、真っ青になった父の方へ向けた。

「心配は無用でございましょう。それとも父上は、私を信じてはいないのですか」

「いや、そうではございませぬが……されど……」

「かつて父上もご自身の運勢を賭けて、勝負に出たことがおありだと聞いております」

「む……」

有名な話だ。

定子の兄・伊周《これちか》が、道隆の威光に浴し、まだ道長より高い官位に就いていたころの話だ。

輝ける道長の人生の、不遇時代とも呼べる時期。当時の道長は、無口で地味だが生真面目で、存外豪胆で芯がしっかりしていると評されていた。

その日は、関白道隆が自宅の二条第で人々を集めて弓争いを楽しんでいた。そこへたまたま道長が行きあわせた。道隆は喜んで弟を招き、道長も遊びに加わることになった。今でこそ道隆の子らに厳しい道長だが、当時は表立って敵対していたわけではない。

道隆は、伊周と道長を一騎打ちさせ、それぞれ二十本ずつ的に射させた。道長の矢はすべて的に当たったが、伊周は二本外した。

ここで終われば、何の問題もなかった。少しの間、道長は称賛されるだろうが、やがて人々から忘れられたことだろう。それが、今も語り草になっているのは、道隆が勝敗をここで決せず、

「後二本」

と延べさせたからだ。暗に道長に伊周へ勝ちを譲れと言ったのだ。

不快に思った道長は、

「ならば延べさせたまえ」

言われるままに的の前に立ち、矢をつがえた。そのまますぐには放たず、

「道長が家門より、帝、后が立ちたもうべきものなら、この矢よ当たれ」

大音声を上げてから、矢を放ったではないか。

辺りが固唾《かたず》を呑む中、ダンッと激しい音と共に矢は的のど真ん中に当たった。

本来なら歓声が上がるはずが、居合わせた者たちは、誰もが関白に遠慮して静まり返ったままだ。

道長の後で射なければならない伊周は、予想だにしなかったあまりの出来事に、手を震わせたまま弓矢を構えた。ごくりと息を呑み、真っ白な顔色で矢を放ったが、的に当たるどころかまるで見当違いな方角へと飛んでいく。

怒りに震える関白を尻目に、道長は先に命じられた通り、二本目の矢を放ったが、この時も放つ前に、

「この道長、摂政・関白に就くべき運命なら、この矢、当たれ」

叫んだ。

今度もあやまたず的を射た。

次を射ねばならない伊周は、歯の根もあわぬほどの有様だ。

「射る必要があろうか。射るな、射るな」

道隆が引き留め、この日の競射の遊びはお開きになったということだ。

道長を称えるときに今も語られる話で、彰子も乳母から寝物語に何度も聞かされ、話の中の英雄が自分の父なのだと思うと、胸がときめいたものだ。

それを今、彰子は真似たのだ。

道長は渋い顔をした。

「私の時は外れても、己自身が恥を掻《か》いて終わりだったが、中宮の此度の賭けは、天道をも疑う所業となりましょうや」

「つゆほども疑うていないから、宣言したのです」

うっ、と道長は言葉を詰まらせた。すでに発してしまった宣言は、もうひっこめるわけにいかない。これ以上、言っても仕方がないと思ったのか、黙して母屋を出ていった。

二人の様子を、息を呑んで見守っていた女房たちは、

「さ、早う準備を」

促す彰子の言葉に我に返り、再び手を動かし始めた。

準備は滞りなく終わった。

髪上げをして白い簪《かんざし》を挿し、卯《う》の花襲《はながさね》に裳を着けた正装で刻限が来るのを待つ彰子を、女房たちがうっとりと見つめる。

「あどけなくて可愛らしかった姫様が、今では威厳が備わられて神々しくさえ思えてきます」

以前は母・倫子に仕え、今は彰子に侍る赤染衛門が、涙を滲《にじ》ませる。

このとき、

「おおっ」

簀子から、車副《くるまぞえ》のために待機していた宮司の声が、突如上がった。

「雨が、雨が小降りになってきましたぞ」

廂の中の女房達が一斉にざわめく。

「これなら出御できましょう」

さらに興奮した男の声が続いた。

「おい、空を見ろ。小降りどころか、止みそうじゃないか」

「うむ、これは止むぞ。なんという奇跡だ。叢雲《むらくも》が薙《な》ぎ払われていく」

ほとんど時間ぎりぎりに、さっきまでの土砂降りが嘘のように雨が上がった。

「ああ、我が宮様」

女房達が、自分の女主人を崇めるような目で見始める。

彰子の心も高ぶった。

これまで抱えていた不安が払拭《ふっしょく》されるようだ。

誰にも相談できなかったが、彰子は自身の未来に怯《おび》えていたのだ。なぜなら、彰子が内裏を退いている間、入れ替わりで参内した定子が、再び身ごもったと知らされていたからだ。

天は定子こそを今上の后と定め、自分はどこまでも邪魔者に過ぎないのではないかと動揺した。

本宮の儀の折、倚子に座して覚えた強い気持ちは萎《な》えかけていた。奮い立たせるために、若き日の父を模して出た賭けに勝ったことは、彰子の中で大きな自信となった。

彰子が参内するから、第三子を身ごもった定子は、再び宮中から退出させられた。帝はさぞ彰子の登場を忌々しく感じていることだろうと、気後れしていた。

どうせ連れ添うなら、夫には愛されたい。それが無理なら、せめて疎まれたくない。そう思っていたが、

（もういい）

彰子は自分の心に始末をつけた。

（天が認めてくれるなら、あとはもう、私は正しく中宮の務めを果たしていくだけ）

初めから晴れていたときより、雨に濡れた平安京に月光が降り注ぎ、光の粒を無数に反射して明るく道を照らした。

彰子を乗せた御輿は、粛々と宮中へと進んでいった。

七

彰子の曹司の東北対は、中宮の御在所に相応しく飾り立てられ、すべての調度が今まで以上に立派になった。

中宮の証である大床子と獅子形も所定の位置に据えられ、今までなかった篝火《かがりび》が夜になると煌々《こうこう》と庭を照らした。

彰子はこれまで、女房らの衣装は統一させて着させていたが、今はその奢侈《しゃし》を改め、厳しく身分に沿った唐衣を選ばせた。こうすることで、一目で序列がわかる厳格な場が生み出された。気持ちの変化は姿にも表れるのだろう。久しぶりに渡ってきた帝が、彰子を見て目を見開いた。

「これはまた、少し見ないうちに大人っぽくなられたね。今はひとかたならぬ威厳も備わって、朕も滅多な振る舞いはできそうにないよ」

感想を述べ、すぐにずいぶんと大きくなった白峰の君を抱き上げる。

「ねえ、白峰」

とおどけてみせた。

彰子が度々話しかけるから、すっかりお喋りな猫に育った白峰が、にゃあ、と嬉し気に返事をする。

几帳の陰に身を隠した女房達が、忍び笑いをしている。

「やあ、笑われてしまった」

照れ笑いをする帝は、表向きは和やかに過ごしていたが、心ここにあらずなのは、彰子にはすぐにわかった。寵妃のことで頭がいっぱいなのだろう。

(気にしない)

彰子は兄に接する妹のように帝に尽くした。このまま「信頼」だけは得られたら……と思っていた彰子だが、再び宮中から退出せねばならぬことが起こった。

彰子の後ろ盾である父道長と祖母詮子が、二人そろって病に倒れたのだ。氷の刃をのど元に突き付けられたような気持ちを、彰子は味わった。

道長と詮子が死ねば、一宮を生んだ定子が、再び表舞台で燦然《さんぜん》と輝き、代わりに彰子は暗闇に沈むだろう。つい先日、敦康に親王宣旨が下ったばかりだ。つまり、東宮となる権利を得たということだ。将来、敦康が即位すれば、定子は国母となる。これで、運勢のすべてがひっくり返る。まさか捨てられはしまいが、帝はもう彰子を顧みることなどないはずだ。道長や詮子の思惑や目を、気にする必要がなくなるからだ。

もしかしたら、白峰が生きているうちは彰子の御座所にも時おり足を運ぶかもしれない。が、猫の寿命は短いものだ。

後は、誰も訪ねて来ない曹司に飼い殺されて、彰子の人生は終わる。

背筋が凍るような話だが、彰子は今、その最悪の未来に片足を突っ込んでいる。

左大臣と国母という二つの強力な後ろ盾に同時に倒れられ、彰子は自身の甘さを振り返った。

(父の傀儡に甘んじるのではなく、後ろ盾があるうちに、自分自身で何かしらの人脈や実績を築き上げていかねばならなかったのだ)

父も伯母もどうなるかわからなかったが、二人が健康を取り戻し、もしもう一度機会が得られるのなら、中宮彰子として自分自身の足で立とうと決意した。

今は、枕の上がらぬ二人の無事を祈るのみである。

ところが、道長の病状は良くなるどころか、今度は物《もの》の怪《け》に憑《と》りつかれた。厭魅《えんみ》や呪詛《じゅそ》が行われた痕跡も見つかり、蔵人行成を通じて道長は帝に訴えたが、反応は鈍い。

帝にしてみれば、母親が危篤なのだ。道長どころではない。詮子の体は一時期冷たくなり、何刻も温まらぬ状況だった。翌日になってようよう体温を戻したが、予断を許さない。

一方道長には、同母兄の亡き道兼《みちかね》が乗り移った。道長は、形相も声もすっかり変わり果て、一日中よくわからないことを喋り続けた。これといって、何か願いを述べることもなく、恨み言を吐き出すでもなく、ひとしきり喋り終えると満足したのか、道兼の怨霊は弟の体から離れていった。

この道兼の大姫・尊子《たかこ》は、母の繁子《しげこ》が一条帝の乳母をしている関係上、帝付き御匣殿《みくしげどの》別当の職に就いていた。帝の衣類を担当する女官の統括である。側近くに仕えるため、帝の手が付きやすく、そのままキサキになる女も多い。尊子にもお手が付き、キサキとなったが、すぐに忘れ去られた。

後日、道長に道兼が憑りついたと知った帝は、供養の意味を込め、尊子を女御へと引き上げている。

道兼が憑りついた数日後、道長に再び何者かが憑りついた。今度は誰が憑りついたのか、物の怪が名乗らぬゆえわからなかったが、道長の口を借り、定子の兄の伊周を本官・本位に復すよう、行成を通じて帝に奏上させた。

「それは左府（道長）の本音ではなく、物の怪の言葉であろう」

と帝は取り合わない。

願いが成就しないと知った物の怪は、道長の体を借りて、目を見開き、歯を剝《む》き出し、唸《うな》り声をあげる。怒りを露わにした姿は、人ではなく獣のようだ。あまりに変わり果てた姿に、彰子は父に会わせてもらえなかった。襲い掛かってくるかもしれないからだが、これでは何のために里帰りしたのかわからない。

「父が……あの父がそんな……」

もしかしたらもう駄目かもしれないと思うと、いつもの反発の心はまったく湧いてこなかった。ただ、子供のころにあやしてくれた優しい顔や、抱き上げてくれた大きな手のぬくもりばかりが浮かんでくる。

気を抜くと溢れそうになる涙を、彰子はぐっと堪えた。が、昼夜問わず看病している道長猶子《ゆうし》の源成信《なりのぶ》は違った。道長に会えぬ彰子のため、毎日のように病状を伝えに訪ねてきてくれるが、今日の様子はどうであったと話すうちに、はらはらと惜しみなく涙を流す。

成信は照る中将と呼ばれ、光の少将と呼ばれる右大臣藤原顕光の嫡男・重家《しげいえ》と共に、当代一、二を競う美貌《びぼう》の公達だ。

それが、辛そうに涙する姿は、男ながら艶めかしく、女房達が恥ずかしがってすでに御簾で隔たれているというのに、几帳の陰に隠れて出てこないほどだ。

「父上がかようなことになってしまい、この土御門第がどんどん荒れていくので心が痛みますよ」

下働きの者たちが、道長の目が無くなったとたん、個々の仕事の手を抜き出したことを、照る中将は悔しがった。

彰子には義兄の気持ちが痛いほどわかった。倒れてからもうすぐ二ヶ月に達しようとしている。世間では、道長はもう長くないと噂されている。あれほど活気に満ちていた土御門第からは人々が去り、多くの者たちが次の権力者は誰なのかを探り始めている。

「人々の動きをよく見ておきましょう。誰が逸早《いちはや》く父上を裏切り、誰に阿《おもね》ったか」

彰子の言葉に、照る中将は驚きを隠さなかった。

「安易に愚痴など零してしまい、宮の御心を傷つけてしまったようです。どうか、いつもの慈悲深い宮に戻ってください。貴女には、この世の醜さや虚しさなど見せたくなかったというのに」

（義兄上、私はとうに変わってしまったのです。この家の弟や妹たちは、私が守らなければいけないのですから、いつまでも何も知らぬまま世間から目を背けてはいられません）

彰子の中には溢れる思いがあったが、心優しい義兄に、あえてそれ以上は何も言わなかった。


悲壮な気持ちで覚悟した彰子だったが、四月二十七日に倒れた道長は、丸二ヶ月後の六月二十七日に正気を取り戻した。そして、八月には、参内できるまでに回復したのだ。道長の元気な姿に、彰子の目にもやっと涙が滲んだ。

嬉しいことに、詮子も生きるか死ぬかの時期は過ぎ、今は穏やかに暮らしている。

こうなると彰子は早く宮中に戻りたくなった。が、今は定子が参内していて、戻りにくい。

「泥棒猫のようですな。中宮の留守を狙《ねら》って巧みに主上を誘惑してくる」

毒づく道長に、彰子は苦笑した。

「私の留守を狙って、主上こそが皇后をお呼びなされているのでしょう。いずれにしても、参内はしばらく見合わせて、もうしばらく父上の側で過ごします」

「気にすることがありましょうか。誰が宮中にいようと、中宮は堂々としておられればよいのです」

道長が苛立たし気に、参内を促す。父のこういうところにこれまでは辟易していたが、いったん死にかけて生還した今は、どことなく愛おしい。

「良いではありませぬか」

彰子は鷹揚《おうよう》に笑った。

「入内したものの里にいることが多く、早く宮中に慣れたい気持ちもございますが、父上や母上と過ごす時間も、大切にしとうございます」

これは本心だった。今度のことで身に染みてわかった。父も母も、どれほど元気に見えても、いつ失うかわからないのだ。

(父上の振る舞いを腹立たしく思えるのも、元気でおられるからこそ。死んでしまえば、もう、文句ひとつ言えぬ)

結局、彰子が宮中へと戻ったのは、九月になってからだ。

彰子が戻る前に、定子はまたひっそりと一条院から姿を消した。

八

十月になって、火事で焼けた内裏がようやく再建された。彰子は初めて、本物の宮中へと足を踏み入れた。

ここでの曹司は、後宮七殿五舎中、飛香舎、別名藤壺を与えられた。七殿五舎はみな独立した建物になっていて、それを渡殿と呼ばれる渡り廊下で繋いでいる。渡殿は、壁で覆われた通常の渡殿と透渡殿《すきわたどの》といって吹き放ちの渡廊の二種類があった。そのうち、通常の渡殿の半分には幾つもの局《つぼね》が拵《こしら》えられていて、女房達の部屋となっていた。

飛香舎の東廂《ひがしびさし》に道長のための曹司を設えると、さっそく殿上人が二十人ばかりも集まって、賑《にぎ》わった。

去年、入内して初めて彰子が清涼殿に呼ばれた日は、鎮魂祭で五節の舞姫の踊りを見物させてもらった。あと少しで同じ季節となる。

今年は早くも彰子が舞姫を奉納する役割を担い、準備をする側に回っている。

（あれからほとんど一年が経ったのか。私の女御の宣旨の日に、皇后宮様が敦康親王を御産みになられたのだった。今年も出産のご予定の日はもうわずか……）

噂では、安産祈願に必要な費用も捻出《ねんしゅつ》できず、出産のための白い調度も整えられなかったため、すべて帝が手配したということだ。

さらに定子は、この年は体調が優れず体力に不安があるため、本来なら出産は避けたかったと、嘆いているという。

どことなく彰子は帝に腹立たしさを覚えた。自分が宿下がりをしている間、常に定子を呼び寄せ、帝は寵愛した。だが、それをどれほど定子が望んでいたのだろう。伝え聞く話によれば、少なくとも今年は、定子は体を休めていたかったのだ。

さらに、これまでの二回のお産に比べ、今回は悪阻《つわり》がことのほかひどく、苦しさに涙を浮かべていたとも聞こえてくる。

十月が終わり、十一月が過ぎ、十二月も半ばとなった。

すでに定子の予定の産み月は過ぎている。脩子内親王を産んだときも、予定よりかなり遅れたというから、そういう体質なのかもしれない。

それでも、彰子は嫌な予感をぬぐえない。


――皇后宮様崩御――。

その大変な知らせは、十六日の夜に、義兄である照る中将成信から、彰子へともたらされた。

この日は照る中将の様子がただごとではないと感じた宮内侍が、母屋の中に対面の場を設え、兄妹の気安さから三尺の几帳一つ隔てて座った。周囲には、宮内侍以外はみな、照る中将とも昔から親しんできた古参の上臈《じょうろう》だけを集めた。他の者たちには、廂へ出てもらっている。

照る中将は、なかなか何も言い出せなかったが、長い沈黙の後、

「本日皇后宮様が崩御なされました」

掠れた声を絞り出した。彰子は扇を落としそうになった。

(まさか、そんな……)

「皇后宮様が……まことお隠れになられたのですか」

「昨日、姫君をご無事に御産みになられましたが、後産がうまくいかなかったのでございます」

照る中将は、見るからにもうさんざん泣き明かした後だ。目は真っ赤に腫《は》れあがり、憔悴《しょうすい》しきってどこかやつれてさえ見える。

彰子の中に、すぐに悲しみは湧き上がって来なかった。一度も会ったことがないのだ。実感がわかない。哀しい物語の結末を知ったような感覚だ。胸の奥から常にはない感情がじわじわと滲み出ていたが、それがどういうたぐいのものか、自分でもわからなかった。

とにかく、驚きが大きい。

それにしても、と彰子は几帳の内からにじり出た。亡霊のような顔で座っている義兄に、労わるように声をかける。

「義兄上、大丈夫でございますか……」

「ああ……いや……もう……」

照る中将は、要領を得ない。やがて唇を噛みしめ、ぽろぽろと涙を零した。

(お背を撫でて差し上げたい)

兄妹といっても、さすがに血のつながりがない男に、中宮が気安く触れるわけにいかない。

察した赤染衛門が、

「お子のころから見知っている若君が、かように哀しまれていると、婆の心も張り裂けてしまいますよ」

四十五歳という高齢を言い訳に、彰子の代わりに照る中将の背を優しくさすった。

照る中将はその場に伏して、嗚咽《おえつ》を漏らした。

彰子の頭は、軽く混乱した。打ちひしがれた義兄が可哀そうで支えてやりたいと思う反面、いったいなぜこれほどまでに哀しんでいるのかという違和感を拭《ぬぐ》えない。

定子は、いわば政敵なのだ。

しばらく泣きぬれたあと、照る中将はようやく顔を上げた。

「中宮があまりにお優しいゆえ、甘えてしまい、失礼をいたしました」

「それはいいのです。兄妹ですもの」

照る中将は微笑もうとしたようだが、顔はいたずらに歪んだだけだ。

「わたしはもう、何もかもが空しくなってしまいました」

「そんなことをおっしゃらないで。皇后宮様とは、それほどのご交流があったのですか」

「義父上が恐ろしくて中宮様にもお話ししたことはありませんが、わたしはあの方とあの方を取り巻く女房たちとの、機知に飛んだやり取りが好きでたまりませんでした。内裏を出御されてからもずっと、通い続けていたのです」

そんな……という言葉は、かろうじて彰子は飲み込んだ。義兄は自分が何を口にしているか、わかっているのだろうか。

「わたしだけではありません。左府の目を掠めながら、上達部の幾人かは……。中には女房たちとねんごろになった者もいるようですが……」

「義兄上は違うのですね」

どことなく問いただすような言い方になったことを、彰子はすぐに悔いた。照る中将は語るうちに段々のぼせてきたのか、目の前にいるのが左府の娘だということも忘れてしまったように言葉を続ける。

「歌や言葉のやり取りを楽しんでいただけです。十年もない短い間ではありましたが、間違いなく我が国最高の文化を作り上げた、皇后宮様の元でしか交わせぬやり取りが、そこにはありました」

権力が幾らあっても再現できぬ叡智《えいち》の園が、確かにあったということだろうか。彰子には想像もつかない。

そしてそれをみなで寄って集《たか》ってつぶしたということなのだろう。

これほど嘆く照る中将も、結局は定子の困窮に手を差し伸べることもなく、こそこそと人目を忍んで曹司に通い、自分だけが夢の園を楽しんでいたわけだ。

生きていくのがやっとの状態まで貶められ、一日一日をなんとかやり過ごしていたかもしれないのに、いつまでたっても宮中で華やいでいたころの水準を求められ、風雅を極めた問答を仕掛けられるのは、さぞ負担だったことだろう。

彰子は目の前で嘆く照る中将にも、いつか帝に感じた身勝手さと同じにおいを嗅《か》ぎ取り、腹立たしさを覚えた。

ここまでの会話だけでも、心が乱れ惑ったというのに、義兄はさらにあと二つ、伝えることがあるという。顔色から察しても、どちらも良い知らせとは思えない。

「あと二つとは」

「一つは、東三条院（詮子）様のことです。御在所の三条第が焼亡なされました」

どくりと彰子の鼓動が大きく鳴った。

「院はご無事なのですか」

「父上の土御門第に移られました」

「付け火ですか」

この頃の火事は、不審火が多い。抗議の意味を込めての放火が横行していた。過《あやま》って灯りの火が燃え移ることもあったが、政《まつりごと》に不満を抱いた庶民が、点けやすそうな警備の甘い貴族の屋敷に放火するのだ。屋敷の持ち主の行いが許せずに、点ける場合もある。表立っていないが、政敵が放火することもあったはずだ。

「いずれが原因か、今のところはわかりません」

照る中将は首を左右に振った。

燃えた三条第は平中納言惟仲《これなか》の館だ。定子にお産場所を提供している平生昌は、この惟仲の弟に当たり、屋敷も同じ三条にある。生昌第を皇后が御座所としているため三条院、あるいは竹三条第、惟仲第はただの三条第と呼んで区別している。

日頃、詮子は姪の定子を快く思っていなかった。彰子には甘い伯母だったが、定子にはよそよそしく厳しい態度で接することが多い。それでも、帝を除けば、定子に一番援助をしてきたのも、詮子である。三条第に遷御していたのは、近くで定子と孫たちを見守っていたかったからだろう。

「火事だなんて、さぞ恐ろしく、お心を弱くなされていることでしょう」

彰子は、伯母を心配した。

「火事のときまではまだ気丈でございましたが、皇后崩御の報に倒れておしまいになられました」

定子の忘れ形見である三人の子ら――特に敦康親王の行く末を思うと、胸がつぶれそうになったのだろうか。

それとも、生前は優しく接することができなかった定子その人への、憐憫の情が噴き上がったとでもいうのだろうか。

人の心はままならないものだ。愛情も、憎しみも、哀しみも、喜びも、自分でどうにかできる感情など一つもない。

「ご容体のほどは、どうなのです」

「今はお気を取り戻され、案ずることはございません」

彰子はほっと息を吐いた。

「それで、三つ目は……」

義兄に、三つ目の知らせを促す。

「実は……」

照る中将は声を潜めた。

「人に聞かれてはまずいことですか」

「ここにいる女房達にはかまいませんが……」

照る中将はちらりと廂の方に視線を走らせた。母屋の中は、いわば彰子の腹心と呼べる女房たちが守っているが、廂には忠義心とは無縁の者もたくさん混ざっている。

彰子は照る中将の方へ寄ると、耳を傾けた。

「実は義父上が物の怪に襲われまして……」

「えっ、また」

彰子から血の気が引いた。また過日のように、道長は正気を失ってしまったというのか。

照る中将は、いえ、と首を左右に振る。

「此度は憑りつかれたのではありません。憑りつかれた者に摑《つか》みかかられ、あやうく害されそうになったのです」

「ご無事だったのですね」

「案ずるようなお怪我はありませんでした」

「どなたが、何者に憑りつかれたのですか」

皇后の死と関係があるのだろうか。彰子の胸は痛んだ。

「憑りつかれたのは、今上の乳母殿・藤典侍《とうのすけ》でございます」

今年の八月に女御に上った尊子の母・繁子のことだ。今年で六十歳になる。尊子を産んだときは十五歳年下の甥・道兼の妻であったが、離婚して今は火事にあった平惟仲と再婚している。

藤典侍は、元々は詮子に仕えていたのが、一条帝が生まれたときに女主人の強い希望で、乳母に就任した。帝から見れば第二の母のような存在だ。日頃から大切に扱っている。道長とは叔母、甥の間柄で、関係も極めて良好だった。

今回も、詮子が自分の夫の館を御在所にしたため、久しぶりに仕えていたのだろう。そして、火事にあって、共に土御門第へ移ったのだ。

「東三条院（詮子）のお見舞いに曹司を訪ねた義父と、看病をしていた藤典侍が鉢合わせたのです。そのときの出来事でございます」

「それで、いったい憑りついたものの正体はわかっているのですか」

「中関白様のようでもあり……」

定子の父・道隆のことだ。これまで道長がやってきた道隆の子らへの数々の仕打ちを思えば、あの世で殺したいほど憎んでいてもおかしくない。

「ほかのものかもしれないのですね」

「喚いている中身が、二条殿（道兼）の言葉のようでもあり、判然といたしません」

彰子はただ頷いた。他に答えようがない。

「父上のご様子は」

「今はもうご自分を取り戻しておられますが、あまりに突然のことに心神喪失のご様子。たいそう怖畏《ふい》されておられました」

「そうですか。藤典侍殿とは親しかっただけに余計に心を乱されたのでしょう」

(主上はどうしておられるのか。ご寵愛の皇后宮様を失っただけでも筆舌に尽くしがたいであろうに、加えて乳母殿までおかしくなってしまわれたなど……)

彰子には、帝の様子が気がかりだった。されど、声が掛からねば、中宮といえど何もできない。

(お慰めすることはもちろん、今の私では共に泣くことすらできない)

暗澹《あんたん》たる気持ちを呑みこみ、

「立て込んでいる中、わざわざ藤壺まで訪ねてくれたこと、感謝いたします」

彰子は義兄の照る中将に謝意を示した。

「辛いことばかり申し上げるのは、躊躇われたのですが……中宮は外のことも進んでお知りになりたがっていると、以前、義父から伺っていましたから」

彰子はこくりと頷く。

「そのように勤めております。外のことを知らぬまま過ごせば、色々と判断を誤ってしまうことになりかねません。これからも、きっと訪ねてきてくださいね」

血の繋がりはないとはいえ、兄妹の気安さから、彰子は親しみを込めてお願いをした。案に反し、照る中将の瞳が曇った。

「……こんな魑魅魍魎の巣窟《そうくつ》のような宮中で闘っている妹には、なんでもして差し上げたいところですが、今後は少し……お訪ねするのは難しくなるかもしれません」

「義兄上様？　それはどういう……」

彰子の言葉を遮るように、

「これからきっと大変なことが起こります」

照る中将は、予言のような言葉を口にした。

彰子にしてみれば、昨年からずっと大変なことばかりだった。

「これ以上、何が……」

「今は申し上げられません。ただ、人々は皇后宮様がどれほど大きな存在だったかを、失って知るのでございます」

では、と退出する義兄の目の奥に、何か不気味な光が過るのを彰子は見逃さなかった。

九

長保三（一〇〇一）年、二月。

彰子の義兄の照る中将こと源成信は、親友の光の少将こと藤原重家と共に都から失踪《しっそう》した。後日、大津の三井寺へ走って出家したことがわかった。

それぞれ、二十三歳と二十五歳の若さである。二人とも、美貌の公達として浮名を流していたこともあり、女房達の悲鳴と共に、瞬く間に噂は平安京を駆け巡った。男たちもざわめいた。なんといっても、時の左大臣と右大臣の息子が同時に朝廷から消えたのだ。度肝を抜かれたと言っても、決して大げさではないだろう。

道長は嘆き悲しんだが、右大臣藤原顕光は嘆くこともできず、心身不覚の状態で、しばらくの間、誰が見舞いにきても応対できない有様だった。道長にとって成信は猶子であり、嫡男は別にいる。それでも取り乱したのだから、嫡男を失った顕光はいったいどれほどの痛手だったか。

出家は二人にとどまらなかった。この後、しばらくの間、若者たちの間で出家が流行り、多くの親を嘆かせた。

(あの時の義兄上は、このことを言っていたのか)

照る中将らは、おそらく定子の後宮に、栄枯盛衰を見たのだろう。どれほど栄え輝いた者も、同じところに留まれない。

そして、世間のなんという冷たさか。媚《こ》びへつらっていたものが、簡単に掌を返す。敵になる。

彰子は、定子を失った帝こそが、出家したがっているのではないかと心配になった。自分とさほど年齢の変わらぬ臣下が、次々と今上を見捨てて去っていくのを、どんな気持ちでやり過ごしているのか。

「主上は気をしっかりお持ちでしょうか。よもやということはございませんか」

花山院のように衝動的に自らも出家してしまうのではないかと、道長に相談すると、

「それはないでしょうな」

即座に否定された。

「なぜでございますか」

「敦康親王を守らねばならぬからです」

「ああ……」

「わたしとてそうでございます。守らねばならぬものがございます」

道長は、じっと彰子を見つめた。彰子もまじろがず見返した。道長は続ける。

「ここだけの話でございますが、皇后は私がいなければ、もう少し長く生きられたのではないかと思っております」

どくりと彰子の心臓が跳ねた。とことん追い落としにかかったせいで、「定子はいわばいびり殺されたようなもの」と、仕掛けた側の道長が口にしたのだ。

そうなのだと、心中で思っていた時と比べ物にならぬほど、口に出してしまえば重みを増す。

それは、呪いに近い効果がある。

「わたしは地獄に落ちるでしょう」

道長は淡々と言い放った。彰子は、この言葉さえ、呪詛に近いものを感じた。父がこう言ったことで、本当に道長が地獄にいかねばならなくなったような気がして、体の芯から震えが走った。

「あの世で地獄に落ちてまで、うつし世で権勢をふるいたいのですか」

非難したわけではない。彰子は父が地獄に落ちるのを、食い止めたかっただけだ。

だが、道長は責められたと受け止めたようだ。ふっと笑う。

「権力をきたないもののように言う」

「違うのですか」

「中宮はまだお若い。若さゆえ、お考えが浅うございますな。物事の表面しか見えていない。覚えておいてください。人の心が歴史を作るのです。感情が、乱も変も陰謀も呼ぶのです。だから人の上に立つべき中宮は常に、物事の裏、つまりは人の心を読まねばなりません」

「地獄に落ちようとする父上のお心を、読むのですか。正しく読むことができれば、何かが変わりますか」

（それができれば、父上をお救いできるのですか）

彰子の額はいつの間にか汗で濡れていたらしい。道長が袖でそっと拭ってくれる。

「政も政争も、心の読み合いなのですから……裏が見えれば世界が変わるでしょう。誰かに安易に利用されることも無くなれば、上手に利用されてやることもできるようになります」

騙《だま》し合いと蹴落とし合いが日常の魑魅魍魎の巣窟である朝廷で、誰かの手駒として生きたくなければ、お前自身も闇を見通せる力を持った化け物になれと言われた気がして、彰子から涙が流れた。

道長はその涙も優しく拭った。

「中宮はわたしの愛娘ゆえ、この道長の心を教えましょう。汚い手で邪魔者を掃討し、そうすることで地獄に落ちたとしても、わたしは子らを守りたいのですよ」


この年、彰子は十四歳。定子が、入内した同じ年齢に達していた。

昨年末に定子を失った帝の悲しみは、わずかな月日では癒えようもない。道長の目を気にして飛香舎に通うものの、いかにも義務という感じが彰子には辛かった。それでも、

（主上はもっとお辛いのだ）

ぐっと、堪える。

（ずっと同じ日々が続くわけじゃない）

いつかきっと変わってくれると信じ、彰子は焦る気持ちを抑え込み、穏やかに帝を迎え入れる。

彰子は帝に何も求めなかった。

桜の散るころ、

「中宮のお傍は、落ち着くようだ」

彰子のいらぬことを喋らぬ寡黙さを褒めた帝は、それ以降、ぽつぽつと定子との思い出を語ってくれるようになった。

「七つで即位した朕は、初めのころはただ息をしていればよく、政を動かしているのは大臣《おとど》たちだった。その上、母上と父帝は長いあいだ仲たがいをしていたから、朕は母上の里の東三条第で育ち、父帝とはずっとお会いできなかったのだよ。別に何一つ悪いことが起こっていたわけでもなかったが、朕の見る景色から、いつしか色がなくなっていた。……たとえ話ではなく、本当にすべてが灰色になったのだ。色がなく、ただ濃淡しか存在しない世界……。あまりに味気なく、子供らしく笑うということが、どういうことかも忘れてしまった。『絶望』の意味も知らなかったけど、今から思い返せば、子供ながらに朕は絶望していたんだろうね。そんな時に、あの人が現れたのだ」

藤原定子が。

帝が語る間、頷きこそすれ、彰子はいつも黙って聞いていた。うっかり口をはさめば、もう何も話してくれなくなるのではないかと不安だったからだ。

「あの人はよく笑う人でね、そんな女人は朕の周りには誰もいなかった。微笑むといった笑い方ではなくて、本当に心から相好《そうごう》を崩して笑うのだよ。どうかすると声をたてて笑うから、最初はとても驚いたものだ」

彰子も、驚いた。そんな笑い方をするのは、身分の低い者たちだけではないか。定子といえば、教養の高さが常に言の葉に上る人だっただけに、もっと違う感じの女人を想像していた。

(本当はどんなお方だったのだろう)

一度も会わぬままになってしまったことが悔やまれる。

「あの人と出会ったことで、暗闇に灯りがともるように、朕の世界は大きく変わった。気付けば、朕は再び色を取り戻していた。この世は、こんなにも美しいものだったのかと、花をかいでも、空を仰いでも、鳥を追っても、朕はよく泣いた」

定子を失った今、帝の見る世界の色はどうなってしまったのだろうか。今も色付いているのだろうか。

彰子には、四月、五月、六月と、月日を数えるごと、少しずつ帝が自分を取り戻していっているかに見えた。毎日祈りながら、彰子は芽生えた小さな希望を胸に、八歳年上の帝を見守り続けた。

だのに、ある日を境に、帝の足が途絶えたのだ。

(いったい、どうしてしまったというのか。何もなければ良いが)

彰子は、いつも自分の側近くで寝ている白峰の君に視線を移す。掌に乗るほど小さな頼りない生き物だったが、今では丸々と立派な成猫に育っている。帝にもよく懐いていて、簀子を歩く沓

音が聞こえ始めると、

「むにゃにゃにゃ、にゃあーん」

顔を音の方に向けて話しかけるような鳴き声を上げるのが常だった。そんな可愛い姿も、もうしばらく見ていない。

「お前もさぞ、寂しいでしょう」

彰子は、白峰の耳を指で挟んでこするように触った。気持ちよさげに目を細めた白峰が、自ら頭を擦り付けてくる。

「お前を長いこと放って、お悪い帝ですね」

抱き上げると、切なさが彰子の胸に堰《せき》を切ったように込みあがった。


定子を恋うあまり、体調を崩してはいないかなど心配していた彰子の耳に、残酷な現実が飛び込んできた。

帝は、ほかの女に溺れているのだ——と。

宿直の女房達が、女主はとっくに寝たのだと勘違いし、夜通し語り明かすのを、御帳の中で聞いてしまった。宿直の女房らも、最初はひそひそと話していたのだ。それが、段々夢中になって、声も大きくなっていった。

帝の相手は、考え得る限りで一番あってほしくない人物だった。定子の妹だという。皇后付き御匣殿として、姉に仕えていた娘で、定子のような華やかさはなかったが、姿形はそっくりと評判の人だ。定子より美しいという者もいる。

（嘘……）

彰子は、女房達に起きていることを気付かれまいと、ともすると乱れる呼吸を隠すため、口元を両手で覆った。

御匣殿は、今は姉の忘れ形見の敦康親王と脩子内親王に仕えている。昨年生まれた媄子皇女《よしこひめみこ》は、東三条院詮子が引き取って養育していた。

自然、帝も子らに会うため、御匣殿の曹司に足繁く通った。そのうち、手がついたのだ。

（だけど、御匣殿も皇后が崩御したあと、御出家なされたはず）

初めは一条帝も、間違いが起こらぬよう、気を遣っていたらしい。だが、あまりに定子に似すぎていたせいで、そこにかの人が戻ってきたような幻を見たのだろう。出家をして髪が短いことも、いっそう過ぎし人を思い起こさせたに違いない。

ある日、堪えきれずに抱き寄せ、水が低き方へと流れるように二人は男女の仲になった。一度抱いてしまうと、もう止めようもなく、ずぶずぶと溺れていったということだ。

毎夜、帝は御匣殿を求める。一度失い、再び取り戻した錯覚のためか、定子との逢瀬より激しかった。

彰子の中にぐるぐると訳の分からぬ感情が渦巻いた。叫び出しそうな衝動にかられる。本当は、声を上げて泣きたかった。初めて経験する不安定な感情は、数日続いた。

時間の経過と共に暴れ出した血潮が引くと、今度は帝と御匣殿のどちらも、可哀そうになった。帝はついに心が壊れてしまったのかと思えたし、ひたすら姉の身代わりとして抱かれる御匣殿も、平気なはずもない。

だのに、宮内侍に調べさせたところ、御匣殿の周囲は、帝のお手が付いたことを喜び、皇子の誕生を願っているという。

公卿の娘たちはそのために産み落とされ、育てられる。だから、御匣殿の一族が、帝のお手付きを目出度いことだと喜ぶのは、当たり前だった。彰子もそのために今日まで生かされて、一族に繁栄をもたらすよう政の力で中宮に押し上げられた。

（わかるけれど、私たちにも心があるのに）

一族復活の可能性に祭りのように沸く中、当の御匣殿は、身代わりに抱かれるたびに、自分自身が消えていくような恐怖に苛まれているではないか。帝の手で沈められた情念の泥沼から、一番救い出してほしい身内が、這《は》い上がれぬよう追い打ちをかける。

（みなで寄って集って、殺しているようなものだというのに、周囲の者たちは気付いていないだなんて……）

さらに彰子には、御匣殿に養育されている親王、内親王が心配だった。数え三歳の敦康はともかく、脩子内親王はもう六歳。母の定子が世間から受けた仕打ちも、今現在何が行われているのかも、薄々気付いているはずだ。

もうお止めくださいと、彰子は帝の行いをやめさせたかった。今の帝の姿を知れば、定子はなんと思うだろう。誰より愛した夫と、死の間際まで付き添ってくれた大切な妹、なによりなんとしても守り抜きたかったはずの子供たちの人生が、狂っていく。

死んでしまった定子が何もできないように、生きているのに彰子も無力だった。帝は御匣殿以外の女人とは、いまや会おうとしない。政務だけは滞りなく執っているのが、不思議なくらいだ。

さらに信じがたい話が彰子にもたらされたのは、こうして現状打開の方策も浮かばず、先が見えずに行き詰まっていたときだ。

敦康親王付き家司《いえづかさ》に就任した藤原行成が、道長と共に彰子を訪ねてきた。

彼らは十四歳の彰子に、敦康親王の母にならないかと持ち掛けたのだ。

十

あの日からずっと、彰子は考え続けている。どうすることが、一番良いのか。

(私が亡き皇后宮様の大切なお子を、養育申し上げるなんて……)

道長はなんとしても敦康親王を退け、できるかどうかもわからない彰子の産む親王を、次の東宮に立てるつもりでいる。それなのに敦康親王を彰子に育てさせるのは、一見矛盾しているように思えるが、それは違う。

まずは、帝の足を彰子の元へ向けさせる意味がある。息子に会いたい帝の親心を利用するのだ。たとえ彰子の御座所に通うのが億劫でも、敦康のために途絶えたお渡りが復活すると踏んでいる。かつて入内前に、帝の子猫をもらい受けた時と大差ない考え方だ。

それから、万が一、彰子に子ができなかったときの予備となる。敦康が帝となったあかつきには、生母亡き今、養母彰子の発言は無視できないものとなる。慈しんで育てれば、実母のとき以上に感謝を抱いて遇してくれるかもしれない。わずか三歳。寂しさを埋めてやれば、他愛なく懐柔されることだろう。

なにより、一条帝の親王を後見できぬまま、東宮居貞親王が帝となるような事態が起これば、道長は力を失うことになる。あまりに年若く権力を握ったうえ、比較的晩婚だった道長には、後宮に送り込むべき手駒となる年頃の娘が、今の段階では彰子しかいない。

(本当は、居貞親王にも、妹を入内させたいところだろうけど、あの子はまだ八歳だもの)

彰子はすぐ下の妹の幼い顔を思い浮かべた。その上、居貞親王は一条帝より四歳年上の二十六歳である。すでに敦明という一の皇子もいて、彰子の次の妹と同じ歳なのだ。すぐに手を打てる状況ではなかった。

ここまで考えて彰子は苦笑した。

(私もずいぶんと、こういうことに聡くなってしまった)

長保二年に中宮に冊立されたあと、道長が倒れたことで危機感に襲われた彰子は、朝廷のしきたりや、律令制度、自分や父を取り巻く人間関係、過去の因縁などについて、積極的に学んできた。師は、主に道長である。

「教えてください」

と頼んだ時、

「そんな知識が女に必要あろうか」と突っぱねられるかと危ぶんだ。

が、道長は逆に嬉し気に、

「道を過《あやま》たぬよう、これからはあらゆる知識が中宮にも必要でしょう。政がわからねば、亡き皇后のように、窮迫《きゅうはく》に瀕《ひん》して出家をするなど、致命的な過ちを犯すやもしれませぬからな」

彰子の覚悟に応えてくれた。

酸いも甘いも知り尽くし、狡猾《こうかつ》な顔を隠し持つ女房の赤染衛門も、力を貸してくれた。いや、他の女房も、女主人の浮き沈みは自分の生活に直結するのだから、彰子がわからぬことを尋ねれば、真摯《しんし》に答えてくれる。

ただ、道長が彰子に箔をつけようと、身分の高い家の姫君ばかり雇ったせいで、美しいが仕事のできない女房が多かった。ばりばり働いたり、はっきり物を言ったりする女を怖がる傾向があるため、彰子も直接指図するのはやめて、最近では努めておっとりした女を演じているほどだ。

何はともあれ、学べば学ぶほど、わからなくなることもあったし、「そういうことだったのか」と理解の深まることもあった。入内したてのころに比べれば、ものごとを見通す目は、飛躍的に養われた。

さらに「地獄行き」の話を父として以来、よりいっそう彰子は神経を研ぎ澄ますようになっていた。人の行動や表情、そして言葉に及ぶまで、それらを作り出す「心」の動きに注視するようになったのだ。

こうして学んだ知識を駆使し、彰子は今度の問題に立ち向かおうと、一人御帳に籠って懸命に頭を巡らす。自分は、人生の大きな岐路に立っているのだと、自覚していた。この問題は、これから先、「どう生きるか」に直結する。

今の朝廷は、村上帝（第六十二代）のふたりの息子、冷泉帝（第六十三代）と円融帝（第六十四代）の血流が交互に帝位に即いている。

円融帝の次が冷泉帝の皇子・花山帝（第六十五代）で、その次が円融帝の一粒種・一条帝（第六十六代）、つまり今上だ。

一条帝の後は、本来なら花山帝の一宮が継ぐはずだが、東宮を定める時期にまだ生まれていなかったため、冷泉帝の子の居貞親王が皇太子として立った。後の三条帝（第六十七代）である。

道長が問題視しているのは、居貞親王が帝位に即いた後のことだ。順番上、一条帝の息子が東宮となる。慣例に沿って、后の産んだ最初の男児（一宮）が選ばれる。逆に言えば、后の一宮が皇太子になれなかったことはない。皇位継承で揉めないため、一帝に后は一人というのがこれまでの決まりだったからだ。つまり、何の手も打たねば次の東宮は敦康親王に決まってしまうのだ。

だから道長は、無理やり定子を皇后にし、彰子を中宮職に就かせることで、彰子に男君ができたらその子にも、皇位継承権が持てるようにした。

かなり無茶な話だが、定子が出家したことにより可能になった。

そもそも律令下では、一時代に后職は三后までという決まりがあった。三后とは、皇后、皇太后、太皇太后のことで、それぞれ同時期に一人しか存在してはならない。ゆえに本来、帝を起点に、嫡妻が皇后、母が皇太后、祖母が太皇太后だったのだ。しかも、皇后だった者しか、皇太后や太皇太后にはなれなかった。

だが、皇后に皇子が生まれなかった場合、后以外が産んだ子が東宮となる。かつては、妃の子が帝になれば、その母は皇太妃、夫人（後の女御）が産めば皇太夫人と呼ばれた。それが、時代が下るにつれ、彼女たちも皇太后と呼ばれるようになっていった。

近い例では詮子がそれに当たる。円融帝の后は遵子《たかこ》だが、子を成さなかったため、女御詮子の産んだ一条帝が皇位に即いた。即位の年に、詮子は皇太后となったのである。

こうして皇太后、太皇太后になる者が増えてくると、先代の三后が亡くなる前に新しい御代がやってくる。予算の都合により、同時期に三后という決まりは崩せず、さりとて廃后にするわけにもいかない。「嫡妻が皇后、母が皇太后、祖母が太皇太后」というしきたりの方が、なし崩しに崩れていった。

一条帝即位時の三后は、遵子、詮子、昌子《まさこ》だが、詮子以外は今上と血縁関係にない。

ところが、定子が入内したとき、この三后が、四后になった。時の権力者の藤原兼家（定子の祖父で道隆や道長の父）が、定子を后にするために、無茶を通したからだ。

元々三后をひっくるめて「中宮」と呼んでいたのが、このころは特に皇后を指して「中宮」と呼ぶようになっていたのを利用した。元々同じ地位を差す言葉だった皇后と中宮を分離させ、中宮、皇后、皇太后、太皇太后の四后となしたのだ。

ちなみに、后職はその人が出家した段階で退くことになる。出家をしたはずの定子が、彰子が入内するまで中宮のままだったのは、一条帝が我儘《わがまま》を通したからだ。定子が認められると、その後に出家した遵子も認めざるを得ない。こうしてまた一つ決まりごとがなし崩しに無くなった。

さらに詮子は、夫の円融院が崩御したときに出家して、皇太后職は辞したものの、これまでに存在しなかった「女院」という地位を作り出して権力をより強固にした。これを后職に準ずるものとし、今は四后の中に数えている。なので、定子が中宮に居座ったことの是非も、判断は実に難しいところであったのだ。

彰子が中宮になる直前、四后の席はすべて埋まっていた。中宮が定子、皇后が遵子、皇太后の代わりに女院詮子、そして太皇太后は昌子内親王である。たまたま昌子が崩御し、四后の中の一席が空いたために免れたが、もし空いていなければ、定子は道長によって廃后の憂き目を見ただろう。

この時代、律令の決まりを権力で歪めに歪めた結果、后位はひどく複雑になってしまった。もう滅茶苦茶だと、彰子はこの現状に呆《あき》れた。しかも、自分は歪めた当事者として、歴史に名を刻むのだ。やりきれない。

一番驚いたのは、これだけのことをやっても、一族の地位が盤石にはならないという現実である。権力がいかにうたかたの如きものか、この一事が物語っているではないか。彰子は虚しさを覚えた。

(いったいどれだけの数の人生を狂わせて、人々の不幸の上に立ち、国家の制を歪めれば、一族は安泰するというの)

それでも、やらねば踏みつけられる人生だ。

定子が良い例だ。病を得ても医師は来ない。お産のときに現れると言われる物の怪が不安でも、陰陽師も高僧も来てくれない。葬儀ですら、人が来ない。兄弟以外の親族は、喪服も着てくれず、「われらは無縁ぞ」という態度をとり続ける。愛する我が子も守れずに、自分を徹底的につぶした政敵の娘の手に、委ねられようとしている。

彰子は、今こそ定子に問いたい。もし、自身の結末を知ったまま時を遡《さかのぼ》ることができたなら、栄華を誇った時に、まだ力を握る前の道長を、そのままにしておくのかと。

(父を権力欲の亡者だと批判する人は、自分が皇后宮様のような未来がくると知っていてなお、手をこまねいて、父をつぶしにきたりはしないというの。権力を握ることだけが唯一、回避できる道だとしても?)

今、彰子が問われているのは、こういう選択だ。

母を亡くしたかわいそうな子供を、わずか十四歳の少女が引き取って、養母となって育てる
……などという美談ではない。

子を引き取って育てるか育てないかなど、問題の外のことだ。引き取ったところで本当に育てるのは乳母だったし、教育を施すのは家司の行成の仕事なのだから。彰子はただ、可愛がって「母上」と呼ばせ、時間の空いた時に優しく遊んでやればいい。

そうではなく……。

一族と己の未来のために泥を被って敦康を利用するか――。たとえ落ちぶれる日が来たとしても、人として恥じぬよう清く生きるか――。

そういう二択を、彰子は迫られているのだ。

(わからない。どうすればいいのだろう。一族の利を思えば、一も二もなく引き取るべきなのだろうけど……)

己の人生を汚すのが怖い。覚悟ができない。

(妹たちが、皇后宮様のような最期を迎えるはめになってもいいというの)

定子のような人生……と心中で呟き、ふと疑問が芽生える。

(あの人は、本当はどんな人生を歩んだのだろう)

表面的な人生は知っている。だが、その心の内は?

どれほど人に尋ねても、調べても、清少納言という女房が、定子に仕えた日々を書き留めたことで有名な『枕草子』を読んだとしても、かの人の内面は見えてこない。定子以外、誰も知らな

いからだ。

その心に嵐は吹いたのか。哀しみにくれたのか。絶望を覚えたのか。

(誰かを……父を、私を、一瞬でも憎んだろうか。私の中にちらちらと鬼の焔《ほむら》が灯ったように、貴女の中にも、私の存在が消え失せてしまえばいいという負の感情が、湧き起こったことがあるのですか)

もし、定子に直に話を聞けたとしても、実際のところは何も知れないだろう。本音を彰子に語ってくれるはずがないではないか。

「貴女が私の立場なら、お子を育てますか。いったいどんなお気持ちで? もし、育てる道を選んだなら、何を思って私の子を抱きしめますか」

彰子は御帳の中、ひっそりと定子に問いかけた。何一つ答えは返ってこない。

横で寝ていた白峰の君が彰子の小声に目を開けて、甲高く一声鳴いた。

第二章　定子

一

十一年前。永祚《えいそ》二（九九〇）年。

定子《さだこ》十四歳の春。あとわずかで、祖父兼家《かねいえ》の東三条第から、十一歳の帝《みかど》の元へ、入内することが決まっている。

春告鳥《はるつげどり》（鶯《うぐいす》）が満開の梅の枝に止まって、しきりと囀《さえず》る庭を、定子はひとり散策していた。

霞が立ち込めているから、せっかくの花も姿を隠している。ただかぐわしい香りが一面に漂い、見えないことがかえってゆかしくも思われた。

（私の姿も隠してくれるのだから、なんて有難い霞なのかしら）

今、自分がしている悪戯《いたずら》に、くすりと定子は笑った。

本来、深窓の姫君が、こんなふうにはしたなく庭を歩いて良いはずがなかった。気が触れたと思われても仕方ない行為である。

だが、庭からあまりに良い匂いが漂ってくる中、自分が昼寝をしたせいで女房達も春の眠気に誘われて、あちらこちらでうとうとしているのだと気付いた瞬間、うずうずとたまらなくなった。

そっと御帳《みちょう》を抜け出し、一番深く寝入っている女房の傍で寝たふりをして、脅かそうと考えた。

そうして御簾《みす》のかかる端近に寄ったのだが、

（あら……）

壺庭に立ち込める霞に気付いたのだ。

東三条第は、寝殿前の広大な庭の半分以上を占める巨大な池のせいで、霧が発生しやすい。霧は文学の世界では秋の風物で、今日のように春に発生するものは霞と呼ぶ。さらに、春の夜に月をかすませる霞を、朧《おぼろ》と呼ぶ。

（今なら外に出ても誰も気付かないかも）

定子の胸が高鳴った。

（どうしましょう。あの霞の中に紛れてしまいたい……）

悪戯心がむくむくと湧き起こる。外に出るのは、さすがにやりすぎでは、という思いが過《よぎ》らなかったわけではない。

（でも、入内してしまえば、堅苦しい生活が待っているのだもの。やるなら、今のうちじゃない？）

軽く自問自答して、定子は己を納得させる。

そうっと、まずは母屋《もや》と廂《ひさし》の間の御簾を捲《めく》り、続いて廂と簀子《すのこ》の間の御簾を潜った。

そこで思い切り外の空気を吸う。

定子は、帝のキサキとなるべく育てられた内大臣藤原道隆の大姫だったが、あまり堅苦しくしつけられてこなかった。父は鷹揚《おうよう》で奔放な男だ。母は頭だけは抜群に良かったが、身分の高くない家の出で、こちらも気取った風はなく、おおらかだ。

ただ、祖父の兼家だけは、

「もう少し何とかならぬものか……。女らしゅう、女らしゅうするのだぞ」

顔を見るたびに説教をしてくる。

「もちろんでございます、お爺様」

定子は兼家の前で、扇を顔の前にかざし、優雅な仕草でにっこりと笑ってみせる。とたんに周囲の女房が、うっとりと溜息をつく。兼家も見惚れた顔で満足げに頷《うなず》くと、

「それよ、それ。宮中ではずっとそんな風に振舞うのだぞ。悪戯坊主が、ちゃんと姫君に見えるわい」

とたんに機嫌がよくなるのだ。

「ちょっと失礼じゃありません？」

わざとふてくされて、定子がツンッと鼻を上に向けようものなら、どっと居合わせた皆が笑う。しまいには兼家も「はっはっはっ」と声を立てて笑って帰っていくのが常だった。

定子は、梅の香に包まれながら、帝はどんなお方なのだろうと、夫になる人を想像した。十一歳の少年を夫と言われても、まるでぴんとこない。どう接したらいいのだろうか。定子は、戸惑いと不安の中にいる。

相手が年上なら、すべてを任せて身を委ね、少しずつ打ち解けていけば良いのだろう。だけど、自分が三つも上で、相手はまだどうしようもなく子供だ。

(遊んで差し上げれば……いいのかしら。けど、いったい何をして?)

それとも「帝」というのは、普通の人と違う「何か」なのだろうか。天照大御神《あまてらすおおみかみ》の子孫であり、三種の神器を受け継ぐことで明神《あきつみかみ》となるのだから、神に違いない。そう考えると益々どう接していいかわからない。

今上の即位は七つの時だった。そんなに幼い帝は、平安朝始まって以来ということだ。なぜそんな事態になったのかといえば、自分の祖父の兼家のせいだという。

今から二代前の円融帝の御代にその原因は起こった。円融帝の中宮は藤原媓子《てるこ》だったが、子を生す前に死んだため、女御である詮子と遵子の二人が次の中宮の座を争った。詮子の父の兼家は、当時右大臣だったが、遵子の父の藤原頼忠は太政大臣である。

子は、先に詮子が宿した。この時、生まれたのが一条帝《いちじょう》である。一宮を産んだ詮子も、その父の兼家も、中宮には詮子が冊立されると信じた。

ところが、円融帝が愛したのは、詮子ではなく遵子だったのだ。帝は、兼家・詮子父娘に気付かれぬよう内密にことを進め、詮子が里帰りしている隙に、遵子を中宮に任命した。

詮子にしてみると、女としてこれ以上の屈辱はなかった。自分は一宮を産み、父の身分も大きく差があるわけでもない。それが……。

このまま中宮遵子が男児を産めば、自分の産んだ懐仁《やすひと》親王は帝になれない。もっといえば、円融帝が、兼家の孫を東宮にしないと宣言したのと同じことだ。

詮子は、懐仁親王と共に里に引きこもり、何度円融帝が参内を命じても頑として応じなかった。兼家もまた、政務を放りがちになり、円融帝の政《まつりごと》に手を貸さなくなった。二人は確たる意志で円融帝に反発した。

　このままでは懐仁は東宮になれない。息子が不憫《ふびん》で悔し涙を流す詮子を、遵子の弟の藤原公任《きんとう》が、

「こちらの女御はいったい、いつ立后されるのか」

　などと屋敷の前で大声ではやし立てて煽《あお》った。十六歳の若気の失言である。詮子の怒りと怨念《おんねん》は、すさまじいものがあった。後年、詮子は女ながらに絶大な権力を握ることになるが、公任は出世の道から外され、同期の者に追い越される日々を過ごすことになる。

　この事件のとき定子は七歳だったが、大きな騒ぎとなったため、おぼろげに覚えている。

　詮子と兼家は、なんとしても懐仁を帝に即位させなければと躍起になった。そのためには、后となった遵子が子を産む前に、懐仁を東宮に立てなければならない。方法は一つだ。円融帝が譲位することで、当時の東宮師貞《もろさだ》親王（花山帝）を即位させ、空いた東宮の座に懐仁親王を押し込むのだ。

　兼家は出仕を止めた。一方でなかなか孕《はら》まぬ遵子のことを、女房達を使って「素腹の后」と嘲弄《ちょうろう》し、追い詰めた。

　懐仁親王は、円融帝にとって男女あわせてただ一人の子である。ようやくできた子に会わせてもらえず、ほとほと精神的に疲れた帝は、懐仁親王が生まれて四年経った秋、とうとう譲位に踏み切った。

　こうして、今上一条帝は、東宮となったのだ。

　円融帝の次は花山帝だが、摂関政治から離れて独自の政をしようと奮闘した結果、わずか二年

で兼家に敗北した。一条帝に神器が移り、退位に追い込まれた。

こうして平安朝史上もっとも幼い帝が誕生したのだ。詮子は皇太后となり、権力を握った。幼帝の外祖父となった兼家は、息子たちを次々と昇進させ、力を固めた。その流れの中で、定子入内が決まったのである。

朝廷内では、この動きを面白く思わぬ者も多い。兼家の一族は憎まれている。幼帝の即位も、憎悪渦巻く中で行われた。即位式直前に、玉座に帝と同じ年頃の子供の生首が投げ込まれたが、これも抗議の一つである。汚れた玉座をどうしたらいいかと報告を受けた兼家は、聞こえぬふりをして「なかったこと」にした。だから、誰がやったのか、調査も行われていない。

定子は、口さがない女房たちの噂《うわさ》で生首事件を知り、一条帝に漢文を教えている兄の伊周《これちか》に、怯《おび》えながらも真偽を尋ねた。

「うん？　生首だって。そんな話は聞かないなあ」

兄は、首を傾げて否定した。ただの噂なのか、伊周がしらを切ったのか、定子にはわからなかった。だが、心の奥底に恐怖を植え込まれたのは確かである。

朝廷には、何が待ち構えているかわからない。帝は幼いから守ってはくれないだろう。逆に自分が守らねばならないはずだ。

（できるだろうか、私に）

できようができまいが、もう運命の歯車は回り始めている。

子供が殺されて始まった一条帝の御代。その帝の伴侶の人生が、平穏に済むとは思われない。

定子は本音を言えば、宮中など行かずに、霞の中にこのまま隠れてしまいたかった。

母屋の方からざわめきが聞こえる。姫君がいなくなったことに気付いた女房達が、騒ぎ始めたのだ。

「花の色は　かすみにこめて　見せずとも」

定子は古今和歌集の上の句を口ずさむ。百年前に亡くなった遍昭《へんじょう》の歌だ。

聞きつけた女房の誰かが、「姫様が見つかりました」などと叫ぶより早く、

「香《か》をだにぬすめ　春の山かぜ」

下の句を続けた。

定子は、女房の如才なさに満足しながら、自分のあるべき場所へと戻っていった。

二

（この方が、今上帝……）

初めて帝が定子の入った登華殿に渡ってきたとき、御供として右少将で十七歳の兄の伊周も付き従ってきた。太政大臣兼摂政で六十二歳の祖父の兼家が母屋に、内大臣で三十八歳の父の道隆が廂に控えていたから、帝の方が緊張していたかもしれない。

（瞳の色が）

紫を帯びた至極色《しごくいろ》をしている。

（不思議。私と同じ色）

定子は初めて自分と同じ瞳の色に出会った。どこか運命めいている。

定子が取り澄まして型通りの挨拶《あいさつ》をすると、「うむ」と帝も重々しく頷いた。その子供らしくない老成した返事に、早くも定子は笑いの壺を刺激され、うっと息を詰まらせた。

（駄目、笑っては駄目。ここは宮中で相手は主上なのだから、我慢しないと）

笑っては駄目だと思うほどに、胸の奥がくすぐられるようで、呼吸が乱れそうになる。

「貴女《あなた》は朕《ちん》の……」

（朕……）

「妻となったのだから、共に歩いていきましょう」

声変わりもしていない高い声で言われ、失礼だと思いつつも、

（ああ、なんてお可愛らしい）

定子はこれ以上すました顔を保てなくなり、

「はい。よろしゅうお願いいたします」

顔を隠し気味にしていた扇をずらし、満面の笑みを向けた。

帝はびっくりした顔をして、耳まで赤らめ、咳払《せきばら》いをする。

「不意打ちのような笑顔だね」

と自分も目を細めた。

（上の方こそ）

定子は照れた。

「漢文学が得意なのだそうだね」

帝が尋ねる。

「得意ではございませんが、とても好きでございます」

「良かった。わたしも好きなのだよ。話があいそうだ」

（あ、わたしになられた……）

帝の自身の呼び方が朕からわたしになったことを、定子は嬉《うれ》しく感じた。少し、打ち解けてくれたのかもしれないと思ったからだ。

二人はそれから漢文学の話に夢中になった。こんなに楽しい時間は初めて経験したかもしれない。そう思えるほど刺激的だった。帝の漢籍は兄の伊周が進講しているから、学ぶ範囲が自分と似ているせいもあったろう。

あっという間に時間が過ぎた。

「今日は初めてのお渡りですし、そろそろ……」

あまり漢籍に興味のない兼家が口を挟む。気が付けば、辺りは暗く、夜になっていた。

「さっきまでお昼だったのに……」

驚く定子に、

「ねえ。今日はいいところを見せようと、龍笛《りゅうてき》を聴かせたかったのだけど、すっかり忘れてしまっていたよ」

帝が笛を取り出して翳《かざ》した。そういえば、帝は笛の名手だと聞いていた。

「昨年の殿上での御遊の折に、皆様方にご披露なされたと伺っております」

帝が初めて公の行事の中で、皆の前で笛を奏でたときのことを定子が口にする。

「ああ、聞いたのだね」

帝が嬉し気に頷く。

「皆様はまこと感動して涙を流したと兄が申しておりました」

定子は控えている伊周にちらりと視線を送った。

「それはずいぶんと大げさだね」

帝は肩を竦めたが、「大げさではございません」と定子は首を左右に振る。

「円融寺にいらっしゃる院（円融院）の元へ行幸なされた折も演奏なされて、あまりのご立派さに感動した院の命で、上（一条帝）のお笛の先生が従三位に昇進したのだとか」

「よく知っているね。これはその時に賜った笛で赤笛と言う。一曲奏でて帰るとしよう」

帝は、手にしていた笛を口元に当てた。一拍後、心が洗われるような音色が流れでる。定子は目を瞠《みは》った。

（胸に染み入るような）

技術が優れているのは言うまでもないが、それ以上にあまりに清らかな音色に、定子はうっとりと聴き惚れた。

演奏が終わると、「どう？」と言いたげに帝が定子を覗き込む。笛を吹いている間は、この世のものとは思われず、やはり明神なのだと恐れ多くひれ伏したい気持ちになったが、終わったとたん十一歳の少年がそこにいる。

定子は思ったままを必死に伝えた。褒めるごとに帝は顔を耳まで赤くした。

「ありがとう。こんなに一生懸命な称賛は初めてだよ。わたしのキサキが、貴女で良かった。本当は少し、憂鬱《ゆううつ》だったんだ。こんな人が来るとわかっていたら、もっと心弾ませて待ったのに」

「私も同じです。不安ばかりが募ったけど、今は明日からの日々が楽しみでなりません」

夫との初対面はこうして終わった。定子は帝を好ましく思った。

二人が出会って半月ほどで、定子は女御の宣旨を受けた。

定子は帝と毎日のように一緒に過ごした。同じ趣味の持ち主だから、話が尽きない。互いが二人で過ごす時間に夢中になった。

どれほど仲良く過ごしても、帝が幼すぎて定子には男女の気持ちなど湧きようもなかったが、家族としての絆《きずな》は、日に日に育っていった。


この年の初秋、兼家が亡くなった。高齢のため仕方がないが、可愛がってもらった定子にしてみると、涙が後から後から零れ出た。

(おじい様……もっともっと、たくさん叱ってほしかった)

死に目にも会えなかったことで、哀しみがいっそう深まる。しばらく一人になりたかった定子の気持ちを察し、

「会いたくなったら、教えておくれ。すぐに行くから」

一度、小さな体で定子を抱きしめ、帝は通うのを我慢してくれた。代わりに文が毎日やってくる。

(なんて優しい人)

定子は溜まっていく文を胸に、帝を愛おしく感じた。

(中秋の名月は、帝とご一緒に眺めたい)

満月と同じ色の花を咲かせる女郎花《おみなえし》の折り枝に、「中庭地白樹栖鴉」と唐の王建《おうけん》の漢詩『中秋月を望む』の第一句のみを綴《つづ》った文を結び付け、定子は清涼殿の帝に送った。

打てば響く速さで、「不知秋思在誰家」と同じ漢詩の第四句だけが記された文が戻ってくる。

この詩の書き下し文は、以下の通りだ。

中庭　地白くして　樹鴉を栖ましむ
冷露声無く　桂花を湿す
今夜月明　人尽く望む
知らず　秋思の　誰が家にか在る

次のような意味となる。

「中庭は月明かりに照らされ、地面が白く輝いている。木の上のねぐらで寝ている鴉の姿まであぶりだされてはっきりと見える。冷たい露が音もなく、月にも生えていると言われる桂花を潤している。今夜のこの煌々とした月の光を、誰もが眺めていることだろう。秋の思いにふけっている人は、いったいどの家にいるのだろうか」

十五夜は共に過ごしたいという思いを込めて贈った定子に、そうしましょうと帝が答えたのだ。ところが、帝が十五夜に定子の曹司《ぞうし》を訪ねることはなかった。八月の頭に病で倒れてしまったからだ。

「主上はお体が弱くてね、此度《こたび》のように度々臥《ふ》せってしまわれるのだ」

七月に右中将に昇進した兄の伊周が、心配しているだろう妹を訪ねて、状況を知らせてくれた。寒気を伴う熱と下痢に苦しんでいるという。母后の詮子が、駆け付けて看病しているらしい。

「私も」

定子は居ても立ってもいられず、清涼殿に入御したいと頼んだが、許されなかった。

「まだ病の正体がはっきりしない。移る病かもしれないのだ。主上が治っても女御が入れ違いで倒れでもしたら、さぞお悲しみになるだろう」

兄が窘《たしな》める。

「でも」

「ましてや女御が儚《はかな》くなってしまわれたら、主上は一生、原因となったご自身をお許しになられまい」

そう言われれば、大人しくしているしかない。

帝はいったん快復したが、数日後にまた倒れた。どんな症状なのか、どのくらい悪いのか、女房達に聞いても誰もまともに答えてくれない。知らないのか、定子には伝えないように釘を刺されているのかわからない。兄の伊周も、今度は妹のところへ寄る時間も持てないらしく、姿を見せない。

二人で過ごそうと約束した十五夜には、帝の病状が最も重く、危篤状態に陥った。

父の道隆が、定子のいる登華殿に慌ただしくやってきて、人払いする。

「覚悟をしておいた方がよい」

疲れ切った顔で、娘に告げた。

ぎゅっと定子の胸が痛んだ。

「そんなにお悪いのですか」

「赤痢病だ」

十歳以下の子供の死亡率が高い病だ。帝は十一歳。

高熱に苦しみ、腹痛に悶《もだ》え、下痢が止まらないという。体力との勝負だが、病弱な今上には、その体力があまりない。

「できることは何でもやっている。女御も祈ってくれ」

いつも陽気で冗談ばかり言っている道隆が、今は真顔だ。

物の怪や邪気を払うため、読経を上げさせる一方で、弦打《つるう》ちの儀を絶え間なく行っているという。弦打ちの儀とは、弓の弦を、矢は手にしたままつがえずに指で引き、弾いて音を立てる儀式のことだ。弦の弾ける音が鳴り響く様は、異様な迫力がある。

道隆は、来た時と同じ慌ただしさで、去っていった。

(どうかご無事で……)

もし、一条帝がこのまま儚くなれば、定子は入内から半年ほどで夫を失うことになる。残された道は、出家して生涯帝を弔い続けるか、再嫁するか。

兼家の後を継いで力を得た道隆も、政争に勝ち抜いてこれまで築いたものが、一気に崩壊する。

だが、そんな利害は定子にとって二の次だった。定子は純粋に夫の無事を願っている。一条帝は今では大切な家族なのだ。たかだか半年だが、そして、体の関係もなかったが、労わり合って重ねた時間がある。

どちらも大人たちの政治の道具として産み落とされ、育てられ、婚姻を結ばされた。首を横に振ることなど許されなかった。平安朝のこれまでの歴史の中で、史上最年少で即位した帝に、史上最年少のキサキが入内する。尋常ではない無茶が、押し通された結果である。

当の二人は、その無茶の全貌《ぜんぼう》も、己の立場も、暗黙の使命も、知っているが口には出さない。出さぬまま、この半年間、支え合ってきた。

（失いたくない。男女のことはまだわからないけれど、私は主上が愛おしい）

定子はこの日は一睡もせずに、夫の無事を祈り続けた。

一条帝は、奇跡的に持ち直した。平癒《へいゆ》して体力が戻ると、すぐに清涼殿へ上るよう定子へ達しがあった。定子は帝に会うために沐浴《もくよく》し、一日がかりで髪を乾かし、香油を塗った。

実際に元気になった顔を見ると、涙が溢《あふ》れ出る。

「心配をかけてしまったね」

「もう本当に大丈夫なのですか。どうかご無理なさらぬよう」

「うん。こんなことを言ったら怒られるかもしれないけど……」

「怒ったりしませんよ？」

「鼻水が出ているよ」

帝が懐紙を差し出す。恥ずかしさに、定子は耳まで熱くなるのを感じながら、懐紙を受け取った。

「もうっ、知りません」

口を尖《とが》らせて涙と鼻水を拭《ふ》く。

「ほら、怒った」

帝がとろけるような笑みを見せる。

その笑顔を見ているうちに、定子の中で喜びと安堵《あんど》と切なさが噴き上がった。帝にしがみつき、思い切り声を上げて泣きたくなった。我慢していると、

「嬉しいな。私の女御が、私の無事を泣くほど喜んでくれて。そんな人が入内してきてくれて、私は幸せ者だね」

帝が追い打ちをかける。

我慢できなくなった定子がしゃくりあげると、帝の方からにじり寄り、細い腕でそっと包み込んでくれた。定子の背中を宥《なだ》めるように、ぽんぽんと優しく叩く。

「生きていて良かった……。貴女がいるから、死にたくなかったよ」

そう言って、帝も涙を落とした。定子は、ぎゅっと抱きしめ返した。


このひと月半後、定子は中宮に冊立された。

儀式は亡き兼家の東三条第で行われたが、まだ喪が明けておらず、人々は何か不吉なものを覚えた。

この時の宮司《みやづかさ》の除目《じもく》では、道長《みちなが》が宮司を束ねる中宮大夫に任命された。道長は、初めは定子に仕える身だったのだ。

ただ、この男は全く一筋縄ではいかない。中宮となる大切な立后の儀式に、「父の喪中ゆえ」と重服《じゅうぶく》を理由に参加しなかった。これは、兼家の一周忌を待たずに立后を強行した兄・道隆へ

の痛烈な批判だった。

当の定子は、祖父の一周忌を待ってからの方が……という常識的な思いはあったものの、

（私が口を出すことでもなければ、出せることでもない）


と割り切った。

定子を早く后に──との願いは、道隆だけのものではなく、帝も強く望んだため、定子にはその意に添いたい気持ちもあった。

それは権力欲のようなものではなかった。一途に、帝の心の支えとなり、一番近い場所で共に歩んでいきたいという願いである。

だから、十年後に彰子が、倚子《いし》に座した定子が何を思っただろうと思いを巡らせたが、政治的な感慨とは遠いところにいた。傅《かしず》く重臣たちを見ても、気分が高揚することもなければ、血も滾《たぎ》らない。それどころか長く続く儀式自体には退屈しつつ、帝のことばかり考えていた。


（主上は紫宸殿で立后宣命宣読の儀を御立派に行われたとの由……）

十一歳の少年が、小難しい手順の儀式を、自分のことを想いながら懸命に行ってくれたのかと推し量ると、定子は切なかった。

三

おおよそ一年と半年が過ぎた。帝は十三歳、定子は十六歳になった。

日に日に成長していく帝に、定子は目を瞠る思いだ。どんどん自分を包み込む掌が大きくなっ

ていく。声も、低く太くなった。新しい声で囁《ささや》かれると、耳がくすぐったい。月のもので里に下がって戻ってくるたびに、顔立ちさえも少しずつ変化しているから、定子はいつも新鮮な気持ちで、再会に胸を高鳴らせた。

が、それは帝に言わせれば、定子も同じことらしい。

「どんどんお綺麗になっていくから、どんな顔をして会えばいいかわからないよ」

こんなとき帝は、子供らしいはにかんだ顔を見せてくれる。行事で見かける公の顔は、年齢よりずっと大人びているだけに、自分の前だけで見せる年相応の表情が、定子には宝物のように見えた。

そしてやがて気付いたのだ。それは、母親である詮子の前でも決して見せたことのない姿なのだと。詮子も気付いたようだ。定子の曹司でしか見せぬ息子の姿があることを。

初めは優しかった詮子が、徐々に定子に冷たく当たるようになっていった。義母の冷やかさに触れるたびに、定子の胸には小さなとげが刺さっていく。日が経つごとに痛みが増すが、気にしないよう努めた。

それより、成長期の今しか見られない帝の姿を、定子は目に焼き付けておこうとした。そうして、共に白髪になるまで手を取り合って歩み、子や孫に、

「私たちも若い時分があって、こんなふうに出会って言葉を交わし、こんなふうに一緒に年を重ねていったんですよ」

と語ってやることを夢見た。

二人はまだ、体を重ね合う仲ではなかったが、帝は定子の御帳の中で夜を明かすことが多くな

った。ただ、体を寄せ合って語り合うのだ。

春のやわらかい夜の気配に包まれ、この日も二人は登華殿の御帳の中で、いろいろな話をした。数日前に、昨年の二月に三十三歳の若さで崩御した円融院の周忌のための御斎会《ごさいえ》を開いたからか、帝は父帝の話をしたがった。

「私はね、母（詮子）や祖父（兼家）から、父帝のことは、母上をいじめた悪い人だと聞かされて育ったんだ。私のことも、愛しておられないと言われてね、そんなものかと……」

と帝は言う。

「真に受けていたよ。それで父帝とはお会いすることもなく、私が即位した後にようようお会いしたのだよ」

定子は驚いた。

「ずっとお会いしていなかったのですか」

「いや、三歳の時に一度……。けれどわたしは覚えていなくてね。物心ついてからは、七歳のときに父上がお住まいの円融寺に行幸したのが最初だ」

「それは、お寂しゅうございましたね」

「そうなんだ。悪い人だからと聴かされて、そんなお人には会いたくないと思っていたはずなのに、実際にお会いしたら、胸の内にわっと広がる表現しがたい感情が込みあがって、驚いたよ。ずっとお会いしてみたかったのだと、自分の本当の気持ちに気付かされたんだ」

定子はそっと帝の手を握った。

「それで、悪いお人でしたか」

帝は首を左右に振る。

「優しいお方だったよ。想像とはまるで違っておられた。ずっと会いたかったのだと言ってくださったのが嬉しくてね」

定子から、自然と笑顔が零れた。

「良かった……愛されていらしたのですね」

「うん、とてもね……。これ以上、ないほどに。父上は、私に会いたくて、譲位を御決意なされたそうだ。譲位をして、私を東宮に立てれば、母上とも和解できるのではないか、そうすれば一人息子にも会わせてもらえるかもしれないとね」

定子は大好きだった祖父の顔を思い浮かべた。今、聴いている話は、祖父の闇の部分だ。円融院が、帝だったのに自分の子とすら自由に会えないという、おかしな状況に陥っていたのは、兼家の力の方が強かったからだ。

兼家は円融帝と冷泉帝のどちらにも娘を嫁がせ子を産ませていたから、どちらの血統の味方をしてもかまわない状態だった。場合によっては、円融帝の血統を途絶えさせることも可能だったのだ。だから逆らえない。

(おじい様は、私の知らないところで、ひどいことをなさっていたのね)

定子の戸惑いを置き去りに、一条帝の寝物語は続く。

「もっとも……譲位後もそうすんなりとはいかなかったようだけど」

「えっ」

円融院は、譲位後に詮子と二度の話し合いの場を持った。その後、出家をして法王となることで、詮子を苦しめ続けた遵子と、完全に別れた。遵子は宮中を去り、里第の四条第に帰った。こうしてやっと、詮子の怒りは和らいだのだ。

定子は何と返事をしていいか、とっさに言葉が浮かばない。円融院の親心は、滅多にないほど深いものだ。どれだけの歴代の帝が、子と会うために帝位を退けるだろう。だが、一条帝にしてみれば、自分への愛情を利用され、己を人質に父は脅されたようなものだ。

(主上のお人柄なら、取り返しのつかないご決断を父君にさせてしまったことで、自責の念に捕らわれてしまわれたのではないかしら)

わずか七つほどの頃の出来事だ。元々親子関係に傷ついていた幼い心が、いっそう痛めつけられたのではないかと、定子は心配になった。

それに、「父は悪人で、母は可哀そうな善人」というそれまでの価値観が、一気に崩れ落ちたことだろう。

(主上の混乱はいかばかりだったたか)

幼子の身の内に吹き荒れたであろう嵐を思うと、定子は胸が苦しくなった。苦しい分、義母の詮子を憎らしく感じた。だが、一条帝の母親への思いは、そう簡単に切り替えられない。

「怒りが和らいだといっても、母上は今も父帝を憎まれている。人を憎む人生は、さぞお辛いだろう。それに父上のことは、母上はわたしに嘘を吐いたわけではないと思っているのだよ。母の中だけでは、わたしに語ってくれたことが、真実だったのだろう」

今夜の帝は饒舌《じょうぜつ》だ。

「母上は、お可哀そうな人だから、幸せにして差し上げたいと思う。父上に愛されなかった分、わたしがなんとかして差し上げたいのだ」

「はい」

「されど一方で、父帝とわたしを隔てさせたことが、許せないのだよ。あったはずの父帝との思い出のすべてを奪ったのだから」

話すうちに帝の顔が歪んでいった。自分の言葉に煽られたのだ。定子は、そんな表情をして欲しくなく、帝の頬を撫でた。男の固い頬ではなく、柔らかで温かな少年の頬だ。

帝は苦笑した。

「もう父上の喪が明けて、みなが明るい衣に取り替えてしまったろう。寂しかったんだ。父上が忘れられていくようで……。それでつい。貴女に長々と話してしまったよ」

帝の気持ちが定子にはわかる気がした。一周忌が終わり、乳母の藤典侍《とうのすけ》の局の声掛けで、帝に仕える女房達が一斉に喪服を脱いだ。それがよほど嬉しかったのか、誰もが浮かれている。一条帝としては癪《しゃく》に障ったが、咎《とが》めるわけにいかない。気持ちの持っていきようがなかったのだ。

何か心にけじめをつけることをしてやれたらと、定子は思案した。方法はすぐに浮かんだ。

「だったら、悪戯をしましょう」

定子は一つの提案をした。

四

定子と帝は、いたずらに夢中になった。

まずは、わざとごわついた胡桃色《くるみいろ》の紙を取り寄せる。胡桃色の紙は写経によく使われる色で、僧侶を連想しやすい。

「文字はどちらが書くのかな」

御帳の中に姿を隠し、帝自ら墨を磨りつつ彰子に尋ねる。墨は通常なら係りの女房が磨るから、もしかしたら帝が磨るのは生まれて初めての経験かもしれない。ずいぶんと下手糞《へたくそ》だ。彰子は忍び笑いを漏らした。

「どちらでも。お書きになってみたいですか」

「そりゃあ、やってみたいよ。別の誰かの文字を作り出して書くなんて、やったことがないからね」

完全に悪戯っ子の顔をしている。帝のこんなにはしゃいだ顔を、定子は初めて見た。これだけでも、提案してよかったと思える。

「では、上がお書きください。ご自身の癖を完全にお隠しなさってくださいね」

「わかった。ねえ、どんな字がいいかな」

「そりゃあ、説教じみた少し嫌味なお歌を書きつけるのですもの。偏屈なお坊様を想像できるようにいたしましょう。どなたか別の方が疑われることのないように、極端に癖の強い文字に致しましょう」

「ああ、それは賢明だね」

あらかじめ持ってきていた練習に使うための板を取り出し、帝は角ばったどこか古めかしい字を書きつけた。

「どう？」

「なんてお上手なのでしょう。どこも申し上げるところはございません」

定子が褒めると、

「そうだろう」

帝は自慢げに鼻を鳴らす。それから一気に胡桃の紙に歌を一首、書き付けた。

「これをだに　かたみと思ふに　都には　葉替へやしつる　椎柴《しいしば》の袖」

椎柴は喪服の色を指す言葉である。

みなが円融院の喪が明けたことで喪服を脱いで、華やいだ衣装に着替えたことに対して、ちくりと嫌味を言う歌だ。これは仁明《にんみょう》帝に仕えた良岑宗貞《よしみねのむねさだ》が、帝が崩御したときに、

「みな人は　花の衣になりぬなり　苔《こけ》の袂《たもと》よ　かわきだにせよ」

と詠んで出家した説話を下地に作ったものだ。僧になった宗貞は、遍照僧正と名乗った。歌の意味は次の通りだ。

仁明帝の喪が明けて、誰もが喪服を脱いで華やいだ衣に着替えたと聞く。だけどわたしは僧となって未だ喪服のままだ。せめて、涙で濡れた袖だけでも乾いておくれ。

この古歌を踏まえた上で、「これをだに」と詠んでいる。つまり、「これ」とは喪服を指す。せめて喪服だけでも形見と思っているのに、都ではもう衣替えをしてしまったのか。

薄情ですね、と言っているのだ。

古歌を踏まえての歌なので、歌を詠んだ遍照の建立した花山寺のある山科《やましな》、つまりは山里の方ではまだ喪服のままですよ、という意味も込め、衣替えをした女房達の薄情さをいっそう際立た

せている。

もっとも現実は、歌の主の一条帝も、悪戯を発案した定子も衣替えを済ませている。二人は、女房たちとは同じ穴の狢《むじな》なのだ。だからこそ、種明かしをしたあかつきは、みなで笑い合えるはずだった。帝も定子も非難される側にいる仲間なのだから。

二人はこの歌を贈る相手の人選にも気を遣った。最終的に、「もう、仕方ないですねえ」と仕掛けた二人を、あっさり許してくれる相手でなければならない。ちょっとでも気に病む性格だと、楽しく笑えなくなる。

「わたしの乳母殿だな」

帝が決めた。定子もそれは良い相手だと納得する。

藤典侍の名で呼ばれる藤原繁子《しげこ》だ。

帝にとって第二の母親のような存在だから、二人の間には絆がある。さらに定子から見ても祖父兼家の妹だから大叔母に当たり、他人ではない。本気で責めたわけではないと、すぐに納得してくれるはずだ。加えて教養深い人だから、遍照の古歌を思い浮かべて、この歌の意味も正しく理解してくれるだろう。

あとは誰に文を届けさせるかだ。定子は、自分付きの女房の小兵衛《こひょうえ》にだけ計画を打ち明け、相談した。小兵衛は帝の書いた文を見て、ふふっと笑う。

「良い童を知っていますよ。台盤所に仕える女官の使っている童が、鬼童と呼ばれるほど体の大きな子です。特徴のある子の方がよろしいでしょう」

小兵衛の提案に、

「ならばその童にしよう」

定子は、鬼童に頼むことにした。段取りは、小兵衛がつけてくれる。

文を小兵衛に渡したあと、定子は帝と目を見かわした。早く藤典侍の反応が知りたい。もっとも、藤典侍は物忌み中で、終わらねば局から出られない。二日間と告げられていたから、明後日までの我慢であった。


藤典侍は物忌みが明けるとすぐ、興奮気味に登華殿にやってくる。

「あ、参りましたよ」

一緒に藤典侍が来るのを待ち構えていた帝に、定子が囁いた。

「怒っているようだね」

帝も囁き返す。

藤典侍は、二つの文を定子の前に突き出した。

「これらをご覧ください。こんなひどい歌が送られてきたんです。僧侶ぽく装っておりますが、修行をされた有難い僧侶がどうしてこんなひどいことをなさいますか。私は騙《だま》されませんでしたよ。これは、院に近くお仕えしていた藤大納言の仕業です」

切々と訴える。

（えっ、藤大納言ですって）

定子は表情を殺して二つの文を受け取った。一つは帝が書いた歌だが、もう一つは藤大納言こと藤原朝光《あさてる》のものだ。

朝光は、後の右大臣藤原顕光の異母弟で、定子の父道隆の政敵に当たる。ただ、三年前に昇進争いで道隆に負けて以降、風雅の世界に生きる道を選んだ。今では道隆とも酒飲み友達で、もう一人、同じく大納言の藤原済時《なりとき》と三人でよく遊び歩いている。

藤典侍は、

「憎たらしいから、藤大納言に返歌をいたしまして、やり返しておきましたら、『何のことかわからない』という惚《とぼ》けた返歌がやってきたのです」

鼻息荒く説明した。

（ああ、なんて気の毒な……。大納言は無関係なのだから、まさしく何のことかわからなかったことでしょうね。だいたい、この二通の文の筆跡は比べようもないほど違っているというのに）

「大納言の手ではないようだ。法師の書いたもののように思える。……昔の人が鬼と化して書いたのではないか」

定子は藤大納言への疑いを、逸らそうとした。

「そうでございますか……だったらいったい誰が……。古歌に寄せてきたところを見ると、風流を解する方と思うのですが……」

藤典侍が、ぶつぶつ言いながら首を傾げる。その様子には、なんとしても文の主を探し出すという固い意志が滲《にじ》み出ている。

定子は、帝の方にちらりと視線を送った。

（そろそろ潮時ではございませぬか）

帝もそうだなと頷き、

「その紙は、この辺りで見かけた色紙によく似ているようだ」

厨子《ずし》の中から文に使われた同じ紙を取り出した。

「えっ……あら……えっ？　それはいったいどういう……まさか主上が……」

帝が微笑む。

それですべてを察した藤典侍が、

「ええっ、なんておひどい。どうしてこんなことをなさったのですか。私をお二人で嵌《は》めたのですね。すっかり騙されてしまいました」

五十過ぎた今でも恋の噂が絶えないだけあって、愛嬌《あいきょう》ある仕草でわざとふくれっ面をする姿は、どこか可愛らしい。そういう人だから、周囲の女房たちから見れば上司だが、みな心を綻《ほころ》ばせてどっと笑った。

さっきまで取り澄ましていた定子も、堪らなくなって一緒に笑う。すると藤典侍は、定子の袖を摑《つか》んで揺さぶりながら、

「どうしてこのようにお謀《はか》りなさったのです。文を受け取った時は、胡桃の紙だったのを見て、きっと僧侶からで、物忌みをやり過ごすための有難いお言葉が綴られているのだと勘違いして、手を清めて受け取り、伏し拝みましたのに」

恨み言を口にしつつ、自分でも可笑しくなったのか、途中からは笑い出した。

「すまないね。だけど、おかげで賑《にぎ》やかに父上を御見送りできるよ」

帝の言葉に、乳母の藤典侍は、優しい顔に戻った。

「そうでございますねえ」

定子から戻してもらった帝の文を、今は大切そうに胸元にしまった。

この後、藤大納言に藤典侍が経緯を説明して謝罪したが、

「なあに、良い話が聞けて得をしたよ。酒の肴《さかな》にしてもいいかな」

かえって喜んでくれた。

五

正暦《しょうりゃく》四（九九三）年。定子十七歳、帝十四歳。

昨年から翌年にかけてが、後から振り返れば、定子にとって一番華やかな時期だったかもしれない。道隆は昨年の冬、定子のために里帰り用の邸宅、二条第を建ててくれた。兄弟たちは摂政を務める父の引き立てで、有り得ない早さで昇進していった。

定子は帝とは相変わらず睦《むつ》まじく、一緒に過ごす時間が長い。歴代の帝の中で、これほど嫡妻と共に過ごす帝もいなかったのではないかと思えるほどだ。

このため、とうとう帝の住まう清涼殿の廂に設えた定子のための御座所――上の御局で、二人は寝食を共にするようになっていた。有り得ないほどの寵愛ぶりだが、一条帝には定子以外のキサキはなく、何者にも配慮する必要はなかった。

まるで二人で一人のような親密さに、自分の娘を入内させ、寵を争おうという気になる者は、誰もいなかった。

少し行き過ぎた二人の仲を、誰にも何も言わせぬため、帝は政務に懸命に取り組んだ。このた

め、早くも賢帝と囁かれ始めている。

そのせいもあるだろうか、この年、道隆は摂政の地位を返上し、関白となった。摂政には政策の可否を決める権限があるが、関白にはない。今までは幼い帝の代わりに道隆が決裁の代行をしていたが、これからは帝が判断していくことになる。

元服は十一歳ですませていたが、それは定子を後宮に迎え入れるためだ。十四歳の今年、一条帝は真の意味で大人になったと認められたわけだ。つまり、いつ定子を抱いても良いということになる。ただ、この年も帝は、咳病《せきや》み（インフルエンザ）と疱瘡《ほうそう》（天然痘）という二度の大病に苦しみ、それどころではなかった。

定子の方も、帝に負けぬよう研鑽《けんさん》し、歴代最高の水準を誇る後宮文化を開花させた。魅了された上達部《かんだちめ》らが、常に行きかう社交の場を生み出したのだ。

これに伴い、定子は機知に飛んだ女房を新たに召し抱えたいと考えるようになった。父に相談すると、心当たりが一人いるという。

「歌人で三十六歌仙の一人、勅撰《ちょくせん》和歌集の撰者でもある肥後守《ひごのかみ》殿の娘は、どうかね」

肥後守とは、清原元輔のことだ。三年前に赴任先で亡くなったが、享年八十三だった。

「村上帝の御代に、『梨壺《なしつぼ》の五人』のお一人だった方ですね」

梨壺とは七殿五舎の一つ、昭陽舎《しょうようしゃ》のことで、今は東宮居貞《おきさだ》親王が住まいとしている場所だ。村上帝の時代、天暦五（九五一）年に勅命により、この梨壺で五人の歌人によって和歌の研究や和歌集の編纂《へんさん》などが行われた。

半世紀以上前の話だ。定子から見ればずいぶん前の人という印象だから、その娘というとかなりの高齢の女性だろうかと尻ごんだ。

道隆が気付いて否定する。

「二十代だそうだ。確か……二十八歳くらいだったかと聞いておる。和歌はもちろん、漢籍にも通じているから、中宮とは話が合うだろう」

「漢籍の話が、主上や兄上以外ともできるのですか」

だとしたらこんな嬉しいことはない。期待が膨らむ。定子の表情の変化に、道隆は目を細めた。

「気に入ったようだな。これまで、どちらにも勤めたことがないから、受けてくれるかはわからぬが、向こうも中宮の評判の高さを耳にしていれば、会ってみたいと思っているはずだ……」

楽しみに待っていなさいと、道隆は請け合った。

(出仕経験がないのか)

道隆が帰った後、定子は少し不安を覚えた。宮中に初出仕するには、年齢が高い。才女なら、自尊心も高いだろう。

(上手く溶け込めれば良いが)

この日の夜、定子は帝にさっそく、漢籍に明るい新しい女官がくるかもしれないことを、話してきかせた。帝の瞳がパッと輝く。自分も道隆から聞いたときは、きっとこんな表情をしたのだろうかと、定子はしみじみと帝を見つめる。それから、

(あら?)

一つの大発見をした。

「それは嬉しいことだね」

と喜ぶ帝の言葉に、

「楽しみでございます」

答えはしたが、半ば上の空になった。

（御髭がお口元に……）

よくよく見なければわからないほどうっすらとだが、帝に髭が生えかけているのだ。そういえば、掌の大きさも今年になって抜かれてしまった。いつの間にか身長も同じくらいになっている。来年には、帝の方が大きくたくましくなって、今よりずっと男らしくなるのだろう。

定子の頰が熱くなった。

（なんだろう、胸がどきどきする……）

二人の関係が、もうすぐ次の段階に進むのだという予感に、定子は急に恥ずかしくなって目を逸らせた。


いきなりよく知らぬ女を清涼殿に入れるわけにいかない。定子は久しぶりに自身の曹司の登華殿に戻った。

内裏に入ったのも初めてだったのか、落ち着かなげに清原元輔の娘は定子の前ににじり寄って対面した。もっとツンとした人かと思っていたが、案に反して気後れしているようだ。

その人は、平均的な背丈だが、やや小柄よりで、目が大きく、髪は焦げ茶色で癖っ毛だった。黒い髢《かもじ》を付けていたから、髪色が二色に見える。地毛と同じ色の髢が用意できなかったためだろうが、どことなく洒落《しゃれ》て見え、定子は気に入った。肌は白いが健康そうだ。

この時代は、切れ長の目に真っ黒な髪がどこまでも真っ直ぐに伸びているのが美人の条件だ。だから、一般的な美人からは外れるが、少し童顔で年齢よりずっと若く見える。

(可愛らしい人)

というのが、定子が最初に感じた印象だった。あまり才女には見えない。

宮中では諱《いみな》は使わず、役職のある者は自身の官職名を、ない者は父や夫の官職を名前の代わりに使う。それだけだと同じ呼び名がたくさんできて混乱するので、多くは氏《うじ》の一字を上に付ける。たとえば藤原氏出身で内侍の職に就いた者なら、「藤内侍」というふうに。

清原元輔の娘の女房名は、「清少納言」と決まった。清少納言は定子が私的に雇った女房で、中宮職の女官ではない。ゆえに、本人に役職名はない。

これに対し、七年後に彰子の後宮に仕えることになる宮内侍は、正式に朝廷から雇われて「中宮付き内侍」という役職に就いていたから「宮内侍」と名付けられた。一条帝の乳母の藤原繁子は、典侍という職に就いた藤原氏なので「藤典侍」。三位を授かっていたから別名、「藤三位」ともいう。仲間内では「藤三位」と呼ばれることが多く、外の者からは「藤典侍」と呼ばれることが多かった。

清少納言は本人に官職がないから、父か夫の官職で呼ばれるはずだった。少し前に離婚していたから、父の肥後守から取って、「肥後」とするのが一般的だ。あるいは、元輔が民部少丞《しょうじょう》でもあったので、「民部」に清をつけて「清民部」だろうか。

だが、本人がどちらも語呂が悪いと嫌がり、

「清少納言とお呼びください」

と挨拶をした。

（なぜ少納言？）

どこから「少納言」が来たのかわからなかったが、あえて定子は問いただださなかった。今のところ、定子付女房で「少納言」と名乗っている者がいなかったから、丁度いいと思ったのだ。それに、共に漢籍に付いて語り合うという楽しみの前では、女房名など些末《さまつ》なことではないか。


（駄目だ、使えない）

というのが、清少納言を数日使った定子の感想だ。

上達部たちが無数に仕掛けてくる、漢文や和歌を潜ませた会話や歌に、誰もが「これはしてやられた」という返しを担当して欲しかったのだが、清少納言はあまりに内気すぎて、姿をなかなか見せようとしない。

好きな時間に出仕してよいのをいいことに、日が落ちてから局を抜け出し、こそこそと母屋にやってくる。廂の誰の目も届かないところに隠れていたいというのが本音のようだ。ただ、それだと出仕したことをわかってもらえないので、

「来ていますよ」

という証だけは見せたいのだろう。いつもなんとなく定子の傍の三尺の几帳《きちょう》の陰に座っている。

こちらの姿は見たいのか、几帳の帷子《かたびら》と帷子の間に作ってある隙間――「綻び」からしっかり覗《のぞ》いて見つめてくる。その癖、定子がちらりとでも視線を送ると、さっと体ごと伏せてしまう。

しばらくは、それはそれで面白かった。ちらりちらりと何度も横目で見ては体を伏せさせ遊んだ

が、三日もすれば飽きてしまった。

清少納言は、夜が明けると脱兎《だっと》のごとく自分の局へと戻っていく。初めの挨拶を除けば、まだまともに声も聞けていない。

打ち解けるのを待っていたが埒《らち》が明かない。業《ごう》を煮やした定子は、帝にもらった珍しい絵を取り出し、

「こちらにいらっしゃい」

清少納言を誘った。清少納言は、初めは自分が話しかけられたことがわからず、首を左右に巡らせていたが、自分のいる方面には誰もいないことに気付くと、ごくりと唾《つば》を呑んだ。

その音が、夜の静寂にやけに響く。

「そう、少納言を呼んだのだ。一緒に絵を見よう」

「は、はいぃ」

返事をした清少納言の声が裏返った。いつもなら、これでどっと笑いが起こるのだが、

「しばらくの間、新人の女房が何か失敗をしても笑ってはならぬ」

と定子が厳命していたから、母屋は静まり返ったままだ。権力者の藤典侍を笑うのとはわけが違う。今、清少納言を笑いものにしたら、きっと里に戻って二度と出て来ないだろう。

清少納言は膝行《しっこう》して傍に寄ってきた。定子は、絵を取り出し、見せた。

(この絵なら退屈しない)

猫が十二単を着たり、束帯を身に着けたりしている。あるいは鬼と戦っているものもある。猫が好きではなかったときのために、富士山などの風景画も混ぜてある。

清少納言が感嘆の溜息を漏らす。

定子は、「これはね……」と、清少納言の反応を確認してから、絵の説明を始めた。会話の中身は何でもよかった。とにかく馴染《なじ》ませてやりたい。絵なら、小難しい受け答えを考えなくても良いし、緊張のあまり言葉が上手く出なくても、魅入っているのだろうとこちらが受け止めた振りをしてやれば、比較的無難に時が過ごせる。

「それでね、こちらの絵は……」

定子は画面を指さしながら話を進める。

(あら)

途中から妙なことに気付いた。

清少納言はしきりと頷きながら聞いているが、絵の方はまるで見ていないのだ。定子の爪ばかり見つめている。

(どういうこと)

その癖、うっとりとした顔をしているのだ。

(絵じゃなくて私の爪を見て、どうしてそんな顔をしているの)

綺麗だと思ってくれているようだ。定子もつい、自分の爪をまじまじと見た。確かに艶々《つやつや》と桃色に輝いている。

後に清少納言は随筆『枕草子』の中で、定子のこの日の指先を、「さし出ださせたまへる御手のはつかに見ゆるが、いみじうにほひたる薄紅梅なるは、限りなくめでたし」と表現した。『枕草子』は定子が落ちぶれてから書かれたものだ。定子は後に読みながら、この日を懐かしく思い起こし、しばし幸福な気持ちになるのである。

こうして定子の努力で少しずつ清少納言は慣れていったが、まだ夜にしか侍ろうとしない。女房の大事な仕事の一つに、外の者への応対がある。昼間に出仕しなければ、取次の仕事は滅多にない。

（もうそろそろ、良いのではないかしら）

定子は機会を見計らって、

「雪雲が空を覆って外は薄暗い。今日は昼に出よ」

と命じた。最初は何もしなくていい。ただ、その場にいるだけでも、古参の女房達の動きを見て、（あんなふうにやればいいのか）と覚えていくことだろう。

ここは他のキサキの曹司より自由な気風だった。みな好きな衣装を纏《まと》ってそれぞれの趣向を競い、火鉢に群がってお喋りに花を咲かせている。絶え間なく、どこかでどっと笑い声が起こる。

男たちが日に何十通と和歌を贈ってくるから、誰かしら端近に寄って応対している。男たちを相手に、怯む者も少なく、さばさばと言葉を交わし合う。

定子はようよう昼に出てきた清少納言を、自分の近くに控えさせ、

「女房達の髪は、洗うのに三日もかかると聞いたがまことか」

こちらから他愛のない、答えやすい会話を振ってやる。

「本当でございます。中宮様の時のように大勢で髪を乾かしたりはできませんので、洗うのに一日、乾かすのに一日、整えるのに一日かかります」

「面白いな」

面白くなどございません、という顔を清少納言はしたが、まだ言い返せるほど馴染んでいない。

それでも前はこんな表情は見せてくれなかった。

（明日からは少し和歌なども交えて話しかけてみよう）

そう思ったとき、前払《さきばら》いの声が聞こえた。

「殿（道隆）がいらしたようですよ」

古参の女房右衛門が出仕していたすべての女房に声をかける。それを合図に、みな機敏な動作で、取り散らかった部屋を片付け始める。定子が目を見開いたのは、清少納言がものすごい速さで奥に置いてある几帳の後ろに隠れたからだ。それでも「殿」を見てみたかったらしく、やはりこの時も几帳の綻びから覗き見をしている。

母屋の中に遠慮もなく入ってきたのは、父の道隆ではなく、この年二十歳の兄、権大納言藤原伊周だった。

伊周は紫の直衣《のうし》と指貫《さしぬき》を身に着け、妹の定子から見ても優美な仕草で、柱の近くに座した。

「月輝《げっよう》の如き晴雪《せいせつ》の庭だね」

登華殿の庭に降る雪を、しばし楽しんだのか、まずはそんなことを口にする。

菅原道真《すがわらのみちざね》が十一歳の時に初めて詠んだ漢詩、『月夜に梅華を見る』を下地に戯れたのだ。

月輝は晴雪の如く
梅花は照星《しょうせい》に似たり
憐れぶべし金鏡の転《めぐ》りて

庭上に玉房の馨《かお》れることを

漢詩では、月の光が、明るく澄んだ雪が降り積もっているかのようだ、と詠んでいる。伊周は逆に、登華殿の雪が、月光のようだと言ったのだ。

漢詩は、「月下の夜は、梅の花がまるで空に散らばる星のように輝いている」と続く。

大空に瞬く星を連想したのだから、漢詩の中の庭は、ある程度の広さがあるのだろう。だが、定子の登華殿の庭は立蔀《たてじとみ》に囲まれて狭く作り上げた空間だ。この庭に残念ながら梅は香っていないので、それならいっそこの狭さが趣深いのではないかという意味を込めて、

「星が瞬かねば、狭いほどに風情がございましょう」

と返した。

定子が真っ白な衣を重ねた上に、紅の唐綾《からあや》の表着を着ていたのを見て、

「中宮ご自身が梅の花のようですよ」

伊周は微笑する。定子は袖の匂いを嗅《か》いで、

「匂うかしら」

冗談を言った。

「昨日、今日と物忌みだったけど、雪がたいそう降ったので心配でね」

伊周が、妹を労わる。

「『道もなし』と思っていたのに、どうして来ることができたのでしょう」

定子は、『拾遺和歌集』の中の平兼盛《たいらのかねもり》の歌、

「山里は　雪降りつみて　道もなし　今日来む人を　あはれとは見む」の中の一句「道もなし」を口にすることで、「大雪で道も途絶えてしまった山里に、困難を乗り越え奇跡を起こしてまで訪ねてきてくれる人がいたら、どれほど愛おしく思うだろう」という歌の意味を含ませ、登華殿に訪ねてきた兄に謝意を示した。

もっとも、定子を心配して来てくれたのは本当だろうが、伊周のもう一つの目的は確実に清少納言なのだ。噂の才女を見にきたわけだ。あわよくば、実力を試したいに違いない。

（でも無理。私でさえまだ試せていないのだから）

女房が柑橘《かんきつ》系の果物、甘子《かむし》を伊周に差し出した。伊周は皮を剝《む》いて定子に渡し、自分も口に運びながら雑談を楽しんだが、すぐに清少納言の隠れた几帳に目をやった。

「おや、隠れているのは誰だね」

「新しく入った清少納言でございます」

答えたのは別の女房だ。伊周は、

「そう、そなたが」

清少納言の隠れている几帳の前まで移動した。清少納言は、逃げ出すわけにもいかず、息を殺している。

「わたしは中宮の兄で、伊周という。以後、よろしく頼むよ」

伊周の気さくな挨拶に、

「清少納言でございます。よろしくお願いいたします」

清少納言もようよう声を振り絞ったが、蚊の鳴くような大きさだ。

「出仕する前の、そなたの武勇伝は聞いているよ。ほら、七年前の小白川第で行われた法華八講のときの話だ。中座したそなたに、みなが悪口を言うものだから、当時の権中納言殿（義懐《よしちか》）が『やあ、まかりぬるもよし』と声を掛けたそうじゃないか」

何か清少納言が口を挟むかと伊周は間を取ったが、何も言わなかったので話を続けた。

「そうしたら、そなたが『貴方だって五千人の中の一人じゃない』とやり込めたんだってね。それですごい才女がいるぞ、とそなたの存在が一気に広まったんだ」

これだけ聞くと何のことかわかりにくい。これは、釈迦《しゃか》の説話を下地にした応酬なのだ。

釈迦が説法をしているときに、五千人もの人々が、自分はもう悟りを開いたと傲慢《ごうまん》にも早合点して帰っていった。釈迦は、「こんな増上慢《ぞうじょうまん》の人なら、退くならそれでよい」と引き止めなかったという説話だ。

有難い講師の説法を最後まで聞かずに途中で帰ろうとした清少納言を、藤原義懐が釈迦の言葉を借りて増上慢に例えた。「悪口など言わずに帰しておやりなさいよ」と、清少納言を助ける意味もあったし、自分の教養を少々ひけらかしたかった、というのもあったろう。本気で増上慢と非難したわけではない。だから、なんということもなく終わるはずだったのに、「説話の中の言葉を口にして釈迦を気取る方が、ずっと増上慢ではないか」と、清少納言がすかさず切り返したのだ。

場に相応《ふさわ》しい釈迦の例えをあげて咄嗟《とっさ》に機知に飛んだ言葉を口にした義懐も素晴らしいが、女性の身で『法華経第二章方便品』の一節を知っていて、直ちに言い返せた清少納言はもっと称賛に値する。さらに、当時花山帝の最側近で勢いのあった義懐に対して堂々と言い込めるなど、胸のすく話でもあるのだ。

清少納言がいったいどういう人で、定子が初めから格別に傍に置こうとしているのか、これまでさっぱり事情がわからなかった女房も、

「まあ」

とか、

「少納言って、素晴らしいのね」

とか囁き始める。

だが、現実の清少納言が眼前でもじもじしているので、しょせん噂には尾ひれが付いていると思われそうな勢いだ。

「その場に居合わせた父上から、私もその話を伺いました」

定子は、噂と言っても直に見た人から聞いた話だと付け加えることで、決して尾ひれが付いた話ではないことを、皆の前で請け合った。これで、定子の後宮の中で、清少納言は一目置かれることになる。定子としては、そんな昔話を語らずとも、これから清少納言自身が新たに作り出しくれる伝説が、他の女房連中を黙らせてくれることを期待していた。

（けど、とんだ内気さんだったもの……）

くだんの釈迦の話の時も、当の清少納言はずっと牛車の中にいて、直接姿を見せたわけではない。

こういう催し物の時、参加する女性はみな、乗ってきた乗物から下りず、庭に牛車を並べてその中から講釈を聴くのである。そして、男たちから何か話しかけられると、牛車の横に付いていい

る供の者が、車の中の女主の言葉を伝える。直接話すわけではないから、内気でも何とかなる。

ちなみに何も返事をしないと、「野暮で無教養」と失笑されて後々まで悪評が立つから、女たちは己がその時に返せる最高の言葉をひねり出し、なんとしてでも返すものだ。清少納言が特に出しゃばったわけではない。

（少納言の噂の機知を直に見たい気持ちはわかるけれど、嫌がっているじゃない）

兄が清少納言の小胆を無視して絡んでいく姿に、定子は時の勢いを背景にした傲慢さを覚えて、溜息を吐いた。

（今日はもうそのくらいにしてやれば良いのに）

兄を清少納言から引き離すため、定子は別の話題を振ろうとした。一瞬遅く、伊周が無情にも几帳を押しやり、清少納言の姿を晒《さら》す。

「あっ」

慌てて顔を隠した清少納言の扇まで取り上げる。

（なんてことを）

定子は慌てた。

清少納言は、咄嗟に袖で顔を隠したが、それでは足りないと思ったのか、うつぶせてしまった。

（可哀そうに……）

伊周は容赦がない。清少納言の扇をもてあそびつつ、

「この扇の絵は誰が描いたものなの？」

などと尋ね、なんとか会話を成立させようとしている。

（もういい加減にして）

定子は腹立たしくなった。それでも声を荒らげたりせずに、中宮の威厳を損なわないよう努めたのは、もちろん帝に恥をかかせないためだ。

「兄上、私の扇も見てくださいい。見事なものを帝が下されたのですよ」

定子は、こう言うことで、伊周を呼び寄せようとした。だのに、

「どれ、扇を寄こしてごらん。この人と一緒に見るから」

あくまで清少納言から離れようとしない。

「いいえ、兄上がこちらにいらして」

定子の声に棘《とげ》が生えた。伊周は定子の意図に気付いているくせに、

「そうしたいのはやまやまですが、少納言が摑んで離してくれないのですよ」

などと嘘を吐《つ》く。ただの質の悪い冗談だが、いいえ、いいえと言いたげに、顔を伏せたまま首を左右に振る清少納言の真剣な姿に、定子は胸が痛んだ。

（清少納言が出仕を辞めて里に帰ってしまったら、どうするの。ああ、怒鳴りつけたい。中宮なんて不便なものね。兄妹喧嘩《げんか》もできないなんて）

定子は、今度は冊子を取り出し、

「これはどなたの手かわかりますか。美しい字です」

兄を清少納言から引き離そうとした。潮時と思ったのか、伊周は今度は素直に定子の傍に寄って、冊子を覗き込む。

「本当に伸びやかで綺麗な字だね。あの人に見せてみましょう。少納言は今の世にいる人のすべ

ての字を見知っているという噂だから」

「いい加減になされまし」

小声で苦情を述べた定子は、近寄っている兄の膝を、誰にも見られぬよう軽く抓《つね》った。

「ごめん、ごめん」

伊周は陽気に声を上げて笑う。そんな伊周を、

(仕方ない人。けれど、憎めない)

と定子は思う。

父の権勢で、伊周は若くして取り立てられ、重要な地位に昇った。そのため、色々と不足していることも多く、特に担当せねばならない儀式などの決まり事や順番が、頭に入っていない。懸命に学ぶが、覚えたころには別の役に何段階も飛んで昇進し、また新たに覚えなければならない。何の手柄もなく、かえって失敗ばかり繰り返す若造が、ただ親の七光りで昇っていくのを、他の貴族たちは面白くなく感じているから、誰も手を貸してくれない。

それでも謙虚な姿勢を見せれば結果は違ったろう。若い伊周は、馬鹿にされまいと虚勢を張り、自分が間違っていることでも押し通したので、最近ではすっかり嫌われ者だ。

(前はこんなお人柄ではなかったのに)

姿形も美しく、明るく素直で、将来は光に満ちていることだろうと評判の兄だった。時々、暗い顔をするようになった伊周を、定子は心配していた。だから、清少納言にこれ以上は絡んでほしくない気持ちと、久しぶりに明るく笑う姿にほっとする気持ちがないまぜになって、定子の心は複雑だった。

六

定子が帝と初めての夜を過ごしたのは、十八歳になってからだ。正暦五（九九四）年。帝が十五歳の春。

道長が実権を握る一年前のことである。彰子はまだ七歳で、生きることの辛さなど何も知らず、土御門第で后がねとして大切に養育されている最中である。この時はまだ、彰子を一条帝の後宮に入れるか、東宮居貞親王に入内させるか、道長にも迷いがあった。

過酷な運命が忍び寄ってきていることなど何も気付かず、定子は相変わらず一条帝と幸せな日々を過ごしている。

清涼殿の上の御局で過ごしていたとき、

「この頃の宮は少納言に夢中で、少し妬けますね」

清少納言にかまけてばかりいることを、帝がちくりと指摘した。

「私たちの仲をお疑いでしたら、『前栽の中に隠れゐて』ください」

『伊勢物語』の『筒井筒《つついづつ》』の段に出てくる言葉だ。夫には二人目の女ができて、そちらに足繁く通い始めたのに、妻はそれと知って責めもせず、浮気相手の元に送り出す。夫は妻にも新しい男ができたから、こんなに晴れ晴れと自分を送り出すのだろうと疑い、前栽の中に隠れて妻の様子を窺《うかが》う。すると、妻は浮気どころか、難所を通って女のところに通う夫の無事を一途に願う歌を詠む。夫は愛おしくなって、浮気を辞めたという話だ。

「『筒井筒』だね」

帝は微笑して立ち上がり、同じ『筒井筒』に出てくる和歌を詠んだ。

「筒井筒　井筒にかけし　まろがたけ　すぎにけらしな　妹《いも》見ざるまに」

井戸の囲いと背丈を比べてきたけれど、とっくに過ぎてしまいましたよ、愛しい貴女を見ない間に、という意味の歌だ。幼馴染同士の恋を描いた話で、この歌で物語の主人公は求婚したのだ。

定子は、この歌に託した帝の想いを読み取って、呼吸が乱れる心地になった。

予測した通り、帝は定子にも立つよう促す。手を差し出されるまま、定子は帝の掌に自分の小さな手を載せる。そのまま立ち上がって背比べをした。ついこの間までは同じくらいだった帝の背丈が、今は定子を超えている。

「まあ」

定子は喜びの声を上げた。これまでも、二人は何度も背比べをしてきたのだ。

「ね、宮が少納言にかまけている間に、わたしの背がこんなに伸びたのだよ」

「おめでとうございます」

「うん。約束を覚えているかい」

定子は顔を赤くして俯《うつむ》くと、「はい」と小さな声で返事をした。いつか帝が言った。

「わたしの背が、貴女を越したら、わたしたちは本当の夫婦になろう」

定子はそのときも「はい」と答えた。

「今夜、貴女をわたしのものにするよ」

両手で頬を包み、額同士をあわせて、帝が囁く。入内して四年。いよいよそのときが来たのである。恥ずかしさに定子はどういう反応を返していいかわからなかった。いつもの気の利いた返答は何も浮かばない。三歳年下の帝が、ずいぶんと大人に見え、戸惑いとときめきに眩暈《めまい》がした。

その体験は、肉体的には苦痛を伴っていたのに、精神的には満たされていた。互いに絡め合った指先に、同時に力が入って握り合う瞬間、体は熱く滾り、頭は真っ白になった。帝が荒い呼吸の中、一度だけ自分の名を呼んでくれた。翻弄《ほんろう》されて何が何だかわからなくなっていた定子の中に、くすぐったくて切ない思いが噴き上がり、「上」と掠《かす》れた声で呼び返した。

終わった後、涙が出るのを、帝が丁寧に拭い、しばらく髪を撫でてくれる。その間、二人は黙り合っていた。最初に口を開いたのは、帝の方だ。

「ねえ、後朝《きぬぎぬ》の別れと言って、誰もが歌を詠むけれど、幸せすぎて気の利いた言葉が何も浮かばないよ」

「私も」

「良かった。わたしばかりが拙くて、宮がいつも通りに完璧だったら、少しやるせないね」

そう言ってくすりと笑った帝は、さっきまで十歳も年上に見えたのに、もう年下の顔をしている。こんなときに「可愛い」と思わせるなんて、

(ずるい人)

定子も笑った。

このまま夜が明けなければいいと、定子は帝の胸に顔を埋めて願った。想いが通じたかのように、定子を抱く帝の手に力がこもった。

朝から雨が降っている。

下から、白、淡青《たんせい》、青、白、黄、中朽葉と色を襲《かさ》ねていく花橘襲《はなたちばなかさね》に身を纏い、花の芳香も袖に焚《た》き染《し》め、上の御局で時鳥が鳴くのを帝と共に定子は楽しんでいた。

後に清少納言が『枕草子』の中で、

橘の濃く青きに、花のいと白く咲きたるに、雨の降りたるつとめてなどは、世になく心あるさまにをかし。花の中より黄金の玉かと見えて、いみじくきはやかに見えたるなどは、朝露に濡れたる桜におとらず。郭公《ほととぎす》の寄るとさへ思へばにや、なほさら言ふべきにもあらず。

と橘について書き綴ったが、ここに描き出されたすべての色を使って襲ねていくのが、「花橘襲」である。葉がいっそう濃く色づく中、真っ白な花を咲かせ、やがては黄金の果実を実らせる橘の一年を、襲ねで表してあるのだ。

物語性を感じて定子は好きだったが、和歌の世界では追憶を連想させる題材なので、若い男女には少し不吉である。

「花橘」が平安の人々の思い出の象徴となったのは、甘く爽《さわ》やかな香りが原因だ。元々は恋人同士が逢瀬《おうせ》を楽しむ花だった。庭の橘に咲く花を口実に、「ぜひとも散る前に見にいらしてください」と招く小道具に使われていたのだ。

「逢瀬の花」が「思い出の花」へとすり替ったのは、『古今和歌集』に載ったよみ人知らずの次の歌が原因だ。

「五月待つ　はなたちばなの　香をかげば　昔の人の　袖の香ぞする」

この歌があまりに衝撃的で人々の心を捉えた。匂いは追憶を誘い、新たな物語を生む力を持つ。そう誰もが気付いたからだ。

もし、と定子は思う。自分が先に死ぬことがあれば、帝には花橘の季節だけは自分を思い出してほしい。帝である以上、今のように定子一人だけを愛しぬくなど許されるはずもない。いつか、必ず別の女人と結ばれる。それは仕方のないことだ。

(だけど、せめて……)

今が幸せすぎて、定子は別れる日がくることを頭の中に過らせる。恐怖は予感に代わる。口にすれば呪いとなる。呪いは不安を現実に引き寄せる。だから定子は朗らかに笑って過ごす。呪いに打ち勝つためだ。

くだんの歌は、『伊勢物語』にも収録されて、作者によって勝手に物語が作り出された。話の中で、歌の中の「昔の人」は夫の愛が遠のいたと思い、別の男と駆け落ちした。元の夫と再会したとき、すべてが自分の勘違いだったことを知り、愛を疑った自分への罰に現世を捨てて尼になる……。

定子はこの物語が嫌いだった。

(私は帝の愛を疑ったりしない)

だから帝が生きている限り自ら落飾することはないと信じている。

雨上がりの夕まぐれ、兄の伊周がやってきた。

「こちらにいらっしゃいましたか。漢籍を学ばれるお時間でございますよ」

帝に勉学の時間だと告げる。

「今日は、少納言もいるから、こちらで習おう」

清少納言は、今ではすっかり女房生活に慣れ、伊周を見ても物陰に身を隠すようなことはなくなっていた。

今も「近く寄るように」との帝の命を受け、誇らしげな顔で伺候する。もう顔を伏せたりもしない。それでもよくよく見ると耳が赤いから、本当は緊張しているのだ。

(顔にも態度にも出さなくなったのはえらいこと)

清少納言は十歳以上年上だが、定子は姉のような気持ちで微笑ましく見守っている。

本当は一刻で終わる講義だが、漢籍好きが四人も集まったのだから、長引かないはずがない。最初の一刻ほどは、みなで神妙に伊周の進講を予定通り聴いていたが、帝が本日分を履修し終えると、四人で自由に繰り広げる漢籍話に花が咲いた。他の女房達は、意味がわからず退屈そうだ。

好きなことをしていると時間が経つのが早く、気付けば真夜中を過ぎている。帝と漢籍の話をするときは、時間を忘れるのはしょっちゅうだった。控えていた女房は一人減り、二人減りと、みな控えの小部屋や奥の几帳の陰に身を隠して眠っている。

「とうとう少納言だけになってしまったな」

定子が指摘すると、

「私もそろそろ……」

清少納言も眠くなったのか、目をしばしばさせる。

「朕より先に眠る気か」

そんなことを咎める帝ではない。からかっただけだが、清少納言は本気にした。自分の頬を両掌でパンパンと叩き、

「滅相もございません」

大きな目をいっそう大きく見開く。

（眠っても良いのよ）

定子が目配せすると、頷いたのにその場を去る気配がない。清少納言は、逆の意味に受け取ったようだ。

この後も話が弾み、清少納言も復活したが、開諸門鼓《かいしょもんこ》の合図が響く。

「丑四つ」

時を告げる官吏が声を張り上げ、簀子を歩いて回る。

丑四つは後の午前三時のことで、平安時代の日付の切り替えはこの時間だった。つまり四人で話し込むうちに、昨日が終わって新しい一日が始まったのだ。

眠っていた女房の幾人かは起き出し、身支度を整え始める。

「ああ、夜が明けてしまいました」

清少納言が今度こそお暇をいただきたいという顔で、独り言を言う。お開きにしませんか、と暗に言っているのだ。

そうしましょうと許しを得るため、定子が帝を振り返ると、ついさっきまで熱弁を振るっていたはずが、清少納言が一言告げる間に寝落ちしている。

（まあ）

朱華《はねず》の直衣に濃い青の指貫の袴姿が、若々しい帝によく映える。柱に寄りかかって片膝を立てた寝姿は、匂い立つような色香に満ちている。

（なんてお美しいお方なのか……）

定子はうっとりと眺めた。

伊周が、

「もう朝だというのに、今更寝るの？」

などと清少納言に言っている声も、遠くに聞こえる。

「主上も御寝あそばされましたよ」

清少納言の反論に、伊周も帝が寝てしまったことに気付いて、

「おや、本当だ。朝のお勤めがあるというのに、こんなふうに寝入って良いものでしょうか」

とこちらにうかがいを立てる。

帝や貴族は丑四つに起きだし、自分の本命星の名を七回唱える。この本命星は北斗七星に基づき、人は七つの星の何《いず》れかの下に生まれると考えられていた。運命も星に左右されるため、毎朝祈りを捧げるのだ。

終わると暦を確認し、身支度を整え、軽い食事を摂る。日記を付けている者は、この時間に書くことが多い。

卯三つになると殿上人が出勤してくるから、帝は朝の拝謁《はいえつ》を受けるという流れになる。

「本当ね」

と定子は笑った。

起こさねばならないものの、少しくらいなら……という甘い気持ちが湧く。

(けど、あまりぎりぎりにお声をかければ、お食事を召し上がられないかもしれない)

それよりは眠気を我慢して務めを果たしたあと、改めて昼寝をする方が良いのではないかと思い巡らせていると、突然、鶏の鳴き騒ぐ声が上がった。すぐに清涼殿で飼われている犬の若まろのけたたましい鳴き声も轟く。鶏は北廊をすさまじい勢いで駆け抜けたようだ。

「なにごとだ」

「いったいどうしたの」

今まで寝入っていた者たちが、あまりの騒ぎに起きだしてくる。

「ああ、待って、騒がないで」

少し遅れて、泣き声の混じった幼子の声が聞こえた。

「あれは下働きの郁《いく》の使っている童の声です」

声の主を聞き分けた清少納言が説明したとき、

「う……ん……」

帝が目を覚ました。

「いったい、どうしたのだ」

伊周がすかさず、和漢朗詠集に収められた都良香《みやこのよしか》の漢詩を誦《ずん》じる。

鶏人《けいじん》暁に唱《とな》ふ

声明王《こえめいおう》の眠りを驚かす
鳧鐘《ふしょう》夜鳴る
響暗天《ひびきあんてん》の聴きに徹す

時を告げる役人が夜明けを告げた。その声が聡明な王の眠りを覚ます。釣り鐘は夜に鳴る。その響きは、暗天の中、人々の耳に行きわたる、という意味だ。

伊周はこのうちの二句までを朗々と暗唱した。

「この場に相応しい詩ですね」

定子がにっこりと微笑む。帝は寝起きの顔をしかめたまま、

「いや……それはそうだが……鶏がなぜ清涼殿を走るのだ。平安京ができて以来、初めてではないのか……」

鶏にこだわる。

「若まろが鶏を驚かせて追い回したようです」

乳母の藤典侍がいつの間にか帝の側近く侍り、理由を説明した。

「あの犬は、いつもろくなことをしないな。愚かまろと名を変えてはどうだ。それで、なぜ鶏がいるのだ。そもそも、普通はいないだろう」

帝の鶏への度重なる追及に、隠しておけないと観念した藤典侍は、困った顔で白状した。

「下働きの召し使う童が里に持ち帰ろうと、隠していたのを犬が見つけてしまったのでございます。童のしたことゆえ、お許しくださいまし」

「理由がわかればよい」

帝があっさり許したので、そこにいるみながほっとした。それから改めて、内裏の廊を鶏が駆け抜けた珍事に、誰もが大笑いした。

定子にとってこの頃は、平和そのものの日々だった。

だが、昨年の三月には、父の東三条第南院が焼け、今年の春には内裏の弘徽殿《こきでん》と飛香舎が放火にあった。この時代の放火は、人々の不満の表れである。

弘徽殿と飛香舎が焼けた日には、道隆による積善寺供養が大々的に行われており、詮子、定子二后の行啓に始まり、諸大臣を含む公卿らがずらりと参列する豪華な行事となった。火事が偶然、行事の最中に起こったとは考えにくい。何者かの、道隆政権に対する抗議だろう。

さらにこの年は、疱瘡が大流行した。発生した九州から都までの道は死体と骸骨で埋め尽くされ、大路の側溝も死体が溢れる凄惨《せいさん》さだ。

定子はこれほどの悲惨さには気付いていなかった。疫病が流行っているという噂は耳に入ってきたものの、それがどれほどの猛威を振るっているのかは知らされない。宮中の一番奥で過ごす身なのだ。加えて、后宮《きさきのみや》から世の憂いを遠ざけようと、みなが躍起になっている。定子が行啓するときは、側溝の死体も取り除かれ、道も清められる。そこを輿《こし》で移動する。外の真実は杳《よう》として知れない。

しかし、定子が目にすることがなくとも、現実として疫病は起こっており、内裏以外には不幸と怨念が渦巻いていた。

この疱瘡の流行は翌年も続き、公卿の数が逝去によって半分に減る前代未聞の事態を引き起こした。

帝の心痛は言葉で言い表せないほどだったが、事情を隠された定子には、何が原因なのか探ることができなかった。ただ、憂いを帯びた夫を案じて寄り添い、どうにかして元気付けられないか、頭を悩ませ続けた。

後に、帝は次の歌を詠んだ。

しづかに典墳《てんぷん》に就きて
その中の往時、心情に染む
百王の勝躅《しょうちょく》、篇を開けば見え
万代の聖賢、巻を展《の》ぶるに明らかなり
学び得て遠く追ふ虞帝《ぐてい》の化
読み来りてさらに恥づ漢文の名
多年稽古、儒墨《じゅぼく》におよぶ
なにによりてか此の時太平ならざらむ

静かに古書に従い日を送るうちに、本の世界に描かれた昔話が、心に沁みてくる。過去のあらゆる王たちの成し遂げた優れた事績が、詩文集を開けば見え、とこしえの聖人や賢者も、書物を積み上げるほどに姿を現す。学び得て、古代中華に居たという伝説の聖王に憧れ、その姿を追い求め、優れた漢文を読めば読むほど我が身の未熟を恥じる。多年、学び、学んだことを実践もし、儒教と墨子の教えに到達した。だのにどうして、私の治める世は太平にならないのか。

即位したときがあまりに幼かったため、傀儡《かいらい》として出発するしかなかった一条帝。兼家、道隆、道長と、平安時代を通じてこれほど摂関家に力を持たれたことはなく、権力者たちのごり押しの数々のせいで、史上初の四后や一帝二后、最年少の大臣の誕生、最年少の后の入内などを許さざるを得なかった屈辱と痛恨の日々。

それでも、帝として聖王に憧れ、太平の世を目指し、なんとか自身の手で世を治めようと志を持ったものの、思うようにいかぬ切なさに溢れた詩である。

この詩の心が、まだ十五歳のこの時期にも、一条帝の芯を貫いている。帝は、降りかかった疫病に対し、病人の隔離と治療を行い、減税をして食物を供給し、神事を行い、仏にも祈った。すべてが焼け石に水で、己の無力さを突き付けられただけだった。

この時期、一条帝は歯をくいしばって生きていた。このままでは駄目だとも感じていた。陽気で優しく周囲を明るく照らす関白道隆との二人三脚で行う政は、確かに身を委ねてさえいれば、毎日が笑いに満ちて楽しかった。定子という掛け替えのない愛妻に恵まれ、絵に描いたような幸せが、そこにはあった。

だが、一条帝は気付いていた。道隆の照らす範囲は身内に限られており、どれほど居心地が良くとも、本来はそれに甘んじてはならないことに。自分は帝で、日の本の国をあまねく照らさねばならぬ存在なのだということを。

気付きはしたが、まだ抜け出せずにいる。定子と絆《きずな》を一つ一つ育む生活は、甘美に帝の心をとろけさせる。

このときもし、抱え込んだ悩みを定子に話していれば、この後に起こる悲劇は、違った方角への道を開いてくれたろうか。だが、話せなかった。一条帝は少年でしかなく、定子の後ろには中関白家が控えていた。それに、やはり、自分の重荷を共に背負わせることに躊躇《ためら》いを覚えた。いつも心から笑っていてほしかった。自分の方が三つも年下だからこそ、守ってやることに拘《こだわ》った。

帝は、後から幾度も幾度も悔恨と共に己に問い返すことになる。

――わたしは、宮を信じ切れなかったのだろうか。

定子なら、ただ守られるより、帝の苦痛を自分のものにする道を喜んで選んだのではないか。道隆から離れて親政を行いたいと言えば、父ではなく夫である自分を選んでくれたのではないか。

――すべてを打ち明けていれば、何かが変わったろうか。

どれほど愛し合っていても、言葉で伝えあわねば、何かを切っ掛けに簡単にすれ違っていくのだと、一条帝は若すぎて知らなかったのだ。どれほど仲の良い夫婦でも、同じ景色が違う様に見えているなど、考えに及ばなかった。

七

正暦六（九九五）年正月二日。

帝は、上御門第で過ごす東三条院（詮子）への新年の挨拶のため、行幸した。大臣以下参議らがそろって扈従《こじゅう》した。

宮中では、中宮の定子と東宮の居貞親王が二宮大饗《にぐうのだいきょう》を行った。これは毎年、正月二日に執り行われる恒例行事の一つである。殿上を許された臣下は、まずは内裏の北正面にある玄輝門《げんきもん》の西廂《にし》廂《びさし》で中宮に拝謁し、続いて東廂《ひがしびさし》で東宮に拝謁する。中宮と東宮はそれぞれ来客を饗宴し、禄を与えることになっている。

中宮大夫の道長は、饗宴の場を整える必要があったが、仕事を請け負わなかったばかりか、拝礼にも現れなかった。こんなことはしょっちゅうで、たまに中宮大夫の仕事をしているかと思えば、遅刻をして儀式を遅らせる有様だ。しかも理由が「着替えていて遅くなった」というものだ。馬鹿にしているとしか思えないが、軋轢《あつれき》を避け、定子が文句を言うことはなかった。

理由はわかっていた。昨年、兄の伊周が内大臣に昇進したが、道長は権大納言のままだ。実力は明らかに道長が上なのに、伊周の方が上の地位に就いた。道長にはこれが許せなかったようだ。腸《はらわた》が煮えくり返っているのが手に取るようにわかる。

以前はふつふつとした怒りは感じ取れても、もう少し表層は穏やかだった。それが、不快さを時おり隠さなくなったのは、関白道隆が昨年の十一月に病で倒れてからだ。流行り病の疱瘡ではなく、持病の飲水《いんすい》（糖尿）病だ。その後、持ち直したが、今日はまた具合が悪くなったという。御簾から出られない日もあるが、普通に過ごせる日もある。

「父上は長くないのではないか」

兄の伊周が、希望ばかり考えずに、万が一のことも頭に入れておいた方がいいと、こっそり定子に耳打ちしたのは、半月ほど前のことだ。

道隆は、自分の目の黒いうちに、息子の伊周に関白の地位を譲りたいと願っているとのことだった。それは厳しいだろうと定子は思う。昨年、伊周が二十一歳の若さで内大臣に就いたことさえ、若すぎると反発が出た。二十二歳の関白が采配する政など、いったい誰が付いてきてくれるのか。

第一、道隆の次には、右大臣藤原道兼が控えている。道兼は道隆の弟、道長の兄である。

道隆はそれでも無理を通そうと、手を打とうとしている。その動きに反発するように、伊周の住まう二条第南家が火事にあった。その南家に南接する鴨院《かもいん》も焼けた。鴨院は冷泉院の御在所である。このため、冷泉院の身柄は中関白家が責任をもって預かり、東三条第に遷御となった。

ちなみに定子の里邸である同じく二条第の北宮の方は、風向きの関係で焼失を免れている。

中関白家への人々の不満は高まっていたが、命の灯が消えかけている道隆は、評判も批判も抗議行動も気にしている余裕はなかった。やれるだけのことをやって死ななければ、二十二歳の伊周を筆頭にまだ若い子供たちが、権謀術数の渦巻く朝廷を泳いでいけるわけがない。

道隆は定子のすぐ下の妹、原子《もとこ》を東宮の居貞親王の元に入侍させた。一月十九日のことだ。原子はまだ十五歳だが、居貞親王はすでに二十歳。十九歳の定子と十六歳の帝より、もしかしたら子が早くできるかもしれない。

原子は、七殿五舎中、淑景舎《しげいしゃ》（桐壺）を与えられ、曹司の名を取って、「淑景舎の君」と呼ばれることになった。居貞親王は、麗しく華やかな新しいキサキに夢中になった。

定子は、居貞親王が嫌いだった。薄情で、冷徹な男という印象が強かったからだ。それというのも、道隆の妹で藤原綏子《ふじわらのやすこ》という定子の叔母が、ひどい目にあったからだ。

綏子は、六年前に十六歳で十四歳の居貞親王のキサキとなった。東宮の御在所である昭陽舎(梨壺)の西隣にある麗景殿《れいけいでん》を曹司としている。元々は内侍として東宮に仕えていたので、麗景殿の内侍と呼ばれた人だ。

あまりに可愛らしい容貌をしていたので、兼家が目の中に入れても痛くない可愛がりようで、いわば自慢の娘であった。髪が特に美しく、つやつやと光る絹糸のようだった。居貞親王も、寵愛した。

それが、夏のある日、大きな氷の塊を居貞親王は綏子に持たせ、

「私を愛しているなら、わたしの許しがあるまで氷を離さずに持っていなさい」

と無理難題をけしかけた。

素直な性質の綏子は、我慢して氷を持ち続けた。手は青黒く変色したが、居貞親王は「もうよい」と声をかけてやることもない。愛を試された綏子は、手を離すこともできない。

どれほど冷たく、手は痛かったろうと想像すると、定子の胸は痛んだ。叔母とはいえ、年齢差はわずか三歳。定子は綏子を慕っている。同じ後宮・七殿五舎に住んでいたが、行き来はほとんどない。しきたりで自分の使う宮人以外に足を運ばせると、衣類などの禄を与えねばならない。お金がかかるうえ、一々しきたりが大仰なのだ。それでも数回ほど招いたり招かれたりした仲だ。

氷事件は、最後は居貞親王が根負けしたが、その時には綏子の手はひどい有様で、数日で変色した手が綺麗になることもなく、ずいぶん長く後遺症を引きずった。それだけ痛みに耐え、真心を示した綏子を、居貞親王は愛おしく感じることもなく、かえって気味悪がり、あっさり捨てた。その後、一切、綏子の許へ渡ることはなかったのだ。

寵を失った綏子は、里に引き籠《こも》りがちになって、今は定子とも会ってはくれない。定子はこの一件以来、居貞親王のあまりの仕打ちに、正直口もききたくなかった。そんな男に妹が嫁いだのだ。心配にならないわけがない。

だからといって、東宮を警戒せよとも言えず、頻繁に文のやり取りをすることで様子を窺い、何事かの折はすぐに助けに駆け付けようと決意していた。

叔母の件は妹には話さなかった。知ったところで、尽くさねばならない相手だ。家のことを考えれば、相手がどれほど嫌いでも、なんとしても子を生さねばならない仲である。だったら、居貞親王への不信感など植え付けない方が、妹も幸せでいられるだろう。


二月十八日。原子が入侍しておおよそひと月。妹が登華殿へ初めて遊びにくることになった。道隆の提案だ。

この少し前に、定子は父から一通の文を受け取っていた。定子の曹司に、家族で集まらないか、という内容だ。

家族とは、道隆・貴子《たかこ》夫妻と、昇殿を許されているその子供たち――定子と原子、内大臣の伊周に、左中将隆家の六人である。

道隆の体調はいよいよ悪く、起き上がれる日が少なくなっていく。小康状態となった今を逃せば、もう二度と家族で集まれないかもしれない。そんな切実さが文からは読み取れた。

(大切な時間になる)

定子はこの日を最高の日にしたかった。

妹の原子は夜にやってきて、そのまま泊まっていく。兄伊周と弟隆家は、仕事の合間に顔を出す。両親は、明日の朝の開門と同時に入門するという。

「お体に障りませんか」

定子は母にこっそり文を出して尋ねたが、

「あまりに楽しみにしているから、好きにさせてあげたくて……。けれど、お体の様子で、時間は変わるかもしれません」

という返事だった。

開門と同時に来るのは、目立つためでもあるのだと定子にはわかっている。巷《ちまた》では、「関白は危篤だ」とか、「いやもう死んでいるのを隠している」など、妙な噂がちらほら立っている。この機に、「関白健在」と知らしめておきたいのだ。門番たちがつい話して回りたくなる、「娘に会いに朝一番丑四つに駆け付ける親馬鹿な関白道隆」を演出するつもりでいるのだろう。だから、止めさせるわけにいかない。

（おやつれになった）

道隆を久しぶりに見た、定子の感想だ。が、病の時にたいていの人が老け込んで、痛々しくなるのとは違う。道隆は、元々男が見てもハッとするような容貌の貴公子だ。それが、やつれていっそう男の色気が増している。

後に勅使がやってきたとき、道隆は正装に着替えることもできず、直衣姿で這《は》って応対をした。使者は、そんな道隆がどこまでも麗しく気高く見えて驚いた。大人の男が、呼吸も荒く這う様は、本来ならどこまでも見苦しく感じるはずだ。だのに、道隆は、這いつくばる姿さえ、美しく見えたという。

「病で死にかけたときこそ、関白のような美貌が必要なのだと実感しました」

とその勅使は後世に語り残した。

それほどの男なので、今もやつれているのに、どこか溜息の出る憂い顔だ。だが、娘の定子にしてみれば、焦燥に駆られ、別の溜息が漏れそうだ。

(何とかこの世にお引き止めすることはできないものか)

母の顔を窺うと、中関白家には何も起こっていないのだと言いたげに、にこにこと娘たちを見つめている。

(母上も、お辛いだろうに)

定子も懸命に穏やかな笑みを作った。

定子は今日という日を忘れられない思い出にするため、いつもより華やかに部屋を飾りたてた。場所は登華殿の東廂の二間である。南面に華麗な絵が描かれた高さ四尺の屏風《びょうぶ》を、正面を北に向けて並べることで壁に見立て、部屋を作った。

一間とは柱と柱の間のことで、この時代は建物ごとにその長さが違う。定子のいる登華殿の一間は、現在の長さで三メートルに相当する。登華殿は東西に四間、南北に九間の独立した建物だ。それが他の殿舎と渡殿《わたどの》で繫がっている。そのうちの東西に二間、南北に七間が母屋の広さで、東西南北四面に廂がつく。

定子が選んだ東廂は、妹の原子が東方にある淑景舎から渡ってきて最初に足を踏み入れる渡殿と接した廂である。

そこに上質に設えた畳や敷物を敷いて、病人が長く座っても疲れにくいよう工夫した。定子が母屋にかかる御簾を背に、道隆が廂の外側の柱に寄りかかる形で対座する。原子は南方を、母の貴子は東方を向いて、なんとなく四人が互いの顔が見渡せるように座った。

原子は女房を十四人ほど従えてきたが、六人は帰して、六人を渡ってきた廊に控えさせた。実際に指図をしているのは、上臈《じょうろう》の「少将の君」と「宰相の君」の二人である。他の女房とは違い、廊に近い廂の間で、原子の傍に守るように伺候している。

定子は安堵《あんど》した。あの二人が付いていれば、綏子の時のような悲劇は起こらないだろう。

ちなみに定子の女房たちは、南側に並べた屏風の後ろと、御簾の中の御帳の前に、大勢集まっている。みな、中宮の噂の妹が見たくて、今日ばかりはほとんどの者が出仕していた。

「お可愛らしい方ですね」

「あまりじろじろ見ては失礼でしょう」

「だけど、私たちの姿は淑景舎様にはお見えになっていないのだから、良いではありませんか」

「なんてご立派なのでしょう。姿勢もとても良くていらっしゃる」

などとひそひそ言い合っている。

原子は自分のことを言われているとがわかっているはずだが、一々反応したりせずに、一枚の絵のように可憐に座っている。紅梅の内着を濃淡で襲ねて、蘇芳《すおう》の袿《うちぎ》を纏い、表着は固紋《かたもん》の萌黄《もえぎ》で爽やかにまとめている。定子は萌黄を身に着けるのが好きではないが、原子にはよく似合っていた。

（あの子が着ると、迸《ほとばし》る生命力が感じられる）

そんなことを考えながら父に視線を移す。道隆も指貫が萌黄だ。それに、浅紫の直衣を組み合わせている。紅の内着が、袖から細長くすっきりと見える様も、今風だ。華やかだが落ち着きもあり、高貴な身分もうかがわせ、父によく似あっている。病に喘《あえ》いでいても、洒落っ気は忘れていない。

（けど……）

道隆に生命力を感じない。

（あれほど輝いていた人が……まだ四十三歳だというのに）

さっきから道隆が冗談ばかり言ってみなをいつものように笑わせる。何か特別な話でもあるのかと思ったが、そんなものは何もない。

今日の道隆の話したことは一字一句違えず覚えておくつもりだったが、変な駄洒落を言ったり、女房をからかったりして楽しんでいる。まったくいつも通りだ。

（父上らしい）

それが嬉しくあり、哀しくもあった。

昼近くに伊周と隆家が揃ってやってきた。驚いたことに、兄は四つになる幼子の松君《まつぎみ》も連れてきたではないか。

道隆はこの孫を溺愛している。

「よう来た、よう来た。ささ、じじが抱いて進ぜよう」

すぐに手を伸ばして膝に乗せた。それから息子たちに円座《わろうだ》を勧める。こういう気の利くところが、息子たちに全く受け継がれなかったことを、定子は残念に思った。兄も弟も美貌は濃く受け継いでいたが、軽薄で危なっかしい一面を持っている。

道隆も、酒に酔って烏帽子《えぼし》を転がしたり、しどけない寝姿を人目に晒したりなど、失敗談も多いが、いつもそれらを笑いに変えて、常に場を明るくした。伊周や隆家の失敗談は、誰かとの諍《いさか》いに帰着することが多い。

隆家は勧められるまま円座に座ったが、伊周はこのあと評議に参加しなければならないと、松君を置いて去っていった。道隆の望む最後の一家団欒《だんらん》に参加できない心苦しさから松君を代わりに連れてきたのだな、と定子は合点した。

何ということもない楽しく切ない時間はあっという間に流れた。定子の焦りは強くなった。

(本当にこんな特別なことは何もなく、今日が終わってしまうのかしら)

だからといってこちらから、場を重苦しく持っていくことなどできない。さりとて、冗談を言い合って終わってしまうのは、あまりにやるせない。三女や四女は参加できていないとはいえ、一家で過ごす最後の日なのだ。もっと特別な何かが欲しい。

そうするうちにも帝からの文が届き、今日は「お渡り」があることを告げられた。

(こんな日に)

という思いが働いた。定子は、実家の家族水入らずで過ごしたかった。

「お返事申し上げますので」

定子はみなに断ってから、すぐに筆を取る。「今日は関白夫妻をお迎えしておりますゆえ、お控えください」という内容を綴って戻した。罪悪感が胸を刺したが、今日ばかりはという気持ちが強かった。

続けざまに、東宮からも原子へと文が届く。使者に立ったのは右近少将藤原周頼《ちかより》だ。定子の異腹の弟だ。元服間もない少年で、出世欲は薄く、どちらかといえば引き籠って趣味に没頭していたい性質だった。覇気もなく、社交的でもないので、姉弟とはいえ、ほとんど定子も口をきいたことがない。

居貞親王に、文を届けるついでに、姉弟の気安さから中の様子を覗いてこい、と言われたのだろう。だが、周頼には、廂に乗り込み、異腹の兄弟の輪の中に、ずけずけと入っていく図々しさはないようで、普通の使者のように簀子縁の敷物の上で生真面目に原子が返信をくれるのを待っている。

使いの者には禄として衣を与えるのがしきたりだが、定子は弟のためにいつもより多めに渡してやることにした。萌黄の小袿と袴を差し出す。

昨日、髪を整えてくれる清少納言相手に、「萌黄は嫌い。今風だけど、私は着ないことにしている」と話したばかりなのを思い出して、そんな萌黄を渡す自分が定子は少しおかしかった。それで、後ろに控える清少納言を振り返り、目配せをする。清少納言も気付いて笑いをこらえている。自分の嫌いなものだが、萌黄自体は人気の品だから、弟は嬉しかったはずだ。

隆家が小袿と袴を持って簀子に出、しばらくして廂に戻ってきた。衣類を禄として貰《もら》った者は、それを肩に掛けて立ち、謝意を示すのが慣例だ。弟の小さな肩に、隆家自らかけてやったのだ。

戻ってきた隆家は、重さに苦しそうなのをぐっと堪えている様子が可愛らしいと、外に聞こえぬようそっと告げた。

「それは気の毒だね。早くお返事を書いて差し上げなさい」

父親の道隆が、原子をせかした。だのに、原子は恥ずかしがってなかなか返事を書こうとしない。そこをいっそう道隆がからかうものだから、原子は真っ赤になって、

「そんなにからかわないでください」

わざと父に背を向けて、返事を綴った。定子はそんな妹の初々しさに目を細める。

あまりに絵に描いたようなあたたかでほっこりとした一家の姿だ。定子もふっと父の病のことを忘れそうになる。だが、飲水は死の病。今日が幸せなほどに、胸が締め付けられる。

羊の刻になって、清涼殿の方から、

「筵道《えんどう》をお敷き申し上げる」

帝が歩く道に敷物を敷くときの合図の声が高く響いた。

えっ、と定子は慌てる。

(今日は、お断り申し上げたはず)

戸惑ううちにも帝が登華殿に渡ってくる。

(申し訳ございません)

と父に黙礼し、帝が到着する前に、母屋に滑り込んだ。ほぼ同時に、衣擦《きぬず》れの音と共に、帝が西廂との間の開け放たれた襖《ふすま》から中へ入ってきた。女房達が一斉に南廂《みなみびさし》へと退出する。母屋に残ったのは、帝と定子と、二人の使う上臈だけだ。

外からがやがやと大勢の人の気配が聞こえる。清涼殿からたくさんの上達部が付き従い、廊や切馬道《きりめどう》(廊と廊の間に渡した取り外しのできる厚板の橋)に控えているのが知れた。

定子は悲しくなった。

（なぜ、こんなときに……）

道隆が、自分はまだ元気なのだと演じたがっている以上、家族が集まる最後の団欒です……とは、定子の口からは言えない。事情がわからぬのだから、断られても妻に会いたかった帝を責めるのはお門違いだ。定子にもそれはわかっている。

（でも）

胸の中にほんの小さな黒い靄が生まれた。

帝は当たり前のように定子の手を引いて御帳に入ろうとする。定子の中に生まれた靄が、わずかながら大きくなった。

これまでずっと帝とは息の合っていた定子だが、体が拒否反応を起こし、御帳に入るときに手を引っ張られる形になった。

おや、という顔で帝が振り返る。

「申し訳ございません。昨夜は寝ていないものですから」

咄嗟に言い訳をした。

「ああ。わたしと過ごすのを嫌がるくらい、ずいぶん楽しかったようだね」

ちくっと嫌味が入るのは、いつものことで帝に悪気はない。二人はずっと、こういうきわどい会話を楽しんできた仲なのだ。

いつもの定子なら、この場に相応しい漢詩の言葉をさらりと披露して、こちらもちくりとやり返す。この時はそんな心の余裕はなかった。

そのまま帝に押し倒されて、

(嫌っ)

叫びそうになるのを辛うじて抑えた。

外では父の道隆が、中宮識の役人を呼んで宴会の準備をするよう指図している。

「大量の酒を持ってまいれ。みな酔わねば返さぬぞ」

わざと定子に聞こえるように大声を上げる。男どもはみな酔っぱらってしまうから何もわからなくなるぞ、こちらのことは気にするな……そう伝えてくれているのだ。

定子は目を閉じた。後は帝の為すがまま、身を任せる。苦いものが定子の中に広がっていく。

(今日ばかりはやめて欲しかった……)

声が漏れないように唇を噛みしめる。その姿に帝の動きが常より激しくなる。

(止めて)

定子の目に涙が滲む。

「お願い」

意図せず漏れた言葉の意味を、帝が違えて取る。帝の体が、歓喜で熱くなる。今更「違う」と言えない定子は、嵐が去るのをひたすら待った。

つい最近まで、あんなに幸福感に満ちていた行為が、まったく同じことをされているのに、まるで悪夢のように牙を剝くなど、定子は初めて知った。

(なぜ……)

涙が零れて止まらない。初めてのときも定子は泣いた。だから、今も感極まっているのだろう、くらいに帝は受け止めているようだ。

（主上はお悪くない……だって、いつものようになさっただけですもの。なのにどうして今日はこんなに苦しいの）

帝は泣きじゃくる定子を胸に抱き寄せ、乱れ髪を手で幾度も梳《す》いて優しく整えてくれる。

定子はその腕を押しのけて、外に出たかった。だが、そんな勇気は湧かない。

（冷たい態度を取ったら、きっと主上は戸惑われる。それに、傷つけたくない……）

今日という日は、人生の慰めとなるような一日にしたかった。辛いときや苦しいときに、今日の父を思い出し、胸が温かくなって「がんばろう」と思えるような、支えとなる一日にしたかったのだ。だが、思い出したくない時間がさしはさまれてしまった。

胸の奥がもやもやする。

帝は日の入りまで、一度ならず定子を翻弄させて過ごした。定子の異腹の兄の藤原道頼《みちより》を召し、御帳の外で乱れた髪を整えさせる。定子はその間、あまりの生々しさが恥ずかしく、息を殺して一人御帳の中に姿を隠している。

外は宴会が今も繰り広げられていたが、帝の出てきた気配に、側近たちは帰り支度を始めたようで、慌ただしい気配が伝わってくる。

帝が帰っていくと、定子は女童に手水を用意させ、上臈に汗の玉を宿した柔肌を拭わせた。まだ少し火照った体に、真新しい衣を、鮮やかな黄の単衣、薄紅と蘇芳の紅躑躅《くれないつつじ》と、襲ねていく。

（父上のお体は大丈夫なのだろうか）

軽いめまいを覚えながら、定子は再び家族の前に扇で顔を隠して現れた。大酒飲みの道隆が、この日は控え目に嗜《たしな》んだのか、先刻とさほど変わらぬ様子で迎えてくれる。優しい目をしている。

さっきまでのこわばりが、ようやくほぐれていくようだ。

ところが、夜になってふたたび帝の女房がやってきたのだ。

「清涼殿へお越しくださいますよう」

（また？）

「今宵はちょっと……」

断ろうとした定子を、

「姉弟のようにお育ちだから、気軽にお返事をなさるのだろうけれど、主上のお言葉はもっと重く受け止めなければならないよ。お断りするなど、あってはならないことだ。さあ、お上りなさい」

道隆が窘めた。

定子もそれでハッとなった。

（父上のおっしゃる通り、私は帝に甘えているのかもしれない。他に競うべきキサキがいないから。寵を争う立場なら、お断りするなど確かにとんでもないこと……）

理屈では納得もし、反省もしたが、定子は胸の中が重苦しくて、手を添えた。

――どうして邪魔をするのだろう。

恐ろしい言葉が零れ出て、定子はそんな自分に戸惑った。

（邪魔だなんて……なんてこと……私は主上が愛おしいはずなのに……）

「ごめんなさい。もっと父上とご一緒したくてつい」

定子の言葉に道隆は、嬉しそうだが、寂し気に笑った。

「良い思い出をいただいた。中宮の駄々をこねるお姿など、いつ以来だろう。姫がお小さい頃を思い出したよ。わたしを殊《こと》の外《ほか》、愛してくれていると知れて嬉しいよ。だけど、我儘《わがまま》を言わずに行きなさい。さあ」

「はい」

定子は頷いたものの、離れがたい。今後、また会えるかもしれないし、もしかしたらこれが最後になるかもしれない。そんな際どい狭間に二人はいる。

支度を整えていると、東宮の方からも使いが来た。

「もうそろそろ戻ってきてもいいのではないか。待ちきれないよ」

ということらしい。この場にいる全員で目を見かわした。

「あらあら、愛されて、お幸せな娘たちだこと。さあ、私たちも帰りましょう。居心地が良くてつい長居してしまいましたね」

貴子がお開きを宣言した。

みな頷きながら、情けない顔で笑い合った。

「では、淑景舎の君を御見送りしてから、私の方は参りましょう」

と定子が言うと、原子も負けていない。

「いいえ、私の方こそ、お姉さまを御見送りしてから帰ります」

譲り合う二人に道隆が、

「では遠い方から父がお見送りをいたしましょうか」

まずは原子の手を引いて、淑景舎の方へ送っていった。

「よく、我慢なさいましたね」

母が定子にぽつりと言う。

「我慢って……」

「時々泣きたそうにしておいででしたでしょう」

「……我慢できずに御帳の中で泣きました。父上は、もうよほどお悪いのですね」

「ええ。今日はよくお持ちでしたよ」

「何か特別なお言葉をいただけるのかと思っていました」

「あの人は、そういうお人ではありませんからねえ、きっと間際まで冗談しか言いませんよ」

そんな話をしていると、道隆が戻ってくる。

「さ、今度は中宮を御見送りいたしますよ」

手を定子の方に差し出す。幾ら父親でも中宮の手を引いて歩くなど、本来なら有り得ない。きっと、この差し出された手には万感が籠っているのだ。

もっと手を引いて導いてやりたかった。向かい来る政敵を薙《な》ぎ払い、せめてもう少しの間、守ってやりたかった。置いて逝かねばならぬのは、なんという心残りか。父のそんな気持ちが、温かい指先を通して、ひしひしと押し寄せてくる。

ぎゅっと定子は道隆の手を強く握った。

こんな時くらい神妙に、黙して互いの手の感触だけ感じながら定子は歩いていたい。だのに、ぞろぞろと付き従う女房達が笑いすぎて涙が出るほど、道隆はとっておきの冗談を披露して、清涼殿の前で最愛の娘の手を離した。

定子はじっと父の目を見つめ、

「行ってまいります」

これまで育ててくれた恩に感謝しながら頭を下げた。

「中宮は、主上以外に頭を下げてはいけないよ。まあ、父《とと》さんとしては嬉しかったけどね」

道隆は最後に、定子の頭を優しく撫でた。


四日後、道隆は「正暦」を「長徳《ちょうとく》」と改元した。

昨年から流行る疫病が静まり、平和な世が現れることを願っての改元だったが、人々は「長徳」を「長毒」と称し、不吉な元号だと批判した。「徳」の字が元号に使われたのはこれまでに「天徳」の一度しかなく、その年は疫病が流行り、内裏が焼け落ち、不吉なことが立て続けに起こったからである。

父のほとんど最後の仕事が、批判の嵐に終わったことに、定子は言い知れぬ哀しみを覚えた。

「ああ、関白は失敗したな」

帝がそう呟《つぶや》いたことも、定子の心をいっそう乱れさせた。

この月の終わり、道長と伊周が激しくぶつかりあう事件が起こった。あらゆる「まえぶれ」は、道隆の死を待たず、すでに随所で起こり始めていた。

第三章　物の怪が生まれ出ずるとき

一

長徳元年四月六日、藤原道隆《みちたか》が薨去《こうきょ》したという誤報が都中を駆け巡った。

定子《さだこ》は家からの知らせを待たず、その日のうちに妹の原子《もとこ》を連れて東三条第南殿に駆け付けた。

南殿は火事でいったん焼け落ちたが、昨年には修築が終わっている。

泣き腫《は》らした原子を抱えるように南殿の母屋《もや》に入り、

「父上が身罷《みまか》られたというのは真《まこと》でございますか」

出迎えた母に問う。

「生きてございますよ。今はお眠りになられていますす」

「ああっ」

原子はその場に崩れ落ち、

「まあ」

定子はほっと息を吐いた。

「けれど、戻ってきてくれて良かった。あの人も貴女方《あなたがた》にお会いしたがっておりましたから。それに、本当に一度、呼吸が止まったんですよ。きっと、どうしてもお会いしたい気持ちが強すぎて、極楽浄土から追い返されたのでしょうね」

母の貴子《たかこ》が、帳を野筋《のすじ》で巻き上げた御帳《みちょう》の中に横たわる道隆の枕元へ、案内してくれた。

（御髪《おぐし》が）

今朝、出家をしたと話には聞いていたが、本当に法体《ほったい》になっている。衾《ふすま》の上に出したぴくりとも動かない指が、沈香《じんこう》の念珠をしっかりと摑《つか》んでいる。

道隆は、青白い顔をして、とても生きているように見えなかったが、耳を近付けてみると、浅いが確かに呼吸をしている。ほっと息を吐いたとたん、定子の鼻を香のきつめの匂いがくすぐった。

（気付かなかった）

よくよく嗅《か》ぐと、芳《かぐわ》しい香りの中に、饐《す》えた臭いが混じっている。いつも傍に寄るとほんのりと良い匂いのした父の変わりように、定子の目に涙が滲《にじ》んだ。

「今夜はここにいてもいいですか」

定子が懇願すると、貴子は許してくれた。昼間は客人が多く詰めかけるから、娘たちがついているわけにいかない。夜だけでも付き添わせてやりたいと思ったようだ。

「三の姫と四の姫も呼んで参りましょう」

十三歳と十歳の定子の妹だ。

三の姫は少し奇行が見られ、政《まつりごと》の駆け引きに使えないからと、同じ東三条第で暮らしている冷泉院と道隆の妹で亡き超子《とおこ》の子、敦道《あつみち》親王に娶《めあわ》せている。姿形は麗しいが、少し困った娘を押し付けた形なので、迷惑がられて愛されてはいなかった。

四の姫は、少女のころの定子にそっくりだ。

（まるで昔の私を見ているよう……ううん、四の姫の方がずっとお綺麗《きれい》）

ただ、似ているのは姿だけで、性格は二の姫原子の方が定子に近かった。四の姫は、中関白家の者とは思えないほど真面目で、冗談があまり通じない。

二人の妹が、絶え間なく発せられる読経の声を潜り、乳母に連れられて南殿に渡ってきた。読経は道隆を物の怪から守るため、修験者や僧が廊や廂《ひさし》で声が嗄《か》れるまで唱え続けているのだ。馬道《めどう》では、弦打《つるう》ちが行われている。

庭にも赤々と篝火《かがりび》が焚《た》かれ、室内も大殿油《おおとのあぶら》の火影が随所に揺らめき、昼より明るいくらいだ。

中宮がやって良いことではないが、定子は道隆に夜通し付き添って、額に浮かぶ汗などを時おり拭《ぬぐ》ってやった。

途中までは妹たちも起きて、手を念珠ごと握ったり、腕をさすったり、「父上」と呼んでは涙を零《こぼ》したりしていたが、周囲の重々しい雰囲気に疲れたのか、うとうとと道隆の周りで眠ってしまった。

定子は徹夜に慣れているから、このまま朝まで父を見ているつもりだ。

ここ最近は、定子には辛いことばかりだった。道隆が起き上がれなくなって以降の、兄伊周《これちか》の振る舞いが、帝《みかど》の不興を買っている。帝は、伊周と定子を一緒くたに見るようなことはない。それだけに、伊周への怒りを定子の前でも露わにする。

定子から見ても、この頃の兄はどうかしている。いや、それは敬愛している父・道隆にしても同じことだ。

道隆は、生きているうちになんとか政権を息子の伊周の手に渡してしまいたがった。そうしなければ、道隆の築いたものは、簡単に他の一族に攫《さら》われてしまう。

（でも……）

定子は政に明るい方ではない。文化的方面には突出して才があると自分でも思っているが、政に関しては父や兄がやっていくものだと、どこかで思っていた。

そんな定子でさえ、わかる。伊周が政権を担うには、若すぎる。父の座に、そのまま取って代わりたいと切望しているようだが、二十二歳の関白など、いったい誰が付いてくるというのだろう。

そうでなくとも伊周は、若くて大臣になったせいで、慣例を把握しきれていない。素直にわからないことはわからないと言える度量もない。わかったふりをすることで、多くの失敗をこれまでに繰り返してきた。ただでさえ、官位を抜かれた者たちは腸《はらわた》が煮えくり返っているというのに、馬鹿にされまいとふんぞり返るせいで、誰も積極的に手を貸そうとはしない。

――失敗してしまえ。

――恥をかくがいい。

――失脚してしまえ。

そういう目で周囲が見ているのだから、道隆が病にならずとも四面楚歌《そか》だったのだ。

そんな男が関白を望んだところで、うまくことが運ぶはずがない。

（政がよくわからない私でも、これだけはわかるというのに）

伊周が関白にならなければ、中関白家は政治の世界から後退する。それでも定子が一条《いちじょう》帝の第一皇子を生めば、復活の機会が到来する。だから、その時に臨み、伊周が地道に実力を身に着ける努力をすれば、新政権の中でもそれなりの地位は保てるに違いない。

だが、分不相応に道隆の死と同時に伊周政権を打ち立てようとすれば、あらゆる者が、全力で引きずり落としにかかる。こうして落ちれば、それは後退ではなく失脚だ。

（だのに父上さえ、兄上を次期関白の地位に就けようとなさるなんて）

定子は帝からも伊周からも互いの不満を聞いた。だから、ここひと月ほどの間に何があったのか、詳しく知っている。

まずは道隆が帝と協議して、「関白が病の間、政務を伊周に委ねる」と決めた。

関白とは、帝と太政官の間を取り持ち、太政官の決定が文書となって帝に奏上される前にこれを「内覧」する権限を有し、さらに干渉できる公家の最高峰の官職である。

ちなみに摂政の方は、帝の年齢が幼いときに、関白の代わりに置かれる官職で、本来は帝の権限である裁決まで行うことができる。帝が成長すれば、摂政は退き関白に代わることになる。ほとんどの場合、摂政と関白は同じ人物が就任する。

この他に、関白の権限の中で内覧の権利だけが許された「内覧」という官職もある。関白が大臣から選出される決まりのため、大臣以外から選ばれた場合は、その者が大臣職に就任するまでの間の繋《つな》ぎの職として、設けられている。道隆が半ば強引に伊周を内大臣の位に就けたのも、関白を見据えてのことである。

また、太政大臣と摂政関白を除いて、公卿第一の地位に、「一上《いちのかみ》」というものがある。一上は、蔵人別当と陰陽寮別当を兼務するため、公卿を掌握し、実際に業務の上で指図して動かすことができる。

帝は、関白道隆の代わりに伊周が采配を振るうことには不安があった。このため、詔を発するときに、

「関白が病の間、道隆がまず内覧し、続いて内大臣が内覧したあと、奏聞するように」

と先の道隆との協議の中身を変更した。

伊周は、これを不服とし、

「話が違う」

と帝に詰め寄った。

たいそう無礼な話だが、日ごろの親しさがそうさせたのだろう。こういうところも伊周の駄目なところだった。こんな時こそ、公の立場を尊重せねば、「やっかいだな」と煙たがられる。

帝が伊周の要望を率直に聞き入れれば、日ごろ親しいだけに、公私混同と非難されるのは明白だ。それを避けるため、一条帝の方は関白道隆に、

「あの時の協議はどうであったか」

問い合わせる使者を送った。

道隆は、

「内大臣の言うことが正しい」

と返答し、「それならば」と帝は、

「関白が病の間、内大臣が内覧する」

宣旨を出した。

ここで終われば、大した問題ではなかった。この宣旨の文言を、右少弁高階信順《たかしなののぶのり》が、次のように書き換えさせようとしたのだ。

「関白病間」→「関白病替」

一字変えるだけで、伊周の代行が、病の「間」だけという意味から、病に「替」えて今後もずっと……という意味に変わってしまう。

高階信順は、定子や伊周の母・貴子の兄である。外戚として享受していた甘い汁を、今後もずっと吸い続けていたい欲望の為せる業だ。

これには帝も激怒した。

「おのれ、右少弁。勅書の改ざんは大罪ぞ。朕《ちん》を馬鹿にしての所業か」

定子の前では怒声を上げたが、表向きことはあらだてず、「許さず」と命じただけだ。帝の怒りが伝わらなかったため、信順はさらに、伊周を関白にするよう奏上した。帝はこれも、「許さず」と突っぱねた。

もはや道隆にも伊周にも通さぬ勝手な動きに、定子の肝は冷えた。

「申し訳ございませぬ」

外戚の不祥事と厚顔を詫びる定子に、

「そなたは気にせずとも良い。寵妃《ちょうき》であることを笠に着て、閨《ねや》でねだるようなことをしたなら、辟易《へきえき》したがな」

帝は定子を抱き寄せた。

「そなたはこんなときでさえ、右少弁の策謀を非難し、わたしを気遣い、わたしの味方をしてくれるではないか」

「それは当たり前でございます」

答えながら、定子は暗澹《あんたん》たる気持ちになった。父が亡くなれば必ずや失速する中関白家が、その後に要望を通そうとすれば、定子への帝の愛情に縋《すが》らざるを得ない。だが、今の会話で、その手を半ば封じられた。

おそらく偶然などではないだろう。帝は意図して牽制《けんせい》したのだ。

(怖い)

まだ十六歳のはずなのに、思慮深い鈍色《にびいろ》の光を至極色《しごくいろ》の瞳の奥に隠し宿した男が、注意深く定子を探っている。

(誰だろう、この人は)

自分の知っている弟のような主上の姿はもうどこにもない。あるのは、政権交代を目前に、形《なり》振《ふ》り構わぬ欲望を剝《む》き出しにする朝臣らと、十分に渡りあっていける智謀の帝の姿だ。

(このお姿を、これまで隠してこられたのだろうか。それとも変わらざるを得ない状況下で、呑みこまれぬよう足掻《あが》くうちに、急速にお育ち申し上げているのだろうか)

四月に入ると、道隆の容態はいっそう悪化した。

伊周はたびたび定子の許へやってきて、帝の心を今以上に摑むよう、要請してきた。少し前までは、優雅な貴公子という体を装っていたが、もうそんな余裕はないのだろう。

「ここで中宮がしっかりなさらなければ、わたしたちに明日はないのですよ。どうかわたしを関白にと中宮からも申し上げてください」

摑みかからん勢いだ。

「けれど主上は、さようなことはひどくお嫌いになられます」

「そうかもしれませんが、男女の間のことは理屈では、はかれませんよ。帝の心を蕩《とろ》けさせて差し上げればよろしいでしょう。なんのために……」

そこまで口にして、さすがにそれ以上は言いすぎだと思ったのか、語尾を濁した。

定子には、もうどうしていいかわからなかった。帝は伊周を関白に就けさせたくないと、すでにはっきり意志を示している。だが、兄は諦《あきら》める気がない。いや、父もそうだ。なんとしても息子に己が地位を引き継がせたい。

四月三日、道隆は何度目かの関白の辞表を上表し、関白の地位の者が特別に朝廷から派遣される警護の者、「随身兵仗《ずいしんひょうじょう》」を返上した。すかさず翌日には伊周が、父の返した随身兵仗をそのまま自分に与えてくれるよう願い出た。

帝の機嫌は最悪だった。定子に当たってくることはなかったが、怒りは隠さない。定子をどこまでも自分側の人間として扱っているのだ。

「内府はちとあからさますぎないか」

忌々し気に口にし、

「貴女がこれまで一度も政に口出しして来ぬことだけが、大げさではなく救いだよ。もはや、そんな貴女が誇らしいほどだ」

誉め言葉で定子の心を切り裂いた。

（私が一言でも「兄を関白に」と口にしたら、私たちの関係は壊れておしまいでしょうか）

定子は、懸命に笑顔を作りながら、胸の内で帝に問いかける。

五日、道隆からも「内府を関白に」という奏上があった。帝の返事はこれまでと同じ、「許さず」である。

「いい加減にしてもらいたいものだ」

帝はまた、定子の前で文句を言った。定子は身の縮こまる思いだ。

「申し訳ございません」

「いや。前も言うたが、貴女が謝ることはない。……わたしにも理想があるのだよ」

「理想でございますか」

「正しい政をしたいのだ」

「それは、親政を望まれているということですか」

「親政か……。望むか望まぬかで言えば望んでいる。されど、あまり現実的ではないな。やろうとした歴代の上は、みな大臣どもに阻《はば》まれ、つぶされてきたであろう。近いところでは花山院もそうだ」

定子の胸がちくりと痛んだ。阻んだのは、定子の祖父とその子らだ。そして、一条帝の御代が誕生した。

少しの間、帝は沈黙した。定子は、自分の反応を試されているような座りの悪さを覚えた。やがて、帝が再び喋《しゃべ》り出す。

「それゆえ、関白の選出は、慎重にせねばならぬのだ。内府のように我れが我れが、と己のことしか考えていない者と組んで天下が治まろうか」

定子に嫌な汗が流れる。

「おっしゃる通りでございます」

(だけど、私の兄なのに……)

何も面と向かって言わずとも、と定子は悲しくなる。いや、帝にしたところで哀しいだろう。伊周のことは漢学の師として、兄のように慕ってきた。帝に言わせれば、伊周が豹変《ひょうへん》したのだ。

定子は辛い気持ちを抱えたまま、翌日には父の死の誤報に踊らされ、東三条第南殿に妹の原子と共に駆け付けた。そして今、道隆の枕元で夜が明けるのを待っている。

ぴくりと道隆の指先が動いた。

ハッと定子は掬《すく》い上げるように、父の手を握った。道隆の瞼《まぶた》がゆっくりと上がる。

「父上」

呼びかけると、目だけ定子の方に向いた。

「………」

定子は何か言葉が欲しかった。容易に想像できるこれからの困難な行く末の中で、抱きしめて生きることができる父の言葉が。

だが、懇願することはできない。父は今、ろくに声も出せないのだ。無理をさせてはいけない。

そう思って諦めかけたとき、

「大姫か」

掠れてはいたが、道隆が定子に呼びかけた。

「は、はい」

父の手を握った指に、定子はぎゅっと力を込めた。

「……来てくれたのだな」

道隆は空いた手で、娘の腕を愛おしそうに撫でた。

「お会いしとうございました。二の姫と一緒に駆け付けてまいりました」

「嬉《うれ》しいねえ」

「私も嬉しゅうございます」

にこりと笑ってみせた定子の頬に、道隆は手を伸ばした。

「父の前では、無理して笑わなくてもよいのだぞ。まあ、大姫の笑顔が見られて眼福だがな」

こんな時も軽口を言う。定子はきゅっと唇を噛んだ。泣き出しそうな顔をしているはずだ、と思ったとたん、瞳から熱いものが溢《あふ》れ出る。

「嫌だ、恥ずかしい」

定子は慌てて涙を拭う。

「なあ、大姫や。約束して欲しいことがある。わたしの最後の願いだ」

最後だなんて……と言いかけたが、それは空しい言葉だった。それよりも現実を受け止めて、しっかり約束をして安心させてやりたい。

「お約束いたします」

「良い子だ。うんと幸せになっておくれ。それが一番の孝行ゆえ」

えっ、と定子は虚を突かれた。はいと頷《うなず》きたかったが、どうしてもできなかった。最近の辛い日々が甦《よみがえ》り、残酷な約束に、定子の目が泳ぐ。

「……でも」

「でも？」

「何が幸せなのか、今の私にはわかりません」

道隆が驚く。

「そうか……。大姫には、わからないのか」

「父上の幸せは何ですか」

「そりゃあ、お前たちと過ごしたり、友と酒を酌《く》み交わしたりすることだな」

友とは、大納言藤原朝光《あさてる》と藤原済時《なりとき》のことだ。朝光は、昨年から猛威を振るっている疱瘡《ほうそう》のため、ほんの十数日前に死んでいる。

大酒飲みの道隆らしい言葉に、定子は泣き笑いをした。

「もっと大きなことかと思いましたが、ささやかなことなのですね」

「そうだろう。案外、そういうものだ」

今度は、定子は頷いた。

「気の合った者たちと月を見たり、主上と漢籍のお話をしたり……」

口にしてから、ふっと心が曇った。帝との関係が変わりつつある中で、以前のように時が経つのも忘れて、語り合ったりできるだろうか。

（なんて無邪気だったのだろう。ほんのついこの間のことなのに、遠い昔のよう）

「お約束いたします。きっと幸せになると」

道隆は微笑した。その顔が少しずつ暗く闇に沈んでいく。定子は驚いて、周囲を見渡した。灯りの油が切れたのだろうかと思ったのだが、道隆だけでなく、すべてが闇に飲まれていく。自分自身すら溶けていくようだ。

「姉上様、中宮様」

という声に定子は目を開けた。

(私……いつの間に目を閉じて……)

「お眠りになるならどうか横になってくださいませ。お体に障ります」

妹の原子の心配そうな顔がそこにある。

(眠っていた？)

慌てて父を見ると、青白い顔で固く目を閉じている。とうてい、さっきまで話していたようには見えない。

(夢……だったの。二人で話したすべてが、幻だったというの)

会えて嬉しいと言われたことも、幸せになってほしいと願われたことも。交わした約束もすべて。

定子の唇が絶望に震えた。妹の目がなければ、声を上げて泣き出していた。

二

四月十日、亥《い》の初刻《しょこく》、道隆は薨去した。

いよいよという時に、介添えしていた者たちが道隆の体を支えて抱き起こし、西方浄土の方角に向けてやった。

「さあ、御念仏を御唱えください」

道隆は念仏を唱える代わりに、

「大納言は、極楽で待ってくれているだろうか。また三人で酒を酌み交わしたいなあ」

と酒飲みの話をしてこと切れた。死に顔は笑っていたという。

大納言とは飲み友達の朝光のことで、三人とはこの朝光と道隆と、まだ生きている済時のことだ。実は済時はこの十三日後に二人の後を追うように亡くなることになる。

生前は三人であちらこちらで飲んでは、馬鹿なことばかりやっていた。見物ごとがあれば、三人で同じ車に乗り込み、中で飲みながら見物をする。酔っぱらって冠を脱ぎ、牛車の簾《すだれ》を巻き上げて人々に髻《もとどり》を晒《さら》したこともあった。冠を人前で脱ぐのは、下着を脱いで裸を晒すのと等しい恥ずべき行為である。だが、道隆は三人でやるこんな馬鹿騒ぎや失敗が、楽しくて仕方なかったのだ。

父の最後の瞬間は、隣にある控えの間で娘たちは祈っていた。後でこの話を聞いた定子は、あまりに父らしい最期に、哀しみが噴き上がるのとは別に、少し可笑しみを感じた。そして、六日の夜の夢のことを思った。

（夢……あれは夢だったのでしょうけど、夢の中に父上がいらして、本当に会話を交わしたに違いない）

あの時も酒の話をした。やはり友と飲むのが幸せだと言っていた。

きっと、と定子は信じることにした。

（あれはただの夢ではなかったとお知らせしてくださるために、最期のお言葉をあえてお酒のことにしてくださったのだ。私に「幸せにおなり」と言うために）

自分本位な考えかもしれないが、定子はそう思うことで、少し強くなれる気がした。

妹たちがあまりに泣くので、定子は慰める側に回らなければならなかった。気丈な母も憔悴《しょうすい》しきって、とても話しかけられる状態ではない。そっと見守るしかなかった。

翌日も同じように過ごした。男たちは色々と忙しいようで、哀しむ間もなく立ち動いている。一日くらい何もせずに、ただ哀しみに浸っていたいだろうにと、定子は兄達やすぐ下の弟を思いやった。

だが、伊周に限っては、思いやる価値もないのだと、すぐに後悔することになる。定子は、姉妹の中で一人だけ伊周に呼ばれ、

「いつまでここにおられる予定でしょうか」

妙なことを訊かれた。

死者の近くで過ごしたため、定子は穢《けが》れの身となってしまった。穢れた者がやってくれば、その場所も穢れてしまう。内裏には、少なくとも三十日は戻れない。だからしばらくの間、今いる

りでいる。

東三条第か、父が自分のために建ててくれた二条第の北宮で、妹たちと寄り添って喪に服すつ

そうするつもりだと伝えると、

「いや、それではいけません。明日にでも宮中に戻ってくれませんか」

非常識なことを言う。

「何を言って……。父上と、さらぬ別れをしたばかりの身が、主上のおわす内裏に入れるわけもないことを、兄上だとてご承知のことではございませぬか」

「むろん、承知しています。そこを曲げてと申しているのです」

伊周は苛立たし気だ。「そんなことはわかっている、お前も察しろ」と、鋭く睨《にら》む目が腹の中《うち》を告げている。

定子は言葉の通じぬ妖《あやかし》を見るような目で、伊周を見た。

この男は、悲しみに暮れる間も妹に与えず宮中に戻し、寵妃であることを利用して御帳の中で、「内府を関白に」とおねだりせよと言っているのだ。

(こんな時に)

それだけではない。

(どれほどの誹《そし》りをこの身が受けることになるか、わかった上で言っている)

下手をしたら、帝の寵も失う。どれほど夢中になっているように見えても、東宮が綏子《やすこ》に対してやった仕打ちを考えれば、キサキはみな薄氷の上にいるようなものだ。ことに主上は、関白職を巡る政争を冷静に見据えている。人々の腹の底を読み、冷徹に自身にとって必要な朝臣の選別

を行っている。

　定子は黙って首を横に振った。

「今がどれほど重要な時か、なにゆえ中宮はわかろうとしないのです。躊躇《ためら》っている暇はないのです」

　伊周が語気を強める。

「何と言われても、穢れの身で宮中には参れませぬ。馬鹿なことをやれば、兄上が利用しようとしている寵も、いとも簡単に失いましょう。失えば、何一つ私の言葉は主上には届きませぬ。本末転倒ではございませぬか」

　定子も怒りに任せて言い返した。

「どんなことにも慮があるもの。何もしなければ、我が家は没落する。ならば、危険が伴おうと、賭けに出るべきだ。わかってくれ」

　伊周は定子の両肩を摑んで揺さぶった。口調も、中宮に対するものではなくなっている。「頼む」と手を付いて頭も下げた。

（兄上は我を失っている。何を言っても通じない）

　定子はもう言葉を発するのは止め、後は何を言われても黙して頭を左右に振り続けた。

（このまま兄上のお傍にいれば、心が壊れてしまいそう）

　定子はこれ以上、伊周の傍では過ごせないと、思い悩んだ。

（けど、行く当てがない）

東三条第を出て、二条第に逃げても同じことだ。今年の一月に南家が焼けて以降、伊周も同じ二条第北宮の西の対に間借りしている。どんなに考えても逃げ場などどこにもない。

（私……兄上以外で頼れるのは、この世に主上だけしかいない身なのだ……）

後は寺院か。出家をすれば、行く当てができる。だが、そうすれば塵《ちり》（俗世間）の中には二度と戻って来られない。帝との別れをも意味する。

（もし、私が出家をしたら……あの方は何て思うだろう。裏切られたと思うだろうか。お憎みなられるだろうか）

さほど何も思わないかもしれない、と定子は思い直した。次に関白になる者の娘を迎え、すぐに自分のことなど忘れてしまうのではないか。東宮が綏子を捨てたように。

翌日、定子には信じられないことが起こった。内裏から中宮職の官吏が、定子を迎えにきたのである。伊周が強引に定子を宮中に戻すために、今日のうちに戻る旨の届を、勝手に出してしまっていた。

「私は帰らないと申しました。ここで、喪に服すのだと」

定子は抵抗したが、

「さ、我儘《わがまま》はおよしなさい。もうお迎えが来たのですから、待たせるのは無作法ですよ」

伊周はこちらの言い分は聞こえていないかのように、自分の言いたいことだけを口にした。

「……ひどい。こんなことをして、兄上の思い通りに私が動くとお思いですか」

定子はなおも言い募った。

「申し訳ないとは思いますが、中宮様に還御《かんぎょ》をお断りされるとは思わず、ご相談の前に届けを出してしまっていたのです」

定子は伊周から顔を逸らした。

「どうしてこんな人になってしまったのですか。あれほどお優しかった兄上が……」

「何と言われても、言い訳のしようもない。わたしとて、可愛い妹を徒《いたずら》に苦しめたいわけではないのだよ。けれど……。もうどうすればよいかわからないのだ。若造だ、無能だ、何だと謗《そし》られても、このわたしが一家を率いていかねばならないのだからね」

定子は無言で几帳の中に身を隠した。

伊周の本音と思える言葉を聞くうちに、兄の抱える恐怖や、重圧や、寂しさや、混乱が、定子の中にどっと流れ込んでくる。

(兄上も苦しんでいる……けれど)

伊周のしたことは定子を追い詰める所業だ。正直、許せない。「足を引っ張らないで」と、兄との縁を振り払ってしまいたい。

それでも、伊周の辛さは、理解などしてやりたくなかったが、よくわかるのだ。

これ以上、非難するのは憚《はばか》られた。

「主上は、お許しになられたのですか」

「何も伝わってこぬが、いつもの『許さず』は発せられなかったようだ」

「……そう」

結局、定子は急いで支度をすると、宮中へ向かう輿《こし》に乗り込んだ。見送った伊周が、

「忝《かたじけな》い」

絞り出すような声で、ありがとうと言ったのが、定子の耳にいつまでも残った。

三

定子の還御は、宮中で大騒ぎとなった。触穢《しょくえ》といって、定子が穢れを持ち込んだため、内裏は汚染された区域となってしまったからだ。

「中宮はどういうおつもりなのか」

「知らぬはずもなかろうに」

「主上もお許しになられたということなのか」

「なんという不吉さだ」

定子は御帳の中に身を隠し、ひたすら衾を頭から被って体を震わせた。大祓《おおはらえ》を行うまでは、神事が一切、行えない。予定されていた行事が、定子が戻ってきたせいで延期となり、多くの者たちへ迷惑をかけた。

帝は定子の戻った翌日の十三日に、大慌てで大祓を断行した。定子にしてみると身の縮こまる思いだ。

口にこそしないが、仕える女房達も、他の女房達に対して、ばつの悪い思いをしているだろう。定子の住まう登華殿のある七殿五舎は一つ一つの建物が独立して、互いを渡殿で繋ぐ構造をしている。なので、そうそう別の棟に住む者と顔をあわせることがないのが救いだった。

現在、埋まっている殿舎は、東宮が昭陽舎（梨壺）、東宮妃・藤原娍子《すけこ》と昨年生まれたばかりの敦明皇子が宣耀殿、原子が淑景舎（桐壺）、里に籠って出て来ないものの綏子が麗景殿、そして定子の登華殿。外にいることが多くほとんど使われていないが、国母詮子《あきこ》が凝花舎《ぎょうかしゃ》（梅壺）である。

それにしても、女房の数が減った。以前の三分の一ほどだろうか。もちろん、喪に服すためひと月ほどの暇を出した中の急な還御に、対応できた者がほとんどいなかっただけだが、道隆亡き後、全員が揃うことはないだろう。四分の一ほどは、里に帰ったまま戻って来ないのではなかろうか。

大祓の後も、帝のお渡りはなかった。定子はこのまま露になりたいと願った。帝はお怒りなのか、呆《あき》れているのか。文さえ来ない。

このまま縮こまっていても仕方がないので、定子は思い切って以前と変わらぬ自身の後宮を復活させた。喪に服してみな鈍色の衣装を身に着けていたが、諧謔《かいぎゃく》と笑いに満ちた定子にしか生み出せない華やかな空間である。

後宮が活気に満ちてくると、外の状況も「噂」として耳に入ってくるようになった。詮子が帝の許に駆け付けて、涙ながらに次期関白の人事について掻き口説いたという。

「順列を乱してはならないと言われたようです」

乳母《めのと》の式部命婦《みょうぶ》が定子の耳にそっと囁《ささや》いた。

すなわち、「伊周を関白に任命してはならない」と言ったに等しい。順列通りの人事なら、右大臣道兼が道隆の同母のすぐ下の弟だから適任ということになる。果たして、間もなく道兼に関白の宣旨《せんじ》が下った。四月二十七日のことだ。

すべてが決した後、ようやく帝が登華殿に渡ってきた。音信が途絶えて随分と経っていたが、定子は帝のお渡りがないことについては、ほとんど何も感じなくなっていた。そんなものなのだ、と何か納得した気分になっていたし、兄以外では帝しか頼る者はいないのだと思っていたのは間違いで、帝も頼りにはならぬのだと、自身に言い聞かせた後だった。

ずっと心は穏やかになっていたのに、帝の姿を見たとたん、ずるりと嫌な感情が胸の奥から這《は》い上がってくる。今更何か用なのかという思いで満ち満ちたが、中宮である以上、「これが私の仕事なのだ」と胸中で言い聞かせ、

「寂しゅうございました」

という言葉を添えて迎え入れた。

「すまない。ごたついておったのだ。お父上は残念だったね」

「はい……」

「即位から今まで、わたしを支えてくれたのは、間違いなく前関白だった」

「そんなもったいないお言葉。父も喜んでおりましょう」

「どうかな。今頃は現世の政務のことは忘れて、両中納言殿らと酒を酌み交わしていよう」

朝光だけでなく、二十三日に済時も鬼籍に入った。死因は疱瘡である。

定子は果物や飲み物を勧めたが、帝は断ってすぐに御帳に入った。女房達の目から隠れた途端、定子に抱き付いて押し倒し、顔を胸に埋めた。そのままじっとしている。

「上？」

「ねえ、そんなによそよそしくしないでおくれ」

帝の言葉に定子はどきりとなった。

「よそよそしかったですか」

「貴女は、とても静かに怒るのだね」

「兄上相手なら、怒鳴り散らしますのよ」

えっ、と帝が顔を上げる。

「まさか」

「今度、聞いてみてください」

「そうか、怒鳴ったのか……。まだまだわたしの知らない貴女がいるようだ。だけど、嬉しいよ」

「なぜ」

「だって、怒鳴ったということは、貴女はまだわたしの味方なのだろう」

「いいえ。私は私の味方です。こんなに早く戻ってきてしまって、悪口の言われ放題。初めからわかっていたことですもの」

フッと帝が笑った。

「嵐のような日々だった。誰もかれもが欲望を剝き出しにして、わたしに迫ってきた。母上さえも」

後は説明がなくても定子にはわかる。その上、ただ一人の妻にまで欲望に満ちたことを言われたら、堪えられなかったのだろう。だから会わなかったのだ。それでも、文を通じて定子が「願い事」を口にするかもしれないという恐怖はあったはずだ。だが、定子は何もしなかった。帝には、それが殊《こと》の外《ほか》、救いとなったのだ。

「主上は、私を信じてはいらっしゃらなかったのですね。だから、お会いしてはくださらなかった」

帝は定子を組み伏し、上から横たわる妻の顔を見つめた。「違う」と否定するかと思ったが、何も言わない。そのまま唇を重ねてくる。定子も帝に応えた。二人は久しぶりに、互いの心を体で確かめ合った。


帝を中心に吹き荒れる嵐は、道兼の関白就任の後も収まらなかった。道兼が、関白として初出仕してから、わずか七日後に病没してしまったからだ。まだ三十五歳の若さだ。

恐ろしいことに、道兼が死んだ同じ日に、左大臣源重信《しげのぶ》と中納言源保光《やすみつ》も流行り病で没するという、これまでの朝廷の歴史の中で起こりえなかった事態となった。一条朝は、空中分解を起こしそうな危うげな状態となった。公卿らが次々と死んでいく。それは、穢れたまま内裏に戻ってきた中宮のせいではないのか、という噂が起こり始めた。恨みが定子に向かってくる。

この七日の間に、伊周の内覧の権利は取り上げられていた。道兼が亡くなったからといって、再び伊周に内覧も、ましてや関白の地位も巡ってくることはない。順序を重んじて、道兼が関白職に就いたのだから、次の順番は伊周ではなく道長《みちなが》だったからだ。その道筋を、詮子は息子である帝の前で泣きわめくという迫真の演技で付けたのだ。

詮子から見れば、道長は同母弟で、伊周は甥《おい》である。道長は詮子が動いたことで、初めて関白職に手が届くが、伊周が就任しても詮子への感謝はない。今後の影響力に大きな差ができる。

「母上さえも」と帝が定子に漏らしたのは、母の中にこういうドロドロとした計算を読み取ったからなのだ。

なにはともあれ、詮子は涙一つで政争に勝利し、五月十一日には道長が「内覧」に就任した。関白職に就かなかったのは、道長が大臣ではなく権大納言に過ぎなかったからだ。このため翌月には、左大臣不在のまま道長が右大臣になった。

道長は大臣となってからも、関白職を望まず、代わりに一上との兼任を希望した。権力を掌握したあと内覧の権限をじわじわと広げていけば、蔵人と陰陽寮を操れる一上との兼任の方が、朝廷を牛耳れるからだ。これまでの朝廷には存在しなかった新たな権力の構図は、道長の「発見」であった。

この年起こった悪夢のような公卿らの連続死は、六月に入ってからの定子の異母兄・権大納言藤原道頼の死で終わった。実に半数の公卿が死に、道長にとって道隆が死ぬ前に自分より上位にいた公卿は、伊周ただ一人となっていた。新たに政権を発足させた道長にとっては、実に気兼ねなく政務が取れる状況と化したのだ。

この頃、久しぶりに伊周が定子を訪ねてきた。

「貴女にはひどいことをしてしまいました」

伊周はまず詫びた。定子は慎重に兄の顔を見つめた。

「あの頃は、どうかしていたのです」

と言うものの、憑《つ》き物が取れたようなすっきりした表情とは程遠い。目の奥にも、仄暗《ほのぐら》い焔《ほむら》が揺らめいてみえる。それでも、政争に加わらなかった妹を責めることもなく、謝罪してくれたのだ。いくら謝ったからといって、他人なら許せなかったろうが、伊周は兄だ。

「もう過ぎたことです」

定子は微笑んだ。「御不満は色々とございましょうけれど、御政務にお励みくださいまし」

伊周はすぐに答えず、間があいた。さりとて、妹の言葉に反発したという顔でもない。

「いかがされたのですか」

「そうしたいのは山々ですが……挑発してくるのですよ」

伊周は少し皮肉を含んだ笑いを漏らす。

「挑発と申しますと……」

「右府のことです」

ああ、と定子は事情を察した。道長が伊周を怒らせようと色々と仕掛けてくるのだろう。

定子はにじり寄って、兄の手を握った。

「我慢なされませ」

瞳を覗《のぞ》き込んで窘《たしな》めた。

「むろんだ。右府は、わたしに問題を起こさせ、完全に失脚させようとしているのだ。乗ってはならない」

道長は左大臣ではなく右大臣までしか昇れなかったこと、伊周が未だ内大臣にとどまっていることが許せないのだ。この人事は、一条帝の定子への配慮であった。いや、配慮に見せかけて、道長のあまりの一人勝ちにケチを付けたかったというのが本当のところかもしれない。帝が頑としてここは譲らなかったため、道長は中関白家が転落せざるを得ないように仕掛けてきている。

わかっていて乗る馬鹿はいないと思うかもしれないが、そんな愚者はこの世の中、いくらでもいる。わかっていても、抑えられない感情はあるし、堪えがたい屈辱もある。

「今日はお詫びの品をお持ちしました」

伊周は、目の覚めるような刈安染《かりやすぞめ》（黄色）の色紙でできた、大判の草子を定子の前に差し出した。ずいぶんと高価なものだ。

「これは」

手に取ると中には何も書かれていない。定子の胸がときめいた。さすがに兄妹の仲だけあって、こちらの一番喜ぶものを心得ている。

「何でも好きなものを御書き遊ばされまし。気も晴れるでしょう」

喪中だから、登華殿中が鈍色に染まっている。それだけに、色紙だけでも華やかな色をと、刈安染を選んでくれた心遣いが嬉しい。

「あ、でも主上には差し上げましたか。もし、私の分だけしかないのなら、主上にお渡ししたく存じます」

「心配なさらなくとも、主上にも薄紫の草子を、お渡しいたしましたよ」

想像しただけで、一条帝に似合う色だ。帝は何を綴《つづ》るのだろう。もう決めたのだろうか。

「何を書くかおっしゃっていましたか」

「ご自分でお聞きなさいな。その方が主上もお喜びになられるでしょう」

「でも、お会いするまで待ちきれませんもの」

「うーん、仕方がないなあ。だったら、知らぬふりをして、主上に改めて訊いてくださいますか」

「そんな嘘事は申せません」

「だったら、教えて差し上げるわけに参りません」

「ひどうございます、兄上様」

久しぶりに二人で笑い合う。まるで昔が戻ってきたようだ。

この時、帝のお渡りの合図の声が響いた。二人は顔を見合わせる。同時に肩を震わせて声を立てずにまた笑った。

帝が入ってくると、伊周は廂に退く。

「楽しそうな声が、弘徽殿《こきでん》の方まで響いていたよ」

弘徽殿は定子の居る登華殿と帝の寝起きする清涼殿の間にある。

「妬《や》いてくださいましたか」

定子が以前のように帝をからかった。帝は一瞬、目を見開いて、嬉しそうに目を細めた。

「ああ、相手の男を八つ裂きにしたいくらい妬いたさ」

帝も冗談で返す。廂から伊周が咳払《せきばら》いした。

定子は帝に伊周が献上した草子を見せた。帝も乳母に持ってこさせた大判の薄紫の草子を見せる。

「まあ、なんてお綺麗な紙の色」

二人は互いの草子を交換し、中を見た。帝の方にはすでに漢字が並んでいる。帝自身の手だ。

「『史記』でございますね」

「うむ。そなたは何を綴るつもりだ」

「まだ決めておりません。そうですね、『古今集』とか？」

定子は控えている清少納言をちらりと見た。中宮と女房の関係だが、最近ではすっかり友のように打ち解けている。

「少納言なら何を書く」

「主上が『史記』なのですから、私でしたら、『枕』にいたします」

うっ、と定子は吹き出しそうになった。帝が『史記』を書いたから、「しき」に「敷布団」を掛けて、だったらこっちは「枕」にしましょうと、咄嗟《とっさ》にくだらない駄洒落《だじゃれ》を返したのだ。定子が、存外この下らぬ駄洒落が好きなのを心得た返答である。

さらに「四季」も掛けて、四季折々の心のままの随想を綴る「枕草子」も良いですね、と提案している。こちらも駄洒落である。この当時、「枕草子」は日記帳などを指す一般名詞だった。

「だったら、少納言が『枕草子』を綴れ」

定子は清少納言に刈安染の草子を差し出した。「私が」と清少納言が瞠目《どうもく》する。帝と伊周に遠慮して、「宜《よろ》しいのですか」と目で尋ねてくる。

「貴女の見たままの私の行く末を、あますところなく綴れ」

「……はい」

「綴り終えたら、一度は時の帝と兄上にお見せしなさい。その後は、少納言の好きにしてよいから」

定子は、今上の前で、「時の帝に」と言った。つまり、清少納言の綴る『枕草子』が書き終わるまでに、一条帝が崩御したり、退位したりすれば、読むことが叶《かな》わないことになる。その重大な意味に気付き、目前で帝が愕然《がくぜん》としている。

道長が全力でつぶしにかかっている以上、今後の自分が今より浮上することなどないと、定子はすでに心得ている。仮に皇子を生んだとしても、後ろ盾がなければ、帝位につけたところですぐに引きずり降ろされるだろう。

そうして気を揉《も》むよりは、このまま后の位を下りてどこかの寺で心静かに過ごしても良いとさえ思った。それは帝へのひどい裏切り行為だが、何を差し置いても守ってくれるほどの情熱を帝が持ち合わせていないことは、今度の政争でよくわかった。

（この人は、為政者として正しくあろうとしている。それはご立派なことなのだから、貫いていただきたい。私への愛を貫くことは、これからは正しいことではなくなるだろう）

それがわかっていて道長に政権を渡したのなら、二人の関係が以前とはまったく違うものになることを、そのときすでに帝は受け入れたということだ。

こうして壊れていく二人の過程を書き留めよと、定子は宮廷で一番の才女に帝の御前で命じたのだ。そうであれば、この草子は後世に必ずや残るだろう。

道長という大きな権力に呑まれていく一人の女のなす術もない日々が、どう刻み込まれ、表現されるのか。定子にもまったくどんなものができるか想像できない。ただ、確信していることがある。

（少納言はなにかしらやってくれるだろう。右府にも、主上にも、兄上にも、一人の女の取るに足らぬ人生を翻弄《ほんろう》した男たちに、必ずや一撃、反撃してくれるに違いない）

これは定子が世に仕掛ける諧謔《かいぎゃく》だった。そして、一条帝には呪いであった。「書かれる」ことを意識しながら、一条帝は今後ずっと、「正しくあらねばならない」のだ。

「承りました」

清少納言は、草子を頭上にいただいた。

「必ずや、この清少納言が、中宮様のご満足のいく『枕草子』を描き出してご覧にいれます」

四

道長の魔手は、定子にも及んだ。毎年六月と十二月は大祓の行事を行う。その間、女たちは後宮を出、中宮の場合は中宮職の御曹司に移って、しばらくの間はそこで過ごす、職御曹司《しきのみぞうし》は、内裏の東にある外郭門である建春門《けんしゅんもん》の、通りを挟んで北東にある庁舎である。ところが今年の六月は、陰陽寮から方位が悪いと指摘され、職御曹司が使えぬ代わりに、太政官庁の朝所《あいたんどころ》に移るよう手配された。太政官は、内裏から見て南方にある建物で、朝堂院と宮内省に挟まれている。朝所は、太政官内の北東に位置し、道を挟んで北側には陰陽寮がある。

定子と女房たちは、指示されるままに朝所に移ったが、その建物を見て唖然《あぜん》となった。狭い上にひどく古く、お世辞でも綺麗な建物とは言い難い。瓦葺《かわらぶき》で、寝殿造りではなく、見た目も異様だった。

女房達が怒りを露わにさせたのは、この建物に格子が無かったからだ。周囲をぐるりと御簾が垂れているだけなのだ。

「こんな明け透けで物騒なところで、十日ほどとはいえ、中宮様にお過ごしになっていただくなど、役人どもは本気で言っているのですか」

乳母の式部命婦が声を震わせて悔しがった。上臈《じょうろう》の藤宰相も、

「中もなんてじめじめして、暑いのでしょう」

とても過ごせるものではないと首を横に振る。

「右府のせいですね。今は陰陽寮を動かす権限を持っているのですから、こんな仕打ちをしてきたに違いありません」

古株の藤少将も憤慨して、みなが言いたいけれども躊躇っていたことを、きっぱりと口にする。方違《かたたが》えまでが嘘とは言わないが、わざと過ごしにくい庁舎を宛がったのは間違いないと定子も思った。

移ってきた日の夜は月もなく真っ暗闇だ。外と内を遮るものが御簾だけなので、灯りを点ければ虫を呼ぶ。なにより信じられないほど暑い。女房達が順番に仰いでくれるから、定子はまだ凌《しの》げるが、誰が仰いでくれるわけではない女房ら自身は、だらだらと汗を垂らしながらぐったりとしている。

「きっと瓦葺のせいで暑いんでしょうね。暑気が上に抜けていかずに溜まっていますもの」

誰かがそんなことを呟《つぶや》く。男たちが使うときは、周囲の御簾を巻き上げて風を通しているのだろう。女は、そういうわけにいかない。

女房達が涼を求めて御簾の外に芋虫のように這い出るのを、定子も止めようもなく、薄ぼんやりした灯りの中、眺めた。

（明日からどうしようか。こんな調子じゃ持たないもの）

こんな苦行に堪えるために、女房たちは出仕しているわけではない。それに、ただ我慢するだけでは、悔しいではないか。

（黙って堪えているだけでは、また次も、その次も、何やかやと言い訳をされて、ここを宛がわれてしまう）

そうならないように、道長に一泡吹かせた上で、二度と来るなと思わせなければならない。

思案に暮れていると、誰かの悲鳴が上がった。まさか、ふらちな男が夜這いに来たのでは、と警戒し、

「灯りを増やしなさい」

鋭く命じる。この声に逃げてくれればと願ったが、

「ああ、痛い」

別の女房も悲鳴を上げる。ただ事ではなかった。古参の女房たちが機敏に動き、灯りを次々と点けていく。それとは別に、声のした方に確かめにいった者が戻ってきて、多くの女房らにあっという間に囲まれて守られる定子に、

「蜈蚣《むかで》でございます」

と告げた。

「蜈蚣がたくさん軒から落ちてきたり、這い上がってきたりしたようです」

「蜈蚣……とは？」

定子の問いに、

「……ご存じありませんか。足がたくさんある艶光《つやびか》りしたおぞましい生き物です」

説明しながら女房はぞっとするのか、身を震わせた。

「もう嫌でございます。堪えられません」

誰かがわっと泣き出した。

「中宮様には言えなかったのですが、この建物には大きな蜂の巣もぶら下がってございます」

「中宮様をお迎えするのですから、中宮職の官吏が事前に見て回り、不都合なものは除けておくのが筋ではございませぬか」

「これでは嫌がらせでございます」

「中宮様ともあろうお方が、なぜこんなひどいところに追いやられねばならないのでしょう。悔しゅうございます」

別の誰かも泣き出す。

「さあ、泣き止みなさい。一番お辛いのは、中宮様ですよ」

年嵩《としかさ》の女房が若い女房を叱責しつつも背をさすって慰めるのを、定子はなす術もなく見つめた。

「明日は庭で篝火を焚かせましょう」

式部命婦の提案に、

「そうしよう」

と答えるのがやっとである。それでも定子は、

「今夜は散々だったが、明日は違う一日を作ろう。私に良い案があるから、楽しみにしているがよい」

案などなかったが、全員にそう言い渡し、夜が明けるのを待った。

翌日、定子は小兵衛と衣服を取り替え、自分は女房の振りを装った。小兵衛を中宮に仕立て上げ、愛用の扇を持たせて顔を隠させる。昨夜はあれほど悲嘆に暮れた女房達が、定子の始めた新しい遊びに、くすくすと笑い出す。

「今日一日、上手く中宮に成り切れたら、その扇は小兵衛のものとしよう」

定子の言葉に、

「真でございますか」

小兵衛の顔が上気する。

「まあ、いいわね」

「羨《うらや》ましいわ」

皆に囃《はや》し立てられ、いっそう小兵衛は得意げだ。

定子は女房姿で御簾まで寄ると、そっとめくって外を窺った。鮮やかな萱草色《かんぞういろ》（オレンジ色）が目に飛び込んでくる。

「中宮様、何をなさいます。中へお入りください」

慌てて引き留める式部命婦に背を向けたまま、

「私は小兵衛でございます、乳母どの」

定子はおどけた。それからするりと御簾の外に滑り出る。

「ああっ」

式部命婦が悲痛な声を上げた。

「ご案じなさいますな。今は大祓でみな忙しゅうございますゆえ、この庭にどなたかが尋ねてくることもありますまい。庭に出るなら今のうちでございましょう」

中にいる女房たちに聞こえる声でそういうと、サッと自身は庭に降り立った。

「あああ、なんてことを！　小兵衛、小兵衛、お戻りなさい」

式部命婦が叫ぶと、

「はい。ああ、でも」

御簾の中から本物の小兵衛の狼狽える声がする。

「中宮様は黙っておいでくださいませ。私は外の小兵衛を呼んでおります」

式部命婦も定子に続いて外へ飛び出してきた。

定子の意図を汲《く》んだ清少納言も外へ出てくる。

「まあ、このお庭は萱草色の宝庫ですこと」

嬉しそうな声を上げた。それで、他の女房達もぞろぞろと庭に出てくる。

「外の方が涼しいわね」

とみなが楽し気に散策を始める。式部命婦も今は仕方ないと思ったか、縁に腰かけて若い女たちが好き好きに遊ぶのを眺めた。清少納言はいつの間にか定子の横に寄って、付き従っている。

そのうち時刻を知らせる鐘が鳴った。

「なにやら、鐘の音がいつもと違って聞こえるな」

定子の言葉に、

「時司《ときつかさ》が目の前でございますから、まったく違って聞こえますね。こんなに近くで聴くのは初めてですもの」

時刻は陰陽寮が管理している。

「そうであるな」

定子はここからよく見える鐘楼を見上げた。鐘の音を聞き終えると庭で遊ぶ女房たちを振り返り、

「あの鐘楼に上ってみたくないか」

訊ねた。

「上れるのでございますか」

「怒られるのではございませぬか」

「上ってみとうございます」

戸惑う女房達の中で、いち早く本音を告げたのは小兵衛だ。御簾の端をちょっとだけ上げて庭を覗いている。

「あっ」

「小兵衛」

「出てきては、駄目ではありませぬか」

みなが慌てて口々に叱責する。

「おや、中宮様が叱られておられる」

定子が言うと、どっと笑い声が巻き起こった。

「主上に文を送ってお許しを得よう。ついでに他に見学ができるところがないかもお伺いしよう」

定子の言葉に、いっそうその場が沸く。それを見届けて、定子は中にするりと身を滑らせた。

「さ、小兵衛、衣装を取り替えよう。お前も庭で遊んでおいで」

「はい。あ、これ」

小兵衛が扇を差し出す。さすがに自分でも扇が貰《もら》えるほど上手く化けたとは思っていないらしい。定子は小兵衛に扇を差し戻した。

「とても上手く私を演じたから、その扇はお前のものだ」

「本当でございますか。ああ、嬉しゅうございます」

胸に抱いて目に涙を滲ませる小兵衛に、部屋に残っていた上臈たちが、

「良かったわね」

「家宝にするのよ」

優しく声を掛けた。外では清少納言が、場に相応《ふさわ》しい歌の一つも詠んでいる。

昨夜しょげていたのが嘘のように、活気に満ちた。

この日の夜は弟の隆家がやってきて、宿直《とのい》をしてくれた。縁に現れる蜈蚣を、片っ端から片付けていく。

翌朝、定子は蜈蚣というものをどうしても見たくて、死んだそれを弟に見せてもらった。黒光りする胴が幾つにも別れ、その一つ一つに足が生えている。さらに頭と尾が赤く、それぞれに触覚のようなものが、二本長く突き出ていた。見ていると、背筋にぞわぞわと寒気が生じ、たちま

ち後悔した。こんなものが上から落ちてくれれば、悲鳴が上がるのも納得だ。

「気持ちが悪いものよ。夢に見そう。こんな生き物がこの世にいたなんて」

と目を逸らす定子に、

「姉上は蜈蚣もご存じないとは。幸せな人生を歩んでこられたのですな」

隆家が高らかに笑う。

「そう。これまでは。けれど、右府のせいで知ってしまった。これからはもっといろいろなものを知ることになろう」

自分は外界から皆の手で守られて、この世のほとんどのことを知らないのだと、この一件で定子は自覚した。

（私は愚かだ。己のことを聡いと思って今日まで生きてきた。ただの世間知らずだったなんて）

中宮が太政官でひどい目にあっているという噂はあっという間に流れ、登華殿に出入りしていた上達部らが様子を見にやってきた。夜の宿直も日を追うごとに増え、昼のように賑《にぎ》やかになる。女房達も応対に追われ、本来の精彩を取り戻した。

もうすぐ内裏に戻るという頃、鐘楼の件で帝の御許しが下りた。上臈以外の若い女房達二十人ばかりが、鐘楼に上る。帝の配慮でその時間はあまり官僚たちが行き来しないよう取り計らわれた。その様子を庭から見物した清少納言が戻ってきて、

「みな喪服でございますから、天女とは参りませぬが、色とりどりの衣装を纏《まと》っていれば、天から降り立ったと言って誰もが信じたでしょう有様でしたよ」

定子に教えてくれる。男たちの職務が終わり、みな屋敷に戻っただろう日の入りの頃。左近衛

少将源明理《みなもとのあきまさ》がやってきて、侍従所や右近の陣など、男たちの職場に案内してくれた。普段、女房達が入れる場所ではないから、これには年嵩の女房も入り交じり、薄闇に紛れて繰り出す。

みなはしゃいで、収拾がつかぬ状態になり、大臣の倚子《いし》を蹴《け》り倒し、床子《しょうじ》も破壊して戻ってきたと、定子は乳母らに告げられた。

「なんてことを」

式部命婦は頭を抱えたが、

「よいよい。これで気が晴れたであろう」

定子は笑って取り合わなかった。もし、問題にしてくるようなことになれば、蜂の巣もそのままにした蜈蚣の根城の庁舎に后を送り込んだ不手際をぶつけるつもりだ。

何にしても、これだけ暴れれば、もう二度と太政官の朝所を割り当てるようなことはしないだろう。

五

長徳二年、中関白家にとって、「長徳の変」が起こる運命の年が明けた。定子は二十歳を数え、帝は十七歳になった。

定子には微かな予感があった。昨年の下半期、伊周も隆家も、忍の一字で過ごすどころか、挑発に乗り、あからさまに道長とぶつかりあってきた。伊周は道長と摑み合いに近い口論となり、隆家の従者は乱闘の末に道長の随身を殺してしまった。隆家はこの一件で失脚し、朝参が禁じられた。

さらに、母貴子の父である高階成忠《たかしななりただ》が、道長に対して呪詛《じゅそ》を行ったという噂も立った。貴子は、「父は呪詛など行っていない」と訴え、定子もそれは信じているが、世間はそうはみない。何一つ証拠もないのに決めつけられ、「いかにも内府（伊周）のやりそうなことだ」と囁かれた。あるいは、すでにやっているのではないかとさえ言われた。

これらは後から思えばすべて「仕込み」だったのだ。

一月十七日、定子の許に大変な知らせが入った。知らせてくれたのは帝である。この日、定子は梅壺にいた。ここは、かつて詮子が使っていたが、今は退いて空いていたのを、父の供養で読経するときに定子が使うようになっていたのだ。もちろんその度に帝の許しは貰っている。

帝は、梅壺にやってきて、

「内府（伊周）と権中納言（隆家）が昨夜、花山院を矢で射かけ、乱闘になった。権中納言の従者が院に随身した童子二人の首を刎《は》ね、その首を持ち去る暴挙に及んだ。此度のことに及ぶ前々から、どちらの行いも目に余っておった。再三軽々しい行いは慎むよう言い含めておったというのに、軽率なあらゆることに及び、一向に聞き入れる気配がないのは奇怪だ。おそらくその都度、朕が周囲に執り成し許してきたせいであろう。あの者らは中宮の兄弟ではあるが、ことの重大さをわからせるために、厳しく処すつもりでいる。また、此度のこと、すべて我が一存で決するゆえ、中宮も心得るように」

定子に何も言わせぬ勢いで一気に告げると、慌ただしく去っていった。

定子は呆然《ぼうぜん》となった。今、帝は何と言っただろう。

(兄上と隆家が花山院に矢を射かけ、さらに従者を殺した?)

ガンガンと頭を固いもので殴られているような頭痛にみまわれる。

(あれほど言ったのに、兄上はなぜこんな問題を引き起こすの)

若いうちに重職に就けられ、己を実情以上にすごい男だと勘違いしているのだろうか。人に頭を下げるような場もなく成長したから、こんな見境の無いことをしても許されると信じているのだろうか。

父の道隆が死んで、もうすべてが昔のままではないのに、なぜ変わろうとしないのか。激しい怒りが兄に湧いた。

(兄が罪人になれば、もう私も帝の傍にいられない)

定子の中に帝との思い出が次々と甦った。初めて会ったとき、病で死にかけた帝の無事を懸命に祈ったとき、朝まで漢籍について語り合ったとき、初めて体を重ねたとき、心がすれ違って涙を流したとき……。

どれも忘れ難く大切な思い出だ。楽しくない思い出も、失うと思えば愛おしい。

(けれど、仕方がない。けっきょくは私も兄も弟も、自分の力では何一つ築き上げることができなかったのだから。処分がはっきりしたら、ここを去ろう。そしてもう戻ってくるまい)

中宮の座には何の未練もなかった。

(だのに、こんなにも主上とは離れがたい)

ときに反発を覚えても、自身の半身のような存在だった。

定子は乳母たちを呼び集め、今度の事件について、もっと詳しく調べるよう指示を出した。

「どうなってしまうのでしょう」

式部命婦が悲痛な面持ちで不安を呟く。式部命婦は名を高階光子《みつこ》と言い、定子の母貴子の実の妹だ。伊周の乳母をしていた時期もあり、実の子のように慈しんでいる。だから、どうなってしまうのか、というのは定子のことでもなく、ましてや自分のことを心配しているのでもない。伊周の今後の運命を憂いているのだ。

「なるようにしかならぬ。行いにはすべて責任を伴う。兄は、これまで不当に許されてきた。いよいよその責任を取らねばならぬ」

冷やかな定子の言葉に、信じられない、という顔を式部命婦が向けた。

「それでは宮様は……今度も主上に何もお願いなさらぬのでございましょうか」

「私は主上には何も頼まぬ」

「そんな……」

式部命婦は両手を突いてがっくりとうなだれた。

「せめてもの自尊心だ。このくらい、守らせておくれ」

言い残して、定子は御帳の中に姿を隠した。

自分が去れば、帝は多くのキサキを七殿五舎に入れるだろう。その中には真に慈しむべき姫も混ざっているに違いない。帝はこれから大人になって本当の恋を知るのだ。

それでもせめて、過去に定子と言う名の中宮がいて、姉のように妹のように慕っていたのを恋と勘違いして夢中になったことがあったのだと、心の隅に止めておいてほしい。そして、「中宮は見事な女だった」と、帝の中だけでかまわないから、定子が懸命に作り上げた虚像を、生涯壊さずに生きてほしい。

後に長徳の変と呼ばれる事件の発端は次のような経緯で起こった。

亡き太政大臣藤原為光《ためみつ》の三の姫に伊周は懸想していた。何度か通い、良い感じの仲になりかけていた時、為光第で花山院のお渡りと鉢合わせたのだという。

その時は何事もなく、伊周は自分の女を獲られたことに憤慨しながら屋敷に戻った。第内で弟の隆家と顔を合わせた折、興奮冷めやらぬ伊周は、花山院を悪し様に罵《ののし》った。隆家は、花山院とは揉め事を起こした後だっただけに、「けしからぬ。懲《こ》らしめねば」という気持ちになったらしい。

なぜ、法王に対して「懲らしめる」などという不遜《ふそん》な気持ちが起こるのか、この一事だけとっても、いかに中関白家の者たちが驕《おご》っていたか、わかるというものだ。

ちなみに揉め事とは、花山院が、

「いくら血の気の多いその方でも、我が門前は車にて通り抜けることはできまいよ」

と挑発したのに隆家が乗って、

「なにゆえ通れぬことがあろう」

言い返し、本当に通れるか通れないか、日時を定めて賭け事をしたというものだ。

この時は花山院側が八十人に及ぶ僧兵を用意し、隆家側は六十人の雑色《ぞうしき》で挑んだ。互いに石や棒を武器に替え、花山第の門前で激しい戦いが繰り広げられた。いわゆる戦ごっこをしたわけだ。

この時の軍配は花山院に上がり、院はことあるごとにこの時の勝ち戦を自慢して回っている最中である。

だから隆家も、なんとかして懲らしめたいものだと、日ごろから思っていたのだ。だいたい隆家は、文芸に秀《ひい》でた中関白家では異色の男で、血気盛んで武芸に秀でていた。あまり使いどころのない自身の才を、持て余していたのだ。後に、刀伊《とい》(女真族《じょしんぞく》)が筑前と肥前に入寇《にゅうこう》した際、隆家が撃退したことと照らし合わせても、どれだけ血の気を持て余していたかしれるというものだ。

伊周は花山院をもう少し知的にやり込めるつもりでいたが、隆家は違った。伊周に何の相談もなく為光第の門前で雑色と共に待ち構え、夜這いから出てきたところを襲った。初めから怪我まで負わせる気はなく、脅すだけのつもりが、雑色の中には先の戦ごっこでひどい目に遭い、滾《たぎ》っていた者も混ざっていた。従者同士の乱闘になり、死人が出るまで収拾が付かなくなったのだ。

ちなみに花山院が伊周の女を獲ったというのは誤解で、院が通ったのは三の姫ではなく、四の姫の方だったというお粗末さだ。

女房達が持ち帰った話を繋ぎ合わせ、定子は今回の事件の全貌《ぜんぼう》をぼんやりと知った。自分の肉親のことだが、宮中にいては当人たちが語ってくれない限り、こんなふうに噂の断片を集めてつなぎ合わせるしかない。

さらに帝が、伊周や隆家が中宮と接触せぬよう、文のやり取りまで禁じた。自分の周りから灯りが消え暗闇になっていくように定子には感じられた。

一月二十五日、伊周の持つ多くの権限は剝奪《はくだつ》され、朝廷から席が取り除かれた。処分が始まったのだ。もちろん、これで終わるはずもない。定子は薄闇の中、道長の動きを注視している。あの男が、訪れた好機を黙って見過ごすはずがない。

一条帝は、今度の事件において、全ての処分を自分で決し、道長が伊周に手出しせぬよう、素早く動いて牽制したが、そういうことではないのだと、定子は予見する。

帝は、この事件に乗じて道長が政敵に厳しい処罰を下し、政権に二度と復帰できぬようにすることを想定し、その道を塞《ふさ》いだ。が、残念ながら、道長はそんな甘い男ではない。手を施す箇所が違う。道長は、事件をでっちあげ、伊周の罪を何倍にも増やしていく策に出ている。重罪を作り上げれば、誰が処分を下したところで、重くならざるを得ない。

これまでそんな噂は一切なかったのに、ここにきて、「伊周に謀反の意志有り」との噂が立ち、帝が動かざるを得なくなった。

二月五日、突如、伊周の二人の家司《いえづかさ》の屋敷に帝の指示で検非違使《けびいし》が踏み込んだ。家司は逃げて捕らえることができなかったものの、どちらにも八人前後の兵を養っていた痕跡があったという。家司の捜索はその後も続けられ、山狩りも行われたという話だ。

定子の周囲には微妙な空気が流れ始めた。兄がただの罪人ならまだしも、謀反人。仕えている者たちも、どう連座するかわからない。

この頃、里下がりを申し出る女房が何人か出た。おそらく、もう戻ってくるつもりはないのだろう。泥船が沈み切る前に逃げたのだ。薄情だ、とそのことをあからさまに口に出して非難する者もいる。さらに女房間でいじめのようなものも起こり始めた。清少納言がその的になっている。

道長との対立が表面化していなかった時期、新参者だった清少納言には人間関係の機微がわからず、中宮職の長官をしていた道長を敵と認識できなかった。このため、随所で気兼ねなく道長を褒め称えた。そのことが尾を引いて、

「右府派の者が交ざっているようね」

敵の送り込んだ女房扱いをされるようになったのだ。清少納言が来ると急に声を潜めたり、今まで盛り上がっていた話題をぱたりとやめたり、よそよそしい態度をとる。

最近は独りぼっちで過ごすことが多いようだ。感受性が人より強いから、この状況が殊の外辛そうだ。

表立ってはっきりと虐められていれば注意もできるが、女房たちがなんとなく避けている状態では、女主は口出ししにくい。なにより、定子自身が渦中の人なのだから、なかなか心の余裕もない。そこで昨年から定子付御匣殿《みくしげどの》として出仕している一番下の妹に、

「宮仕えに慣れるまでは、なにごとにつけて清少納言を頼りなさい」

と言い聞かせた。御匣殿は素直な質だから、言われるままに、

「少納言、少納言」

と呼び寄せ、一緒にいたがるようになった。これで問題が解決したとは思っていない。だが、定子は今、自身に課せられた過酷な運命と闘っている最中だ。これが清少納言にしてやれる精一杯のことだ。後は、「主である自分は疑っていない」という態度を、ことあるごとに示してやるのがやっとである。

そんな中、小さな事件が起こった。

毎月十日前後は父道隆の供養を行うため、定子は内裏を出て中宮職の御曹司に退出し、数日を

過ごす。二月もいつものように十一日から移る予定でいたが、禁じられたのだ。しばし、待てということだ。外の者と接触させぬためなのだろう。職御曹司だとどうしても帝の目が届かなくなる。

（私を守ってのことであろう）

定子は、湧き上がる不快感と戦いながら、帝の意図を理解しようと努めた。とにかく今は定子を閉じ込めて、どんな小さなこととも関わらせないようにしているのだと。

そう思うものの、胸の中がチリチリと焼かれ、真っ黒い煤《すす》が立ち上っていく。

読経のために梅壺にいたが、手に付かない。上半分開いた格子の近くに寄って、庭を眺めた。盛りを過ぎた白梅が散り急いでいる。定子の好きな紅梅は、もうとっくに散ってしまった。

六年前、まだ入内する前の春、定子は庭の梅の香に誘われてこっそり庭に降りた。あの日がもう何十年も前のことのように思われる。

（もし、あの日に時が戻ったなら……）

そう思う一方で、何度やり直したところで父は病に倒れ、兄は失脚するのだろうと思われた。やはり前を向いて進むしかない。

（泣いては駄目）

定子が崩れれば、定子の築いてきた後宮のすべてが崩落する。

（いつも通りに過ごそう、最後まで）

日が経つに連れて兄と弟の罪状は増えていくだろうと容易に想像がつく。一番重い罪は流罪だが、そこにもっていくまで道長は手を緩めないだろう。そして、定子が宮中に残ることも許さないに違いない。

（罪を作られる前に去らねばならない）

二月二十五日、ようやく許しが出て、定子は職御曹司に退出した。不安がる女房達を楽しませるため、人気の物語『宇津保物語』についてあれこれ、物語展開や登場人物の行動などについて、

「みなはどう思おうか」

と問いかける。するとたちまち物語論争が始まるのだ。女房たちはこういうことが好きで、誰が好きだの、誰の行いには賛成できないだの、顔を輝かせて話し始める。

定子は皆が嬉し気に語り合うのを、にこにこと見ていた。もちろん、心の中は暗澹《あんたん》としている。


三月に入り、珍しく帝の御渡りがあった。

「忙しくてね、とても疲れたよ」

帝は御帳に入るとすぐに横たわった。いつぞやの薄紫の草子を今日も持ってきていて、その姿勢のまま定子に差し出した。あのときは、数頁分しか埋まっていなかったのが、今は最後まで綺麗に漢字が並んでいる。

ふと、最後の頁で定子の目が留まった。ここだけ、『史記』の中の言葉ではない。定子は声に出して詠んだ。

「しづかに典墳《てんぷん》に就きて、日を送る裡《うち》に　その中の往時、心情に染む　百王の勝躅《しょうちょく》、篇を開けば見え　万代の聖賢、巻を展ぶるに明らかなり　学び得て、遠く追ふ虞帝の化　読み来りて、さ

らに恥づ漢文の名　多年稽古、儒墨におよぶ　なによりてか、此の時太平ならざらむ」

帝を振り返ると目を閉じている。即位から十年目を迎えた昨年、帝自身が作った漢詩らしい。横に小さくそのような説明書きがされている。

もう一度、漢詩を定子は詠んだ。今度は口に出さず、黙読した。再び帝に視線を移すと、寝息を立てている。よほど疲れているのだろう。

定子は三度、漢詩に視線を落とす。

(なんて悲痛な詩なのだろう)

伝説の聖王に憧れ、その姿を追い求め、優れた漢文を読めば読むほど我が身の未熟を恥じる。長年学び続け、学んだことを実践もし、儒教と墨子の教えに到達した。だのにどうして、私の治める世は太平にならないのか。

「どうして、私の治める世は太平にならないのか……」

定子の頰に涙が伝った。

(治世十年目に、この詩を綴った貴方の傍に、私はまるで相応しくない)

定子は自分も帝の横に寝転ぶと、いつものように胸に顔を埋めて寄り添った。やがて定子も眠りに落ちた。

定子が目覚めたとき、帝はすでに起きていて、目に焼き付けていると言いたげに、こちらをじっと見つめていた。

「主上の御代が太平になるように、罪人の妹は内裏を去りたく思います」

定子は微笑んで告げた。

「わたしは正しくありたいのだ」

帝が震える声で言う。

「知っております」

「わたしは帝だから」

「正しく生きてください。どこまでも正しく。それがわたしの願いでございます」

「ずっとではない。必ず体制を整えて再びそなたを迎え入れる」

「お迎えをお待ちしています」

本気で待つつもりはない。ただ、帝の気持ちに寄り添ってやりたかっただけだ。

「最後に、何か我儘を言ってくれないか」

と乞われ、

「だったら、私以外のキサキの前で、決して『わたし』と言わないでください。『朕』と、他の者の前ではおっしゃってください」

そう、定子は言いたかった。だが、我慢した。それでは帝がきついだろう。

考え込むふりをして、くすりと笑い、

「何も浮かびませぬ」

と答える。帝の不満げな顔に、

(がっかりさせてしまった)

定子はまた考えた。負担にならない程度の我儘を言ってやれば、その方が帝の気持ちが楽になるのだろう。

「だったら、御即位二十年目に詠んだ漢詩を、そのとき私がどこにいて何をしていても、教えていただけますか」

「もちろんだ。そんなことでいいのか」

「楽しみでございます」

二人はこの後、互いの存在を確かめ合うように、激しく求めあった。

三月四日、雨の降る夜、中宮定子は大内裏からも去り、二条第北宮へと遷御した。定子は、兄と弟の罪を憚って輿も使わず、檳榔毛《びんろうげ》の車に乗り込んだ。ほとんどの貴族が供奉《ぐぶ》を拒んだため、寂しい行進だった。定子は、車の中から暗くてよく見えない大路を盗み見た。

(本当に何も見えない。私の歩む道と同じ)

里第で行われるはずの饗宴も、当たり前のように中止となったが、かえって定子にはありがたかった。

六

伊周が、詮子を呪詛で滅ぼそうとしたらしい……という噂が流れてきたとき、定子には「なぜ」という思いが強く、理解できなかった。

(今更、女院様を呪詛していったい何になるというのか)

さらに、臣下が行ってはならない太元帥法《たいげんのほう》をも、伊周は大胆にも行ったということだ。

太元帥法は真言密教の呪術の一種だが、日本では宮中にて行われるもので、臣下が勝手に行うことは大罪としている。元々は外敵を退けるために行う呪いで、年間行事の一つである。

（そんなものをいったい、兄上がどうやって修得して行ったというのか）

定子はその噂にも呆れた。

詮子の呪詛に使われた厭物《えんもつ》が、土御門第の寝殿の板敷の下から見つかったというが、そこに仕掛けるのが容易なのは、むしろ屋敷の持ち主である道長ではないか。いったいどうやって伊周が政敵の屋敷に忍び込んだと言いたいのか。

太元帥法もそうだ。道長が真言宗の僧仁海《にんがい》と牛皮山曼荼羅寺（随心院）で参会した折、童が現れて矢を射かけたという。矢は二本放たれ、道長には当たらず、仁海に当たった。仁海が、矢傷を見立て、

「これは呪詛による太元明王の矢で、行ったのは内府（伊周）で間違いございません」

と証言したということだ。

どちらも道長周辺の証言であり、本当に伊周がやったのかどうか、証明できるほどの確かなものなど何もない。

定子が遷御した二条第は、北宮に定子が住み、昨年南家が焼亡したため、北宮の西対に伊周が住んでいる。同じ屋敷の別棟に住んでいるから、伊周も度々定子の許に御機嫌伺いにやってくる。

定子は今度の一連の件で、兄を面と向かって非難したことはなかった。起きてしまったことは仕方がないし、もう二度と余計なことはしないでほしいと頼んでも、言うことをきく男ではない。本人も、やるつもりもなく今の事態を引き起こしているのだから、非難しても互いの間で嫌な気

分が増すだけだ。

伊周は何度か定子に、冤罪《えんざい》を訴えた。花山院と乱闘になったのは、隆家の方で自分ではない。呪詛もしていないし、太元帥法などやり方もわからない、と掻き口説くように言う。

憔悴した伊周には、かつての爽やかで若々しく知的な面影はどこにもなかった。知的というのもおかしな話だった。確かに漢籍や和歌など、学問方面では抜群の頭のよさを発揮するが、実際に仕事をさせればまるで出来ず、その行いは軽率で、とうてい頭が良いとは言い難い。

(私にも……そういうところがある)

そう思うと、兄を突き放せない。

「もちろん、兄上を信じております」

伊周を信じるというよりは、道長を疑う気持ちが強いのだが、

「今のわたしに味方してくれるのは、貴女と母上だけだ」

伊周は、はらはらと涙を流した。

(お可哀そうに)

ここ最近のできごとで追い詰められ、兄は少しおかしくなりはじめているように、定子には感じられた。

(しっかりなさって、以前の兄上に戻ってほしい)

だが、立ち直ってもまた道長に踏みつけられるのがおちだ。道長は伊周が流罪になるまで、何事か仕掛けてくるつもりだろう。だったら、罪の数が増える前に、一刻も早く判決が出る方がいい。

定子の願いは、父の喪が明けたすぐ後の四月二十四日に叶えられた。伊周と隆家の罪状が決まり、配流《はいる》が決まったのだ。

罪状は次の三点である。花山院を射たこと。女院を呪詛したこと。私的に太元帥法を行ったこと。

定子がこれを聞いたとき、兄が謀反を起こすために兵や武器を集めているという噂に対しての疑惑が、罪状に入っていないことにほっとした。

伊周は大宰府《だざいふ》に配流。隆家は出雲に配流。連座して、高階信順が伊豆、高階道順《みちのぶ》が淡路に配流。源明理、藤原頼親《よりちか》、藤原周頼《ちかより》、源方理《かたまさ》が殿上の簡《ふだ》を削られ、藤原相尹《すけまさ》と源頼定《よりさだ》が勘事である。

伊周を中心に、血縁関係をごっそりと一網打尽したという印象だ。

伊周もそうだが、定子が二度と中宮としての力を持てぬようにしたといった方が良いかもしれない。徹底的に後見を叩きつぶしたのだ。決定を下したのは主上だが、そうせざるを得ないように持ち込んだのは道長だ。

使者はこの日のうちに定子のいる二条北宮に来て、そのまま伊周を連れ去ろうとした。伊周は病を理由に猶予を願った。いったん帝の指示を仰ぐため、使者は戻っていった。

伊周は定子のいる本殿に駆け込んでくる。

「納得できない。本当に無実なのだ。大宰府など、地の果てではないか」

定子に訴えても仕方がないが、伊周は体を震わせ、同じことを繰り返す。

「兄上の無実はわかっております」

しかし、残念ながらそういう話ではないのだ。自分たちは政争に負けたのであり、その代償を払わされているのだから、無実とか罪を実際に犯したとか、そういうことはあまり問題ではない。もし、ここでうまく無実が証明できれば、次はもっと重い罪をでっちあげられて終わる。

「きっと主上はわかってくださるはずだ。あれほど、わたしを兄のように慕ってくださっていたではないか。そうだろう。きっと、何とかしてくださるはずだ」

伊周は自分を納得させるように儚《はかな》い希望を口にして己を奮い立たせる。だが、帝の答えは、「許さず」である。「早く赴くように」との言葉が添えられていた。

「馬鹿な、そんな馬鹿な」

何かの間違いだと伊周は嫌がった。使者は、元とはいえ、内大臣だった人を無理やり連れ去るのも憚られたか、その日はいったん戻っていった。

夜になって一人で御帳の中に入ると、ようやく女房達や家族の目から逃れ、定子は本当の自分に戻れるような気がする。ほっと息の吐ける貴重な時間だ。

これからどうなるのだろうと、定子の本音は心細くて仕方ない。それでも、昼間は弱った姿を女房たちに見せるわけにもいかないから、気丈であろうとずっと気を張っている。

心が不安定のせいか、この頃は吐き気がひどく、食欲もなかった。これまで、こんなに体が不調になることもなかったから、いっそう不安だ。女房達も、体調を崩している者が多い。

体調を崩しているといえば、清少納言が里に引っ込んでしまっていっこうに出仕してこなくなった。

「ほら、やっぱりね」

「あの人はあちら側の人だから……」

「今頃、右府の姫君に仕えているんじゃないの」

「右府の大姫様て、確か九つだったかしら」

などと、女房達が好き勝手に噂している。病が治れば戻ってくると定子は固く信じている。一方で、清少納言の将来を考えると、もう戻らない方がいいのではないかとも思った。

(あの人は優れているから、自由になったと知られたら、きっとあちらこちらから声がかかるだろう)

それこそ道長からも。道長と通じているとは思っていないが、今後のことはわからない。

(その時は、私に義理立てすることはない。あふれんばかりの才能を無駄にしたりせずに、ときめいている人の許で、輝いてほしい)

そう思いながらも、胸がきりきりと痛んだ。


翌日、ひどいざわめきで定子は目を覚ました。

「なにごとです」

定子が問うと、式部命婦が寄ってきて、

「この屋敷の周りを、京の者どもが貴族も庶民も幾重にも取り囲んでいるのでございます。車もたくさん並んでございます」

理解しがたいことを告げた。

「なぜ」

「前内府が都落ちなさるお姿を、見物するためです」

定子はぞっとなった。

（私たちの不幸は、京の者たちの気慰みになるというの）

思いもしなかったことだ。今日まで堪えてきたが、もうこれ以上気丈な振りは無理だと、定子は顔を伏せてしまいたくなった。

（こんな目にあわねばならぬほどのことを、私たちがいったいいつ、やったというの）

感情的に叫びそうになって、定子は口元を抑えた。

（人の上に立つ者が、こんなことでどうするの。怖いのは巻き込まれている女房達の方だもの。それに、この考えはまさしく兄のものと同じじゃない）

こんな目にあうほどのことをしたかどうかは問題ではない。これも負け犬の代償なのだ。

伊周は西の対を引き払って、定子の傍から離れない。隆家も法体の母貴子を連れて、真夜中のうちに闇夜に紛れて北宮にやってきた。「中宮」の傍にいれば、朝廷から派遣されてきた者も乱暴ができないからだ。中宮がいることがわかっているのに、押し入るような真似はさすがに憚られる。

だが、このせいで、「中宮が兄と弟をかばって差し出さない」と散々謗られていることだろう。

（主上はどんなお気持ちで、この残念な知らせをお聞きになったのだろう）

卑しんだに違いないと思うと、胸が張り裂けそうだった。だからといって嫌がる兄と弟を非情にも引き渡せるだろうか。どれだけ世間の無情を見せつけられ、心が折れていることか。友情も帝からの信頼も、みな幻だったと知ったばかりの者に、家族の絆さえ脆《もろ》く儚いと突き付けよというのか。

(できない……そんなことは私にはできない)

帝の嫌う「正しくないこと」なのは、承知している。

(けれど、良いときもあった。兄にも弟にもよくしてもらった)

翌日も、その翌日も事態は膠着《こうちゃく》した。見物人たちは、見たかった「一度は政権を手にした中関白家の家長の落ちていく姿」をなかなか見られず、嘲弄は怒りに変わり、門内にまで押し入り敷地内をうろつき始めた。まだ中宮の御在所にまで入り込むことは躊躇っているが、それ以外の建物の中にまで侵入して狼藉《ろうぜき》を働く者が出始めている。食事の用意もろくにできない。

女房達はもはや蒼白《そうはく》で、部屋の襖《ふすま》の隅に固まって抱き合い、泣き声を上げる者もいた。道隆の喪が明けて鈍色の衣を脱ぎ捨て、色とりどりの華やかな色あいに着替えているだけに、悲壮さが増して見える。

検非違使が時おり、民衆を追い払ってくれる。検非違使の目が甘くなると民衆が侵入する。こんなことを繰り返して五月になった。

この頃になると弟の隆家は、

「出頭し、刑を受けよう」

と兄の伊周を説得するようになっていた。嫌がる伊周に、

「母上や姉上にこれ以上、御迷惑をおかけするわけにはいかぬだろう。姉上がどれだけ吐いているか、兄上はご存じか。こんなことをしてもいつかは捕らわれるのだ」

「い、嫌だ。そう思うなら、お前だけが出ていけば良い」

「なら、敷地にわが物顔で出入りしている民衆に扮して、兄上はここを出て隠れてはどうだ。兄

上が遠くへ逃げおおせたろう時を見計らい、その後でまろは捕縛されよう」

嫌だとは言わなかったが黙り込んだ伊周に、

「罪人を匿うことで、姉上の中宮職が剝奪され、母上諸共、我らの如く流されてもよいと言うのか」

隆家が一喝した。

「……わかった。お前の言うとおりにしよう」

こうして伊周は粗末な服装に着替え、二条第を抜け出た。皮肉なことに、あれほど恐ろしかった乱入して屋敷を荒らす者どもが、隠れ蓑《みの》になったのだ。隆家は伊周と約束したように、逃走する時間を稼ぐため、もうしばらく定子の傍にとどまった。

「申し訳ない。こんなことを引き起こしてしまい」

隆家は定子に詫びた。

「いいえ。出雲に行っても、達者でいるのですよ。生きてさえいれば、都に戻れることもあるやもしれません」

「姉上もどうかお元気で」

定子に別れを告げ、隣の小部屋で休んでいる母にも挨拶をと隆家が立ち上がったその時、すさまじいざわめきが外から聞こえた。見物人が出入りするようになってから常にざわついていたが、今のはまるで勝鬨《かちどき》のようだ。

「いよいよ捕り物だぞ」

「待ってました」

「やれやれ」

　よくよく耳を澄ますと、そんな声が喚声に混ざって聞こえてくる。規則正しい足音が、近づいてくる中、

(突入してくるつもりなのか)

　定子は身を強張らせた。これまでの人生の中で一番の恐怖を味わった。雲霞《うんか》の如き見物人が見守る中、屋敷が壊され、検非違使が捕り物のために乱入してくる。

　母の貴子が定子の御座所に慌てて入ってくると、身を強張らせた娘を御帳の中に急いで隠した。

「は、母上も……」

　蚊の鳴くような震え声で、定子は母の手を引いて、共に御帳の中に籠ろうと誘う。貴子は首を横に振った。

「いいえ、私は外で貴女を守ります」

「そんなことをさせては親不孝でございます」

「貴女は娘であると共に中宮なのです。臣下としてお守りいたします」

　そうするうちにも、

「帝のご命令により、今より夜大殿《よるのおとど》を打ち壊し、家探しを致す」

　宣旨が下る。直後に、定子のいる寝所への戸に、固いものを何度もぶつける音がうち響いた。恐怖に堪えられなくなった女房たちが、泣きながら悲鳴を上げる。扉が何度やっても壊れなかったためか、今度は横の壁板に向かって固いものがぶつけられた。

　雷が落ちたかのような音を立て、壁板の方は簡単に破壊された。捕り物のために乱入してきた

宮司と検非違使の官人らの前に、隆家が立ちはだかる。

「大人しく言われたとおりにする。だから、中宮と女たちには狼藉を働かないでくれ」

宮司が進み出る。

「むろんだ。帥殿《そちどの》はいずこ」

帥殿とは伊周のことだ。先の除目《じもく》で、内大臣を解かれ大宰権帥に任命されたため、今はこう呼ばれる。

「わからぬ。目を覚ましたらもういなかった」

「ならば、家探しをさせていただく。中宮は」

隆家が答えるのを躊躇ったので、

「ここにいる」

定子自ら、御帳の中で答えた。

「今からこの屋敷は、天井から何から打ち壊しながら家探しを行うことになります」

「ひっ」

固唾《かたず》を呑んで固まっている女房達の方角から、小さな悲鳴が上がった。

定子も息を呑む。

「ゆえに、中宮はわたし共の御用意したお車に避難された方が宜しいでしょう」

定子の目が泳いだ。

もちろん避難した方がいいだろうが、御帳から出れば、検非違使らの前に姿を晒すことになる。

それは堪えがたい屈辱だった。だからといって、破壊される屋敷の中の御帳にこのまま隠れ続けるのは現実的ではない。何かの拍子に御帳が倒れれば、もっと恥を晒すことになる。

定子は一度、唇を噛んだが、覚悟を決めた。扇を摑み、御帳の中から出る間際にサッと広げて顔を隠す。

姿を現した中宮に、本来なら決してその姿を目にすることのできぬ検非違使らは、自然と後ずさった。定子は、精一杯堂々と佇《たたず》んで見せた。足が震えたが、何重にも重ねた十二単に隠れ、他の者にはわからないだろう。

御帳の外で娘を守っていた貴子は、顔を隠しもせず堂々としていた。さすがかつては高内侍と呼ばれた有名な官女だっただけある。

「私はここで、家探しに立ち合いましょう」

ぎょっとすることを言う。

「母上?」

定子は戸惑って母の方を振り返った。貴子は、大丈夫、と言いたげにこちらを見て微笑する。

(ああ、なんてご立派な)

母は、定子のいつわりの威風ではなく、初めから女もそうしていいのだと言いたげに、見られることを物ともしていない。

(恥ずかしいお姿には見えない。きっと、私もびくびくすればするだけ嘲《あざけ》られるだろうけど、堂々としていれば、私が今、母上に感じたように感じる者もいるだろう)

「車に案内せよ」

定子の言葉に、宮司が先導する。幾人かの古参の女房がすぐに反応し、几帳を携え、定子の両側に翳《かざ》して姿を隠した。ハッとなった他の女房達も付き従う。車は人目に付かぬ場所に用意されていたが、簡素なものだ。定子だけが乗り込み、女房らは敷物を敷いてその周りに侍《はべ》った。

(なんでこんな目に)

またそんな考えに捕らわれ、定子は誰からも見られていないことを良いことに、首を左右に振った。

(考えても仕方ないことだ。これが「負ける」ということなのだから)

館の中から、板が叩き割られるような音や、男たちの騒ぐ声が聞こえてくる。

(母上は大丈夫なのだろうか)

確かめようがない。

また吐き気を催した。そうはいっても、吐くものはなにもない。胸がむかむかして気持ちが悪く、何度も空嘔《からえずき》をした。苦しくて涙が滲んでくる。

「中宮様」

車の外で控えている乳母の一人、大輔命婦《たいふのみょうぶ》が声を掛けて心配する。

「大丈夫だ。いつもの吐き気だ」

定子はやっとの思いで答える。

「あのう、前々から思っていたのですが確信がなくて申せませんでした。多くの女房達が同じように気分が悪くなっておりましたゆえ、心が弱くなられたせいなのか、区別が付かず……」

「何だ、申してみよ」

荒い呼吸の中、嫌な予感に定子は汗を掻いた。

「はい。間違えていたら申し訳ございません。ご懐妊なされたのでは」

定子から血の気が引いていく。もし、本当に赤子ができたというのなら、定子は再び宮中へ戻らねばならない。腹の子は帝の子なのだから。男児が生まれれば中宮の子ゆえ、後の東宮ということになる。

(嫌だ)

定子は取り乱した。

(嫌だ、嫌だ、嫌だ)

もう帝の許には帰りたくなかった。

(せっかく、やっとの思いで決意して別れてきたというのに)

帝との別れは辛かった。本当はずっと一緒に居たかった。けれど、もう二度と戻りたくない。相矛盾する気持ちだが、どちらも定子の中では本当の心だし、少しも矛盾しない。

(だって、右府はまた仕掛けてくる。何度でも私は主上から引き離される。そんなことが繰り返されれば、心が壊れてしまう。もうぎりぎりなのに)

持っていた扇が落ちたのも気付かず、定子は荒れ狂う心情に翻弄された。

(どうしたら逃れられるだろう。このまま、敗者として表舞台から消え去るのでかまわない。もう闘えない。また今日みたいなことがあれば、私は死を選ぶだろう)

「中宮様?」

大輔命婦が不安な声で呼ぶ。

「ああ、すまない。私は経験がないからわからぬが、やはり違うのではないか。これが懐妊の兆しなら、女房達の中に何人、身重の者がいることか」

周囲にいた女房達が、

「あら」

「まあ」

「私にも子ができたかも」

などとくすくす笑った。定子の冗談に、少しだけいつもと同じ空気が流れた。

家探しは長い時間続いた。すでに伊周は逃げてここにはいないのだから、幾ら探しても見つかるはずがない。宮司は疲れ果てた顔で、「見つかりませんでした」と言って定子を車から出した。

すべてが終わった後、北宮に戻った定子の目に映ったのは、天井も床も調度も破壊されつくした屋敷だ。その中に、御帳だけが無傷にぽつねんと残っている。

（亡き父上が私のためにと建ててくれた里第《りてい》が……）

なんというひどい有様だろう。

背後で北風のような音がした。今は盛夏なのに、何事かと振り向くと、若い未熟な女房の一人が泣いている。

（せっかく気持ちを盛り立てたのに……）

車で待機しているとき、冗談を言ってわずかだが空気が和んだ後、定子はその機微を逃さなかった。

「今日は、『伊勢物語』の中の『芥川』についてみなで話そう」

定子はすかさず、車の中から外の女房達に提案した。みな、そんな気分ではない。最初は、ひどぎこちなかった。それが、段々文学談義に熱が入り、盛り上がっていく。女房達は恋物語が好きなのだ。気持ちも落ち着いてきたのか、すすり泣きの声もいつしか止んでいた。

だのに、壊れた屋敷を見た途端、元の木阿弥だ。一人が泣き始めると、次々とみな嗚咽《おえつ》する。

定子自身、もう誰かを元気付ける気力もわかず、言葉もなく木片や天井裏から落ちたと思しき埃《ほこり》の散らばる母屋を見渡した。隅の暗闇で視線が止まる。

（あれは……）

鬼が蹲《うずくま》ってこちらを見ている。定子はごくりと息を吞んで、後ずさった。恐ろしいのに目が離せない。

「尼僧様」

式部命婦が叫ぶように鬼に向かって呼びかけなければ、定子はそれが自分の母だとしばらくわからなかったろう。大輔命婦が持っていた灯りを闇だまりに翳す。すーっと浮かび上がってきたのは、疲れ切ってへたり込む貴子の姿だ。

「母上」

定子は足元に気を付けながら、なんとか母の許へ寄った。本当は、貴族の娘は母屋の中では立って移動するものではない。だが、破壊された部屋の中では如何《いかん》ともしがたい。

うつろな目で座り込んでいた貴子だが、定子を認めると目尻を下げた。その頰には涸れているものの、涙のあとがある。

「廂の方がましだから、今夜はみなで廂の間で眠りましょう」

貴子の提案に女房達は従ったが、

「少し一人で考え事をしたいのです」

定子は何とか形を保つ御帳に入った。近くに侍ろうとする式部命婦と大輔命婦に、

「今夜だけは一人にさせておくれ」

母屋から出るよう頼んだ。二人は顔を見合わせたが、定子が一人きりで泣くのだろうと思ったようだ。

「御用ができましたらお呼びください」

優しい顔で頷く。

定子の胸がちくりと痛んだ。このとき、定子はよからぬたくらみをしていたからだ。これは、遂行するまでは誰にも気付かれてはならない計画だ。知られてしまえば絶対に止められる。

(今なら花山院のお気持ちがよくわかる)

定子は夜中のうちに人知れず髪を切ってしまおうと考えているのだ。

花山院も昼間だと側近に見つかり、引き止められるのがわかっていたから、真夜中のうちに宮中を抜け出し、寺に走った。その手引きをしたのは、定子の叔父の道兼で、父の道隆は三種の神器を弟の道綱と共に当時東宮だった一条帝の住まう梅壺に移した。

あれもいわゆる政争の一つで、あの時は定子の祖父の兼家が裏で糸を引いた。

あの時から今日までの流れが、何とも皮肉ではないか。定子から、笑いが漏れそうになる。花山院から政権を奪って出家させた権力者の孫たちが、花山院絡みで失脚し、落飾する。

この時代、僧が頭を剃《そ》るときは剃刀《かみそり》を使うが、僧以外が髪を削ぐときは、鋏《はさみ》を使う。鋏は高価でどこの家にもあるものではなかったが、位の上の者たちは、いつ病になって命が尽きるかわか

らないので、いつでも出家できるように用意してあるものだ。定子も御帳の中に置かれた小さめの唐櫃《からびつ》の中に収めてある。ここには、帝からの文など、大切なものばかりしまっている。

今日の騒動で誰もが疲れ果てている。すぐには興奮が勝って眠れない者もいたようだが、そのうちあちらこちらから寝息が聞こえ始めた。

定子はそっと起きだし、唐櫃を開けた。もし、誰かがその気配に気付いたとしても、中宮が自身の物をしまっている唐櫃を開けたところで、不審がられることもない。

きちんと切りそろえるのは、改めて明日、誰かに頼めばいい。もう切ってしまった後では、咎《とが》める者もいないだろう。今は引き返せぬように、腰の辺りで切り落としてしまうだけでいいのだ。それでもう、帝とは本当にお別れとなる。

定子は自分の腹を一度、撫でた。

(本当に子がいるのだろうか)

もし皇子だったら、取り返しのつかぬことになりはしないか。強力な後ろ盾がない今、帝の寵愛だけが頼りとなるはずが、出家すればその寵も自ら振り払うことになる。息子から帝位を遠ざける行為となるだろう。

それでも、と定子は思う。

(主上の寵ほど儚いものはない)

もし、寵愛で何とかなるのなら、定子は太政官の朝所に入れられることもなかったろうし、今度の件でも本当に呪詛が行われたのかもう少し調査をしてくれたはずだ。今日のことも、本当に愛しい女をこんな目に合わすことができるものなのだろうか。

（違う）

帝はきっと、朝所がどんなところか知らなかったのだ。呪詛の件も、真実など問題ではないから、調査は曖昧《あいまい》にしか行わなかった。道長が、「配流」と決めた以上、配流になるまで伊周の不始末が続くことになるのだから。今日のことも、これほどの恥辱を中宮が受けるなど、想像できなかったのだろう。帝は内裏の奥に座して命じるだけだ。「家探しをしろ」という命令が、具体的にどうすることなのか、字面でしかわかっていないに違いない。

定子はこれまでの帝の行動に、自ら一つ一つ言い訳をしてみた。「仕方なかったのだ」「帝は悪くない」そう自分を言いくるめようとする傍から、「なんという空しく惨めな行為よ」と、別の声が頭に響く。

どろどろとしたものが、また胸奥で生まれ始める。こうしてこれまでに定子の中から出てきた黒い何かは、部屋の中の闇に息を潜めたまま溜まり続けている。

それはずいぶんと大きくなった。定子には恐ろしかったが、改めて見るようなことはしなかった。気のせいなのだ、と思うことにしている。

定子が鋏を握ると、今日に限って闇が笑った気がした。振り返って確かめたくなったが、そんなことをすれば、取り返しのつかないことになりそうで、恐ろしくてできない。

髪を切るために、絹糸のような髪を掬い取る。自分でもずいぶんと美しいと思うと、やはり惜しい。もっと色々な感慨が湧き上がるかと思ったが、疲れているのかたいしたことは何も浮かばなかった。

定子は指に力を込めた。たかだか髪を削ぐ音なのに、やけに大きな音が耳を叩く。髪を摑んでいた左手がずっしりとした重みを感じた。同時に頭がずいぶんと軽くなる。

（ああ、心地よい）

このとき、

「裏切ったな」

という声が聞こえて、定子の心臓がどくりと鳴った。定子は辺りを見渡したが、誰もいない。

だのに、

「いとも簡単に裏切ったな」

また声が聞こえた。これは自分の罪悪感が声になったものだと定子は考えた。

あの人は、と帝のことを呼んだ。

（私の出家の知らせを聞いたら、きっとずいぶんと嘆き悲しんで、「なぜだ」とおっしゃられるのでしょう。哀れんで、可哀そうなことをしたと、屋敷が破壊された知らせを受けた時と同じような感想を抱かれるのだ。少し時間が経つと、裏切られたと腹立たしく思うでしょう。そうして、あの人の中で可哀そうな人間は、私ではなく主上におなりあそばす。傷心の主上に、たくさんのキサキが宛がわれることでしょう。自分には子を生さねばならない義務があると言い訳しながら、そのうちのどなたかに夢中になる。手からすり抜けた女のことは、ほんの時々、惜しくなる日もあって、感傷に浸るときは心地よく胸が痛まれるでしょう）

定子は切り取った長い髪を摑んだまま、くすくすと笑った。

笑いながら自分がずいぶんと傷ついているのだと自覚した。

本当は、中関白家を助けて欲しかった。どんなことになっても自分を手放さずにいて欲しかった。どれほど間違っていても、愛を貫いて欲しかった。

（一度も我儘は言わなかったけど、本当はそうして欲しかった）

七

皆の嘆き悲しむ様に、絶対にやってはならないことを自分がやってしまったのだと、定子は悟った。

母の貴子は定子を抱きしめ、

「お可哀そうに。昨日のことがこれほどまでに貴女を苦しめたのですね」

どうしてこんなことをしたのかと叱りもせず、短くなった髪を長い時間、撫で続ける。女房達はこの世の終わりのような顔をしている。

（仕える主の未来が断たれたのだから、当たり前……か）

ここにいるほとんどの者が、中宮という栄えある虚像に仕えているのだ。民衆が屋敷に押しかけて取り巻くという恐ろしい目にあっても、検非違使に踏み込まれて姿を晒されるという屈辱にあっても、主の家族が罪人になっても、中宮でさえあれば皇太子を生むかもしれないという逆転の見込みがある。何もかも失った尼に仕えるつもりは毛頭ないだろう。

案の定、大輔命婦は、

「一度、医師にお見せくださいませ」

懐妊しているのではないかと再び口にし、そこに希望を見出そうとしている。定子が儚くなっ

たかのような顔をしていた女房達も、その言葉に顔色を変え、

「そうでございます」

「ご懐妊でなくとも、一度きちんと診ていただく方が良いのでは」

などとさざめく。

貴子も驚いて、

「手配いたしましょう」

顔を輝かせた。

(私という人間の価値は、中宮であることや東宮の母となることでしか保てないものだったのだ)

定子にしても理屈ではとうにわかっていたことなのだが、出家の一件で見せつけられた。

定子らは、母貴子の住まいである東三条第に移動した。二条第が修築されるまでの間、そこを仮の里第にすることにしたのだ。

しかし、牛車で移ってきた定子らは門前で差し止められた。ここはすでに道長が収めているというのだ。東三条第は元々兼家のもので、道隆に譲られたのは藤原氏長者だったからだ。今は道長が氏長者となったのだから、東三条第は道長のものだというではないか。

従者らもこの言い分にはカッとなり、

「里第が壊され、住むところのない中宮様を追い出すなど、血も涙もないのか」

と怒鳴れば、道長の配置した門番が、

「今まで住まわしてやった情けを忘れ、文句を垂れるとは、恩知らずなものよ」

嘲る。

あわや乱闘となりかけたところを、定子が止めた。

「挑発に乗ってはなりません」

敵はわざとこちらを怒らせているのだとわからせるため、車の中から叱責した。本来、女はこんなふうに人前で大声を上げぬものだし、貴人は身分の低い者に直接声をかけるものでもない。しかし、今は緊急の事態だ。乱闘になるよりはるかにましである。

「仕方がない」

定子らはいったん二条第に戻り、宮司の者にしばらくの間の仮住まいの場所を用意するよう頼んだ。これで帝にも東三条第が奪われた話が届く。

その間に、定子の自分で切ったため不揃いな髪を、式部命婦が庘で切り揃えてくれた。何と声をかけてくれるわけではなかったが、慈しむような手つきの優しさに、血を噴きかけた心がほんの少し、癒される気がする。じんわりと定子の瞳が潤んだ。

しばらくして、宮司が戻ってくる。東三条第の使用が正式に認められたことを告げた。ただし道長の主張も認められ、屋敷はこのままあの男の物になることも決まった。それが帝の答えなのかと定子は歯を噛みしめた。

（悔しい）

あれほど自分のことを大切な人だと囁いてくれた帝の裁決で、思い出の詰まった屋敷までもがあっさりと道長の物になった。

これが帝の言う「正しさ」なのか。弱者にはなんの救済もない。

どろどろと黒いものが大量に自分の中から這い出てくるのを、定子はなす術もなくなるがままにした。胸が苦しくて仕方なかった。

（天はどれだけ私を苦しめれば手を緩めてくれるのだろう）

「借りるですって。私の住まいなのに、道長に頭を下げて借りると言うのですか」

東三条第のことを聞いた貴子が、発狂したのではないかと疑いたくなる激しさで喚き始めた。納得できないだろうし、胸を掻きむしりたくなるほど悔しいだろう。ほんの一昨日まで住んでいたのだ。

（私も叫びたい……けど、何の解決にもならない）

「母上、二条第は修築しなければ住めません。他に行く当てもないのですから、右府を頼りましょう。つい最近まで中宮大夫だったのですから」

「宮……」

貴子は娘の言葉に喚くのを止めた。

「やるせないお気持ちはわかります。兄上が関白職を継げなかったとき、いったい誰が住むところまで奪われると思ったでしょう。けれど、それが右府という男です。母上にお尋ねいたします。もし、逆の立場なら、母上は右府の妻と娘から住む場所を奪いますか」

「いいえ」

即答だ。

「なら、奪わねば政権が維持できないとしたら」

「奪いません。そんな夢見の悪いこと……」

「できないのですね」

「ええ」

定子は微笑んだ。

「だから、私たちは奪われたのですよ」

貴子はぽかんとした顔で言葉を失った。

「父上は、兄弟を地獄に叩き落とすような真似はなさりませんでした。代わりに引き上げました。それは息子たちほどではなかったけれど、それでも他の者よりは引き立てたのです。その結果が今日の私たちです。父上の甘さを母上はどう思いますか」

「私は、誇りに思いますよ」

「私もです。誰一人、私たちのような目にあわせなかったのですから。だったら、良いではありませんか」

「ええ……ええ、そうですね。あの人は、政敵とも政争が終われば飲み友達で、最後まで馬鹿なことを言いながら、お隠れになりました」

二人はしばらく道隆の思い出話をした。久しぶりに定子の心は温まった。だからずっと母と支えながら生きていけると思っていた。

出頭した伊周と九州まで共に流されたい、と母が希望していることを知ったとき、定子の胸にはぽっかりと大きな穴が空いた。これまでさんざんな目に遭い続け、心の痛みにも慣れたと思い込んでいたが、まだ簡単に傷つく自分がいる。

母は実際に伊周と同じ車に乗り込み、途中まで同道した。だが、帝の「許さず」のお達しと共に役人が追いかけ、あえなく連れ戻された。それ以降、兄の失態で窮地に追い込まれている自分を捨てて、息子を選んだ母に、定子は距離を感じるようになってしまった。

母は、大勢の子供たちの中で、より辛い思いをしている子に寄り添おうとしただけなのだ。それが、定子ではなく伊周だったに過ぎない。定子も、よくわかっている。それでも、許せなかった。

(誰も私を愛してくれない)

自分という人間の存在が消えていきそうだ。自分は露のような存在なのだと定子は思った。

『伊勢物語』に出てくる『芥川』の中の白玉のような露。

男がさる身分の高い姫君と恋仲になって駆け落ちをする。逃げる途中、姫君がきらめく白玉を草の上に見る。

「あれは何? 白玉(真珠)なの?」

深窓の姫君には、草の上にたまる露がわからなかった。見たことがなかったからだ。

二人は雷雨に遭い、男は女をあばらなる蔵を見つけて中に入れる。自分は戸の外に立ち、弓矢を構えて姫を守る。だが、姫君を隠したあばらの蔵は鬼の棲《す》み処《か》で、姫君は食べられてしまうのだ。姫は悲鳴を上げたが、雷の音にかき消された。

そのことに気付いた男は、自分こそが露のように消えてしまえばよかったと嘆いたが、後の祭りだ。

露はどれほど輝いても白玉にはなれない。やがて消えゆく定めだ。誰も大切に懐にしまって温めてはくれないのだ。

定子は凍り付くような孤独の中にいた。

髪を落として数日しか経っていないが、ずいぶんと女房の数も減った。これは自分が悪いのだから仕方がない。

「本当に宮様のことを想っている者たちが残りましたよ」

式部命婦が慰めてくれる。

「本当に想ってくれている者たちか……少納言は、違ったのだな」

定子の口からぽろりと清少納言の名が漏れる。式部命婦は困ったように言いよどんだ。

長徳の変の後、真っ先に去っていった女房だ。道長側が送り込んだ人間ではないかと噂されていた。そんな噂は信じなかったし、具合が悪いという里下がりの理由も信じた。

(けど、もう何ヶ月も経つのに戻ってこない)

心配で見舞いに行かせた女房の話では、元気にしているという。

頭の良い女だったから、泥船から逃げたのだろうとこの頃は思うようになっていた。

まだ宮中で定子がときめいている頃、

「ね、私のことが好き?」

尋ねたことがある。

「もちろんでございます」

清少納言が答えたとたん、どこかから聞こえてきたくしゃみがその言葉に被さった。くしゃみは不吉なものとされていたから、不吉なものと重なった清少納言の言葉もまた不吉となる。

「心のうちなど誰もわからぬはずなのに、くしゃみのせいで嘘がばれたな」

からかうと清少納言は顔を真っ赤にして
「嘘ではございません」

むきになった。その後、局に下がった清少納言から歌が届いた。

「薄さ濃さ　それにもよらぬ　はなゆゑに　憂き身のほどを　知るぞわびしき」

花なら濃い薄いと色の強弱はあるでしょうけど、くしゃみは花ならぬ「鼻」ですから、濃い薄いなどございません。ですから、私の中宮様を想う気持ちはくしゃみには左右されないのでございますよ——と実にくだらない駄洒落交じりの歌だった。あまりの馬鹿馬鹿しさに、今思い出してもちょっと笑える。

「嘘つき」

定子は、思い出の中の清少納言に唇を尖《とが》らせた。


道長を警戒し、東三条第から修築の済んだ二条第北宮に戻ってきてから、定子は医師の診断を受けた。結果は、乳母の予想通り、子宝を授かっていた。これはたちまち中宮職の宮司によって帝に知らされ、二条第の周囲は警備の者が増えた。

勝手に髪を落としたことを帝がどう思い、一条帝最初の子を授かったことをどう感じたか——怒りが湧いたか、嬉しかったか、面倒に思ったか——定子の許にはその瞬間の帝の様子は何も伝わってこない。

ただ、労わりの言葉が綴られた文は時おり届いた。そうすることが「正しい」からやっているかのように、文の言葉は上滑りして感じられた。

定子は、御礼を認めた文以外、一切書かなかった。そういう定子に、帝は苛立ちを覚えるのか、最初は感情の発露に余裕が感じられた文が、徐々に狂おしいまでに愛を綴ったものへと変わっていった。

出家をした定子は、もう帝の許には戻れない身である。仏に仕える身で、帝に身を任せることは不浄となる。妻としての務めが果たせぬ以上、これからの人生は、生まれてくる子の母として生きることになる。「中宮定子」ではなく、「第一皇子か皇女の母」と呼ばれることになるだろう。

定子はそのことを文に綴り、今の帝の文の中身は、「正しくない」とやんわり指摘した。帝の文がぱたりと止んだ。

生まれる子が姫宮なら、これからは穏やかに人生を送ることができるだろう。ただし男児なら、これからも波乱が続く。中宮から生まれた以上、慣例ではその皇子は東宮となる。だが、尼の産んだ子だ。そこを衝かれれば、退けられることになるだろう。

定子は、それでかまわなかった。我が子をなんとしても帝位に即けたいわけではない。

(無理をして即いても、また政争が起こる)

道長は自分の孫を帝位に即けようとしている。そのためなら何でもするという宣言が、長徳の変の真に意味するところに他ならない。今回は伊周が標的だったが、定子が皇子を生めば、その子が的になる。帝が母子を守ってくれる保証はない。

定子は、道長の魔手からなんとか逃げ切りたかった。

だのに、また不幸が定子を襲った。修築が終わったばかりの二条北宮が、焼け落ちたのだ。六月九日暁天のころのことである。

火の回りが強く、あっと言う間に定子の御座所は炎に包まれた。眠っていた定子が目を覚ました時には、すぐ近くで炎が上がっていた。

「は、母上は何処《どこ》」

叫んだとたん煙を吸い込み、大きく咳き込んだ。周囲に火の粉が舞って、まともに開けていれば目も痛い。

「今はわかりませぬが、とにかくお逃げください。こういう時は、それぞれが逃げねば、どちらも残念なことになるものですよ。さ、お早く」

乳母や女房たちが駆け寄って、定子を抱きかかえて逃がそうとする。そこへ、見知らぬ男が走り寄ってきた。咄嗟に悲鳴が口をついて出た。

「二条第を守るために雇った侍でございます」

女房の声が耳を叩くうちにも、定子は男に無造作に抱えられる。まるで荷物のように肩にひょいと乗せて、足と尻に腕を回された形だ。あまりの怖さと不快さに定子の体は強張った。

「中宮様は引き受けたゆえ、みなそれぞれお逃げなさい」

侍が大音声を上げる。

(助けてくれているのだ)

頭では理解しても、納得できない。

定子はこんなふうに男に乱暴に抱えられたことがないばかりか、帝以外の男から触れられたこともない。固く瞑《つむ》った目からは涙が滲む。ごつごつとした木の幹のような太い腕は、定子の知らないものだ。

（怖い、嫌っ、助けて）

嫌でたまらないが、しがみつくしかない。男は庭の池の周辺に固まって右往左往している人々の群れの中に、定子を下ろした。腰が砕けて崩れ落ちるところを、先に逃げていた女房達が支えた。男はまた燃え盛る寝殿の方に走っていく。逃げ遅れた者を探しにいくようだ。

寝起き姿でまだ手水も使っていない。髪も整える前で、足も素足である。命が助かっただけでも喜ばねばならないのだろうが、元々擦り切れていた定子の精神は、もうこれ以上は持ちそうになかった。

この火事は放火だろうか。

（私は子供ごと殺されかけたのだろうか）

腹がきりきりと痛む。焼き殺そうとまで思っていなくとも、火を点けた者は流産させようと企んだのではないか。まだ付け火と決まったわけでもないのに、嫌な想像ばかりが浮かんでくる。

（道長がやったのだろうか）

何の証拠もないことだ。言いがかりかもしれない。それでも定子の頭の中は、

（道長がやったのだ）

という思いでいっぱいになった。腹の痛みが強くなっていく。

（私はいつかあの男に殺される）

帝はいつまで見て見ぬふりをするのだろうか。

「中宮様、中宮様」

自分を呼ぶ声が遠くから聞こえる。

意識が朦朧《もうろう》としてくると、「あの男」が誰だったのか、よくわからなくなった。

（道長だろうか、それとも主上だろうか）

「私はどちらに殺されるのだろう」

そう呟いた刹那《せつな》、胸の奥から、また例の黒い何かが湧き起こる。まるで心の臓を太刀で切り開かれて噴き出す血飛沫《ちしぶき》のように、自分の胸から黒いものが勢いよく噴出して散るのが見えた。

ああ、と定子は合点した。

（物の怪はこうやって生まれてくるのか）

ずっと不思議だった。どうしてこの平安京には物の怪が巣食っているのか。生み出した当人からも疎まれる人の心が、あやつらの正体だったのだ。

第四章　約束

一

定子《さだこ》は今、中宮大進《たいじょう》である高階明順《たかしなのあきのぶ》の世話になっている。明順は母貴子《たかこ》の兄に当たる。つまり、定子の伯父だった。

あの火事の日、定子は二条第の池のほとりで気を失ったが、再び男に抱えられ、すぐそばの母方の祖父、高階成忠《なりただ》の屋敷に運び込まれた。

「赤さんは」

目を覚まして最初に出た言葉がそれだった。

「ご無事でございますよ」

答えたのは、心配そうに顔を覗《のぞ》き込んでいる母の貴子だ。横に式部命婦《しきぶのみょうぶ》も座っている。二人は姉妹だから、こうして並ぶとよく似ていた。

「良かった」

定子は、鼻の奥がつんとする感覚を覚えた。式部命婦に抱えられて上半身を起こし、そっと腹を撫《な》でる。

望まぬ妊娠だったし、こんな状況での出産に戸惑うばかりだったが、今度の一件でどれほど自分がまだ見ぬ子を愛おしく思っているかを知った。今の今まで、実感がまるで湧いてこなかったのだ。ただただ、懐妊のせいで朝廷と縁を切ることができなかったことに狼狽《うろた》え、せっかく宿った子のこともあまり肯定的に受け止めることができずにいた。

だが、失うかもしれないと思ったとき、定子の中が愛おしさで満たされた。守ってやりたい、と心から思った。

いつまでたっても食欲が湧かなかったが、これからは体を労わり、元気な子を産もうと決意した。

何度も遊びにきたことのある祖父の家ということもあり、定子は気兼ねなく煤《すす》まみれになった体を洗い、新しい衣服を用意してもらった。ずっと祖父の家にいたかったが、朝廷からの指示で、中宮大進の伯父の家で過ごすことになった。母は、付いてこないと言う。久しぶりに実家の成忠第の方に身を寄せて、道隆《みちたか》第に移る際に置いていった書物の整理がしたいらしい。書物の話をするとき、母は若やぐ。やけに透き通った笑みに、定子の胸はざわめいた。

(何だろう、お美しすぎて……不安になる)

明順第には、牛車で移動した。

火事当日は、ひっきりなしにくる見舞客の対応に追われた。道長《みちなが》も挨拶《あいさつ》にやってきた。

「侍に抱えられてのご避難だったとか」

道長は定子に恥をかかせるようなことをわざと言う。

「お陰で命拾いいたしました」

定子は恥じ入る素振りを見せず、当たり前のように答えた。

あのとき、乱暴に助けられて辛かったが、あの男がいなければ今頃は焼け死んでいた。中宮ともあろう者が、名もない屈強な男に抱えられるなど、帝《みかど》に対して顔向けできぬことだ。定子の悪評がまた、宮中や都を駆け巡るだろう。

（かまわない。それでお腹の子が助かったのだから）

道長がフッと笑う。

「そうですか。主上もご心配遊ばされていることでしょうゆえ、お伝えしておきましょう。噂は本当で、宮はその男に感謝しておられますと」

「そうしてください。男は、お子の命の恩人だと。主上はきっと褒美《ほうび》をお与えになるでしょう。恩を返すのは、『正しいこと』ですもの」

ふむ、と道長は顎《あご》を撫でた。

「ではそのように」

道長は帰っていった。


秋になった。曹司《ぞうし》の前の庭に萩が鬱蒼《うっそう》と茂るのを、

「手入れをさせましょうか」

小兵衛《こひょうえ》が問う。

「それはそのまま」

定子の答えに、

「なぜですか」

小兵衛が首を傾《かし》げる。こんなとき、清少納言がいれば、すぐにこちらの意図を汲《く》んで、気の利いた歌の一つも披露してくれるのだが、他の者ではなかなか難しい。

「白露が結ぶのを待つからだ」

草木に宿る露がもっとも美しい季節がすぐそこまで来ている。さらに、萩は朝露が花を咲かせるとも言われる。万葉の昔から、萩と露の組み合わせで幾千もの歌が詠まれてきた。

「『恋ひつつあらずは』でございますね」

小兵衛が万葉の歌の結句を口にする。

（えっ、その歌を持ってくるの）

「秋萩の　上に置きたる　白露の　消《け》かもしなまし　恋ひつつあらずは」

弓削皇子《ゆげのみこ》の歌だ。恋で苦しむより、萩の上にしばし宿った露のごとく、儚《はかな》くなってしまいたいという苦しい恋心を歌ったものだ。

「小兵衛は、恋をしているのか」

小兵衛の顔がほんのり夕日色に染まった。

「いいえ、そんな……」

「照る君か、光の少将か」

左近が、小兵衛の恋の相手は、照る君（後の照る中将）と言われる源成信《みなもとのなりのぶ》か、光の少将と呼ばれる藤原重家《しげいえ》のどちらかではないか、とからかった。この二人は最近よく遊びに来る。

どちらも美貌《びぼう》の貴公子で、一夜限りの恋でいいから自分のところに通ってくれないものか、と女房達が噂し合っている若者だ。照る君は、先の除目《じもく》で左大臣に昇進した道長の猶子《ゆうし》で、光の少将は右大臣に昇った藤原顕光《あきみつ》の嫡男である。顕光は、道隆の飲み友達の朝光《あさてる》の兄で、その父は定子の祖父兼家《かねいえ》と骨肉の争いを繰り広げた兼道《かねみち》だ。

最初に二人が現れたときは定子も警戒したが、いつも女房達と機知に富んだ、されど他愛ない会話を楽しんで帰っていく。どちらも父に内緒で通っているとのことだった。

因縁のすべては過去となり、新たに生まれた因縁を厭《いと》うように、若い二人は定子を慕ってせっせと通う。もちろん、定子自ら相手をすることなどほとんどなく、男は簀子に片足座りに座して、御簾《みす》の向こうの廂《ひさし》に集う女房たちと語らうのだ。

照る君も光の少将も、

「ここに通っていることは、誰にも言わないでください。父に知られるともうここには来られなくなってしまうから」

若いから許される甘えを含む声音で女房達にも口止めをする。共通の秘密を抱えることで、心の距離を急激に縮めた。そういう恋の手練手管かもしれないが、絶え間なく続く中関白家の不幸に沈みがちの女房達が、二人が来るとパッと華やぐ。正直なところ、定子は助かっていた。

「それで、小兵衛はどちらが？　いずれにせよ、露にならず、露が咲かせる萩になればよい」

「いえ、違いますよ。覚えている歌を口にしただけで、そんな含みはございません」

言い訳をする小兵衛は耳まで真っ赤になって、さんざん他の女房達にからかわれ始めた。

「花の咲く間《ま》の恋というのも素敵でございますねえ」

うっとりと左近が言う。

楽しい恋の話題を、そうと知らずに打ち切ったのは、藤宰相と呼ばれる清少納言も時に圧倒する才女だ。清少納言と違い、こちらは何をしても手際がよく、ぼんやりしたところが一つもない。藤宰相がいると場がきりりと引き締まる。他の女房たちの服装にも厳しく、季節に合った襲《かさね》を身に着けていないと、下の局に下がらせてしまう。おかげで落ちぶれているはずの中宮後宮が、今も緊張感を保ち、見苦しいところがまるでない。

その藤宰相が、下の局から手に器を抱えて出仕してきた。

「ご覧ください。返り咲きでございます」

春に咲く山吹が時を間違え咲いていたのが珍しいからと、器に張った水の中に花を三つ浮かべたものを、定子に献上した。

定子が藤宰相の顔を見ると、黙礼する。清少納言を呼び戻してはどうですか、と山吹に託して勧めているのだ。それは、古今和歌集の中にある次の素性《そせい》法師の歌に拠《よ》っている。

「山吹の　花色衣　ぬしや誰　問へど答えず　くちなしにして」

山吹の花の色をした衣よ、お前の主《あるじ》は誰だ（お前を身に纏《まと》うのは誰だ）、と問うが、答えは返ってこない。それはくちなしの実で染めた衣だからだ、という意味の歌だ。

くちなしは染料となる植物で、自身は白い花を生むのに、染料となると鮮やかな黄に発色する。それはまさに山吹色だ。だから歌の中の「山吹の花色衣」はくちなしの染料で染められているのだ。ところがくちなし、つまり口無しだから、主が誰か問うても答えられないという掛詞《かけことば》、つまり駄洒落《だじゃれ》である。

いつまでも出仕してこない清少納言に「お前の主は誰なのか」と問うても、一向に返事がないことに掛けているのだ。しかも返り咲きの山吹に託して、「お前も返り（帰り）咲きなさい」とそろそろ伝えてはいかがですか、と藤宰相はくちなしだけに物言わず進言している。

粋な計らいだが、

（迷惑かもしれない）

定子は瞬時躊躇《ためら》った。転落していく主の許に戻って来いと言ってもいいものか。だが、戻る戻らぬは清少納言の決めることだ。

（こちらから働きかけるのは、これを最後にしよう）

「筆を持て」

「はい」

藤宰相が張りのある澄んだ声を上げ、墨を磨り始めた。

定子は水に浮かぶ山吹を一つ掬《すく》い上げて花びらを抜いた。小さな花びらに、たいそう細い文字で、「言はで思ふぞ」と心を込めて綴《つづ》る。それを清少納言の好きな純白の紙に包み、萩の枝に付けて藤宰相に渡した。

誰に、とは言わない。言わずともすべてが通じる。この質の高さが、定子の築いた後宮だ。

（少納言は戻ってくるだろうか）

こんな他人の屋敷に間借りすることでしか生きられず、己の住まいは再建の目途が立たない。そんな主の許に戻ってくる女房がいるのだろうか。

もし、これで無視をされたり、断りの文が戻ってきたりすれば、定子は自分がどうしようもなく傷つくことを知っていた。

（だけど、そうね、せっかく返り咲きの山吹が手元にやってきたのだもの）

山吹の花びらに綴った「言はで思ふぞ」も古歌の一部だ。出典は、『古今和歌六帖』詠み人知らずである。

「心には　下行く水のわきかへり　言はで思ふぞ　言ふにまされる」

何も口にしませんが、わたしの心の底には、水が激しく湧きあがるように、あなたへの想いで溢《あふ》れています。その思いは、言葉にするよりずっと強いものです。

清少納言へ捧げる定子の心だ。

萩の枝を添えたのは、もうすぐ暁露《あかときつゆ》の季節がやってきて、古歌にもあるように我が宿の萩も見ごろになるので、それまでには戻ってきてください。萩の「をかし」は短いのだから、と告げている。

ほとんど間を置かず、清少納言は潤んだ瞳で戻ってきた。初めて会ったころのように、おどおどと几帳の陰に隠れて、いつの間にかいた。戻ってくると藤宰相から知らされたとき、仰々《ぎょうぎょう》しい挨拶はせず、ただいつものように、まるで自分の局から出勤してきたかのように仕えさせよ、と伝えてあったからだ。

若い女房達の指導もするようになっていた清少納言が、いかにも新参者ですという態度で隅っこに隠れているのが可笑しくて、他の女房達が忍び笑いをしている。

萩が咲く前に戻ってきたのだな、と定子の胸はいっぱいになった。

定子はしばらく清少納言の新人振りを堪能してから、

「あそこにいるのは、誰ぞ。新参者か」

と笑ってからかった。

たったこの一言で、長い間、清少納言が里下がりしていた一件は不問にした。

こんなに嬉《うれ》しいことがあったのに、その気持ちをだいなしにする知らせが、この同じ日に飛び込んできた。

大納言藤原公季《きんすえ》の大姫である義子《よしこ》が一条《いちじょう》帝のキサキとして入内したのだ。帝より六歳年上である。弘徽殿《こきでん》を曹司とし、間もなく女御の宣旨を受け、弘徽殿の女御と呼ばれるようになった。

弘徽殿は、定子の登華殿の隣の殿舎である。

(とうとうこの時が来た)

覚悟していたことというより、むしろ望んだことですらあったが、胸が締め付けられる。

(人の心は矛盾だらけだ)

あの火事の日に生まれた物の怪が、ずっと定子の近くで蹲《うずくま》っている。何一つ悪さをすることもなく、大きな動きも見せず、眠っているかのようにただ同じ場所でゆらゆらしていたのが、帝が新しい妻を迎え入れたと知ったとたん、顔を上げてこちらを見た。

顔があるなど定子は今まで知らなかったのだが、これまで無かった目が付いて、こちらをギロンと見つめたから、その周辺が顔なのだと知れた。

物の怪はこちらを見ただけで、それ以上は何の変化もなかった。

二

配流《はいる》中の兄の伊周《これちか》がまた問題を起こした。任地は大宰府《だざいふ》だが、病を理由に播磨《はりま》にとどまっていた。同じように、隆家《たかいえ》は但馬《たじま》に逗留《とうりゅう》している。もちろん病は口実で、二人とも一歩でも都から近い場所にいたいのだ。筑紫《つくし》や出雲《いずも》は遠すぎる。

帝は「病」を信じたわけではないだろうが、信じることにしたのだろう。あえて調査をせずに目こぼしにした。これは「正しくない」行いになるのだろうが、非情になれなかったに違いない。定子は帝の見せたわずかな情けを有難く思ったが、後から裏で詮子《あきこ》が動いたことを知った。それとなく礼を述べるよう、言われたからだ。

一条帝は、伊周と隆道を哀れんだのではなく、母の説得に負けたのだ。母親の言葉で自身の方針を曲げた帝に、定子はもやもやとしたものを感じた。

(先の政争も、女院の涙が事態を大きく動かした。女の涙が歴史を動かすなんて……)

この世の中は、そんなものだったのかもしれない。だとしたら、定子は涙の使いどころを知らな過ぎたのだ。

伊周が父の死の二日後に定子を宮中へ戻し、帝の説得を頼んだとき、なんと非常識な兄だと半ば軽蔑《けいべつ》したが、自分の方こそが世間知らずだったのかもしれない。

(皆、当たり前のようにやることだったのか)

自分はあのとき、恥も外聞もなく、閨《ねや》の中で帝に縋《すが》り、「私のために兄を関白に」と泣きじゃくるべきだったのだろう。

敗者になって苦汁を舐《な》め続けたからわかる。

(勝てば、その間違った行いも、権力をかざすうちに正しかったことになる)

詮子のこれまで歩んできた道を思い起こせば、一目瞭然《いちもくりょうぜん》だ。

皇太子の母となりながら、その子を帝に会わせることもなく里第に引き籠《こも》り、その子を盾に夫を譲位に追い込んだ。子が七歳で帝になれば、国母として政《まつりごと》に口を出し、女ながらに権力を行使した。

人事には涙を使って介入し、意のままに動かして見せた。

父の道隆が病の苦しさから年始の挨拶を今年ばかりはお許し願いたいと頼んだ時、同腹の兄に向かって「許さず」と厳しい態度で臨み、自分の御座所まで無理やり足を運ばせた。あれで、いっそう道隆の病は進行し、死を早めたのだ。非常識ではないか。

伊周と隆家の配流に手心を加えさせた件は、定子の立場からは有難いことだったが、第三者の目で見れば、我儘《わがまま》を通して帝の政道を歪《ゆが》めたわけだ。

それらすべてが、非難されるべきことではなくなっている。詮子が力を握っているからだ。実際に道長より発言力は強い。

(比べて私は、政道を歪めたことはないのに、いつも非難の的だ)

これが「からくり」なのだ。定子は、転落してようやく知った。

泣けば良かったのだ。縋れば良かったのだ。「愛している」と言いながら、「私をお見捨てになるのですか」と声を嗄《か》らしながら、それこそ、儚くなるとか尼になるとか脅しながら、なりふり構わずしがみつけば、帝は動いたろう。動くほど心が弱いから、あのときずっと定子に対して「お前だけは欲望をわたしに叩きつけてこない」と先回りして言うことで、牽制《けんせい》していたのだ。今思えば、「おねだり」をやられれば自分は落ちるという敗北宣言だったのだ。定子を遠ざけてなるべく会わないようにしたのも、定子を信じていなかったからではなく、自分自身を信じられなかったからだ。あの漢詩を改めて見せたのもそうだ。「正しくありたい」と訴えることで、定子に縋っていたのだ。決して「おねだり」を口にしてくれるなと。

帝は、定子の頼みごとに一番弱い自分を知っていたのだ。

（なんてこと）

思った次の瞬間、例の物の怪に口が生まれた。それがにやりと笑う。定子は物の怪を睨《にら》みつけ、やがてふいっと目を逸らした。

それにしても、母親の願いをきいて「正しくない」ことをしたから、歪みが生じた。

伊周が、留まっていた播磨から姿を晦《くら》ましたのだ。帝はさぞ後悔したことだろう。

季節は初冬。定子は十月になってから、明順第御在所の方ではなく祖父の成忠第の方に詰めている。母の貴子が病に臥《ふ》せっていたからだ。

居貞《おきさだ》親王に嫁いだ原子《もとこ》も、母の病を理由に内裏を出て、戻ってきた。帰ってきて姉の顔を見た途端、大粒の涙を流し、

「もう、淑景舎には戻りたくありません」

と訴える。父が死に、兄と弟が罪人となり、姉は去って髪を落とし、残された幼い四の姫を懸

命に世間の誹《そし》りから守りながら過ごした後宮の日々は、よほど辛かったようだ。

「もう東宮とは？」

訊ねると、

「まだお渡りくださいますが、以前とは別人のように冷とうございます」

すでに体だけの関係となってしまっているようだ。

「戻れと叱られるまではずっといたらいい」

定子は泣きじゃくる妹を抱きしめて、そんなことしか言ってやれない自分の非力さを情けなく思った。今の定子には、妹を住まわせてやれる自分の屋敷がない。

「いつまでもここにいなさい」

とは言ってやれなかった。

中宮付き御匣殿《みくしげどの》を務める四の姫も、こちらの周辺が落ち着くまでは内裏が一番安全だろうと残してきたのだが、定子が落飾した以上は内裏にはもう戻れない。引き取って、傍に置くことにした。

敦道親王に嫁いだ三の姫は、離婚の危機にあったので、夫と共に住んでいる東三条第から出ようとしなかった。いったん出てしまえば、もう戻れない可能性が高いからだ。東三条第は道長所有となったが、実際に住んでいるのは冷泉院と敦道親王である。

冷泉院は、伊周の住居だった二条第南家が火事にあった際、巻き込まれて棲み処が焼亡した。責任を感じた隆家が、東三条第の対の屋を提供したが、家主が道長に代わって以降は、かつて道隆が住んでいた南殿が南院として宛がわれた。敦道親王は三の姫と一緒に、道隆時代のまま対の屋を使っている。

貴子は東三条第を追い出されたが、三の姫は敦道親王の妻ゆえ、道長のものになったあとも東三条第に住んでいるのだ。だが、奇行も多く、敦道親王からはすでに見限られ、男女の関係も無くなって久しかった。

弟で僧になった隆円《りゅうえん》も、ここ最近は定子と共に、成忠第にずっと泊まり込んでいる。隆円は、一昨年に十五歳で権少僧都《ごんのしょうそうず》に任じられた。これは、歴代最年少の若さである。出家していたため見逃され、中関白家の中でただ一人、まだ高い地位を保っている。

長徳《ちょうとく》の変での家探しや、その後の二条第の火事で、姉の定子が男たちの目に晒《さら》される屈辱を受けて以来、ちょくちょく御在所を訪ねてくれるようになった。今も一条帝の側近の僧侶として仕えているため、帝の様子を定子に告げることのできる唯一の人物でもある。だが定子は、

「何も聞くつもりはない」

と帝の話は拒み続けている。ことに、新しく迎えた弘徽殿の女御との話は聞きたくなかった。

今はしばしの間、隆円は暇をいただき、母につきっきりで尽くしている。死期が近いことがわかっていたからだ。

貴子は口にしないが、死に目に伊周と隆家に会えないことが辛くてたまらないようだ。

「兄上たちには、母上の病のことは知らせてあります。母上に一目なりと会うために、ほんのしばしの間、都への立ち入りをお許しいただけるよう、権守（隆家）が上奏いたしました」

きっとお許しが出るに違いないと、隆円は力強く励ました。貴子は嬉しそうだ。

一方、定子は、上奏したのが隆家だけなのがひどく気になった。

（兄上はどうしているのだろう）

よもや許しもなく播磨を出立したなど、このときの定子は思いもしなかった。

貴子が小康状態を保っているので、定子はいったん明順第の御座所に戻った。そこへ、さっき別れたばかりの隆円が、会いに来た。こんなことは初めてだ。

「いかがいたした。母上に何か」

「いいえ、よく休まれております。そうではなく……実は兄上が……」

「兄上とは帥殿《そちどの》（伊周）のことか」

青ざめた顔で返事を躊躇う隆円の態度が、そうだと肯定している。

また、面倒ごとが起こるのだ。今年に入ってからの今日までの疲労が、いっそう強まった気がする。まるで十年に値するような出来事がいっぺんに押し寄せた年だった。

（まだ、運命は手を緩めず、試練を課すというの）

定子はこのまま気を失って二度と目が覚めなければいいと願った。

「して、兄上がいかがした」

「播磨を抜け出し、母上の許に駆け付け、今は再会に涙しております」

馬鹿なことを、と定子は怒鳴り付けたかった。なぜ簡単に罪を重ねるのか。どれだけ都に残された弟妹に迷惑をかけ続けるのか、少しは考えてくれたことがあるだろうか。筋道立てて母と最後の別れをさせてほしいと奏上した隆家が哀れであった。兄の軽率な行いで、もうその願いは叶わないだろう。

ああ、ここでも……と定子は思った。「正しいこと」をした方は死にゆく母と直に会っての別れができず、「正しくないこと」をした方は欲望を満たした。この世の中は、つまりはそういうものなのだろう。馬鹿正直でまっとうな人間が、割を食う。だから、物の怪が生まれる出ずる。

ちらりと定子は己の生んだ化け物を横目で見た。物の怪は、無知な幼児のように、小首を傾げた。少しずつ、自我が生じてきている。いつか自分の意思を持ち、暴れだすのではないか。暴れ出したとき、物の怪の敵意はどこに向かうのだろう。生み出した定子を呑みこむのか、それとも憎い道長を襲うのか、あるいは定子の愛する弟妹たちに向かうのだろうか。それとも帝に――。

「こちらには来るなと伝えよ。火事の一件以来、宮司《みやづかさ》が過敏になっている」

帝の指示で、警護が増えている。定子の身を案じてのことだ。もう誰にも手出しはさせないという意志を、見える形で示したのだ。それが此度は仇となる。

「それに、母上が倒れて以降、見知らぬ人間がよく屋敷の外をうろつくようになったと長女《おさめ》が言うておった。いつも違う者らしいが、前はそうしたことはなかったことゆえ、おそらく左府（道長）の監視であろう」

長女とは、雑用係りの女のことで、使いに出るなど、外を出歩くことも多い。

「左府の……。ということは、左府は初めから兄上が忍んでくることを予測して、見張りを置いていたということですか」

「もしかしたら、今頃は道長に知らせが走っているやもしれぬ」

当然、明順第だけでなく、母のいる祖父の屋敷も監視は付けられているだろう。

隆円が歯噛みした。

「兄上をいかがいたしましょう」

「来てしまったものは仕方がない。存分に母上との別れをさせてやろう」

「突き出さずに？」

定子は弟の言葉に目を見開いた。この子は何を言っているのだろうと驚いたが、隆円の目は真剣だ。

「兄を売るような真似はせぬ」

「されど、中宮も処罰されるやもしれませぬ」

「廃后か。構わぬぞ」

隆円は、悔し気に顔を歪ませた。

「姉上はそれで構わぬかもしれませぬが、主上はそうではありますまい。ゆえに、髪を落とされたとき廃后になさらなかったのです。主上は、姉上は出家などしていないと言い張っております。また以前のようにお暮しになられる日を夢見て、力を付けるため政務に励んでおられます」

これまで耳を閉ざしていたから入ってこなかった帝の姿が仄見《ほのみ》えて、定子は動揺した。定子が何も言わなかったので、隆円は続けた。

「兄上は自業自得でございます。兄上の犠牲になられますな。中宮はすでに兄上に尽くしたではございませぬか。その結果の家探しです。これ以上は、もう十分です」

隆円の言葉は魅惑に満ちていた。これはずっと定子こそが伊周に叩きつけたかった言葉であったし、誰かに言って欲しかった言葉でもあった。

「お前の言葉は耳に心地良いな」

「ならば」

「いいや。お前の言葉だけで私の心は慰められた。母上の哀しむことはすまい。それより兄上はお元気か」

隆円は怒った顔で口を閉ざす。

「播磨の生活に不自由はなかろうか」

定子がなおも訊くと、

「痩せておられましたが、お元気です」

不承不承答えた。

翌日。案の定というべきか。道長は昨夜のうちに伊周が京の都に忍び入ったことを知っており、定子のもとに左大臣として使いを送ってくる。

「権帥《ごんのそち》が昨夜入京し、中宮の許に匿《かくま》われたとの風聞があるが、真《まこと》か」

「さような事実はない」

定子は突っぱねた。すでに露見しているのだから、伊周が捕まるのは時間の問題だが、定子は自らの手で引き渡す気はない。後で相応の処分は下るに違いないが、兄を裏切るよりはましだった。

しばらくして、右衛門府の役人と検非違使《けびいし》が明順第に乗り込んできた。右衛門府は、宮の諸門を守る役所だ。門の中には中宮の御座所の門も入っている。

右衛門府の役人は、すでに権帥が隠れている件に付いて、中宮大進 平 生昌《たいらのなりまさ》から密告があったことを定子に伝えた。

結局、伊周は見つけ出され、この二日後には播磨ではなく大宰府の方に送られてしまった。伊周は出家したと嘘を言っていたことが身柄を拘束されたことで露見し、いっそう世間の失笑を買った。元々地に落ちていた中関白家の評判は、地底に食い込んだ。もちろん、隆家の奏上は却下された。

定子の心が抉《えぐ》られたのは、これまで一番近い場所から自分を支えてくれた乳母の式部命婦が、定子の許を去っていったからだ。誰が立ち去っても、式部命婦だけは定子を置いていくことなどないと信じていた。

暇乞いをしたいと打ち明けられたとき、

「なぜ」

取り繕うこともできず、定子は式部命婦を揺さぶった。

「お許しください。地の果てへと送られる権帥様があまりにお可哀そうで……」

「兄上が……」

でも自業自得ではないかと、定子の喉元まで出かかった。巻き込まれた自分の方がよほど可哀そうだと定子は泣きたかった。

「付いていきとうございます」

と式部命婦は言う。

「大宰府まで行くと言うの。兄のために？」

「どうかお許しくださいませ」

式部命婦には伊周の乳母だった時期がある。実の甥ということもあり、それは目の中に入れても痛くない可愛がりようだった。誰もが呆《あき》れ、見放す伊周を、放ってはおけなかったのだろう。

それはなんという美談か。

（だけど私は……）

定子はそれ以上、式部命婦を引き止めなかった。代わりに抱きしめて、

「光子叔母様」

本当の名で呼んだ。

「兄上を頼みます。行ってらっしゃいませ」

優しく送り出したが、本音は胸を掻《か》きむしりたいほど悔しかった。


そういう中で、定子の母、貴子は死んだのだ。

死に際して貴子は、子供たちの手をそれぞれ握り、

「ごめんなさいね」

謝罪を何度も繰り返した。

「子供たちがみな不幸になっていくなんて、きっと私の罪なのでしょうね」

「そんなはずはございません。母上のせいではございません。それぞれの持つ、運命でございます」

定子は母が可哀そうで、懸命に否定した。妹たちも「いいえ、いいえ」と言い続けた。隆円だけは口を引き結び、そんな母をじっと見つめている。

いよいよというとき、

「お願いがあります」

貴子は、定子に向かって手を伸ばす。定子はその手を握りしめた。

「何でもおっしゃって」

「あの子を……あの愚かな兄をどうか許してあげて……」

「……」

定子の中にぽっかり空いていた穴が、もっと広がったような気がして、咄嗟《とっさ》には何も返事ができなかった。

（また、兄上ですか）

こんな時に、おおよそ似つかわしくない感情が湧いた。

（母上はどこまでいっても兄上なのですね）

定子の唇が開きかけたその時。隆円が素早く近づき、母と姉の間に無理やり割って入った。弾き飛ばされるのに近い形になって、母の手が定子から離れた。

「仏がお迎えに参ったようです」

隆円は母の体を抱き起こして西に向け、

「さ、お念仏を。私も一緒に唱えましょう」

と促す。貴子は弱々しく頷《うなず》き、

「南無《なむ》宗祖《しゅうそ》根本伝教大師《こんぽんでんぎょうだい》福聚金剛《ふくじゅこんごう》、南無阿弥陀仏、南無阿弥陀仏、南無阿弥陀仏」

夫の道隆とは違い、念仏を唱えてこと切れた。わっと妹たちが泣き声を上げる中、定子はすぐには涙も出なかった。もし、あのとき弟に体を引きはがされなかったら、何を口走っていたかわからない。

（私は……なんて醜い女なのか。けれど、母上もなんと残酷なお人なのか。このままでは兄上を憎んでしまいそう）

母の死とは違う意味の涙が頬を伝った。

母が亡くなった月は、定子の出産が予定されていた月だ。しかし、一向に産気付かない。哀しいことや辛いことが多すぎたせいだろうか。それともこのまま赤子は生まれてこないのだろうか。不安に苛《さいな》まれる定子に、

「ごくごく稀《まれ》にあることでございます」

焦らず、気をゆったり持つようにと医師は諭した。そうは言っても、初産と言うこともあり、定子の中には不安ばかりが膨らんでいく。十一月になっても生まれず、十二月に入ってもその兆しが見られない。

「主上との御子ではないのではないか」

嫌な噂も広まり始める。

定子が苦しむ中、帝はまた新しいキサキを迎え入れた。今度は右大臣藤原顕光の娘だ。帝の一つ上だから、ほぼ同年代。元子《もとこ》と言い、承香殿に入った。半月後に女御宣旨を受けている。以降、承香殿の女御と呼ばれる。

弘徽殿の女御・義子の時と違い、承香殿の女御・元子は帝の心を捉えたという噂が、耳を閉ざしているにもかかわらず、定子にも届いてくる。ようやく帝は愛する人を見つけたのか、と定子は寂しい一方でほっとした。自分への気持ちは、家族に対するものに近かったのだろう。

（あんなに小さいときから一緒に過ごしたのだもの）

定子しか知らないうちは、愛情の種類の違いに気付かなかったろうが、今は大人の恋を知ったはずだ。定子にとっても帝は弟のようなものだったのだ。だから、帝が他の女人に夢中になっているという噂を聞いても、少しも哀しいとは思わない。心も乱れない。嫉妬《しっと》の心もわかない。

（だのになぜ、涙が出るのだろう）

感情は少しも湧き立たないのに、なぜか涙だけが流れていくのだ。そういうとき定子は扇で顔を隠し、すぐに御帳《みちょう》の中に滑り込んだ。出産がひどく遅れているせいで、いつ寝ても誰も何も言わない。涙が流れるのも、もしかしたら臨月を過ぎても兆しがないことが原因かもしれない。

そう思っていると、十二月半ば、突然産気付いた。大きく苦しむことなく、定子は赤子を生んだ。懐孕《かいよう》十二ヶ月の子である。

「玉のような女の子でございますよ」

（女の子……）

定子は子の性別に心から安堵《あんど》した。これでもう、自分も赤子も表舞台に立つことはない。道長の関心も次の標的に移るだろう。さしずめ、寵愛《ちょうあい》を受けている元子ということになる。

（私と違って、承香殿の女御には、右大臣が付いているもの。そうそう左府にも手が出せぬゆえ、私の時ほど辛い目にはあうまいよ）

だが、しばらく自分は中宮のままだろうことも想像がついた。今、自分の廃后が起これば、中宮職は右大臣の娘元子がつくことになるはずだ。道長には年ごろの娘がいない。まだみな幼いのだ。大姫（彰子《あきこ》）が九歳。二の姫に至っては三歳だ。

元子の中宮冊立《さくりつ》を阻止《そし》するためには、もうしばらく定子を中宮の座に就けておく必要がある。大姫があと少しで入内可能な年齢になるため、そのときに定子を退けて愛娘を中宮職に就かせればいいのである。出家した定子は帝の閨に入れない。子が生まれる心配はないのだから、道長は時が来るのを待つだけでいい。

中宮職に定子がいる限り、幾ら元子が男児を設けても、道長は慌てることはない。定子の後に中宮になった道長の娘が男児を生みさえすれば、年齢は幼くともそちらが東宮となるからだ。そういうしきたりだ。

そうであれば、女の子を生んだ定子は、これ以上、道長と揉《も》めることはないのである。道長の娘が入内するまでは、むしろ中宮として定子を守ってくれるはずだ。

（道長の大姫が育つまでの数年は、ゆっくり過ごせるに違いない）

定子は涙が出るほど嬉しかった。

娘は定子が育てることになる。帝がこの娘を溺愛《できあい》してくれれば、金品も朝廷から流れてくるので、後見人がいずとも生活自体は安泰だろう。

（主上は身内としての私と皇女をお見捨てにはならないだろう）

今年は辛い一年だったが、来年からは少しはましになる、そう定子は信じた。「尼の生んだ子」「妊娠十二ヶ月の子」など、嫌な噂は立っているが、帝が姫の顔を見れば、愛情を抱かずにはいられないはずだ。主上によく似ている。

定子の女房の中から、何人かを娘の乳母に任命した。清少納言を連れ戻すきっかけを作ってくれた藤宰相もその一人だ。たいへんな才女で仕事も早く、情も深い。

定子はようやく春が訪れたような心地を味わった。

今残っているのは、栄達を度外視して本当に自分を慕ってくれる女房達だ。なぜなら、男児ではなく皇女が生まれたことで、幾人かの者たちは、定子の後宮には未来がないと立ち去っていったからだ。確かにそうだ。もう何もかも、光の中を進む道は閉ざされた。

（でも、光の当たらぬ場所にも幸せはある。人の覚える幸せはそれぞれだから）

愛情深い女房たちに囲まれて、母子笑いに満ちた日々が過ぎていく。苦境続きの時には、こんな日が来るとはまったく思うことなどできなかった。定子の生んだ物の怪は、いつしか母屋の隅で縮こまっている。このまま死んでくれればいい。

今の定子を落ちぶれたと評す人は多いだろう。定子にはそんな謗りはまるで気にならなかった。

（大切なものは、ここにある。この子がいればそれでいい）

定子は温かな娘を抱きしめて頬ずりした。

三

長徳三（九九七）年の春は、定子の周囲は穏やかな日々に包まれていた。

一方、帝の周囲は慌ただしかったようだ。母の詮子が、重病に陥ったからだ。原因不明の熱病で、昨年から、良くなったかと思うとまたぶり返し、生死の境を彷徨《さまよ》ったかと思うと快復する。すっかり精神的に参ってしまっているようだった。

そういう中でも初めての孫は可愛いのか、体調の良い日が続いた二月初旬、しきりと会いたいがった。詮子は道長の土御門第に住んでいる。一番、連れていきたくない場所だったが、詮子が孫と認めてくれれば世間の扱いが違ってくる。定子は二月四日に詮子の許へ、女一宮を連れていった。

「主上によく似ておる。なんて可愛らしい赤さんでしょうねえ」

詮子が当たり前のように乳母の藤宰相の手から赤ん坊を取り上げ、抱き上げた。ふっくらとした頬に口づけをする。

(あっ)

叫びそうになって、定子は慌てて口をつぐんだ。自分でもなぜこんなに不快に思うのかわからなかった。赤ん坊を自分が好きでもない相手に触られると、それだけで汚された気分に陥る。ましてや、口づけなどとんでもなかった。

詮子はここでも我儘を言った。

百日《ももか》の儀を、今からやると言い出したのだ。百日は生後百日から百二十日の間の赤子に餅《もち》を含ませる儀式だ。後の世のお食い初めに繋《つな》がる行事である。

「まだ五十日《いか》の儀も行っておりません」

五十日の儀はこの月の九日に行うことが決まっている。

定子は戸惑った。

「そんな悠長なことは言っていられませんよ。百日経つころには、私はどうなっているのかわかりませんゆえ。それに、百日経ったかどうかより、女院であり国母の私が儀式を行ったという事実が大切なのではありませんか」

それは詮子の言うとおりだ。姫の将来を想えば、有難い申し出なのだ。

「お願いいたします」

定子は詮子に頭を下げた。

詮子は満足げに頷いて、餅を手ずから姫の口に含ませる。

この日の後、詮子は生死の境を彷徨うような病状となった。

道長の焦りはかなりのもののようだ。そうだろう。己の権力の基盤は、詮子が作ってくれた。そして、まだ道長は帝の外祖父になれる道筋をたてられていない。詮子には生きていてもらわねば困るのだ。

道長は、詮子の病快復を祈り、大赦《たいしゃ》を行った。三月二十五日のことだ。この大赦により、伊周と隆家の配流が許されて、京へ戻ってこられることになった。都入りを許されただけで、再び殿上が許されるわけではなかったが、中関白家にとってはありがたいことだ。

同時に、定子には不安があった。兄が戻ってきたら、また何か大変なことを仕出かすのではないか。中関白家にとっては、伊周が生涯九州にいた方がよいのではないか……。定子はこんなことを考える自分にぞっとなったが、今は愛しい娘がいる。

(姫に害が及ぶようなことがあれば、兄上とて絶対に許さない)

定子は身構えていたが、伊周が実際に大宰府を離れて都に戻るには、もうしばらくかかるということだ。先に隆家が戻ってきた。

「姉上、息災であったか」

すぐに定子の許にやってきて、元気な声を上げた。乳母に抱かれた姫を見つけ、

「おおっ、姉上の子か。まろが叔父上ぞ」

赤ん坊の鼻を、焼けた指でピンと弾く。

「あ、何をなさいます」

文句を言ったのは藤宰相だ。すぐに赤ん坊を連れて几帳の陰に隠れてしまった。ハッハッハッと隆家は豪快に笑う。元々その傾向はあったが、ますます野趣あふれる男になって戻ってきた。

「向こうの水は合ったのですか」

定子の問いに、

「いやあ、よく合いました。都より楽しかったくらいです。毎日、相撲《すもう》を取って遊びました」

日焼けした顔を見て、定子もフフッと笑う。

「いかにもそういうお顔をしております」

笑う定子を見て、嬉しそうに息を吐き、急に真面目な顔になった。

「姉上、申し訳なかった。今後は、姉上と姫の御為に生きて参ります」

低頭する。

「頭を御上げなさい。それに、御自分の御為にお生きなさい。これからはみながご自分の為に生きて、何事かのときは互いに助け合っていきましょう」

定子の言葉に隆家の目から涙が迸《ほとばし》った。

定子の毎日は充実していた。姫がまだ内親王の宣旨を受けていないのが気がかりだったが、尼の産んだ子ゆえ、受けいれがたく思っている者も多い。時期をはかっているのだろう。

そう思っていると、

「皇女《ひめみこ》に会いたい」

連れてくるようにと綸旨《りんじ》が届いた。いつかはそういう日が来ると思っていたが、自分が想像していたよりずっと定子は動揺した。職御曹司《しきのみぞうし》に入るようにとのことだ。

また大内裏の門をくぐるのか――。

もう二度と行くつもりのなかった場所だが、娘のためだ。それに娘の顔を見せにいくだけだから、それほど長い滞在にはならない。

定子の気持ちをおもんぱかって、清少納言が、

「物見遊山と行きましょう」

などとおどける。

他の女房の顔も、パッと華やぐ。

「ほら、いつぞやの」

「ええ、陰陽寮の鐘楼ね」

「侍従所や右近の陣も」

「左近衛少将様がご案内して下すったのでしたね」

源明理のことだ。伊周に妹が嫁いでいたため、長徳の変では連座となった。二度と復活できぬよう、伊周の周囲の者は親戚一同根こそぎ処罰された。明理は、昨年の四月には昇殿を止められ、役も削られた。ただし、その非情さを責める声も上がり、連座となった者は早い段階で罪が軽減された。このため、明理も同年七月には役が戻り、今も左近衛少将を務めている。

明理の名が出たことで場がよどんだが、

「楽しかったですね」

鐘楼上りも侍従所や右近の陣にも足を運ばなかった藤宰相が、いかにも自分も行った風を装い、場を盛り上げた。すかさず清少納言が、

「それはもう。中宮様の女房以外、誰が経験できたでしょう」

藤宰相の言葉を拾う。

「それほど楽しかったのなら、今度もまた物見遊山をやるか」

定子の提案に、歓声が上がる。ただし、前回さんざん暴れたから、今度は許しが下りないだろう。もう少し別の趣向を考えなければならない。


六月二十二日、夜。定子は一年と数ヶ月ぶりに大内裏に戻ってきた。内裏東方外郭門である建春門前の通路を挟んで北東にある建物、中宮職の中にある御曹司に入った。ここは、父の月供養の際に何度か利用したが、あの頃より庭の草木はいっそう茂り、自分が去って以降、あまり手入れがされていないようだった。

庭よりさらに中宮が入るべき母屋がひどく荒れ果てている。床が腐っている場所もあり、掃除もされていないのか、埃《ほこり》だらけだ。

女房達もざわめいて、

「まあ、ここは鬼が出るとか」

本当に出るわけではないが、荒れた状態をそのように表現する。

「おお、怖い。ここは使えませんね」

「夜なのに、今から整えるわけには参りませんし、困ったこと」

「今日は皆で、廂で寝ましょう」

床几《しょうぎ》を立てて四方を囲い、定子と皇女の寝場所をすぐに整えてくれた。

こういうところに帝は気が回らない。自分が呼び出したのだから、少しくらい事前に手を施してもよさそうなものなのに、荒れたままの場所に平気で入れという。本来なら、中宮職の者が帝のお達しがなくともやっておくものだから、気が回らないのも仕方がないが、今の中宮がどんな境遇かほんの少し考えればわかりそうなものだ。

帝もまだ十八歳だ。そういう配慮は酷なのかもしれないが、こんなことをやられ続ければ、こちらの気も可笑しくなってしまう。

(帝はご存じないのだ。私がかような目にあっていることなど、何も)

それは定子が我慢強いのも原因の一つだ。何も言わないから、帝は知ることがなく、中宮をこんな目にあわせてもお叱りがない。叱られないいから、繰り返す。

数日の滞在。自分ひとりなら、今度も黙っていたかもしれない。荒れているのは人目のつかない母屋だけだ。が、今は娘と一緒である。たとえ数日でも、整えられていないのは我慢ならない。

夜ではあったが、中宮職の役人を呼び出して、叱責した。

「あまりふざけた場所に押し込むなら、このまま帰るが、いかが」

大輔命婦《たいふのみょうぶ》が中宮の言葉を伝える。

「申し訳ございません。中がかようになっているとは思いもよらず……おそらくは五月の地震とその後の大雨が原因かと……見回っておくべきでした」

役人はかしこまり、翌日には早急に改善した。女房の指示で、廂の外側に建て増しをする。数日の滞在ならと、薄暗い母屋は仕切りを立てて開かずの間とした。本来の南の廂に御帳を置き、そこを定子と皇女の御座所と定める。女房達は建て増した孫廂《まごびさし》の間に各々の居場所を作った。

後で聞いた話だが、中宮の遷御の時に供奉《ぐぶ》するよう命じられた者が、命に背いて従わなかったため、別の者が代わりを務めたということだ。そのくらい自分が歓迎されていないことを定子は思い知らされた。

（なるほど、皇女の内親王の宣旨がまだなわけね。強い反対勢力がいるということだ）

数日後、皇女が内裏に呼ばれた。定子は呼ばれなかったため、付き添いの藤宰相が戻ってきたときに、その時の様子を聞いた。

「主上はたいそうお喜びで、泣いておられましたよ」

帝の言動によほど皇女への愛が溢れていたのか、藤宰相がいつになく興奮して語る。

「そう。それは一安心だ」

本当に良かったとほっと息を吐いたのも束の間、次の藤宰相の言葉に身が強張る。

「それで明日、中宮の御在所に帝のお渡りがあるそうです」

定子はスッと扇で顔を隠した。どうしても目が泳ぐ。

（なぜ）

いや、落ち着いて考えれば、こういうこともあると想定しておくべきだった。

（気に病むことはない。「皇女の母」に会いにくるだけ。今後、皇女をどう扱うのか、話したい

だけかもしれないもの。あるいはもう一度、皇女に会いたいだけかもしれぬ）

それでも、もう会うつもりのなかった昔の男に会うのは、頭の中がぐちゃぐちゃに掻き乱されるほどに混乱する。

憎み合って別れたわけではないのだから、切なさで胸がいっぱいになる。かつては自身の半身と思えるほど愛した男だ。それと同時に憎しみが、血を噴くように溢れ出た相手でもある。

一番苦しいときに、手を差し伸べてはくれなかった。「正しさ」の名の下に、宮中から立ち去らせた。しごく冷静に捨てられたのだ。そして今は他の女を寵愛している。

（あっ）

閉ざした母屋の中から何かが蠢《うごめ》く気配がした。定子は母屋のある北方を振り返った。

ごそり。

何かが間違いなく密かに動いている。

（鬼……？　まさか……そんなはずは）

藤宰相を窺《うかが》うと、小首を傾げている。

「どうかなさいましたか」

「いや」

お前は何も感じないのか、と訊ねたかったが、その答えを聞くのも怖い気がしてやめた。

（明日、主上がいらしたら、母屋に鬼がいるから帰りたいと申し上げてみようか）

（嫌、やめて、誰か）

帝相手に本当に悲鳴を上げるわけにもいかず、定子は喉元に手をやり堪えている。

（どうしてこんなことに）

帝は渡ってきたとたん、有無を言わさず定子の手を摑《つか》み、御帳の中に引き入れた。習慣で、定子の御在所とした廂の間にいた女房達は、老女を残してみな孫廂へと退いた。そうしながらも、おろおろとこちらを心配そうに見る女房も幾人かいた。何が起きているのか、みなすぐには理解できなかった。

定子はまだ中宮なのだから后である。だから帝の渡りがあれば、そうなることも想定しておくべきだったかもしれない。だが、定子は出家している。尼が男と乱れるなど有り得ないことだ。

定子は引き入れられる間際、御帳を守る老女に目で救いを求めた。いつもは式部命婦と大輔命婦がその役を引き受けていたが、今は式部命婦が大宰府に行ってしまい、後続の人を定めていないため、大輔命婦一人が控えている。

こういうとき、女房は片膝《かたひざ》を立てて控える。大事のときにすぐに動ける姿勢を保つためだ。大輔命婦も、すぐに腰を浮かしかけて、定子を帝の手から取り戻そうとする素振りを見せた。が、すぐに思い直したのか、また片膝立ちの姿勢に戻す。

それは正しい判断だ。相手は今上なのだ。一介の女房が帝の腕から后を奪うわけにいかない。大輔命婦の立場はわかっているが、それでも定子は見捨てられたような気持ちになった。

御帳の中で人目が無くなると、久しぶりに会う帝が、どれだけ成長して変わったか確かめる前に定子は組み敷かれ、再会に感慨を覚える間も与えられず、体を求められた。

「主上、主上……これは……正しくありませぬ」

定子は小さな声でようやく訴えた。声を出したことで、どうしようもなく涙が溢れてきた。自分を惨めに感じながら、

「私は落飾しております」

懸命に訴える。帝の動きが止まった。

「正式なものではないのだろう」

出家したといっても、定子の場合はあの日自分で髪を切っただけで、きちんと出家をする手続きを踏んだわけではない。あまりに周囲の者が絶望を露わにしたため、それ以上のことができなかったのだ。誰かを哀しませることが、定子はひどく苦手だった。「良い人」を気取るつもりはない。ただ、苦手なのだ。

定子は帝の問いかけにこくりと小さく頷く。

「されど……こんなことは、あってはならないことです」

「黙れ」

「これまで正しくあるために我慢なされた多くのことを、この一事が無駄にしてしまいます。伝説の聖王に焦がれた主上が、愚帝の誹りを受け入れるおつもりですか」

帝は定子の唇を、己《おの》が唇で塞《ふさ》いだ。定子の体が一瞬で燃え盛る。懐かしい感触に、身の底が疼《うず》いた。

激しい口づけの後、

「黙れと言ったはずだ」

帝は定子を離して横に寝転んだ。帝が止めてしまったことで、体の奥がきゅんと鳴くのを定子

は感じた。

(私の全身が主上を求めている)

だが、溺《おぼ》れるわけにいかない。

荒い息が静まりかけたころ、

「途中で止めようが止めまいが、外の者からしたら、同じことぞ」

帝が十八歳らしく、少し拗《す》ねた声を出す。こういうところがたまらなく可愛く、昔と変わらぬ一面に定子は切なくなった。

帝はさらに文句を言う。

「御帳の中のことなど、みなわからぬのだ。途中で止めたと言うて回るつもりか」

「それは」

想像すると可笑しくなって定子はフッと噴き出した。とたんに帝の怒気が和らぐ。

「そういうところが、好きだ」

ぽつりと言う。

「主上?」

「こんな時に噴き出すそなたが大好きだ」

頭ごと定子の方を向き、さらに言う。言葉を失う定子に向かい、

「馬鹿みたいにそなたが好きだ」

今度は怒鳴るように大きな声で言った。外に聞こえたかと思うと、定子は自分の顔が赤くなるのを感じた。

「う、嘘」

「そなた、帝を嘘つき呼ばわりする気か」

「だって、何もしてくれなかったではありませんか。私がどれほど辛くても助けてはくれなかったではありませんか。寵妃と寵妃の一族が帝自身の采配であんな目にあうなんて、古今東西聞いたことがございませぬ。あれは……あれは寵を失ったキサキが受ける仕打ちです」

「だからわたしを裏切ったのか」

「この髪のことですか」

「そうだ。切ってさえいなければ、これから何とでもそなたを引き立てることができたろうに」

「いいえ、おできにはなれないでしょう」

「何だと。朕《ちん》を愚弄《ぐろう》するのか」

「こちらにいらして」

定子ははだけた襟を掻き合わせ、御帳の外へ、しどけないままの帝を連れ出した。控えていた大輔命婦はぎょっとなったはずだが、表情を見事に隠している。

定子は帝を、鬼の棲《す》まいとなった母屋の前まで連れていき、新しく入れた襖《ふすま》を指す。

「この中をご覧になればわかります。主上には、私を守ることはできません」

帝はいぶかし気に襖を開けた。中が暗かったので、しばしじっと目を凝らしていたが、実態がぼうっと浮かび上がってくると、カッと瞳が見開かれた。

「これは」

「中宮が、こんな曹司を宛がわれたことも気付かず、何不自由なく過ごしていると思っていたのでございましょう」

定子の横で帝が怒りに体を震わせている。

「ここまでの供奉も、主上の命は無視されました」

帝の唇がわなわなと震え、歪んだ。

「主上の目は、見渡せる範囲が限られてございます。私の髪とは関係なく、主上に私を引き立てることはできぬでしょう。その前に私はきっと露のように儚く消えてしまいますゆえ」

そんなことをすれば殺されると伝えた。そして、そのたくらみを帝は阻止できないと、はっきりと定子は指摘してみせた。

帝は全身を震わせ、

「くそう」

吐き捨てると、その場に座り込む。顔を片手で覆い隠し、「なんということだ」と呟《つぶや》いた。

定子は佇《たたず》んで、そんな帝を見下ろす。大変な不敬だが、言うつもりのないことを口にしてしまい、定子も半ば我を失っている。

このとき――。

ごそっと母屋の中の闇が動いた。

(鬼?)

定子は闇を覗き込む。

(ああっ)

そこにいたのは、いつの間にかほとんど姿を見せなくなっていた自分が生み出した物の怪だ。

再び大きくなって、一番闇の濃い場所から、こちらをじっと見つめている。

「主上、あれを」と言いかけた定子の袴《はかま》の裾を帝がふいに摑んだ。

「ひっ」

変な声が出た。帝がすがりついてくる。定子は息を吞んで後ずさった。

「それでもわたしは、そなたが好きだ。手放せるものか」

「何をおっしゃって……」

「離れるのは嫌だ」

「主上がそんな態度を取られてはおかしゅうございます」

「胸が苦しいのだ。そなたがいない間、本当にどうにかなりそうだった。やっと、やっと触れられるというのに、なぜ厳しい言葉でわたしを拒むのだ」

「正しくないからでございます」

佇む定子の裾を握ったまま、帝は振り仰いだ。愕然《がくぜん》としたその顔に、定子はひとつの漢詩を諳《そら》んじる。

「しづかに典墳に就きて、日を送る裡《うち》に　その中の往時、心情に染む」

即位十年の時に詠んだ帝の漢詩だ。

恐ろしいものを聞いているような顔で、帝は瞬きも忘れ、定子を凝視する。定子はかまわず、澄んだ声で漢詩を詠み続ける。

「百王の勝躅《しょうちゃく》、篇を開けば見え　万代の聖賢、巻を展《の》ぶるに明らかなり」

「やめてくれ」

帝が小さな声で懇願する。定子は止めることなくさらに続けた。

「学び得て、遠く追ふ虞《ぐ》帝の化　読み来りて、さらに恥づ漢文の名」

「頼むから止めてくれ」

「多年稽古、儒墨におよぶ」

「やめろ！」

「なによりてか、此の時太平ならざらむ」

最後まで吟じた定子を、帝は妖怪でも見るような目でみつめた。

定子はゆっくりとその場に座った。

「ご立派な帝とおなり遊ばされますよう」

帝の頬に両手を添える。

「お前は……残酷な女だな……」

「さようでございます。主上が愛してくださった女は、残酷な世の中を渡るうちに、すっかり染まってしまい、かの純粋な娘は、今はもうどこにもおりませぬ。お諦《あきら》めくださいませ」

しばらく微動だにしなかった帝だが、両の目から涙が流れると、ふらふらと立ち上がった。

「里第に戻ることは許さぬ。しばらくここに留まるようにいたせ」

言い捨て、清涼殿に帰っていった。

四

あの日以来、帝は承香殿の女御、元子にのめり込んでいる。ほぼ毎日のように通うか召しだすかし、定子の許には何の音さたも無かった。

ことに至っていないとはいえ、先日久しぶりに帝に触れられ、定子の体は熱く滾《たぎ》った。帝との何もかもを一瞬で思い出した。それだけに、元子に対する悔しさが這《は》い上がってくる。激しい嫉妬とは裏腹に、帝が自分に愛想をつかしてくれるのをひたすら望んだ。

どれほど愛を語られても、落髪した自分には応えられない。

（忘れて。もう私のことは）

定子は何度も帝の手を拒み通す自信がなくなっていた。

（次に激しく求められたら、落ちていくかもしれない）

家門が没落しただけでなく、身も心も転落した人生を送ることになる。

だからもう帝には職御曹司に来てほしくなかった。

（けど、皇女のことを考えれば、そういうわけにもいかない）

真夜中、御帳の中で思いめぐらすうちに、いつしか定子は眠りに落ちていった。

どのくらい眠ったろう。楽し気にはしゃぐ声に起こされる。何ごとかと御帳から顔を出すと、いるはずの宿直《とのい》の女房たちがほとんどいない。すぐそばの几帳の陰に控えていた清少納言が、

「当番の女房たちが、霧に紛れて遊んでいるのでございます」

訊ねる前に教えてくれた。定子は瞠目《どうもく》した。

「それは良い遊びを思いついたな」

「中宮様なら、そうおっしゃると思っていました」

「入内前のことだが、私も霞の中、姿が隠れるのをいいことに、庭に降りて遊んだものだ。梅の香が鼻をくすぐるのに、近くに寄ってもまったく花も木も見えなかった」

定子は東三条第で、霞の中に隠れて遊んだ少女のころの自分を思い出した。その先に待っている定めなど想像もできず、ただ長閑《のどか》に暮らしていた。

(ずいぶんと子供だったな)

耳を澄ますと、確かに楽し気な声は外から聞こえてくる。

「申し訳ございません。お起こししてしまいましたね。もう少し声を落とすよう、叱って参ります」

大輔命婦が膝行《しっこう》して孫廂まで出ようとするのを定子が止めた。

「よい。好きにさせよ。それより今は何時ぞ」

「有明の頃でございます」

「ならば寝過ごしたようだな」

起床の時間をとっくに過ぎていることを知って定子は苦笑した。女房達も丑《うし》四つを待ってはしゃぎ始めたに違いない。

女童が二人、手水を抱えて入ってくる。定子は朝の身支度をした。髪は清少納言が整えてくれる。

「建春門まで見物に行ってもよろしいですか」

庭の方から小兵衛の声が聞こえる。定子が頷くと、清少納言が、

「誰にも見つからぬように、行ってらっしゃい」

返事をする。外から「きゃあ」と喜び合う声が聞こえ、やがて静かになった。

「無邪気で可愛いな」

定子がくっくっと笑うと、

「まことに」

清少納言も頷く。

しばらくするとまた悲鳴のような声が上がり、外に出ていた女房達がわらわらと御簾の中に逃げ込んでくる。跳ね上がった御簾の隙間から、かぎろいの中、霧が薄まっていく様が垣間見えた。

「殿方が」

「みつかってしまいました」

「追いかけて参ります」

戻ってきた女房達が口々に訴えるが楽しそうだ。

男の声で「一声の秋」などと聞こえる。『和漢朗詠集』収録の源《みなもとの》英明《ふさあきら》の詩の一部分だ。

池冷水無三伏夏
松高風有一聲秋

「池冷やかにして水に三伏《さんぷく》の夏無し　松高うして風に一声の秋有り」

池の水は冷ややかでそこには三伏の夏も感じられない。高い松に吹く風には秋の気配を孕《はら》んでいる。

女房達は秋の訪れを優雅に楽しんでいたわけではないが、まるでそうしていたかのように取り繕って振舞う。

「かへり見すれば」

などと万葉の時代に詠まれた柿本人麻呂《かきのもとのひとまろ》の、あまりに有名な和歌を口にする者もいる。

「東《ひんがし》の　野に炎《かぎろい》の　立つ見えて　かへり見すれば　月傾《かたぶ》きぬ」

東の野に旭光が輝くのが見え、振り返ると西の空には月が落ちかけているという歌だ。一つの空に太陽と月が同時に見える状態を歌ったもので、まさに今の状態がそうだ。

「月を見ていらっしゃったんですね」

男の返す声が聞こえる。あれは、照る君こと源成信の声だ。ざわめく気配から、一人二人ではなく数人の上達部《かんだちめ》が訪れて、女房達と御簾越しの会話を楽しんでいるようだ。

この日から、出勤時や退出時に上達部たちが職御曹司に立ち寄るようになった。また以前のような華やかな定子の後宮文化が甦《よみがえ》ったのだ。

妹の元子が一条帝の女御として寵愛を受けているのが後ろめたく、しばらく足が止まっていた光の少将こと藤原重家も、再び顔を見せるようになった。

時々、女房がちくりとやり返すことはあったが、光の少将は顔だけでなく人柄も良いので、本気で嫌味を言う者もいない。

こうした中、冬を迎えた定子の許に、久しぶりに帝のお渡りがあると知らせが入った。病を理由に断ろうかという考えも浮かんだが、帝と娘が会う機会は多いほどいい。

（私のことが原因で疎まれでもしたら……）

そう思うと拒むことも難しい。

定子は自分が怖かった。帝に会って箍《たが》が外れてしまわないか自信がない。

その瞬間を怯《おび》えていたが、帝は先日のような激情に任せて定子を御帳に連れ込むようなこともなく、皇女としばらく戯れた。

（御子にお会いに来たのか）

ほっとしたころ、皇女と女房たちを下がらせ、女御が懐妊したことを告げた。

「朕に、二人目の子が出来るようだ」

（朕……）

「それはおめでとうございます」

祝いの言葉を述べる定子を帝はじっと見詰める。しばらく沈黙になった。

「乱れぬのだな。つまらぬ」

（他の女の懐妊を告げたときの私の反応を見に来られたのか。なんて悪趣味な）

今上はこんな男ではなかった。道隆が生きていたころは、ただまっすぐに政道を学び、定子と純粋な愛を育んでいた。道隆の死以降は定子にとって激動の歩みだったが、この若い帝にとっても辛い日々だったのかもしれないと、定子はようやく帝の心情に思い至った。

（だのに私は、ようやく再会できたあの日、「私が、私が」と自分のことしか言わなかった。き

っと、あの日のことも今の帝を作り上げたのだ)

定子の目から涙が流れた。

(お可哀そうに。このお方は、まだ十八歳なのだ)

帝はきっと、女御懐妊のせいで泣いたと勘違いしたろう。それでいいと定子は思う。それできっと満足するだろう。帝は袖で定子の頬の涙を拭《ぬぐ》った。ぐっと近づいたことで、帝の香りが鼻をくすぐる。これは定子が入内したばかりの少女だった頃、好きでよく焚《た》き染《し》めていた香りである。ある日、帝も焚き染めてきて、

「同じだね」

と子供ぽく笑った。二人の思い出の香に包まれると、定子の心はあっけなく昔に戻っていく。香りに狂わされ、本当に他の女御との間に子ができてしまったことが、定子には哀しくて仕方なくなった。涙はもっと溢れた。

「それで、どちらの女御が」

聞かなくてもわかる。帝が寵愛しているのは承香殿の女御・元子だけだ。案の定、帝は承香殿の女御だと答えた。

「そんなにお泣きになるとは思わなかった。わたしは、そなたは平気な振りを貫くと思っていた」

定子は何も答えなかった。

「貴女《あなた》をこんなに哀しませたのに、わたしは嬉しくて仕方がない」

帝は定子に口づけをした。

「わたしたちはどうしてこうなってしまったのだろう。わたしたちほど仲の良い夫婦はいないと思っていたのに……どこから狂ってしまったのか」

帝は定子を抱きしめた。

「今もこんなに愛しているのに……どうして結ばれないのだ」

短くなった定子の髪を撫でる。

「わたしは帝なのに、なぜ好きな女一人、手に入れることができないのだ。しかも、わたしの中宮なのに」

何も言わない定子をそっと離す。定子の胸が痛んだ。

(行かないで)

口を衝《つ》いて出そうになる。

(このまま、溢れ出る思いのまま私を抱いてください。そうしたら、もう私も貴方に溺れて、汚れ切った不浄の女に落ちることも厭わないでしょう。その後で道長に殺されて短い生涯となっても、もうかまわない)

「帰る。これ以上共に過ごせば、わたしは自分を抑えられぬ」

(行かないで!)

帝の立ち去る姿を見送りながら、定子は嗚咽《おえつ》しそうになるのを堪えた。その声を聞かれれば、帝はきっと踵《きびす》を返すだろう。

だが、聞かせるわけにいかない。今は昔の香りのせいで正常ではない。今の自分の本心か、確信が持てない。

冬になって、定子は職御曹司を退出し、また明順第に移御した。母の周忌法要をするためだ。理由が理由だけに、帝も駄目だとは言わない。

久しぶりに兄弟姉妹が集まり、隆円主導の下、祖父兼家の建てた法興院にて貴子の御霊を慰めた。

定子はそのまま職御曹司に戻ることなく、過ごした。そこに、晩冬の積雪の中、蓑姿のやせこけた男が、年嵩《としかさ》の女を連れて訪ねてくる。

男は簀子から中に向かって、

「『道もなし』だけど来てしまったよ」

声を掛けた。廂の女房達がざわめく。

「中宮様、帥殿でございますよ」

大輔命婦が弾んだ声を上げる。

兄の伊周が戻ってきたのだ。いつかのまだ定子が憂いを知らなかった雪の日、兄と睦《むつ》まじく古歌を挟んで遣り取りした日が、懐かしく甦る。

「山里は　雪降りつみて　道もなし　今日来む人を　あはれとは見む」

『拾遺和歌集』の中にある和歌だ。

「あはれとは見む」

定子は結句を口にして、大宰府から戻ってきた兄を迎え入れた。横に連れていた女は、式部命婦である。

「よくぞご無事で」

定子は二人ににじり寄って膝に置かれたそれぞれの手を握った。

伊周のことはあれほど憎々しく思っていたはずなのに、いざ顔を見るとやはり兄妹ということなのか。幼いころから可愛がってもらった思い出だけがどっと溢れ、兄は大切な人なのだと定子は思い知らされた。

式部命婦のことも、恋しさが募って逆に憎悪した日もあったが、こうしてまた会えると嬉しさだけが胸から零れ出る。

「叔母上、お懐かしゅうございます」

「我儘かもしれませぬが、また式部として務めさせてはいただけませぬか」

頭を下げる式部命婦に、ぐりぐりと胸を抉られるような不快さと、愛おしさを同時に感じ、定子は意図せず、返事が遅れた。不安気に式部命婦の肩が震える。

「私の方こそ、お願いいたします。式部は私の第二の母上のようなものです」

定子の言葉に、式部命婦は声を詰まらせて涙を流した。

兄が戻ってきてからほどなく、皇女に内親王の宣旨が下った。皇女は、今上の女一宮として脩《なが》子《こ》内親王と名付けられた。内給《ないきゅう》の宣旨も下り、これで脩子はたとえ定子が早くに亡くなったとしても、贅沢《ぜいたく》はできずとも、一生内親王の体裁を保ち生活ができることになる。

定子の肩の荷が、一つ下りた。ただ、内親王になったことで、脩子と定子が引き離されて過ごすことも増えた。脩子だけが職御曹司を御在所にして過ごし、時おり帝の手が空いたときに内裏に呼ばれる。

脩子には信頼できる藤宰相が付いていたし、父帝の寵を受けて育つ方が良いに決まっていたから、定子はこの状況を甘んじて受け入れた。それだけに、里第に下がってきたときは、娘を定子は溺愛した。

定子自身は、一月、五月、九月の斎月《いわいづき》だけ職御曹司に入り、精進を行うこととした。この間、十五日間、八斎戒《はっさいかい》を守ることになっている。殺さず、盗まず、嘘を吐かず、飲酒せず、交わらず、午後は食事を摂らず、飾りや香りを付けず、床に寝る。つまりこの間の就寝は御帳を使わない。八斎戒のしばりで、誰かと体を重ねることは禁じられていたから、帝もその戒律を破ってまでは、手を出してこないだろう。

五

明けて長徳四（九九八）年。

帝はまたひとりキサキを受け入れた。亡き道兼と帝の乳母繁子《しげこ》の娘、尊子《たかこ》だ。まだ十五歳で、正式なキサキとしてではなく、帝付き御匣殿別当として入内したのだ。おそらく乳母に泣きつかれて引き取ったというところだろう。それでも初めての年下のキサキである。夢中になってもおかしくないが、一条帝は尊子には興味を示さなかった。

相変わらず元子に夢中で、妊娠中のため里第に下がっているところを、わざわざ内裏に呼び出して慈しんでいるという。通常大内裏の移動に使われる輦車《れんしゃ》で、里第堀川殿から内裏まで移動させるという手厚さだ。

この年、五月から再び流行り病が蔓延《まんえん》し、都中随所に死体が転がるような事態が発生した。今度の病は赤疱瘡（麻疹）である。

五月は斎月のため、定子は職御曹司を御在所にしている。この頃にはかつての鬼の出る母屋は塗籠《ぬりごめ》壁で覆われていた。脩子内親王が誤って入らないよう帝が配慮してくれたのだ。定子の御座所は、壁の前に二間分を格別に設え、こざっぱりとした空間を作り出していた。

定子が移ってきて数日経ったころ、帝の御渡りがあった。

「会うたびに、成長しているね。子供というのは本当に可愛らしいものだ」

脩子内親王を愛おし気に膝に乗せる。

来月は第二子が生まれる予定だから、帝も少々浮かれているようだ。ひとしきり内親王と遊んだあと、先日と同じく人払いをした。一瞬、今度は別の女御が孕んだのかと定子は思った。

「左府が駆け引きを仕掛けてくるのだ」

此度の話題は道長のことのようだ。

「駆け引きとは」

「本気で退く気もない癖に、出家をしたいだの、辞職したいだの、なかなか煩《うるさ》い」

「何のためにさようなことをなさるのですか」

「己の価値を量るためだ。わたしが引き留めるのを承知で仕掛けてきている」

「もし主上が辞表を受け入れたら、左府はどうするのですか」

「物の怪の仕業と言って取り消すか、他の者を使って止めるだろう。ゆえに『物の怪が言わせているのだろう』とこちらから言うて、退けておいた」

定子は小首を傾げた。

「けど、そんなことをして何になるのですか」

「自分の価値を高めた後、最後に辞任を盾に要求を突き付けてくるためだ」

「主上を脅すということですか」

そうだ、と帝は頷く。

「そこまでしなければ通らない、無茶な要求があるということですか」

自分の廃后だろうかと定子は想像した。いや、そんなはずがない。右大臣の娘が帝の子を孕んでいるのだ。中宮の座を持っていかれぬためには、自分の娘が入内するまでは定子が中宮で居続ける方がましなはずだ。

（大姫は確か……十一歳。いくら何でもまだ早い）

そう思ったところで帝が信じられないことを言う。

「大姫の入内だ」

「まさか」

「そう。まだ何も言うてきてはいない。仕込みの段階だからな。だが、近いうちに必ずや、娘の入内をごり押ししてくるだろう」

ああ、そうかと定子は納得した。帝は道長の大姫の入内自体は拒む気がない。右大臣の娘を受けて入れて左大臣の娘を突っぱねれば、また泥沼の政争が起こる。だからもう道長の大姫が入内することは、まだ誰も口にしていないものの、決まっていることなのだ。

（問題は時期）

道長は一刻も早くと焦っている。元子の懐妊が、それだけ脅威となっているのだ。

だが、幾ら道長が「早く」と思っても、帝は「もうしばらく成長してからでよいではないか」と突っぱねるだろう。突っぱねられないように、自身の退任を掛けて脅す心づもりという話なのだ。

「お受けになるのでございますか」

「受け入れる。今は左府がいなければ立ちいかぬ。問題はその後だ」

帝は大きなため息を吐いた。

大姫が入内すれば、定子は中宮の座を追われるだろう。

「私は覚悟ができております」

帝は首を左右に振った。

「わたしは少しもできていない」

定子は帝の手の甲に自分の掌を重ねた。

「争われますな」

帝は定子のその手を掬い取って、自分の頬に添えた。

「わたしはもう正しくなくていい。そなたと落ちるならそれでいい」

定子の手の甲に唇を当てる。

なんという甘美な言葉だろう。定子の心が震える。もしかしたらずっと、一番聞きたかった言葉かもしれない。

(私は帝の「正しさ」が憎くて仕方なかった。けれど……)

賢帝と囁《ささや》かれ、聖帝の片鱗《へんりん》を見せていると言われ始めている今上の歩みを、己が止めるのかと思うと踏み切れない。

「そなたとの子を東宮にしたい」

自分に抱かれ、男児を生んでくれと切望する帝に、定子は弱々しく首を左右に振った。

どだい無理な話だ。落飾して男とまぐわい出来た子を、世間が受け入れるわけがない。道長も全力でつぶしにくる。そうなったとき、帝には母子を守る力がない。だのに、突っぱねることができない。

(今日までできていたのに……こんなにも心がぐらつく)

「考えさせてください」

これまでと全く違う定子の返事に、帝が歓喜の表情を見せる。

「これまで待ったのだ。あと少しなら待とう」

言い残して帝は帰っていった。

翌月、元子は帝の子ではなく、水を出産した。想像妊娠だったのか、理由はよくわからない。元子の中から出てきたのは大量の水だけだった。

この話は、衝撃と共に宮中に駆け巡った。時間を経ると、都中に広まった。誰かが故意に噂を流しているとしか思えぬ速さで、元子は嘲笑《ちょうしょう》の的になった。ただ、帝の愛情は変わらない。後はこの屈辱に、深窓の姫君が耐えられるかどうかだ。

七月、定子は流行り病の赤疱瘡に掛かり、生死の境を彷徨った。

ひどい熱に苛まれながら、

（このまま儚くなるのだろうか）

そう思うにつけ、もう一度帝に会いたかった。なぜ自分はあれほど愛した人を遠ざけることができたのだろう。家族のように愛しただけだと無理に思い込もうとしたが、こうして死を目前にすると、それが間違いだったとよくわかる。

弟の隆円が物の怪が近寄らぬよう読経をしてくれている。ほとんど朦朧《もうろう》としていたが、意識が戻るときは、常に帝のことが頭に浮かんだ。特に最後に職御曹司で会ったときのことが忘れられない。

あれほど正しくあろうとしていた帝が、定子と過ごすために、道を踏み外してもいいと言ってくれた。

ふいに、父の道隆の顔が浮かぶ。最後の願いだと言って、「幸せになれ」と言って死んでいった。あれが夢だったのか現《うつつ》だったのか、もはやわからない。夢だったとしても父が会いに来たのだと定子は信じている。

（幸せに……）

幸せとは程遠い時間を過ごし、脩子内親王が生まれ、一転して楽しい日々が続いた。人は転落した中宮と呼ぶが、定子の心は穏やかだった。それが、帝と相対したときは嵐が吹き荒れる。物の怪も生まれた。そうだ。あの物の怪は帝のことを考えた時にだけ、もやもやと生まれてきたのだ。

（私の主上への想いが産んだのだ）

そう気付いたとたん、目の端にズンッと深い闇が溜まるのが映った。ざわざわと闇がざわめく。

(物の怪が……)

喜んでいる。やっと気付いてくれたのかと。そうだ、お前のあの男に対する気持ちは、これほどに濃く深い。だから、自分の心に正直になれと。

(正直に……)

定子は帝の手を幾度も拒みながら、その実、あの痺《しび》れるような時間に酩酊《めいてい》していた。

(あの時も幸せだったとは言えないだろうか)

道隆は、子供たちを慈しみ、妻と穏やかに過ごし、飲み友達と馬鹿なことを言ったりやったりして過ごす時間が幸せだったと言って死んでいった。あの時は素直にその言葉を信じた定子だったが、

(父も権力というものに、酩酊していたのではないのか)

きっと朝臣の頂点に立って見下ろす景色は、えも言われぬ美酒の香りがしたに違いない。本当はどちらが幸せだったのだろう。

帝との愛に生きれば、地獄の釜に片足を突っ込むに似た苦悩の日々が待っていたかもしれない。

(だけど、それもまた幸せだったに違いない)

定子は自分が選ばなかった方の人生を思い、身悶《みもだ》えるような悔いを覚えた。もし、やり直せるなら、あの男の人生を汚してでも、自分のものにしてしまいたい。もう何も考えずに、愛に溺れたい。

定子は後悔に苛まれながら、死の淵を数日間、彷徨い、ようよう熱を退けた。

「ああ、中宮様」

「よくぞお目を覚まされました」

「恐ろしゅうございました」

女房達が、定子の復活を泣いて喜んでくれる。式部命婦も、大輔命婦も、宰相も、清少納言も、小兵衛も、みな泣いている。

「私は……助かったのですか」

定子が訊ねると、

「ここは極楽でも地獄でもございませんよ」

「俗世でございます」

女房達が泣き笑いをする。横たわっている定子の目尻からこめかみに向かって、涙が滑り落ちた。


病から快復してほっとしたのも束の間、定子と入れ替わるように内裏で帝が倒れた。側近の僧の一人として清涼殿に出入りしている隆円が、

「疱瘡でございます」

病名を教えてくれた。死病である。

定子の動揺は激しかった。このまま帝が儚くなってしまったら、せっかく自分はこうして死の淵から甦ったのに、何一つ帝が差し出してきた手に応えぬままとなってしまう。なぜ、明日も来年もその次の年も、昨日や今日と同じように互いの命が続くと信じていたのだろう。

父も母も死んだのに、なぜ帝と自分の人生に先があると思ったのか。

今は遥か遠くなった内裏の奥で苦しむ夫の無事を祈り、定子は写経をした。一字一字心を込めて、綴り続けた。

大赦が行われ、帝が快復に向かったと聞いたのは、それからしばらく経ってからのことだ。

紅葉の鮮やかな季節。定子は九月の斎月のため、職御曹司に移った。さっそく帝のお渡りがある。

帝はじっと定子を見つめ、

「無事で良かった。宮が病に臥せっていると聞いたときは胸がつぶれるおもいだったよ」

まずは病からの快復を祝ってくれた。

「私も、主上がお倒れになったと伺ったときは、離れているのがもどかしゅうございました」

「少しは気にしてくれたのか」

「少しだけ」

と肩をすくめて定子はくすりと笑う。

「少しだけとはひどいなあ」

どっと帝も女房たちも笑う。帝が現れた時は空気が緊迫していたが、あっという間に昔の和やかさが甦った。

帝は、いつものように脩子内親王と戯れながら、陰陽寮の安倍晴明《あべのはるあきら》の見立てで、脩子内親王の着袴《ちゃっこ》の儀の日取りが決まったことを、定子に告げた。十二月十七日ということだ。脩子内親王の生まれた日の翌日である。

「それは嬉しゅうございますなあ」

「内親王には、何不自由ない人生を送ってほしい。何なら一生、誰にも嫁がずにこの父と共に過ごしても良いのだぞ」

帝は数え三つ（満一歳九ヶ月）の脩子の額を優しく指で弾いた。ぽかんとなった後、脩子はにこりと笑って、父の指を摑もうとする。

「この子と会うたびに、母が父にしたことがどれほど残酷だったか、身に染みるようになった」

娘とひと時を過ごしたあと、この日もやはり帝は人払いをした。

「来年、左府の娘を入内されることが内々に決まった」

開口一番、前回の話の続きから入った。

「はい」

あの憎い道長の娘が父の力を使い、これからは後宮の頂点に立つのだと思うと、定子の腸《はらわた》は煮えくり返った。これは弘徽殿の女御や承香殿の女御が入内したときには無かった感情だ。

（だけど）

言っても詮ないことだ。大姫の入内は、道長の政権が発足したときに、決まっていたようなものである。予定より少し早まっただけだ。

（大姫は今、十一歳。十二歳のキサキだなんて）

「公表されるまでは、ここだけの話にしておいてくれ。そなたに、他の者の口から伝わるのは嫌だったのでな」

「お心遣い、ありがとうございます」

「裳着《もぎ》もまだの姫君だぞ」

帝はクッと苦笑する。

「子守を任されるようなものだ。さりとて、大事に扱わねば、左府が機嫌を損ねよう」

来年、帝は二十歳である。二十歳の男に数え十二歳の少女を宛がうのは、どう考えても強引すぎる。律令制始まって以来の最も年若いキサキだ。大姫もさぞ怖いだろう。十二歳だからといって、男の方が必ずしも成長するまで待ってくれるとは限らない。いつ、その気になって襲い掛かるか。

もちろん一条帝はそういう男ではないと定子は信じているが、大姫には帝の気質などわからないのだから、恐怖はあるはずだ。その上で、できるだけ早く男児を産めと言いくるめられて、送られてくるのである。

「ところで、宮よ、前の斎月のときの返事だが」

帝が核心に触れた。

「もし再び我が胸に抱かれるなら……」

そこまで言って帝は顔を赤らめた。

「いや、いい……私は恥ずかしいことを言っている」

「諾なら、精進が終わってもここにおります」

「否なら」

「退出いたします」

「わかった」

帝は頷くと、清涼殿へ戻っていった。

十五日の精進の間、定子はなお迷っていた。自分も帝も死にかけ、あれほど決意したはずが、やはり罪を犯すことへの恐れに、どうしても身が震える。地獄に落ちるかもしれぬ行為なのだから当たり前だ。

それでも十五日を過ぎても定子は職御曹司を退かなかった。

帝が渡ってきたとき、定子の心の臓は跳ね上がったが、帝の方も正気を失った顔をしている。

「真に良いのだな」

声を震わせる帝への愛おしさで、定子の胸はいっぱいになった。こくりと頷くと、帝は定子の手を引いて御帳へ入った。実に二年半ぶりの逢瀬《おうせ》である。二人は無言で互いを求めあった。定子の体は、地獄の業火に焼かれているのではないかと思えるほど燃え上がる。触れる帝の体も熱い。

若いうちは一年が長く感じられる。年齢を重ねてからの二年半ではない。帝にしてみれば、十七歳から十九歳の間、求めても求めても振り払われ、拒まれてきたのだ。

「諦められなかった」

すべてが終わったあと、定子が消えてなくならないようにしっかり抱きしめたまま、帝は苦しかった胸の内を告白した。

「何度も諦めねばならぬと思った。されど、できなかった。これまでは諦めるのはお手の物だったのだ。そういう人生を歩んできたのだから。帝など、諦めの連続だ。だから何事も深くは追わぬ。そういう訓練ができている。だのに、そなただけは諦めきれなかった」

「私も、拒んでも、突き放しても、本当は心が求めておりました。哀しくて苦しくて、嫌だと言っても、無理にでも奪って欲しゅうございました」

尼の身で抱かれ、体を汚す罪にどっぷりと漬かりながらも、定子は満たされていた。

（汚れることさえ心地よいなんて）

定子は新しい自分を知った気分だ。

「もう引き返せません」

呟いた定子を帝は再び組み敷く。

「わたしもこれで愚帝となった。だが、一番大切なものは取り戻せたのだ。何を厭うことがあろう」

二人は罪の味を堪能した。

六

長徳五（九九九）年は一月十三日に改元され、長保《ちょうほう》元年となった。

この年、定子はまた懐妊し、世間をざわつかせた。すさまじい批判の目が、帝と定子に向けられた。反対に、定子後宮は死にかけた魚が息を吹き返したかのように喜びに沸き、活気付いた。

「なにやらひどいことを言う方々もおいでのようですけど、気にすることはございません」

女房達は、世間の批判もたくましく突っぱねていく。

「そうでございます。承香殿の女御様がご懐妊の折も、ずいぶんと反発を受けて、玉座になんと犬の糞が置かれていたのだそうですよ。何をしたって、息をしたって、文句を言う者は言うのです」

政への不満は、犬の糞や人の生首となって玉座に転がり、邸宅が燃える。それが平安時代なのだ。だのに、清少納言が、

「犬の糞？　若まろがやったんじゃないの。あの犬には、『愚かまろ』という、綽名《あだな》が付いていたじゃない」

犬の糞事件は、そういう批判に起因するものではなく、ただの犬の粗相ではないかと指摘した。女房連中は可愛がっていたが、上達部からは受けの悪い犬だ。

「今は年老いて、翁まろと呼ばれていますよ」

脩子内親王を連れて内裏に出入りすることの多い藤宰相が、犬の名前が変わったことをみなに伝える。

「へえ」

「今は猫も養っておられるのでしょう」

帝が清涼殿で猫を飼っていて、ずいぶんと可愛がっているという話に移った。

「それがね、そのお猫様は、『宮』というお名前なのだそうです」

「えっ、ええ……それはちょっと、どうなんでしょう」

みなが一斉に女主の方を向く。

「にゃあ」

とだけ定子が答えると、歓声が上がって建春門まで騒ぐ声が届きそうだ。

六月になって内裏が焼け落ちた。今年は三月に富士山も噴火して不穏な年だが、これもみな帝と中宮の過《あやま》ちが原因ではないかと、悪口を叩かれた。

定子は、悪い噂の半分くらいは、政治的な判断で流されているのだと思うことにしている。その方が、気が楽だった。

だのに承香殿の女御・元子は、「水を産んだ女御」との好奇の目や、蔑視に堪えられず、里に籠りがちになってしまったときく。帝が強く参内を促したとき以外は、もう自ら宮中に入ろうとしないらしい。定子より先に元子がつぶされかけている。

八月。定子はお産のために、職御曹司を退出した。今回、里第に選ばれたのは、前中宮大進平生昌の三条第だ。伊周が病の母に一目会いたくて都に忍び込んだ時、密告した男である。

加えて、生昌の兄・平惟仲《これなか》は、中宮職大夫の役を、仮病を使ってひと月前に辞任した不届き者だ。斜陽の中宮に関わりたくない意思の表れである。ちなみにこの兄の屋敷も同じ三条にあり、三条第と呼ばれている。区別するため、弟の方を竹三条第と呼ぶこともある。二つを比べると、兄の三条第の方が立派だった。

中宮が行啓する際、その御輿には、上卿《しょうけい》と殿上人らが扈従《こじゅう》するのが慣例であった。が、定子の行啓にはほとんどの者が従わなかった。道長がこの同じ日に人々を遊びに誘い、宇治の別荘に引き連れていったからだ。みな、道長か中宮かを選ばなければならなくなったが、今の力関係で中宮を選ぶものなどほとんどいない。寂しい行列となった。

さらに、到着すると、迎え入れるために朝廷から派遣されるべき門番すらいなかった。こういう扱いはこれまでにもう何度も経験している。帝より道長の方が、力が強い証であった。

生昌は元々地方官の家の出で、兄惟仲と一緒に都に上った男だ。兄弟揃って大学寮で学び、官僚となった。このため、家は慎ましやかで門は大きくない。とても中宮を迎え入れられる造りではなかったため、輿が出入りする門だけは、かろうじて四本柱のものに造り直した。が、女房達が出入りする門までは気が回らない。牛車が門に痞《つか》えて入らなかった。

先に上臈《じょうろう》の側近たちと東の対の母屋に入った定子が、女房達が揃うのを待っていると、がやがやと文句を言いながら御簾を跳ね上げるように女たちが次々と入ってくる。

「中宮様、聞いてください。車が門を入らず、歩いてここまで進む羽目になりました」

「役人や雲上人が見ている中でございます」

本来なら、お供の者たちからも姿が隠せるよう、建物の脇に牛車を付けるものだ。門から歩かせるなど、聞いたことがない。こういう行き届かぬ邸宅を出産の宮に指定するのも、地味な嫌がらせの一つなのだろう。

「筵道《えんどう》を敷いてくれはしましたが、雨の後なので、敷物の下がぬかるんで、歩き心地も悪うございました」

「なにより、車から直接建物に入るものと思い込んで、お化粧など手を抜いて参りましたのに」

清少納言が妙な文句を言う。口々に文句を言っていた女房たちが、それでどっと笑った。

「そうそう」

「髪も整えずに来てしまいました」

「本当、それが一番悔しゅうございます」

「こうとわかっていたら、もっと着飾って参りましたのに」

皆の言いっぷりが可笑しいものの、それが女心だと思うと、定子もつい納得して噴き出した。

帝の子を産むには、どうしようもなく粗末な造りだ。父が建ててくれた二条第の豪華さが懐かしいのも確かだった。だが今は、与えられるものでなんとかやっていくしかない。

娘の脩子は四歳になっていた。昨年末に別当も付けてもらい、遊び相手の女童も付いた。揃いの装束を着せて、脩子の周りは実に可愛らしい空間になっていた。

次に生まれる子は、男女どちらだろうと定子は考える。できれば女の子がいい。姫宮なら、道長もある程度は目こぼしをしてくれる。事実、脩子が生まれてから、定子が帝に抱かれるまでの二年半は平穏だった。

今は、再び嫌がらせが始まった。里第に粗末な場所を宛がったり、行啓の扈従の人数が揃わなかったり、必要な役人が配置されていなかったり、内裏の火事を定子のせいにされたり、それ以外にも悪い噂を流されたりする。道長にしてみれば、まだ小手調べというところだろう。今度生まれてくる子が男児だったら、何を仕掛けてくるかわからない。

道長の大姫は、この年の二月に盛大に裳着を済ませ、彰子と名乗った。定子からも祝いの品を贈った。定子の産み月の十一月に内裏に入るらしい。定子は道長のことも彰子のこともなるべく考えないようにして、二人目の子のお産に備えた。

十一月七日未明。定子は玉のような男の子を出産した。後の敦康《あつやす》親王の誕生である。

女房達が一斉に喜びの声を上げる。

「おめでとうございます。立派な男の赤さんでございます」

長引いたお産で朦朧とした意識の中、定子はそれらの声を聞いた。

(男の子……)

道隆が生きていたときなら、どれほど嬉しいことだったろう。何の障害もなく、中宮から生まれた第一皇子として、帝への道を歩んだはずだ。後ろ盾の無い今は、手放しで喜べない。道長がどう出るのか。

(この子は長生きできるだろうか。いいえ、こんな弱気ではいけない。私がなんとしても守らなければ)

生まれながらに罪の子なのだと定子の胸は引き裂かれそうに痛んだ。帝の胸に激情のまま飛び込んだ一年前。

(私はまた間違えた。思慮がまるで足りなかった)

生死の境を彷徨って、悔いのない人生を生きようと、落飾したにもかかわらず、愛する男に抱かれてしまった。

(魂が打ち震えるほど、あの人を求めたから)

だが、生まれた愛し子を見ていると、それが間違いだったとしか思えない。

(尼から生まれた罪の子……)

仮に誰の妨害が無かったとしても、帝にはとうていなれないだろう。なったとしても治世は短命に終わる。地震に火事に流行り病、何か起こるたびに「お前が罪の子だからだ」と後ろ指を指される。

何も間違えたことを犯したわけでもない段階で、一条帝の玉座に子供の生首が置かれた。ならば、この子が帝位に即いたとき、いったい何が起こるのだろう。そう考えると、定子は自分の罪の深さを思い知る。

帝とは無縁の人生を生きたとしても、「穢《けが》れの子」と言われるのだ。

(私は何と言われてもいい。けど、この子は何も悪いことはしていないのに)

子が親の愚かな行いのせいで、茨の道を歩むのは、なんと辛いことだろう。

そう思う一方で、定子は理不尽さに怒りがこみ上げる。

(人を愛しただけなのに)

求められて応えた、それがこれほどの罪になる。父が死ななければ、兄が軽率な行いをしなければ、もっと中関白家が賢ければ……。

本当は定子にもわかっている。これまで歩んだ人生には、幾つもの小さな岐路があって、それを選んできたのは自分なのだと。だから、誰のせいでもなく、今のこの苦しみはすべて自分が選び取った結果なのだ。

この日、中宮の許に来客は少なかった。本来なら、今上の第一皇子にして、資格だけ見れば東宮に選ばれるべき皇子の誕生だというのに、ほとんどの公卿や上達部たちは、彰子の曹司に集まっているという。同じ日に、彰子の女御の宣旨が下りたからだ。みな、道長が主催する祝いの宴に出席している。

当然、帝も出席する。今宵は、慣例から推測すれば、彰子の曹司に泊まるはずだ。

女房達が懸命に一宮の誕生を盛り立てようとする。そのけなげな姿が、いっそう侘しさを引き出す中、あの物の怪がそこにいるような気がして、定子は闇だまりに背を向けた。

七

年が明け、長保二（一〇〇〇）年。定子、二十四歳。彰子、十三歳。一条帝、二十一歳。脩子内親王五歳、敦康皇子二歳。

一月下旬、定子に中宮を下り、皇后となる宣旨が下った。

彰子が入内した以上、いつかは中宮の座を下りねばならないと思っていたが、それは廃后という形で行われるのだと、定子は思っていた。

初めに聞いたときは頭が少し混乱した。

中宮には彰子が、皇后には定子が、皇后だった遵子は皇太后に、皇太后待遇だった女院は、太皇太后待遇となったという。前年末ごろ太皇太后の昌子内親王が崩御したため、后の席が一つ空いていた。そこで四人を綺麗にはめ込んだということらしい。

（皇后……私が？）

三后を四后にしたのは道隆だが、一帝に二后とは、またなんというややこしいことをしたのかと、定子は呆れた。

後でよくよく聞くと、定子を廃后にする動きもあったらしい。そうだろう。そうでなければ、定子の産んだ敦康親王の立場が宙ぶらりんとなる。定子が后を退けば、文句なく彰子の産んだ男児が東宮となるが、二后体制では、敦康親王にも東宮の資格を残しているため、たとえ闘う前に勝敗が見えたとしても、争わなければならなくなるのだ。皇位継承争いが起こらぬよう、一帝一后となったというのに、本末転倒のやりようである。

定子の廃后を頑なに拒んだのは帝だという。彰子の中宮を認める代わりに、定子は皇后とせよ、と言って、きかなかった。これは、自分は敦康皇子を東宮に強く望んでいるという意志の表れであり、道長への宣戦布告のようなものだ。

道長は、折れた。帝が臍《へそ》を曲げて彰子との清い結婚を貫かれたら、何もかも終わりだからだ。そうそう一条帝の機嫌を損ねるわけにいかない。その代わり、彰子が男児を産めば、どんな手を使っても、敦康親王を退ける心積りなのだろう。

定子にしてみれば、敦康を臣下に落としてくれてもいいから、我が子には平穏な人生を歩ませたかった。自分がこれまでに受けた苦しみのほとんどが、中宮として政争の只中に投げ込まれたから生じたものだ。

二月九日、百日の祝いのために敦康皇子を連れて二日後に参内するよう勅命が下った。これは、彰子が中宮宣旨の儀を行うために十日に内裏を退出するのを狙《ねら》って、定子を呼びだす形になっている。帝の寵愛がどこにあるのか、見せつけるような行為だ。

（なぜ、主上はかほどに挑発的になっておられるのか）

定子はひどく戸惑った。できるなら道長を刺激したくない。ただ、会えるのは嬉しかった。離れていると、不安に押しつぶされそうになる。それに、可愛い我が子を見て欲しい。

脩子内親王は、成長するに連れて、徐々に定子に似てき始めた。生まれたばかりのときは、詮子の言葉を借りれば、「まるで主上を女の子にしたみたいな……上のお小さいころになんてそっくりなのでしょう」というほど、帝似だったが、子供とは不思議なものだ。

生まれ立ての敦康皇子も、帝によく似ている。赤ん坊のくせに生真面目そうな顔をして、まだ何の憂いも知らず、よく笑った。

定子のところに新たに勤めてくれる乳母はいないので、敦康皇子の乳母は脩子内親王の乳母が兼任した。藤宰相、弁の乳母、少輔命婦らだ。

二月十一日、定子は今内裏に入った。前年に内裏は火事で焼け落ちたので、一条第を仮御所・一条院として使っている。

一条院は、元々兼家の弟の為光《ためみつ》の持ち物だったのが娘に受け継がれ、それを佐伯公行《さえきのきんゆき》が八千石で購入して詮子に献上した。これにより公行は播磨介に補されている。八千石で役を買ったわけだ。

詮子から一条帝に提供され、今は内裏の代わりとして使われている。一条帝の一条はこの一条院に長く滞在したことで付けられた死後の名だ。

定子はこの一条院の北殿《きたどの》と呼ばれる北二対に曹司を宛がわれた。帝が北対を清涼殿として過ごしているから、もっとも帝からは通いやすく、他からは隔離された良い場所であった。これには女房達も喜んだ。

翌日、懐かしい笛の音が微かに聞こえてきて、定子の胸が弾んだ。間違いなく帝の吹く笛の音だ。遠くから聞こえてくるが、いったいどこで吹いているのか。大輔命婦に訊ねると、

「渡殿の廂の間で吹かれておられるようです」

北対から北殿には、東の渡殿と西の透渡殿《すきわたどの》が掛けられている。帝はそのうち渡殿の方を通るが、幅が二間分あり、そのうち西側半分に廂の間を設けていた。この場合の間は「柱の間」という意

味で、長さは建物によって違うが、一間が三メートル前後ほどある。

帝はその廂の間を開け放ち、庭を眺めながら師に付いて、笛の稽古をしているのだ。渡ってきたわけでもないのに、帝の生活の音がこちらに漏れ聞こえてくる様は、お渡りで対面するより、よほど艶《なま》めいて感じられた。

どこか焦らされているようで、定子の中にいっそう帝への恋しさが募っていく。定子は短いが手入れの行き届いた髪を、この日も清少納言に整えてもらった。

帝の御渡りはその日の午後にあった。いの一番に、息子を抱き上げ、

「宮、よく産んでくれた」

涙を滲《にじ》ませた。

「これがわたしの息子か……。夢にまで見た息子なのだな」

「そうでございます。主上によく似ておいでですよ」

定子も息子を覗き込み、零れそうな頬を突く。

「そなたの爪は桜の花びらのようだ。手が動くたびに、花びらが舞い踊るようで、溜息が出る」

「しづ心無く？」

定子は手を広げてちらちらと指を動かす。桜の散る様を演じて見せた。赤ん坊が指の動きを目で追って笑い、脩子が母の真似をして指をチラチラさせた。

「その歌は駄目だ。散ってはいけない」

これは百年ほど前に生きた紀友則《きのとものり》の、誰でも知っているような有名な歌だ。

「久方の　光のどけき　春の日に　しづ心なく　花の散るらむ」

日の光がのどかな春の日に、どうして桜は落ち着かなげにそんなに花びらを散らしているのですか。

帝はそっと藤宰相の手に赤子を戻すと、黙って定子を抱きしめた。

女房達がそっと出ていく。衣ずれの音が耳に残る。数ヶ月ぶりの再会に、帝の手が震えている。

「会いたかった」

「上……」

私も、と言いたかったが、定子はこれ以上、「罪の子」を宿すことに恐れがあるので、言いよどんだ。帝が敏感に察して、

「また、繰り返すつもりなのか」

再びわたしを拒むのかと、顔を険しくさせる。

「いえ、ただ……子が辱《はずかし》めを受けるのが辛くて」

「それはわたしも辛い。されど、産まなければ良かったなど、思わないで欲しい。最初の皇女が、そして皇子が、そなたとの子で、どれだけ嬉しかったか。なんとしてもわたしが守るから、信じてくれないか」

定子は弱々しく頷いた。帝が守ろうとしてくれているのはわかるが、まるで守り切れていない。力が道長とでは違いすぎる。

「わたしたちはもう共に落ちた仲ではないか」

帝の言葉を聞きながら、

（私は弱い）

定子は自分に絶望した。

「そうです」

「もう引き返せないのではなかったか」

どれだけ決意しても、愛しい人を前に、簡単に覆されてしまう。

「その通りです」

「ならば、もう迷わないでくれ」

帝は定子の手を引いた。御帳へと誘う。定子は帝の手を握り返した。

（どうして拒めると言うの。私を汚すこの手から、逃れられるほど私は強くない）

帝の腕の中で、定子は自らも求め、少し早い桜吹雪を散らした。後はただ、もうこれ以上、子が出来ぬよう祈るばかりだ。


二月十八日、帝によって敦康皇子の百日の儀が北殿で執り行われた。今回参内した一番の目的は果たしたが、帝は定子をすぐに退出させようとはしなかった。それどころか、定子と子供たちをできるだけ長い時間、傍に置きたがり、皇后の御座所に渡ったり、清涼殿の上の御局に召し出したりして、家族四人の時間を楽しんだ。これに、帝が飼っている犬の翁まろと猫の命婦のおとどが加わる。

翁まろは定子にとっては昔馴染《むかしなじみ》の犬だ。ころころとした子犬のころから知っている。犬の方も懐いていて、再会したときは、普段の吠え声とはまるで違う甲高い声で鳴きながら、飛びかかってきた。

「あ、こら、いけません」

女房達は慌てて引きはがそうとするが、

「よいよい」

定子は覚えていてくれることが嬉しくて、翁まろのどこまでも伸びる頬を左右に引っ張った。

「何年ぶりでしょうね」

翁まろに話しかけながら、それだけ長く自分は帝の御座所から締め出されていたのだと改めて実感した。

翁まろは定子との再会がよほど嬉しかったのか、行くところ行くところ付いて回る。定子が食事を摂るときは必ず現れて、正面にすました顔で座るようになった。

猫の命婦のおとどとは初顔合わせで、見知らぬ定子を警戒する。まだ子猫で幼い顔をしていた。

「上のお猫様は、別のお名前だと伺っておりましたのに」

話にだけ聞いていた『宮』と呼ばれる猫の姿はどこにも見当たらない。そこで思い切って訊いてみる。帝はばつが悪そうに、しどろもどろと答えになっていないことを口にした。

「宮は命婦のおとどの母親で、去年二匹の子猫を産んだのだ。そのうちの一匹が命婦だ」

ああ、宮は死んだのだなと定子は察した。産後の肥立ちが悪かったのだろうか。付けた名前のせいで白状し辛いのだろう。宮についてはもう触れないことにした。

「もう一匹の子猫はどうしたのですか」

「いや、それは……中宮に差し上げたのだ」

一瞬、えっ、と定子は慌てた。

(私?)

すぐに、違うと思い直す。

(ああ、彰子様のことか。私は皇后になったのだった。まだ慣れぬ)

「中宮が、白峰と名付けて可愛がってくれている」

不意打ちのように帝の口から彰子の話題が出て、定子は困惑した。どんな反応をしていいかわからない。

「中宮様は、猫がお好きなのですね」

「どうかな。欲しいと言ってきたのは左府だ。猫会いたさにわたしを娘の曹司に通わせる策だろう。なかなか小賢しいことだ」

帝は不快気に吐き捨てる。

「けど、通っているのでしょう」

「うん、まあ。猫と中宮に罪はないゆえ」

どんなお方なのだろうと定子は気になったが、訊かなかった。


三月下旬、定子が三人目の子を孕んでいることがわかった。

「よくやった、皇后。何がなくともそなたはわたしの宝だが、その宝がさらに宝を与えてくれる」

帝は手放しで喜び、女房たちも喝采した。

「おめでとうございます」

「おめでとうございます」

御在所は一気にお祝い一色となり、よくわからない脩子も、

「あめでとうございます」

元気いっぱいに周りの人たちの真似をしてお祝いの言葉を口にする。

定子は、辛くて仕方がなかった。今は平たい腹を撫で、

（ごめんなさい）

まだ見ぬ我が子に謝った。

その日は朝まで帝が離してくれず、何度も定子に謝意を示し続けた。こういうところが憎めず愛おしいが、一方で定子を苦しめる。

帝の物忌みの日、数日ぶりにひとり寝となった定子に、宿直をしていた清少納言が、

「お眠りになれませんか。お水などお持ち致しましょうか」

御帳の中にいて息を潜めていたのに、起きていることを察して声を掛けてきた。素直に水を持ってきてもらうと、

「これを」

水と一緒におずおずと差し出してきたのは、刈安染《かりやすぞめ》の冊子だ。

「『枕草子』……」

書かれたころからその写しが少しずつ宮中でも出回って読まれていたが、その全貌を見たものはまだ誰もいなかった。定子の後宮が誹りを受ける中で、政治的な部分とは別に一方で若い上達

部たちに高い人気を誇っていたのは、女房たちの質の高さと、清少納言の『枕草子』の魅力のおかげだった。

定子も時おり読ませてもらい、いつも作者の素養の高さに感心していた。

「これがあのおどおどしていた人の書いたものなの」

時々からかったりもする。だが、おおもとの刈安染の冊子に書かれたものは、これまで読ませてもらったことがなかった。

「完成したの」

「いいえ、まだ全然。けれど、今書いているところまで、皇后様だけはすべてお読みになりませんか」

差し出された冊子を定子は手に取った。

「これは皇后様の物語でございます」

「私の」

「これから後の人たちに読まれ続ける皇后様の記録です」

そう言い残して清少納言は側を離れ、再び宿直の任に着く。

(私が辛い思いをしているのを察して、きっと元気付けようとしてくれているのだ)

清少納言の気持ちが温かく定子の心に沁《し》みた。

大殿油《おおとのあぶら》を引き寄せ、頁を捲《めく》る。

「春はあけぼの。やうやう白くなりゆく山ぎは――」

定子はその夜も次の日も、夢中になって『枕草子』を読んだ。

（これは、何）

そこに描かれている世界は現実とはほど遠い。なんと煌《きら》びやかで楽し気で幸せそうな世界だろう。その中心にいるのは、清少納言が言った通り、定子であった。だが、本当の、懊悩《おうのう》し続けた女はそこにはいない。

いつも闊達《かったつ》で、優美で、凜《りん》とした定子が描かれている。暗い影などどこにもなく、女房達も実に生き生きと宮仕えを楽しんでいる。兄の伊周も、失脚などしそうにない、風雅で、賢く、優しい、非の打ち所の無い貴公子だ。だが全くの嘘ではない。どんな困難なときも定子の周りは笑いで溢れていたし、栄華が去って定子に仕える者が減り続ける中で、不思議なほどの活気がまだ漲《みなぎ》っている。

『枕草子』は、こうありたいと願い、そうなるように努力し続けた定子と女房達から、波のように押し寄せたあらゆる試練を取り去って、まるでうらぶれることなど何一つ起きていないかのように「見せる」演出がなされているのだ。

定子の瞳から涙が零《こぼ》れ落ちた。過去に書かれた物語や日記を後世の自分が読むことができるように、この『枕草子』も読み継がれていくだろうことは容易に想像がつく。そうすればこれが「本当の世界」となり、清少納言が描いた定子が本物の自分と入れ替わることだろう。

読み終えて清少納言に冊子を戻すとき、

「見事だ、少納言」

定子は声を掛けた。清少納言は少しはにかんで、

「気に入っていただけましたなら、上々でございます」

これからも書き続けるために、未完の『枕草子』を受け取った。

三月二十七日、彰子が戻ってくるからといって、定子は今内裏から退出することになった。

「何も、中宮様が戻って来られたからと言って、皇后様が出ていく必要がございましょうや」

大輔命婦が怒ったが、定子は聞かぬふりをした。ただ、出ていく前に傷だらけの翁まろを撫でて、

「また会いましょうね」

声を掛けた。翁まろが傷だらけなのは、猫の命婦のおとどを追い回して、帝の不興を買ったからだ。清涼殿の出来事で、定子はそのとき北殿にいたから知らなかった。食事の際に姿を現さなかったため訊ねたら、叩いて淀の「犬島」という犬の流刑地に捨ててしまったとのことだった。

宮中に野犬が集まると、時々犬狩りを行い、犬島に捨てる習慣があったのだ。

いつも威風堂々とどこか自慢げに歩いていた翁まろが、一転して罪人として棒で打ち据えられ、内裏から追い出された境遇が、定子には自分と重なって見えた。

翁まろは二、三日後に捨てられた場所からなんとか元の居場所を探り当て、戻ってきた。戻って来られたのだから、役人の温情で犬島には捨てられず、適当な場所に放流されたのだろう。ところが、せっかく戻ってきたというのに、蔵人に見つかり、再び棒で打ち据えられたのだ。

「翁まろが死んでしまいました」

「殴り殺されました」

女房達がさわぐのを聞き、定子は信じられずに呆然《ぼうぜん》となった。結局、翁まろは生きていて、傷

ついた姿で定子のいる北殿に、打撲で顔の判別もつかぬ腫れ上がった姿で現れた。その姿は、平気な顔をしていても、もはや心はずたずたに傷ついて血を噴く自分そのものだと定子は思った。手当の甲斐もあって今は元気になった翁まろと定子は別れ、再び平生昌の三条院にひっそりと戻った。

数日後、彰子が定子と対照的にたくさんの公卿や上達部を扈従させ、月明かりの中、雨に濡れて輝く今内裏に戻ってきた。

八

四月十八日、敦康皇子は親王宣旨を受けて、敦康親王となった。これで皇位継承権を持つことになる。彰子が男児を産めば、争いの渦中の人となる。

先のことを考えれば憂慮に堪えない。それでも五月五日の端午の節句は、華やかに行った。厄除けの菖蒲《しょうぶ》を軒に差し、妹の御匣殿を中心に若い女房達が作った薬玉を、脩子や敦康の装束に飾って息災を祈った。

薬玉は、互いに贈り合う風習なので、帝とそれぞれのキサキたちの分も作って贈った。もちろん、彰子の元にも贈っておいた。薬玉は中宮ともなると山のように贈られてくるだろうから、気付かないかもしれないと、自分の時のことを脳裏に浮かべた。それでも贈るときは、心からそれぞれの人たちが一年間元気で過ごすように祈りを込めている。

凋落《ちょうらく》した定子のところにも、工夫を凝らした素晴らしい薬玉が幾つか贈られてきた。中には帝からのものもある。定子は、会いたくても今は会えない帝からの薬玉を、自分の上襲に大切に差した。

この時期、定子はつわりがひどく、菖蒲のきつい匂いに吐き気が込み上がって辛かった。それでも、女房たちは一年間、この日を楽しみにしていたのだ。菖蒲を髪に差すなど嬉し気に飾り立て、笑いさざめいている中、水を差す真似はしたくない。ぐっと我慢して、なるべくにこやかな顔を崩さないよう気を遣った。

そこへ清少納言が、側近くに寄ってくる。艶《つや》やかな硯《すずり》の蓋《ふた》に青い薄紙を敷いて、その上に差し入れられた青ざしと呼ばれる、青麦の炒った粉で作った細長い菓子を載せてある。

「これは籬越《ませこ》しでございますれば」

と定子に差し出してきた。「籬越し」とは、『古今和歌六帖』の中の、

「ませ越しに　麦はむ駒の　はつはつに　及ばぬ恋も　我はするかな」

の初句である。

麦を食べる馬が、垣根越しだとほんのちょっとしか届かず食べられないような、そんな恋をわたしはしていることですよ。

今日のようなお祝いの日こそ、愛する夫と一緒に過ごしたい定子の気持ちを察して、慰めてくれたのだ。それに気分が悪くほとんど朝から何も食べていない定子に、あっさりしたこのお菓子なら食べられるのではございませんか、はつはつ（ほんの少しだけ）でも、という意味も込められている。

定子はフッと肩の力を抜く。

（だから少納言が好き）

青ざしの乗った紙の端を破り、さらさらと一筆記して渡す。

「みな人の　花や蝶やと　いそぐ日も　わがこころをば　君ぞ知りける」

誰もが花や蝶やと浮かれる日に、貴女だけは私の心を知っていたのですね。

清少納言が感動して大事そうにうす紙の切れ端を胸元にしまっている。

定子はもう一度、浮かれた人たちを見渡した。

（父上、これも幸せな光景と言うのでしょうね）

青ざしを一口、口にした。


この月は、定子にとって哀しい別れがあった。乳母の大輔命婦が、夫の赴任地である日向《ひゅうが》に一緒に付いていくため、定子の許を去ることになったのだ。

家族と別れることがどれほど辛いことか、日向の地ははるか遠くで、夫の任期が終われば必ずまた会えるとは限らないことを考えると、引き留めることはできない。大輔命婦もやせ細ってしまったので、よほど悩んでくれたのだろう。

定子は幾本かの扇を餞別《せんべつ》に贈ることにした。扇は「あふぎ」、つまり「会う」を意味し、もう一度貴女に会いたいという願いを込めている。任地に赴任するのだから、任期が切れれば戻ってくるのだ。「戻ってきたらまた会いましょう」と相手の無事を祈る気持ちも籠っている。

そのうちの一本を、定子は格別な物に仕立てた。乳母が去る日までに、扇の裏表に特別な意味を込めて絵を描かせたのだ。片面は、日が照り輝いてその中を旅人が揚々と歩き、背景には田舎の館などが映し出されている。一転してもう片面には、土砂降りの都の中、その寒々しい光景を物思いにふけりながら眺めている人が描かれている。

定子は扇に手ずから、

「あかねさす　日に向かひても　思い出でよ　都は晴れぬ　ながめすらむと」

歌を認めた。

「日に向かい」、つまり「太陽の照り輝く」「日向」に向かっても、私が貴女を想って雨を降らせている都を忘れないで、と乳母を想う気持ちを綴ったのだ。

大輔命婦は扇を握りしめ、

「今からでも止めましょうか。私の愛しい姫様を置いていけましょうか」

と泣いた。

定子は、少し小さくなった乳母を抱きしめて、

「達者でいてね、私は貴女のことも、今まで尽くしてくれたことも忘れない」

行ってらっしゃいと出立を促した。

この頃、道長が病に倒れ、見舞いのため彰子がまた土御門第に行啓した。里に滞在する期間がことのほか伸びている。このため、帝が再び定子を今内裏に召し出した。綸旨は八月五日に発せられ、八日に遷御となった。このためか、病に伏してずっと参内していなかった道長が、倒れて以降初めて顔を見せたのは偶然ではないだろう。

左府の参内で、帝はなかなか北殿に渡御できなかった。このため、定子はまずはちぎれんばか

りに尻尾を振る翁まろと先に再会した。傷はすっかり治っていたが、ほんの数ヶ月見ないだけで、ずいぶんと年老いたようだ。歩みが覚束ない瞬間が、何度か見受けられる。寿命が近づいているのだろう。

帝が渡ってきたのは夜遅い時間だ。定子は一人前の大きさになった命婦のおとどを抱き上げ、帝は脩子と敦康を抱きしめた。

「こんなに中宮の不在がのびるなら、もっと早くそなたを呼べば良かった」

帝の悔いに、

「お会いできただけで嬉しゅうございます」

定子は素直に嬉しさを口にした。こうして彰子のいない間だけ、こそこそと内裏に呼ばれる自分は、惨めな女だと思う。本当は堂々と呼んで欲しい。同じ内裏の中に、定子と彰子がいて何が悪いというのか。

心に不満を抱くと、例の物の怪が嬉し気に蠢く。

出産は「穢れ」とされる行いなので、予定日の近い妊婦は、本来は内裏に入れない。それを曲げて入れてしまう強引さを見せるなら、あと一歩強気になれないものか。彰子の在不在関係なく、過ごしたいというのが、定子の本音であった。

物の怪は常に曹司に溜まる闇の中で、ゆらゆらと揺らいでいたが、その割に今度の逢瀬は穏やかに時が過ぎた。

親子四人と二匹で時を過ごし、ちょうど八月だったので、十五夜は共に管弦などして過ごそうと約束した。それが、前日の十四日に翁まろが寿命を終えて死穢《しえ》となったため、取りやめとなった。翁まろは北殿の定子の御座所の軒下に寝ていたが、一声細く長く鳴いてこと切れたのだ。その声を聞いたとき、定子はふと自分の寿命も長くないような気がした。

数日後、もう月は陰っていたが、帝が笛を吹く横で、定子は併せて琵琶《びわ》を弾く。道隆が生きているうちには何度もこうして奏であったのに、中関白家が落魄《らくはく》してからは絶えてなかった。

定子はこの頃、一番つらかった日々のことが、どこか薄ぼんやりとして感じられるようになっていた。

(なぜ、私は今日まで琵琶《びわ》を奏でなかったのだろう。心まで落ちぶれていたということだろうか)

互いの音を絡め合うと、魂の交感のようで、恍惚《こうこつ》となる。

演奏が終わると、帝は紅潮した頬を満足そうに緩めた。

「そなたの前で吹く笛は、誰の前で吹くよりずっと素直になる。音が澄み渡るのが、自分でもわかるほどだ」

「私といると、童心に帰るのではございませんか」

「きっとそうだな。何せ、一緒に育ったようなものだから。……童心といえば、あのときは楽しかったな。ほら、先の三月の」

ああ、と定子は合点した。夜を共に過ごした定子と帝が、日が昇るころ、女房が仮寝をしている廂に一緒に侵入してみたときのことだ。ちょっとした悪戯《いたずら》だった。

帝が入ってくるなど思いもせずに、油断しきって寝ている女房が、人の気配にハッと起きて、そこにいるはずのない二人を見つけた時、

「ひゃっ」

と可笑しな声を上げて飛び上がった。二人は構わず唐衣を頭から被り、体を伏せて夜具や何やその辺にある布に埋もれ、

「しっ、ちょっとだけお前たちの見る朝の光景を見せておくれ」

帝がひそやかな声で頼む。朝の出仕で陣（諸門）から出入りする者や、行き交う上達部の忙し気な様子を端近で垣間見た。時おり殿上人がそこに帝が隠れているなど知らずに、御簾の中の女房達にちょっかいをかけていく。

「なるほど、こうやってみなは女官たちを口説くのだね。あの人などはわたしの前では真面目なのに、本当はずいぶんと軽々しいね」

と帝は感心して見ていた。よほど楽しかったのだろう。

「あんなことは貴女とでないと出来ないよ」

と帝が言う。定子は笑った。

「そんなことはございません。あんなに楽しいこと、お誘い遊ばされれば、みな喜んでお付き合いいたします」

「そうかな」

「でも、そうですね。あんなに楽しいことを他のお方にお譲りする気はございませんもの。ですから、私が身二つになって身軽になりましたら、またご一緒いたしましょう」

「そうしよう。楽しみだ。約束だね」

こうして二人は約束をした。一緒に悪戯をしようという他愛ない約束だ。

だいそれた約束ではないから、叶えられないことなど、よほどのことがない限りないはずだった。だのに、この約束は叶えられることがなかった。

この月の二十七日、定子はまた彰子が戻る前に、三条院に遷御した。戻る前に家族そろって穏やかに過ごした一日が、帝とこの世で過ごす最後の時間となった。

この四ヶ月後に定子が儚くなってしまうからだ。

帝との別れは、何も特別なことは話さずに終わってしまった。たくさんある日常のひとときに過ぎなかった。二人で交わした言葉さえ、覚えていないほどの、他愛ない一日だ。

九

産み月になると、兄の伊周と弟の隆家に隆円が三条院に泊まり込み、みなで定子を支えた。妹の原子も里下がりをして姉を見守った。原子は、もうほとんど東宮・居貞《おきさだ》親王の妻の役割は果たしていなかった。四の姫の御匣殿も付き添っている。御匣殿は、定子の行くところにはどこでも付いて行き、脩子と敦康の乳母たちと一緒に二人の教育に余念がない。

自分の人生を棒に振って尽くしてくれていることが、ずっと定子の気がかりだった。だから、

「腹を割ってお話をしましょう」

と一度、本当はどうしたいのか、真正面から向き合ったことがある。

「いつも尽くしてくれて、とても感謝しているけれど、貴女は貴女の人生を生きて良いのですよ」

と諭す定子に御匣殿は、首を左右に振った。

「私がやりたくてやっていることです。姉上と姉上の子供たちと一緒に過ごすときが一番幸せ」

「本当に？」

「幸せそうに見えませんか」

「いつも笑っているものね。けど、笑っていても心に嵐が吹き荒れている人もいるでしょう。見ただけじゃわからないから、こうして確かめようと思ったの」

姉上のように……と言いたそうな顔を、御匣殿はしばし見せた。定子は苦笑してしまいそうになるのをぐっと堪えた。

「このまま、姉上にお仕えさせてください」

そこに確かな意思を感じたので、定子はこの妹とは一生共に過ごそうと決意した。だが、体調がふるわない。三度目のお産だが、何かが可笑しい。子供は無事に生まれてくるのだろうか。自分は、お産の途中で力が尽きたりしないだろうか。

なぜこれほど「死」を考えてしまうのか。

定子はまた御匣殿を呼び、「もしも」の時の話をした。

「お産は何が起こるかわからないから、これはもしもの話になるのだけど」

「はい」

「私にもしものことがあれば、子供たちをお願いできますか。若い貴女に頼むのは酷だとわかっています。だけど……」

「気弱なことを申されますな。姉上がお元気であろうと、私は姉上と脩子内親王と敦康親王にこの身を捧げております」

「忝《かたじけな》いことですなあ」

定子は妹の温かな手を握って、礼を述べた。

お産に入る前に、万が一のことを考えて、定子は辞世の句を用意することにした。他の者に見られぬよう、御帳の中で綴る。全部で三句、考えている。

まずは一首目。

「夜もすがら　契りしことを　忘れずは　恋ひん涙の　色ぞゆかしき」

夜通し愛し合い、言い交したことを忘れずにいるならば、私を特別に思い慕ってくれるのでしょう。もっとも哀しいとき、人は血の涙を流すと言います。あなたの流す涙の色を知りたく思います。

帝への歌だ。

思えば、帝に対してこれほど激しい態度で臨んだことが、かつてあったろうか。血の涙以外は許さない、と女の情念を隠さず叩きつけるのは、これが最初で最後である。

(帝はびっくりなさるだろうか。だけど、死ぬ時くらい、正直でありたい)

定子は帝が血の涙を流さないことを知っている。あれほど誓ったくせに、本当の意味で共に落ちてはくれなかった。だから、こそこそと彰子のいない間だけ、自分を宮中に呼び出すような真似ができたのだ。

(いったんは信じたのに、あの方はとても生ぬるかった。痛みを……私が受けた痛みと同じだけの痛みを、まるで知らぬまま、あの方の人生はきっと終わるのでしょう)

そういう帝への恨みを、定子は歌に込めた。流した血は自分の方が圧倒的に多かった。定子に言わせれば、帝は血を流し足りない。だから、心の臓に爪を立て、ぎぎぎと引っかいて、傷をつけるための歌だ。刃物を突き立てるわけではないのだから、このくらいは許されるだろう。

そう思い筆を走らせる定子の横で、あの物の怪が、

「良いぞ」

はじめて声を出した。びくりと定子は物の怪を見た。いつも暗闇に潜んでいたくせに、大殿油に照らされて定子の歌を覗き込んでいる。こんなに近づいたのは初めてだった。

「ああ、良いぞ。そうだ、初めからそうすれば良かったのだ」

「何かおっしゃいましたか」

御帳の外から声がした。御匣殿の声だ。物の怪の声が御匣殿にも聞こえたのだろうかとぎくりとしたが、違う。物の怪の声などではない。自分が喋《しゃべ》っていたのだ。

「いいえ。何でもありません。歌を練っているのですよ」

「ああ、それはお邪魔をしてしまいました」

定子は二首目を綴り始めた。

「知る人も　なき別れ路に　今はとて　心細くも　急ぎたつかな」

知る人などいない死への道に、心細くて仕方ないけど、今はもういかねばならないので、急ぎ出立するのです。

どうしようもない寂しさと孤独を、定子は表現した。先に死んでいった父や母とは会えないだろう。

(私は罪びとだから)

地獄に落ちることを覚悟して、帝に抱かれたのだ。父や母の向かった方角とは反対の道を進むから、「知る人もなき別れ路」となる。帝は、この歌の真の意味に気付くだろうか。ただ死出の旅路についたとだけ、受け取るだろうか。

(それでもいい)

ひたすら寂しがっているとだけ受け取ってくれれば、じゅうぶんだった。真の意味は呪いに近いのだから、気付かなくていい。

だが、本当はこんなにどろどろとした恨み言を抱えていたのだと、誰かが気付いてくれれば、報われる気がした。この歌がどのくらいの人の目に届くのか知らないが、過去を振り返れば、帝や后たちの歌は、何百年と生き続け詠まれ続けているではないか。何千、何万の目に晒されている。だから、そういう遠い未来も含め、だれか一人でも気付いてくれればそれで良かった。これは定子の、千年も二千年もかけたたくらみなのだ。

最後の歌は、一見、帝に詠んだふうを装い、子供たちに残す歌だ。そして、とある遺言を込めてある。

「煙とも　雲ともならぬ　身なりとも　草葉の露を　それとながめよ」

自分は空へ上っていかず、地に留まる身です。だから、草葉に宿る露を私と思って見てください。どこにでもある露だから、私もあなたをいつでも見守っています。

この時代、身分の高い者は火葬されるのが普通である。ただ、火葬された者はこの世に留まれないので、未練を残す者は土葬を遺言して逝く者も多い。定子もこの歌に、「土葬にしてください」と願いを込めた。

定子の未練はひとえに子供たちである。こんな苛烈な世の中に産むだけ産んで置いていくなど、なんと無情な母なのだろう。せめて、魂魄はこの世に留まって、子供たちが無事に育つまでは見守っていたい。

これらを書き付けた紙を御帳の帷子《かたびら》の紐に結び、帝にも見せてくれるよう頼む文を添えた。もしもの事態にならなければ、御帳からそっと外せばいい。

産気付いたのは十二月十五日の夜だった。お産が長引いたら、十二月十六日に生まれた脩子内親王と同じ日に生まれることもあるだろうか、などと定子は思った。

白い衣装を纏い、兄弟姉妹たちが設えてくれた真っ白に飾った産屋に入る。

(どうか、母子ともに無事でありますように。もし、どちらかしか助からないのであれば、その時は赤子を生かしてください)

加持祈禱《かじきとう》の狂乱の声を聞きながら、定子は祈った。

それにしても、物の怪が乗り移ったと言って暴れる者がいる。あれは「よりまし」と言って、そういう役目の者だ。定子の代わりに物の怪の呪と怨を受け止め、僧である験者《げんざ》が声高らかに加持をする。ただし、高僧は一人も招きに応じなかった。

山伏は幾人か来てくれて、祈禱を行っている。

本来ならこれに陰陽師が祓《はら》いをしてくれるのだが、道長を気にして来てくれる者がいない。

(物の怪ならここにもいるのに)

座産する定子の斜め上に黒い靄《もや》の塊がぽっかりと浮かんで、眼前に浮遊している。それがもやもやと大きくなっていく。

（主上は……）

思ってはならないことが、陣痛に堪える定子の中で膨れ上がった。

（陰陽師も高僧も呼べぬこの出産をどう受け止めておられるのか。あれほど、共に落ちると約束してくださり、守ると言ってくださったくせに）

額に汗が滲む。凄《すさ》まじい痛みの中で、恨み言が噴き上がる。定子は歯を食いしばった。

（帝に道長の圧力を跳ねのける力がないことなど、初めからわかっていたこと。わかっていて応じたのは私）

だけど、今の状況はあまりに惨めである。

物の怪がさぞ笑っているだろうと、定子はいつの間にかきつく閉じていた目を開けた。

どくんと大きく胸が脈打ったのは、予想した嘲笑するような顔がそこになかったからだ。物の怪は哀し気な顔で定子を見ている。

（お前、哀しいの）

定子は物の怪に心の中で話しかけた。物の怪は泣き出しそうな顔で、じっとこちらを見ているだけだ。何が哀しいのか定子にはわからなかったが、泣きたいのに物の怪だから涙がないのだろうと思うと、可哀そうになった。

案に反して、三人目は比較的安産だった。安産と言っても苦しかったが、それでも前の二人よりは軽かった。心配していた赤子も、力強い声で泣き声を上げている。

「女の子でございます」

（女の子）

「良かった」

産湯に浸かった我が子を御匣殿によって差し出され、定子は添えられた妹の手ごと抱いた。

「可愛い」

呟くと、妹が涙を滲ませて頷く。

「ほら、母子ともにご無事ではございませぬか」

「そうね。弱気になっていたようです」

姉妹は笑いあった。いつの間にか物の怪は消えている。

僧たちが、額を地に打ち付けて誦経《ずきょう》する声が、続いている。以前から疑問だったが、なぜ額を打ち付けるのだろう。

（後で隆円に聞いてみよう）

すっかりお産を乗り切った気でいた定子だったが、おかしい。後産がないのだ。ひどく苦しいということはなかったが、徐々に力が抜けていき、目が霞んでくる。体を誰かが支えてくれる。横で別の誰かが何か話しかけてきたが、上手く聞き取れない。微かに聞こえるこれは乳母の声だろうか。

唇に何かが押し当てられた。少し口の中に無理に流し込まれたがほとんど溢れ出て零れたようだ。

（苦い）

薬湯だろうか。

（私、どうしてしまったの）

不安がどっと押し寄せる。

ある瞬間から体がスーと軽くなった。と思うや、暗闇の中にひとり佇んでいる。

（ここは……）

不安がいっそう押し広げられる中、何か優しい感触が足に当たった。見ると翁まろが出会ったときのような子犬に戻って定子の周りを駆けている。

「若まろ」

へっへっと舌を出して見上げてくる。

「お前、儚くなったんじゃなかったの……ああ、もしかして私も死んだのか」

見渡せども闇で、光はどこにも射していない。黒いからすぐには気付かなかったが、例の物の怪が近くからこちらを見つめている。

黒いもやもやしたものだった物の怪に手のようなものが生えて、意外なことに定子を優しく抱きしめた。

呆然と定子は物の怪に包まれる。

「がんばったね」

ふいに物の怪が喋った。

「よくがんばったね」

また、物の怪が同じ言葉を繰り返す。

定子は小さく頷いた。本当に自分はがんばったと思う。やがて、物の怪が頭を撫でてくれる。

定子から涙が溢れ出た。ひとしきり子供のように泣きじゃくった後、

「行こうか」

物の怪が歩き始める。

「どこに」

「苦しみの無い世界だよ」

「でも子供たちが」

「子供たちには子供たちの人生があって、死者には手出しができないよ」

ああ、と定子は泣き崩れた。物の怪も若まろも、そんな定子を急かすことなく、気が済むまで横で見守ってくれた。長い長い時間、定子は歩き出すことができなかったが、とうとう立ち上がった。その時には小さな子供の姿になっている。

「どうして物の怪なのに優しいの」

定子が物の怪に訊ねると、

「それは貴女が優しい人だからだ。貴女が産んだ物の怪だから」

誰かが遠くで呼んだ気がしたが、定子はそのまま振り向かずに歩き始めた。


「宮よ、宮よ」

伊周が冷たくなった定子の亡骸《なきがら》を掻き抱き、なす術もなく啼泣《ていきゅう》した。

十二月十六日、一条帝皇后藤原定子逝く。享年二十四であった。

第五章　道長の娘

一

敦康《あつやす》親王の母になるかならないか――。

彰子《あきこ》がはっきりと返事をする前に、道長《みちなが》と敦康親王の家司《いえづかさ》・藤原行成《ふじわらのゆきなり》は、

「一度、お会いしてはいかがでしょう」

清涼殿の上の御局で、強引に敦康親王を引き合わせてきた。

清涼殿にはキサキが伺候《しこう》する上の御局が二つあり、七殿五舎の藤壺と弘徽殿《こきでん》とはまた別に、一つを藤壺の上の御局と言い、もう一つを弘徽殿の上の御局という。

藤壺は帝《みかど》の寝室・夜御殿《よんのおとど》の北隣に位置し、弘徽殿は藤壺の東隣にある。夜御殿の東隣（東廂《ひがしびさし》）が二間と呼ばれる夜居《よい》の僧の伺候《しこう》の間で、西隣（西廂《にしびさし》）が朝餉《あさがれい》の間だ。朝餉の間は、帝が食事を摂ったり、衣服を着替えたりする場所である。

貞観殿の廂《ひさし》に曹司《ぞうし》を賜る御匣殿《みくしげどの》に育てられていた脩子《ながこ》内親王と敦康親王を、帝は目の中に入れても痛くない可愛がりようで、手元に置くために自分の生活する清涼殿に移した。二人の子ら

は、今は弘徽殿の上の御局を御在所としている。

二人の乳母《めのと》は定子が存命のころから兼任だった。それだけ晩年は定子の女房のなり手がいなかったということだ。

今は、御匣殿が物忌み以外の日は、清涼殿に上って世話をしているし、足りぬときは帝の乳母が手を貸すため、新たに人は増やしていない。母の死で急に環境が変わったせいか、心が不安定になっている脩子内親王に配慮してのことだ。

(私が敦康親王の母になれば、脩子内親王はお一人になってしまわれる。いっそう心に傷を負うことになりはすまいか)

彰子はその日、道長と行成に促されるまま、上の御局に上り、父と共に藤壺に入って待った。行成は北廂《きたびさし》に隣接する簀子《すのこ》に侍《はべ》った。彰子に従う女房たちは北廂に待機する。

約束の巳《み》の刻に、数え三歳(満一歳九ヶ月)の敦康親王が、弘徽殿から乳母四人と上﨟《じょうろう》女房を引き連れてよちよちと入ってきた。

乳母は、藤宰相、少将、弁の乳母、少輔命婦である。

たどたどしい歩き方が可愛らしく、彰子の顔も扇越しに自然と綻《ほころ》ぶ。それに帝によく似ている。殊に紫を帯びた至極色《しごくいろ》の瞳が、瓜二つだ。実に魅惑的だった。

(あんな珍しい高貴な瞳の色を受け継ぐなんて……。主上の子供のころはこんな感じだったのかしら)

つい想像してしまった。

それにしても、と彰子は東方弘徽殿の方角をちらと見やった。今そこに、脩子内親王とお世話のために上っている御匣殿がいるのだ。

(会ってみたい。すぐ近くにいるというのに……)

当然、その願いは叶わない。

それにしても、ただの顔合わせと聞いていたが、女房達の挨拶《あいさつ》が、すでにことは決まっている
かのような口ぶりである。

「以後、宜しくお願いいいたします」

と頭を下げられ、

(ああ、これはやられたな)

彰子は父を扇越しに睨《にら》んだ。この状況、彰子が敦康親王の養母になることは、すでに不可避な
流れではないか。

娘の視線を受け止めて道長は、

「どうですかな。お可愛らしい若宮でございましょう」

にこにこと彰子に問う。

彰子はぞっとした。自分が、その母を追い詰め、精神的に弱らせ、間接的に寿命を縮めたかも
しれないというのに、子供の前でこんなことを平気で言う。

(一瞬たりとも敦康親王を可愛いなどと思ったこともないくせに)

このくらい厚顔でなければ、政権など取れないのだろう。

「おうおう、少し見ぬ間に、また大きゅうなられましたなあ」

道長は膝行《しっこう》して近寄り、敦康親王を膝《ひざ》に抱き上げた。

とたんに、まったく表情には表れていなかったが、乳母たちから道長への憎悪が立ち上ってゆらめいた。場の空気がぴりりと緊張する。

これは駄目だと彰子は思った。恨みを抱えた人間に、恨みを植え付けられるような育てられ方をされる者は不幸だ。そうでなくとも敦康親王の前途は多難だろうと予測できるというのに。

（それに……もし私が否と言えば、この子供の将来はどうなるの）

熟した果実を握りつぶすほど容易《たやす》く、道長につぶされるに違いない。

（されど）

引き取れば、利用され、いらなくなったらつぶされる。引き取らなければ、道長が後見し、利用価値が無くなればつぶされる。

（結果は同じ……か）

「ささ、中宮もお抱き遊ばされませ」

考え込んでにこりともしない彰子を、道長が促す。

逆らわず、

「こちらへ」

彰子は敦康親王に手を伸ばした。敦康親王は、怖いものでも見るように首を横に振って、道長にしがみつく。

（えっ、待って。そのおじさんは、悪いおじさんでございますよ）

何も知らずに母の仇の道長を慕う敦康親王が、哀れであった。

「そんな仏頂面では親王が怖がってしまいますよ」

道長の言葉に彰子は苛立《いらだ》ちを覚えて頬が引き攣《つ》ったが、

「若宮は、絵はお好きですか」

敦康親王には優しく問いかけた。

敦康親王は小首を傾《かし》げる。よくわからないようだ。彰子は、ちらりと四人の乳母の方に視線を走らせた。

「好きかどうかは、あまりお見せしたことがないのでわかりませぬ」

宰相と名乗った乳母が答える。

「そう。ならば、見せてみよう」

彰子は、面白い絵がたくさんあるから今から飛香舎へ行きましょうと、敦康親王を誘った。絵は、主上を引き留めるために父が入内の折に準備してくれたが、さほど使われることもなかったものだ。

「親王渡御の主上へのお許しを」

彰子は行成に命じる。

「このまま向かわれて問題ございません。お食事のご用意をあちらでご準備しておりますゆえ、すでにお渡りの予定となってございます」

ちょっとした顔合わせのはずが、食事まで一緒に摂ることになっているなど、彰子は驚いた。完全に絡めとられている。

彰子らは場を移し、昼食の時刻が来るまで、かつて道長が用意してくれた珍しい絵を眺めて過ごした。はじめは彰子に人見知りしていた敦康も、子供らしく無邪気にすぐに色彩豊かな絵に夢中になった。

可愛らしい、と思うにつけ、この子や娘たちを残して旅立った定子の無念はいかほどだったろうと胸が軋《きし》む。

東廂で共に食事を摂るころには、すっかり懐いてくる。

「初めはお通いいただき、若宮のご様子を見ながら、徐々にお泊りいただき、最終的にはここで私と共にお暮らし遊ばされますよう。内親王におかれましても、お心のままに遊びに来られなさいませと伝えよ」

彰子は御簾《みす》の向こうの行成にそう告げる。道長の目がパッと輝いた。

「それが良い、それが良い」

しきりと頷《うなず》いた。

こうして敦康親王は、中関白家の政敵である道長の手中に落ちた。彰子が養母となったのである。

彰子は、敦康を道長の好きにさせるつもりはなかった。引き取って母となったからには、この強引で理不尽な定めから、自分が守ってやろうと心に誓った。

この日、敦康の養育を定子から頼まれていた御匣殿が、ずいぶん泣いたと、彰子は伝え聞いた。

（お可哀そうに……）

だが、力がないということは、こういうことなのだ。

敦康親王を引き取ったとたん、彰子の許へ帝のお渡りがあった。

（なんて露骨な）

もっとも敦康の移御は、少しずつ慣らしている最中だから、まだ帝の許にいる時間の方が長い。今日はもう清涼殿に戻った後だ。

本当にそのことを喜んでいるのかは別だが、彰子が敦康の母になったことの謝意を、帝は述べにきたのだろう。道長の薄汚い意図はわかっているだろうが、彰子自身の本意を探りにきたのかもしれない。

帝は道長の力を借りて世を治めている。帝と為政者は、ある部分は味方同士であったが、ある部分では敵同士だ。完全にどちらかに振り切ることはない。常に微妙な均衡で成り立っている。

敦康親王の件については、二人は敵同士だ。その敵に最も愛した女が産んだ可愛い我が子を渡すのは、ずいぶんと考えた挙句のことに違いない。彰子も真剣に長い時間をかけて悩んだが、帝はもっと悩んだはずだ。その挙句、預けた方がましだと結論付けたのだ。

彰子は複雑な気持ちで、久しぶりの夫を迎え入れた。少し痩せてはいたが、彰子が想像したよりは元気そうだ。

「貴女《あなた》は見るたびに大人びるね」

彰子の成長にまずは、帝は驚いた。

（育ちざかりでございますから）

彰子は心中で多少、毒づく。数えで十四歳。少女から大人の女に代わる、ちょうどそんな時期だ。少しふっくらとしてきたと思ったら、その後は急速に女らしい体付きに代わっていく人生唯一の時期だ。お渡りが少しの間途絶えただけでも、前に会った時と変化しているのは当たり前のことである。

そんな変化すらも本当は見守って欲しかった。

帝は彰子の不満などまるで気付かぬ様子で、

「若宮の母になることを承知してくれたそうだね。実に忝《かたじけな》いことだ」

思った通り、謝意を述べた。

「いいえ。お役に立てれば良いのですが」

「子供っぽい人かと思ったこともあったけれど、そなたの中身は大人のようだ」

彰子はいつものように曖昧《あいまい》に微笑した。帝の顔が瞬時、曇った。以前、話してくれたように、こういう取り繕った笑顔が嫌いなのだろう。そうは言っても、彰子には本当の笑顔というものが、よくわからない。彰子にとって笑顔とは、嬉しくも楽しくもないときや、嫌なことを言われたとき、どうかすると怒りに打ち震えているときの、その場をやり過ごすための道具に過ぎなかった。微笑を浮かべてさえいれば、平和に時が過ぎていく。

実は彰子は、今から二人の間に流れる穏やかな空気を掻《か》きまわす発言をしようと思っている。いつも帝が渡御された折は、心地よく過ごしてもらおう、できれば自分の曹司で過ごす時間が癒しになってくれれば嬉しい、そう思ってきた。帝は最愛の人を亡くして間もなく、たいそう心痛でいるのだから、追い詰めるようなことがあってはならない。

八歳も自分の方が年下だから、そんなつもりはなくとも、配慮に欠けることを口にしてしまうかもしれない、という恐怖が彰子には常にあった。少しずつでも立ち直っていけるよう、間違っても自分の言葉が夫の心を切り裂くことがないように、細心の注意を払ってきた。

場を乱すような言動も一切、やってこなかった。だが、それはもうやめようと思っている。これまでのやり方では、少しもこの男の心は動かないし、微笑を浮かべるたびに呆《あき》れられていると気付いたからだ。

今のままでは、彰子はいつまでたっても「道長の娘」だ。そうではなく、「彰子」として見て欲しい。そのためには己が変わらなければならないのだ。

凪《な》いだ水面に、小石どころか今から投げ込むのはせいぜいが葉っぱ程度だ。それでもこれまでさざ波一つこの男との間には立てたことがないのだから、彰子には勇気のいることだった。

「あのう」

「うん？」

「……若宮がこちらに移御されることで、御匣殿がずいぶんとお悲しみだと伺いました」

御匣殿の名をこちらから口にする。おや、という顔を帝はした。心が少し、動いた証拠だ。

「そうだね。あの人は泣いてばかりいる」

ずきっと彰子の心が痛んだ。

「気になるのか、朕《ちん》の寵妃《ちょうき》が」

帝が、意地悪く言った。だが、今までよりずっと、その目が彰子を捉えている。

（あっ）

帝の紫がかった至極色の瞳がわずかに明るくなり、ゆらゆらとゆらめく。いつか、彰子の厨子《ずし》に納められた書を眺めていた時と同じ瞳だ。はじめて帝が自分に興味を抱いたのだと、彰子は気付いた。

(こういう際どい会話がお好きなのだろうか)

だとしたら、自分では手に負えない。

「気になったら、会わせていただけるのですか」

「会ってどうする」

「どうも致しません。ただ」

「ただ」

「いつでも若宮とお会いできるよう、好きな時にこちらにお渡りいただければとお伝えいたします」

「ふむ。優しく殊勝な心映えだが、それは思慮が足りぬ」

「どこが駄目だったのか、お教えください」

「御匣殿がこちらへ渡れば、慣例によりそなたがあちらの伺候した女房らに禄を与えねばならぬ」

彰子はこくりと頷く。だから、先日の敦康との初対面の時も、付き従った乳母と上臈の女房に絹十疋(反物二十反分)をそれぞれ下給した。自分の女房以外の人を動かせば、常に禄が発生する。勅使など使いが来ても渡さねばならなかったし、行啓の行き帰りに扈従《こじゅう》する者たちにもすべて禄は発生する。

負担するのは自分なのに、何が問題なのか、彰子にはわからなかった。わからないのだと合点した帝は小さく溜息を吐く。

「苦労をしたことのないそなたにはわからぬかもしれぬが、中関白家は今は経済的にも余裕がない。ゆえに、そうして与えられる禄目当てに通っていると受け取られぬよう、誘ってもここへは来ぬ」

彰子は帝の言葉に衝撃を受けた。そのことについては、まったく思いやることができなかったからだ。「苦労をしたことのない」という言い方は、いささか嫌味を含んでいたが、今度ばかりはその通りだと打ちのめされた。

（やはり安易に発言するとこんなことになる……）

「若宮と御匣殿は、上の御局にて会わせるゆえ、そなたは気にせずともよい」

そう言い残し、帝は帰っていった。

なんだろう、この閉塞感《へいそくかん》はと彰子は思った。御匣殿が清涼殿の帝の御前で若君と会ったところで、かの人の涙は拭《ぬぐ》えないと彰子は確信している。御匣殿を御匣殿として扱う人がいない限り、息苦しいのではないだろうか。

篠突《しのつ》く雨の十一月十三日、敦康親王の着袴《ちゃっこ》の儀が、彰子の曹司飛香舎の南廂《みなみびさし》の額《がく》の間で盛大に行われた。

この頃にはもう、敦康は彰子の飛香舎で一緒に暮らしている。生まれて丸二年のやんちゃ盛りだ。そして、彰子が内裏に入って、同じように丸二年経った。この間、ほとんど帝との距離は縮まらなかった。

（亀の歩みだけど、縮まりかけているように思えたこともあったのに）

すべて幻だった。

ふと落ち込みそうになる時、若宮の存在は彰子の気を紛らわせた。少しもじっとしていないし、表情も豊かでよく笑う。

（そういえば、皇后宮様もよく笑うお人だったと主上がおっしゃっておられた）

最近は笹竹に跨《またが》って遊ぶ竹馬遊びに夢中だ。笹のある方を後ろ側にして馬の尻尾に見立て、竹の下の方を馬の頭になぞらえる。若宮はまだ小さいから、頭の方は女房が持って支え、当人は跨っているだけだが、楽しいらしい。外はまだ危ないから廂で遊ばせている。

（竹に跨るだけなのに、何がそんなに楽しいのか）

彰子は若宮のはしゃぐ姿を眺めながら、不思議だった。それでも高い声を上げて笑う顔を、

（あれが本当の笑顔というものなのか）

感心して、御帳《みちょう》の中でひとりになると、若宮の表情を真似して笑ってみる。

時々、脩子内親王が遊びにくる。こちらは数えで六歳。三歳から伸ばし始めた髪が、肩より少し伸びた辺りでさらさらと揺れている。細やかな絹糸のような黒髪で、将来はさぞかし美しい姫に育つだろうと想像させた。帝が用意させているのか、いつも揃いの色の汗衫《かざみ》を身に着けた女童が五、六人ほども付いてくる。

定子に似ているといわれているので、彰子は脩子の姿にどうしても皇后の面影を見つけ出そうとしてしまう。女の子にさすがに竹馬遊びをさせるわけにいかないので、絵物語を女房が読みきかせる。乳母の膝枕に頭を乗せて伏し、女房の読み聞かせる物語にうっとりと聴き入る姿は、彰子の女房達も溜息を漏らすほどだ。

「若宮や姫宮がいると、曹司が明るくなりますねえ」

女房の言葉に、彰子は頷いた。

どれほど道長が煌《きら》びやかな調度品をそろえても、この子らの燦《さん》たる様には敵わない。

そう思うにつけ、取り上げられた形となった御匣殿の悲嘆はどれほどのものか。

二

若宮の着袴の儀の五日後、内裏が燃えた。亥《い》の刻のことだ。

火が出た知らせを受けて、攫《さら》われるように女房達に手を引かれ、外に連れ出されそうになった彰子は、身を捩《よじ》って嫌がった。

「若宮は、若宮はどこです」

懸命に叫んだが、同じ飛香舎とはいえ、部屋は別なのだから、

「あちらはあちらの女房がお守りし、家司が引導して外に出られます。中宮様はこちらへ」

宿直《とのい》の宮司によって、猫の白峰の君と共に用意された輦車《れんしゃ》に押し込まれた。

火がそこまで回っているというような危機感は無かった。煙の臭いすらしない。敦康や脩子が逃げ遅れるようなことはほぼ有り得ないだろう。それなのに、

(どうかご無事で)

彰子は懸命に祈った。内裏内で火は食い止められたということで、真夜中に彰子は職御曹司《しきのみぞうし》の東廂に入り、夜が明けるのを待った。帝は、賊の侵入の可能性も考えて、職御曹司、小安殿、八省院、職御曹司と居場所をこまめに変えて転々とする。左府と右将軍が付き従った。

しばらくすると、行成や乳母、女房たちに供奉《ぐぶ》された敦康が到着した。御簾の中に転がるように入ってくると、几帳の中に彰子を見つけて走り寄ってきた。ぎゅっと小さな手で抱き付いて震える。

「怖かったですか。もう大丈夫ですよ」

彰子は背を撫《な》でてやった。その手が小さく震え、本当は自分も怖かったのだと気付いた。子がいると恐怖まで二の次になるのかと彰子は驚く。

やがて、帝が脩子内親王を抱えて御簾の中に入ってきた。

「みな無事で良かった」

彰子と敦康の姿に、ほっと顔を綻ばせる。

「女御様方もご無事ございますか」

彰子の問いに、うむと帝が頷く。

「みなここ、職御曹司に集まっておる」

「それはようございました」

元子は里第にいる。後は、義子《よしこ》と尊子と御匣殿だが、それぞれ別の廂を割り当てられているのだろう。

「東宮は左近の弓場殿《ゆばどの》に入ったそうだ」

聞かれる前に、帝は東宮の無事も教えてくれた。

どこからともなく琵琶《びわ》の音が聞こえてくる。

「いったい、どなたが」

こんな時に風流を奏でるのか。

「あれは御匣殿が弾いているのだ。皇后の形見の琵琶だ」

帝が耳を傾けながら答える。懐から笛を取り出し、琵琶の音にあわせて切ない音色を奏で始めた。二つの音が絡み合うと、彰子の胸がきしきしと叫び声をあげる。

(私は嫉妬《しっと》している)

耳を塞《ふさ》ぎたい。

「冷えると思ったら、雪が降りだしました」

簀子を覗《のぞ》いた女房の声に、彰子は自分の上襲《うわがさね》を脱いで、敦康に掛けてやった。その上からぎゅっと抱きしめると、さきほどまでの軋みは、愛おしさに塗り替えられていった。

結局また一条院《いちじょういん》を仮の内裏とすることに決まった。手狭なため、東宮とそのキサキたちは、東三条院へ移っていった。

この年の閏《うるう》十二月、長年患っていた女院詮子《あきこ》が崩御し、哀しみのうちに長保《ちょうほう》三年は暮れたのだ。


長保四(一〇〇二)年。彰子、十五歳の新春。

彰子にとって衝撃的な知らせが飛び込んできた。いや、十分に事前に考えられたことだが、彰子はなぜだかその可能性には考えが及ばなかった。まだ帝と一度も体を重ねていないせいかもしれない。

御匣殿、懐妊――。

一条帝は再び出家をした尼を、妊娠させたわけだ。なぜ、同じ罪を繰り返すのか。男女の仲というものを知らないだけに、彰子には帝のことが気持ち悪くさえ感じられた。

定子への断ち難い恋慕が帝を狂わせたのだろうことは、理屈では理解している。だからこそ、この一年、愚痴一つ言わずに見守ってきた。未熟だったかもしれないが、彰子なりに労わってきた。自分を変えようと努力もした。

帝は何も変わらない。人の目があるときは、たいそう優しく接してくれるが、そこに心はこれっぽっちもないのである。

何度も、もうやめよう、惨めだと思っては踏みとどまってきたが、御匣殿懐妊の知らせは、とことん彰子をがっかりさせた。

だから、次に帝が渡ってきたとき、彰子はほとんど口も利かず、顔も向けなかった。だのに、若宮と戯れるのに夢中で、帝は彰子のそんな変化にもなかなか気付かないようだ。

「少々体調が優れず」

彰子は言い訳と共に御帳の中に隠れた。そうして横になっていると、ついうつらうつらしてしまう。いつの間にか、帝を放って眠りに落ちていた。

しばらくして目を覚ました彰子は、叫び声を上げそうになった。いつの間にか、帝が添い寝をしていたからだ。

「薬湯を持ってこさせたから、お飲みなさい」

彰子が目覚めたことに気付いた帝は、上体を起こして、枕元に置いてある薬湯を差し出してきた。

「あ、いえ……そのう」

体調はどこも悪くないからばつが悪い。彰子も上体を起こす。素直に薬湯を受け取り、

「若宮は」

と訊ねた。

「遊び疲れて寝てしまった」

彰子はしばし薬湯を持て余した。帝がくすりと笑い、薬湯の入った椀を取り上げると、くいっと自身が飲む。

「あ、なぜ」

驚く彰子の顎《あご》を摑《つか》むと、そのまま口移しに流し込んできた。

（やっ）

力ずく押しやるわけにもいかず、なにより想像以上に帝の力は強く、なす術もなく喉の奥に流し込まれた。そのまま唇を吸われ、彰子は咄嗟《とっさ》に帝から逃れようと身悶《みもだ》える。

彰子の肌が粟立つ。もう自分も十五歳。耳で聞いた感覚も、どこか十四歳と十五歳では違う気がする。まさかこのまま奪われるのだろうかと彰子の体は固く縮こまった。

帝は鼻で笑うと彰子を手放す。あんなに怖くて止めて欲しいと思ったのに、いざ止められると彰子は屈辱を感じた。

（お戯れはおやめください）

心の中では言えた言葉が、喉元で引っ込む。

「朕が若宮と遊んでいるとき、少し怒っていたね」

言い当てられて、彰子はどきっとした。

（気付いておられたのか）

なら、仮病も知られていたのだ。

「今回は祝ってくれないのか」

帝の言葉に彰子は目を見開いた。

「若宮が生まれたとき、そなただけが祝ってくれたことを忘れていないよ。だのに此度は怒るのだな」

怒っていた理由まで的中されて、言葉も出ず彰子は怯《ひる》んだ。帝と目が合う。不敬だと思ったが、目を逸らせない。本音を話さぬ限り、解放してくれそうにない強い意志が、至極色の瞳に宿っている。

彰子は、捕食者を前にした小動物のように、逃れ難さに冷や汗を流した。

「怒っていたのは、それだけが原因ではありません。嫁いで二年も経つのに、よそよそしい主上との距離が、悔しかったのです」

彰子は恥ずかしさと闘いながらたどたどしく説明した。

「気にすることはない」

「気にします」

「朕とそなたは本当の夫婦ではないのだから、親密というわけにはいくまい」

「でも……」

と言って、彰子は後悔した。なぜ反論するようなことを口にしてしまったのか。

「でも？　勅命だ。その続きを打ち明けてしまいなさい」

「でも、皇后宮様とは、そういうお仲でなかったころから、親密だったとうかがっております」

「定子は初めから素の自分を見せてくれていたからね。そなたのように取り澄ましてはいなかった」

ずきりと彰子の胸が痛んだ。

（取り澄ましてだなんて……そんなふうに思われていたなんて）

彰子が何も言い返さなかったので、帝は失望の色をその美しい瞳に浮かべた。

「気にしなくていい。定子が特別なのだ。他の誰も、素など見せてはくれない。さんざん愛した元子も御匣殿も。女たちは幾ら愛しても底が見えぬ。ただ、体を重ねているときだけ、生《なま》のその人が刹那的《せつなてき》に覗くことがある」

彰子にはわからない話だ。体を重ねれば、自分も帝が何を言っているのか、わかるようになるのだろうか。彰子の気持ちを置き去りに、帝は話を続ける。

「帝というものは、ひどく孤独な生き物だ。朕の孤独を埋めてくれたのは、あの人だけだった」

定子との日々を思い浮かべたのか、帝はうっとりとした表情を見せた。先の尖《とが》らぬ硬い棒で、ぐりぐりと胸に穴をこじ開けられているような痛みを彰子は覚えた。きゅっと唇を噛む。この男はどうしてこんなひどいことを、八歳も年下の十五歳の妻に言うのだろうか。間違っていると思った。

（もっと労わってくれてもいいじゃない。私が何をしたっていうの）

帝の、彰子を切り裂く言葉はまだ続く。

「定子は優しいだけの人ではなかった。時に我儘《わがまま》で、ひどく残酷で、だけど本気でぶつかってくるから、それだけにぞくぞくしたよ。比べて、そなたはつまらない」

（もうやめて、聞きたくない）

「だけど二人きりのときに、そなたが紡ぎ出す静寂の空間は嫌いではない。じゅうぶん癒されるからな」

「ひどい……」

彰子から本音が零れ出た。帝の紫がかった至極色の瞳に光が宿る。

「朕は、そなた自身に魅力を感じない」

「やめて……もうやめてください」

滲《にじ》んで目の端に溜まっていた涙が零れる。帝は手を緩めない。

「あんなに強引に中宮になって、若宮の母にもなって、そなたはいったい何がしたいのだ」

「何が……」

「何を望んでいる。朕との子か？　何のために」

「わかりません。どうして責めるのですか。私だって十三歳で中宮になって、どうしようもなく未熟で、けれどだれも何も教えてくれないし、頼りの夫は冷たくて、本当はどうしていいかわからないのに」

わっと彰子は伏して泣き出した。感情が心の中でぐちゃぐちゃになって、何一つ自分を律せなくなってしまった。恥ずかしいくらい年相応の泣き方でわんわん泣いた。丸まった彰子の背中を、大きな手がぽんぽんと叩く。

ひとしきり泣き終えると、

「今のがきっと素のそなただ。菩薩《ぼさつ》像のように微笑を浮かべて座っているだけのそなたより、今の泣きわめく姿の方が、朕には魅力的に映る」

えっ、と彰子はゆっくり顔を上げた。

「人は泣くと癒されるのだ。そういうふうにできている。だから、時々はこんなふうに泣いた方がいい。……そなたはずっと朕を見守ってくれようとしていたけれど、そんなことはしなくていい。それより、時々今日のようにぶつかろう。そっちの方がずっといい」

「けど、醜くてみっとものうございます」

「朕も同じだ。それでいいではないか。帝と中宮である前に、朕とそなたは夫婦なのだから」

はいとは言えず、彰子はまた唇を噛んだ。

「もっと本音を聞かせて欲しい。朕に何を望む。どうして欲しい」

「……私を見て欲しいです。もっとちゃんと見て」

「ならばそなたも朕を見よ」

「真の意味で支え合っていきたいのです」

「ならば、共に歩もう。朕の后はもうそなた一人になってしまったのだから」

この日から少しずつ、二人の間に時間が流れ始めた。彰子は、本音を口にする怖さと心地よさを知ったのだ。

三

六月三日、御匣殿が里第で子を身ごもったまま亡くなった。彰子は知らせを聞いたとき、聞き返したほど驚き狼狽《ろうばい》した。

（そんな……なぜ……）

帝はどうなるのだろうと、彰子は凍り付いた。まだ定子の死の傷が癒えていない。昨年末は母である女院が亡くなり、半年後の今、また寵妃の御匣殿がいなくなってしまうなど、あまりに運命は帝に対して無慈悲ではないか。しかも生まれてくるはずだった子まで亡くなったのだ。

（子まで……）

彰子の中に嫌な考えが浮かんだ。まさか、と思い、そんなはずはないと否定する。だが、どんなに否定してもまた頭に浮かぶ。

チチガテヲマワシタノデハナイカ。

もし、疑わしい考えが浮かんでも、今の中関白家の者の言葉に耳を貸す者はいないのだから、手を下しやすいといえばそうなのだ。鼓動が早まり、嫌な汗が浮かぶ。

あの日以来、会うたびに互いに本音を一つ吐露するよう取り決めをして、少しずつ心の距離を近付けていった帝との歩みは、ここでまた滞るのではないかと、彰子はうつうつとした。実際、帝のお渡りが途絶えている。

帝の憔悴《しょうすい》が激しい中、道長は敦康親王を攫うように土御門第へ連れ帰った。世間に、敦康の後見は中関白家ではなく、藤原道長であるということを、わかりやすい形で見せつけるためだ。すでに彰子が養母となり、道長が養祖父となってはいたが、皇后が遺言で敦康を託したのは御匣殿である、という一点が後見の陰りとなっていた。それも、御匣殿の死で、払拭《ふっしょく》されたわけだ。

彰子は父が恐ろしくて仕方なかった。敦康が土御門第に滞在している間、気が気ではない。

（いえ、今は大丈夫。むしろ大切に扱うはず）

御匣殿が亡くなって九日後。

雨粒は落ちてこないが、雷神が怒り狂っているのではないかと思えるほどの雷が、灰色の都に轟いた。風は上向きに巻き上がり、晩夏の空を荒らしている。女房達はみな頭から衾《ふすま》を被り、身を震わせる。白峰の君は毛を逆立てて金切り声を上げた。彰子が抱き上げて落ち着かせると、御帳の隅で背を丸めて、フーッフーッと荒い息を繰り返した。耳が左右に向かって倒れ、尻尾の毛が膨らんでいる。

彰子は女房の手前、平気な振りをしたが、御帳に滑り込むと、みなと同じように頭から衾を被って震えた。

そこに、帝のお渡りがあったのである。上臈たちは母屋に固まって迅雷をやり過ごそうとしていたが、より外に近い廂に退かねばならず、声にならない悲鳴を上げた。

彰子は迎え入れるため、御帳から這い出て、身なりを整えた。

帝の姿を見た途端、彰子は胸を衝かれた。頬がこけ、やせ衰えた男が、装束に着られるような頼りなさで立っている。御匣殿が死んで以降、ほとんど何も食べていないのだと知れた。幽鬼のようだ。目は腫《は》れ上がり、瞳は淀んでいる。頬には涙の跡があった。

「朕は何か悪いことをしたのだろうか」

帝は頭を抱えて座り込んだ。

(尼をお抱き遊ばされました)

口が裂けても言えぬ言葉だ。

「胸が痛くてたまらぬのだ」

彰子はごくりと唾《つば》を呑みこむ。目で、残っていた乳母たちをも、出ていくよう指図する。こんな帝の姿を誰にも見せてはならない。

「なぜみんな逝ってしまうのだ」

絞り出された笛のような高い声を上げ、帝は肩を震わす。

「宮よ、助けてくれ」

帝が伸ばしてくる腕の中に、彰子は覚悟を決めて自ら飛び込み、しがみついた。

帝から嗚咽《おえつ》が漏れる。

彰子は帝の頭を抱きかかえ、自分の胸元に押し当てた。後は自然と組み敷かれる。二人は無言で絡み合った。

彰子の幾度か漏れ出た悲鳴は、雷神の咆哮《ほうこう》に掻き消された。


不幸は容赦なく続く。

御匣殿が亡くなって二ヶ月後の八月三日。今度は、東宮が里内裏に使っている東三条院の東の対で、淑景舎の君――原子が頓死《とんし》した。その日の昼まで病に伏すということもなく、普通に過ごしていた。それが、夕刻近く、突然胸を掻きむしるような仕草で苦しみ出したかと思うと、あっという間に息を引き取ったという。

彰子はそれを女房の噂話で、一日遅れて知った。

（中関白家の姫君たちが、この二年の間に四人中、三人がお隠れになった。ただお一人残っている三の姫は、朝廷とは無縁の場所にいるお方……）

この国でもっとも美貌《びぼう》の一族と言われた中関白家の姫君が短時間で次々と……。どう考えてもおかしい。不自然だ。

原子は、姉の定子に似て華やかな人柄だ。父道隆が死ぬまでは東宮居貞《おきさだ》親王に寵愛されていた。ところが長徳《ちょうとく》の変で二人の兄が罪人となってからは、姉の定子の傍に籠《こも》りがちになった。定子が死んでからは、行くところもないので内裏に戻っていたが、東宮のお渡りが無くなって久しい。

東宮は、原子の死の知らせが届くと、遠ざけていたのが嘘のように嘆き悲しみ、

「わたしが即位した暁には、また近くにお呼びすることができただろうに。その日をどれほど待っていたことか」

さめざめと泣いたという。

作り話だろうと彰子は思う。

東宮が「即位した暁には」と言うのは、さも自然のことのように思えるが、そうではない。これは、恐れ多くも今上に「早く退位しろ」と言っているに等しい言葉だ。こんな危険な言葉を、安易に口にしたりはしないだろう。「失脚」が何を引き起こすのか、中関白家の例でまざまざと見ているのだから。

原子は一条帝が愛した人ではないが、今度の死には動揺したはずだ。死因が怪しすぎるからだ。可笑しいと思ったのは彰子だけではない。瞬く間に、淑景舎の君は毒殺されたか、呪詛《じゅそ》で殺されたかの何《いず》れかだ、と噂になった。

（また、噂）

今度の噂は、

この武器を巧みに操る男といえば、父の道長ではないか。

「淑景舎は殺害された。手を下したのは、宣耀殿の君の女房だ」

という内容だ。宣耀殿の君といえば、亡き左大将藤原済時《なりとき》の大姫、藤原娍子《すけこ》のことだ。正暦二（九九一）年に入内し、すでに居貞親王との間に、四人の子を生している。敦明《あつあきら》皇子・九歳、敦《あつ》儀《のり》皇子・六歳、敦平皇子・四歳、当子皇女・二歳である。

東宮の後宮では、今をときめくキサキで、父親は死んでいるものの、強い勢力を保っている。現在、娍子以外の居貞親王のキサキは、寵の廃れた綏子と今度亡くなった原子しかいないのだ。みな、父を失って同じ立場だったゆえに、後見人がいないことは何の支障にもならない。

いったいどこに娍子が原子を害せねばならない理由があるだろう。

そう思っていた彰子だが、理由は意外なところにあった。彰子は知らなかったが、娍子は近頃、重い病に掛かっていたのだ。それが、原子が死んだ日、まるで二人の命の残り火が入れ替わるかのように、快復したのである。「噂の言い分」は、「命の灯を入れ替える呪詛を行ったのだ」というものだ。

彰子は、寒々と心が冷え込む中、身震いした。父は、やったに違いない。後々は居貞親王の後宮にも娘を送り込み、こちらでも将来の帝の外祖父に収まろうとしている道長から見れば、娍子こそが邪魔者だ。その美貌からいつ復活するかわからぬ邪魔な原子を消し、娍子に傷を刻んだ。末は娍子にも、定子と同じような嫌がらせの数々を仕掛け、精神的に追い詰めていくつもりだろう。

おそろしい父の恩恵の中に、己の栄光がある。

(私も同罪だ)

長保四年は、なんとも後味の悪い年になった。

ああ、このためだったのか——と彰子は翌年から三年間ほどの帝と父の動きを見て、いっそう淑景舎の君——原子が死なねばならなかった理由がわかった気がした。

帝はとうとう伊周《これちか》と隆家を公卿に復活させ、殿上を許したのだ。定子の忘れ形見を守り抜くためだ。

帝には道長の魂胆が見えている。今は敦康親王を手中に収め、立てていかねばならない時期だ。このため、道長も敦康を孫のように大切に扱い、行啓にも常に供奉する。土御門第にも呼び寄せ、何かにつけて自分が後見しているのだと、世間に見せつけている。

だが、それらすべては芝居である。彰子に男児が生まれれば、道長はあっけなく態度を一変させる。そういう男だ。

帝はきたるその日のために、手を打った。中関白家を復活させ、再び伊周に高い位階を与え、道長が見捨てたあとの受け皿にするつもりだ。

つまり、力の差が歴然としている道長と、帝は敦康の立太子を巡って闘い抜く未来を選んだのだ。いったい、いつからそう決意したのだろう。

表立った軋轢《あつれき》は避け、じりじりと帝と道長は裏で鬩《せめ》ぎ合っている。

何の功績も上げていない中関白家の昇進に、他の殿上人らは大きく反発したが、帝は怯まなかった。

朕は、道を踏み外した愚帝だ――といつか彰子に話してくれたことがある。

「落飾した皇后を愛し続けたことも、皇后との子に帝位を継がせるために伊周を私情で昇進させることも、みなどれも帝として『正しくない』ことだ。ゆえに朕は、歴史に愚帝の名を刻むだろう」

「それで構わないのですか」

彰子が尋ねると、

「構わぬ」

即答だった。

「後世の人に延々と悪く言われ続けるのは、怖くはないのですか」

「怖いよ」

「それでも構わないのですか」

「……まだ朕が今よりずっと若いころ、正しくあろうとした結果、一番大切なものが手から転げ落ちてしまった」

クッと帝は笑った。

「それに比べれば……な」

話を聞きながら、彰子の心がやけに疼《うず》く。自分の胸の奥底で、ちらちらと燃え始めたこの感情は何なのか。

道長は、帝の動きを早い段階で察知していた。

伊周と隆家を懐柔するか、それとも再び排除するか――。

道長は表向き帝の意向に従う選択をした。あれほど追い落とした中関白家に、積極的に手を差し伸べ始めた。

敦康親王を隆家第にも行幸させたり、伊周を土御門第に招いたりした。詩を互いに贈り合うなど交際を深め、時おり突き放して伊周の出方を窺《うかが》っているようで、その実、他の上達部《かんだちめ》らの反応を窺う。人の動きを観察する。

これら駆け引き上の行動の意味を、道長は一つ一つ噛み砕いて彰子に教えた。女のくせに政《まつりごと》を学ぶな、という考えは道長にはない。道長自身が、姉の詮子の力で政権を樹立したからだ。女にも国を左右する力があるのだと、身をもって知っている。いずれは国母となって、詮子のように力を握ることを、彰子にも望んでいるのだ。それができれば、道長が頓滅しても、彰子の土台は揺るがない。決して定子のように転落しない。

「主上は心底、中宮を愛することはないのかもしれませぬな」

道長は彰子の胸を抉《えぐ》ることを、一度だけ口にしたことがある。

「人の心はままならぬもの。淡い期待をするよりは切り替えて、愛されずとも、父の後見を失くした後も転落せぬだけでなく、さらに昇っていくべき次の手を、お考えになられた方がよろしいでしょう」

十代の娘になんということを言うのだと、彰子は泣き出したかった。自分はちゃっかり愛も権力も手に入れたくせに、と怒鳴りたくもなった。

彰子には、定子が羨《うらや》ましくて仕方がない。入れ替わりたいとまで思う。

（権力なんていらない。私は誰かに愛されたい。たった一人でいいから、誰かの一番になりたい）

自分の存在は、帝にとって何なのだろう。「道長の娘」なのか、共に歩むべき「后」なのか。

前者なら、帝は彰子を巧みに騙《だま》そうとしている。「夫婦なのだから本音を話していこう」と提案したのも、心を許し合ったふりをして飼い慣らすためということになる。そうすることで道長側の情報も引き出せる。

後者なら、同志ということになる。あるいはただ、夫婦となった宿縁を大事に、「本当の夫婦」となって歩んでいこうとしてくれているのかもしれない。

彰子には、父のいうように気持ちの切り替えなどできはしない。まだ諦《あきら》められない。

（だってまだ、愛されるための努力をやりつくしていない。私自身、あの人を愛しつくしていない）

喘《あえ》ぐように思いながらも、帝が自分を前者と後者のどちらで見ているのか、彰子には確信が持てずにいる。

（信じたい。でも……）

あと一つ彰子には、大きな疑問がある。体験しなければ、答えの出ぬ疑問だ。

（自分の子が生まれたら、私自身が変心しないと言えるだろうか。我が子とは、いったい自分にとって、どれほどの存在なのか）

今は預かっている敦康親王を心から大切に感じている。可愛くも思う。それでも我が子と比べたら、見劣りするのではないか。

（我が子を前に、私も父と同じ選択をしないとなぜ言い切れる？）

今の彰子には、そのとき自分がどう変化するか、想像もつかない。

帝とは、雷鳴轟くなか結ばれたが、一度きりで終わった。あの日を境に世界が変わると思った彰子は、肩透かしをくらった。あれ以来、帝は彰子を抱かない。それどころか、あの夜のことを謝られた。思い切って飛び込んだ女として、これほどの哀しみはあるだろうか。

（なぜ、過《あやま》ちにしてしまうの）

確かに急だった。未熟な体だった。だが、応じると決めたのは自分の意思だ。無理やり犯されたわけではない。それを、「すまない」と頭を下げられ、あの日の覚悟は無残に踏みにじられた。

彰子は、恥ずかしさの中、勇気を奮い立たせて自分の気持ちを告げた。

「何がいけなかったのか、なぜ謝られるのかわかりません。私はやっと結ばれたと思い、嬉しかったのに」

「いじらしい人だね」

帝は彰子を優しく両手で包み、抱かぬ理由を教えてくれた。

「そなたの体が、耐えられぬやもしれぬからだよ。心配なのだ」

そのこと自体には耐えられても、妊娠出産となればまだ早い、と帝は言う。

「負担が大きすぎる。大人の女でも出産は命懸けだ。もう少し、そう十八歳とか十九歳とか、そなたの体の準備が整ってからでも遅くはない」

帝には、妊娠直後に定子を失くし、妊娠中に原子を死なせた苦い過去がある。あんな悲劇は二度と起こしたくないと言う。

「そうでなくともそなたは小さい」

と言われ、彰子は傷ついた。確かに小柄な方だ。痛々しく見えるのだろう。

帝の話は説得力があったが、彰子は素直には信じ切れない。本当に慈しみ心配してくれているのか、なるべく子を産ませまいとしているのか。あるいは、産ませるならできるだけ遅くと考えているのか。どうしても疑心暗鬼になってしまう。そういう自分が情けなかった。苦しくてたまらない。

その苦しさを少しながらも和らげてくれたものがある。

とある物語だ。冊子の力である。

それは母がもたらしてくれた。

「なんでも巷《ちまた》で流行っている物語の写しだそうな。私も読みましたが、男と女の機微が描かれていて、私が読んでもずいぶんと面白う感じましたので、中宮の御慰みにお持ちしましたよ」

と里第に下がった折に、手渡してくれた。

「物語ですか」

彰子は嬉しかった。物語は好きな方だ。『伊勢物語』や『宇津保物語』、『竹取物語』など、夢中になって読んだ。

「お読みいたしましょうか」

女房のひとりが音読してくれるという。それをその場にいた女房たちみなで聴くことにした。

「いづれの御時にか、女御、更衣あまたさぶらひ給ひける中に、いとやむごとなき際にはあらぬが、すぐれて時めき給ふありけり」

後の世にいう『源氏物語』との出会いである。この段階で、これといった題名はついていない。

なんと艶《つや》めいた話なのだろう。帝の子として産まれながら、母の身分が低かったために、親王宣下も受けられず臣下に落とされた男の一代記。男は光り輝く容貌から、光る君と呼ばれる。継母である中宮藤壺宮に、叶わぬ恋心を抱き、身を焦がす。

(藤壺、私と同じ御座所)

光る君は、心を満たしてくれる女性を求めて、多くの女と関係を持つ。一人一人の女が丁寧に描き出されている。

まだ未完。物語も細切れで、時間の経過通りに書かれているわけでもないらしい。母がくれたのはほんの一部分である。

(これを書いた人に会ってみたい)

いつしか彰子はそう考えるようになっていた。

四

長保六年に改元が行われ、寛弘《かんこう》となった。

寛弘二（一〇〇五）年。彰子は十八歳になった。帝は二十六歳。

早いもので脩子内親王は十歳。再来年には彰子が嫁いだ年齢に達する。十歳の自分は何をしていたろう。脩子内親王よりずっと幼く、無邪気で、甘ったれだった気がする。

近ごろ脩子は、ますます母の定子に似てきたと、よく藤宰相が嬉し気に目を細める。

「宮様がそこにいるようだこと」

それで彰子も、

（ああ、こういうお顔なのか）

つくづくと姫宮を眺めることがあった。

敦康親王は七歳になった。媄子《よしこ》内親王が六歳である。

定子が死んで、五年が過ぎたのだ。さすがに帝も落ち着いて、以前のように不安定な心の持ちようではなくなっていた。かつては、ずいぶんと嫌なことも言われたが、この頃はそんなこともなくなった。本来はこういう穏やかで優しい人なのだろうと、彰子は思うようになっていた。

十一月十五日。夕刻から夜半にかけて、二人はずっと飛香舎で過ごしている。二年前の十月初旬に新しく内裏が造られ、一条院から戻ってきていた。新しい木材の香りがようやく薄まってきたころだ。

「読書初めの若宮は、実に立派であったなあ」

帝が二日前に開かれた読書初めの儀について触れる。本来、帝は出席せぬものだが、我慢しがたく、一条帝はこっそり渡御して御簾の中の屏風《びょうぶ》の裏に姿を隠して見ていたのだ。敦康と侍読《じとく》の大江匡衡《おおえのまさひら》と尚復《しょうふく》の藤原章輔《あきすけ》は廂の間に、列席の公卿らは孫廂《まごびさし》に並ぶ。

その中には、伊周と隆家もいた。定子が生きていたら、この日を涙滂沱《ぼうだ》して迎えたことだろう。帝が感慨無量になるのは当然だった。伊周と隆家をこの場に呼ぶために、ずいぶんと無茶をしたのだ。すべて、火葬されずに露となって地に留まった定子のためだ。

儀式は粛々と進行した。

漢籍の読み始めとして、唐の玄宗皇帝の注釈書『御注孝教』を敦康親王が元気よく読み上げ、列席している公卿や侍臣が、その光景を見て感じたことを詩作する。その後、祝いの管弦が催され、その場で伊周の朝議への参預を許す宣旨が下った。

「朕が即位したのは今の若宮の年齢であった」

帝がしみじみと言う。

「本当にお若いときにお立ち遊ばされたのでございますね」

「そうだね。そうしてこんな出来の悪い帝が生まれたというわけだ」

そんなことはございません、と言う前に、帝が薄紫色の冊子を取り出して彰子に渡す。捲《めく》ってみると漢字がずらりと並んでいる。

「『史記』――」

彰子は困惑した。漢文が読めないからだ。血の気が引いていく。

「最後の頁を開けてごらん」

言われるままに開ける。やはり漢字が並んでいる。これは漢詩だ。もちろん読めない。

「これは」

「朕の作った漢詩だ。そこに過去の朕の帝としての想いが綴《つづ》られている」

そんな大事なものを見せてくれたというのに、読めないのだから意味もわからない。彰子の頭に血が上り、恥ずかしさと申し訳なさで手が震えた。

「申し訳ございませぬ。私には……読めないのです」

一瞬、帝はぽかんとなった。それから、帝自身も顔を赤らめ、

「そうだったね。いや、こちらこそ申し訳ない。そなたが悪いわけではない。女人は学んでいないのだから、読めなくて当然なのだ。失念していたよ」

失念していたのは、ずっと帝の横で定子がごく普通に漢籍を読んできたからだ。古い冊子だ。きっと、この詩も定子に見せたことがあるのだろう。そのとき、定子はなんということもなく読み、この詩について二人は語り合ったのではないか。

ぽたりと彰子の瞳から涙が落ちた。最悪だった。読めないだけでも情けないのに、涙まで零してはいっそう駄目な女になってしまう。だが、止めようと焦るほど止まらない。

帝は彰子の白い小さな手から、冊子を取ると、袖で涙を拭ってくれた。

「ほら、泣くことではない。わからないのが普通なのだ。最近ではすっかり大人になったと思っていたのに、まだ子供の部分が残っていたのだな」

「師を招いて勉強いたします」

「そんなことをする必要はないが……いや、学ぶのは良いことだ。読めるようになったら一緒に読もう」

「はい。お見捨てにならないでくださいませ」

帝の手が彰子の頭をぽんぽんと叩く。

「朕の詩を読むために学ぼうとしている中宮を見捨てたりするものか。こんなに感じ入っているというのに。そなたを泣き虫にしたのは朕のせいだね。ずいぶんと大人げなくひどいことを言ってきたから」

「そんなことございません」

「当たっていたんだ。八歳も年下の、労わらねばならない相手に、あのころはあまりに辛くて、貴女が何を言っても優しいから、八つ当たりをしていた。八つ当たりをしたうえで、変な理屈をつけて大人ぶろうとした。許してくれ」

声を上げて泣きじゃくりながら、彰子は帝の胸に飛び込んだ。

「これからは朕がそなたの支えになろう。そなたの今日までの献身に応えたい」

彰子は泣くことしかできなかったが、本当にこんな日がくるなんて、と身の底から喜びに震えた。

「覚えているか、約束を」

帝が訊ねる。

「約束?」

「十八か十九になればと言うたのを忘れたのか。そなたはもう十八歳だ。朕は若宮が読書初めの儀を終えて、一歩大人へ近づいた後、そなたのよき日にと思うていた」

あっ、と彰子は思い当たり、恥じらいで全身が熱くなった。そのころになれば、体も成長するだろうから、子を作ろうと帝は言っていた。あのときは、自分を抱きたくないから先延ばしにしたのだとひねくれた。本当にただ待ってくれていただけだったのか。

「主上の良きときに」

「ならば花の季節にしようか。二度目だが、朕とそなたはここから新たに始まるのだから、美しい思い出となるように。それとも、今すぐが良いか」

帝が彰子の体を引き寄せたとき、

「火事でございます」

信じられない言葉が、彰子の耳をつんざいた。

えっ、と彰子は帝の腕の中で顔を見上げた。

「ご避難を。内裏が燃えてございます」

一条帝の内裏に火が出たのはこれで三度目だ。あまりに多い。そして、敦康親王が読書初めをすませた三日後に燃えたのは、偶然ではないはずだ。敦康親王がまるで将来の東宮のような扱われ方をしたことへの抗議か、それとも伊周らを出席させ、朝議への参預の宣旨に対する抗議か。いずれにしても帝に対する怒りが火となって内裏を焼くのだ。

彰子は慌てて猫の白峰の君を抱き上げた。傍に控えていた乳母が、

「私がお守りいたします」

と引き受けてくれる。

蔵人が駆け付け、

「火元は温明殿《うんめいでん》のようです」

大変なことを口にした。清涼殿の真東にある建物で、ここには神殿があり、三種の神器の一つ、神鏡が賢所《かしこどころ》に安置されている。御神体は伊勢神宮にあり、形代《かたしろ》が宮中にある。

火元がそこなら、間違いなく一条帝への抗議であり、帝とは認めないという峻烈《しゅんれつ》な意思表示だ。

帝は蔵人に、神鏡だけでも持ち出せないか問う。自身は彰子の手を引いて真西に歩いた。後宮の姫君は走れない。

西門に当たる陰明門《おんめいもん》から外へ出て、すぐ西隣にある中和殿《ちゅうわでん》に入る。ここは新嘗祭《にいなめさい》などの神事が行われる場所だ。正殿である神嘉殿《しんかでん》に入った後も、帝は口を引き結んで何も言わない。手はずっと握りっぱなしだ。かなりきつく握られて痛かったが、彰子は我慢した。ずっと握っていてやりたかった。

「朕は、帝の資質がないのだ」

帝はぽつりと言う。

それから、

「ああ、あああああ」

一度絶叫したが、後は呆然《ぼうぜん》と腑抜《ふぬ》けのように誰かが駆け付けてくるまでは、座していた。

だいぶ経ってやってきた人々が、

「神鏡は取り出せませんでした」

残酷な事実を告げた。このときには、いつもの帝に戻っていて、

「実に残念なことである」

比較的平静に見える受け答えをした。

この後、職御曹司に移動したが、火が燃え移って焼け落ちていたため、太政官の朝所《あいたんどころ》へと入った。最終的には、陰陽師の示した吉方の東三条第に移り、しばらくそこを内裏とすることとなった。

った。

帝の生まれ育った東三条第だ。帝がいるうちは、東三条院と呼ばれる。

在位中の三度の内裏の焼失に対する帝の懊悩《おうのう》は深かった。度重なる内裏修復のために、すでに国庫は空になろうとしている。それだけでも帝の喪失感は大きいのに、神器が焼けただれたのだ。円形は崩れ、鏡の形を成していない。まるで墨の塊のようだ。

月が替わっても帝の気が晴れなかったので、彰子の胸は痛んだ。

（どうしていつもこうなってしまうのか）

上手くいきそうだ、と喜ぶたびに横やりが入って帝との仲が上手くいかない。すでにこれこそが二人に宿った命運なのではないかとさえ思えてくる。

（だけどまだ、やれることがあるはず）

彰子は自分が帝にしてやれることはないかと、懸命に考えた。こんなとき定子なら、どんなふうに慰めるのだろう。

（主上のお好きな漢籍についてお話などするのだろうか）

それは彰子には逆立ちしてもできない。代わりに、道長から授かった人心を動かす術がある。試したことは一度も無かったが、これまで嫌と言うほど見てきた術。「噂」を使うのだ。

そもそも今度の火事も、帝への抗議のほかに、わざわざ神器が焼失するような場所に火を点けたのだから、「風聞」を利用して帝の評価を貶《おとし》める「手口」なのだ。手口には手口で応じて、評判自体を、ことが仕掛けられる前より良い方向へと、彰子はひっくり返そうと思い立った。

彰子は道長を呼び出した。とあることをやるように中宮として命じる。道長は瞠目《どうもく》した。

「これは、中宮様がお一人で考えたことでございますか」

「そうです。私一人の考えです。ゆえに、失敗すれば、私一人が責を負います」

「この道長が行うのですから、失敗は有り得ませぬ」

「頼みましたよ」

「御意。嬉しゅうございますな。確かに、この道長自らお教えしてきたことではございますが、きちんと身に付いていらっしゃる」

そう言って退出した道長は、彰子に言われた通り、ぼろぼろになって形を留めぬ神鏡が、内裏から東三条第に真新しく新調した箱に入れられてやってきたとき、奇跡が起こったと喧伝《けんでん》した。ぼろくずのようになってさえ、神器自体が光を放ち照り輝いたという噂を流したのだ。

神器の力は死んではおらず、健在で、それは今上の優れたお人柄と力のおかげだと、世に知らしめた。地に落ちた帝の評判は瞬く間に上がった。

「貴女という人は……」

帝には彰子のしたことがわかったようだ。

「余計なことだったでしょうか」

「いや……礼を言わねばなるまい」

その日から、また帝に生気が戻った。嘆いてばかりいずにしっかりせねば、と思い直してくれたようだ。


寛弘三年が明けた。

三月。東三条第の春の庭は、桜が咲き誇り、風が吹くたびに花びらを散らす。広大な池の水面は桜一色に染まり、この世のものとは思えぬ光景を作り出す。

三日、帝は道長からもらった大量の桜の枝で彰子の曹司を飾り立て、一度抱いたきりだった妻を御帳の中に誘った。御帳の中も、桜の枝を指した甕《かめ》が四方を飾り、鴨居にも細い繊細な枝が挿してある。帝は彰子の、ことに豊かで艶やかな髪にも、手ずから簪《かんざし》のように挿した。

耳のところから髪を掬《すく》うように掌を差し入れ、顔を上に向かせると、唇を吸った。

あの雷鳴の夜に灯された埋火が、このときを待っていたかのように、彰子の中で一気に燃え盛った。

初めはゆっくりと、徐々に早く、帝が彰子を絡めとっていく。

やっと、と彰子は歓喜した。やっと本当の妻になれるのだ。帝と繋《つな》がっている間だけは、ひとりではないという実感に、これでわずかながらも孤独が埋められるのだと信じた。

翌四日。この日は道長が、帝と東宮の行幸に対して、贅《ぜい》を尽くした花宴《はなのえん》を開いた。今夜、帝とそのキサキたちは一条院へ、東宮とキサキたちは道長所有の枇杷《びわ》第へ遷御する予定となっている。

宴は道長の栄華を反映するかのように、主だった公卿、殿上人らはみな出席し、盛大なものとなった。女たちも御簾の中や車の中からその様子をうっとりと見物する。

鶯が囀《さえず》る中、一面花びらで埋まった池に、二隻の船が薄紅色を割ってゆっくりと滑り出す。片方の船には龍の頭が、もう片方には鷁《げき》という名の想像上の鳥の首が、船首にかたどってある。これは、管弦の遊びをするときのお決まりの船であったが、やはり道長が金を惜しまず造らせただけあって、大きさも設えも豪奢《ごうしゃ》であった。

船上では、笙《しょう》、篳篥《ひちりき》、竜笛《りゅうてき》、楽琵琶《がくびわ》、楽箏《がくそう》、楽太鼓《がくだいこ》、鉦鼓《しょうこ》、鞨鼓《かっこ》が演奏され、着飾った舞姫たちが天女のような舞いを披露した。

ほっこりと暖かな春の残照に照らされ、男たちは「渡水落花舞（水を渡って落花が舞う）」という題でそれぞれ詩を作り、次々と詠み上げる。やがて篝火《かがりび》が随所に灯り、昼と変わらぬ光輝が、満開の桜を下から炙《あぶ》り照らす。杯を賜った道長が、あらかじめ切り目を入れてあった池の畔の大振りの枝を折り取り、恭しく帝に差し出した。

それは、生涯忘れることができそうにない夢と見紛う陶酔を伴う光景だった。

亥の刻、彰子は帝と共に東三条第を出御し、一条院へと移った。翌日、さっそく帝のお渡りがあり、昨夜の余韻の中で訪ねてきた道長や公卿ら七、八人に酒と膳を饗す。さざめき合いながら、みなで和歌を詠み合った。そのまま、ほろ酔い気分の帝に導かれ、彰子は御帳の中に消えた。


彰子はこの頃の帝との仲は良好で、元子も里第堀河第に去り、戻ってこなくなった。何もかも順調だったのに、御帳の花器を飾る花が、牡丹から菖蒲《しょうぶ》に代わるころ、彰子にとって耐えがたい悲しみが襲った。帝との仲がうまくいかずに苦しんだ時期、彰子をずっと支えてくれたのは、猫の白峰の君だ。白峰がいなければ、あの寒々しい孤独に堪えられたかどうか。

その白峰が、そっと息を引き取ったのだ。寿命である。この時代の猫にしては長生きだった。命婦のおとどもすでにいない。

「よくぞこれほどまで長い間、慈しみ育ててくれた。白峰はきっと幸せだったろう」

帝も共に悲しみ悼んでくれた。

白峰を野辺にかえした後、二人は夜もすがら、猫の産養から始まって命婦のおとどのことも一緒に、白峰の思い出を語り明かした。

この日は月の明るい夜だったから、帝は壺庭に人が入らぬよう命じ、彰子を端近に招いて御簾を巻き上げた。二人はわずかな酒を前に、並んで座した。庭には篝火がてらてらと燃えている。

「白峰はお喋《しゃべ》りな猫だったね」

帝が言う。

「私がいつも話しかけていたから、答えてくれるようになったのです。そのうち、あの子からも話しかけてくれるようになって……」

ずいぶんと慰められた、とは帝の前では言いにくい。彰子を打ちのめしていたのは、この男なのだ。帝は彰子の肩を抱き寄せた。小柄な彰子は帝の胸に頭を乗せる形で体を預け、話を続ける。

「白峰は他の誰も知らない私を知っていてくれました。そして、どんな私のことも好きでいてくれました。それがどれほど生きる理由になったか」

「ああ、そうだね。命婦のおとどもそうだったから、よくわかるよ」

「主上も」

「この世は辛いことが多いからね」

この日の夜は、しんみりと明けていった。

五

御帳の中に籠っていても、松虫の声がとぎれとぎれに聞こえてくる。御帳台の上と明かり障子の天井には、紅く燃え立つ紅葉葉が趣深く散らしてある。これは敦康親王が、あまり外に出られない不自由な彰子のために、色や形の優れたものを選りすぐり、

「義母上、どうぞ」

ともってきてくれたものだ。

敦康は優しい子に育っている。実母こそいないが、帝も自分も、道長さえも、愛情を注いで育ててきた。

それがこの頃、道長がじわじわと冷たい顔を覗かせるようになった。去年までは最上の賛美をまき散らしていた「お爺様」の豹変《ひょうへん》に、敦康が混乱し始めている。まだ優しい日の方が多い道長だが、突然冷やかに突き放すときがある。敦康は道長を前にすると、顔色を窺うようになった。これが進むと簡単に人格支配されてしまうことだろう。

彰子は、焦燥と共に、いっそう敦康を可愛がった。

(「お爺様」がどうであれ、私は絶対に若宮を見放すことはない)

ということを、態度でわかってもらおうとした。なしくずしではあったが、敦康の母になってよかったと彰子は心底思っている。母であればこそ、一番近いところで守ってやれる。だが、自分に子ができたときに、同じことを思い続けるかは、確信が持てない。

（子を作らないという選択はあるだろうか）

ふと思う。そんなことはできるはずもなかった。

（子を産むためにここにいるのだもの）

彰子はずっと不思議だった。

（帝はなぜ、私との間の子を望むのだろう。もし、私が懐妊しなければ、敦康親王は帝におなり遊ばすだろうし、父も手駒が若宮しかない以上、大切になさるだろう。妹の妍子《きよこ》が居貞親王の子を産めば、敦康親王が即位なされても、すぐに譲位させられることになるだろうけど）

妍子は彰子のすぐ下の妹だ。居貞親王に入内する前段階として、すでに内侍となって宮中に上がっている。この年、十二歳。とうとう道長の計画もここまで進んだということだ。彰子と妍子の二人の娘に男児を産ませてそれぞれを嫡男と成せば、末は帝と東宮の外祖父となる。

道長の栄華への道を阻止するには、二人の姫のどちらかが子を産まないのが一番手っ取り早い。

だが、あの桜の閨《ねや》で結ばれて以来、一条帝は彰子を度々求めてくれる。もしかしたら、それほどまでに欲してくれていると己惚《うぬぼ》れても良いのだろうか。

今でも帝の中には定子が住んでいて、それが不可侵の領域だということは重々承知している。それでも、生きている者の中で、自分を一番愛おしく思ってくれているのではないかと、彰子は己惚れたい。

（だって、そうじゃないと、子を欲しいなどと思ってくださるだろうか）

彰子は、そうあることを願った。が、違った。父道長が、裏で圧力をかけていたというのだ。

三年前に十二歳で元服をすませ、今年は早くも公卿となった弟の頼通から聞いた。頼通は、参内した日は、退出する前に必ず姉の許に通う優しい弟だ。今日も先刻、この曹司に寄ってくれ、うっかり口を滑らせた。それはことの片鱗《へんりん》に過ぎなかったが、彰子は聞き逃さない。言葉巧みに誘導し、時に軽く脅しながら、すべてを白状させた。

頼通曰く――。

道長は、辞表を何度もちらつかせたり、帝が詔を出した人事も激しい対立の後に翻させたりしたのだという。

帝が復活させようと、数年がかりでじわじわと地位を上げてきた中関白家も、掌の上で転がして見せ、「長徳の変を再現してみせようか」と、物言わず帝を脅している。

伊周を何度も自邸に呼び出し、双六の相手をさせる。伊周は昔と違い我慢強く、俎板《まないた》の上で過ごす。もちろん、「もう二度と貴方には逆らいません」という無言の証のために、双六は必ずぎりぎりで負けるのだ。

そんな伊周の足の裏には、「道長」と書いてあり、常に踏んで歩いていると噂が流れた。道長が流したもので、事実ではない。噂は、「こちらの機嫌一つで簡単に握りつぶせるのだぞ」という意思表示だ。

彰子は、頼通が帰った後、

(なんだ……)

あまりの可笑しさに笑い出しそうになった。

(お義理で抱かれていたなんて……)

今、自分はどんな顔をしているのだろう。誰にも見られたくなくて、御帳の中に逃げ込んだ。

そして今、松虫の声を聞くでなし聞いている。

今までこういうときは、猫の白峰の君が寄ってきて、額を軽くぶつけてきたり、彰子の指先をじょりじょりと舐《な》めたりして、慰めてくれた。もう白峰はいないのだから、これからはひとりで堪えていかねばならない。


あの日以来、帝に触れられると体が硬くなる。このままでは益々嫌われると思うにつけ、いっそう強張る。

「何かあったのか」

幾度かの情交の後、帝は不思議そうな顔で、訊ねた。

「申し訳ございませぬ」

「責めているわけではない」

彰子が黙ってしまったので、帝は困ったように視線を漂わせた。読みかけのときに帝の渡御があったため、隅に追いやっていた若紫の薄い冊子を見つけて、

「これは」

会話を続かせるために問うたのだろう。手に取って開いてから、それが後の世にいう『源氏物語』だとわかると、

「朕も読んだ」

意外なことを言った。

「主上も……でございますか」

「どの女人が宮はお好きかな」

「私は葵上《あおいのうえ》が」

まるで思いもよらなかったのか、帝は目を丸くした。

「葵上だと。あの光る君の年上の最初の妻だね」

つい本当のことを答えてから、彰子はしまったと後悔した。葵上は出産のあと、亡くなってしまう左大臣の娘だ。定子と幾つかの共通点がある。ただ性格も境遇もずいぶんと違う。

光源氏《ひかるげんじ》と葵上はいわゆる政略結婚で愛の無い夫婦だった。葵上は、元々は后がねとして育てられたせいで自尊心が高く、東宮でもない光源氏の妻になることが不満だった。歩み寄ってこない葵上に、他の女人で心が占められている光源氏も、あまり優しくできない。二人は冷え切った夫婦となった。

それでも葵上が光源氏の子を身ごもったことで、二人の距離は少し縮まる。だが、男児を出産した後、光源氏の愛人の生霊に葵上は殺されてしまう。いつもはつんとした葵上が、光源氏と最後の別れとなる場面で、じっと後ろ姿を見詰める姿は、彰子の胸を衝いた。

彰子には、夫と心の距離を感じて苦しんだ葵上が、どうしても自分と重なって見えたのだ。葵上は、最後にほんの少し素直になる。その素直になる場面が、参内する光源氏の後ろ姿を、いつもより目を留めて見つめているだけという、たった一行の描写になっている。ここが上手い。もっと夫と親しみたかった妻の悔いの全てが、その一行に凝縮されているようで、心が震えるのだ。

彰子は、その一行の深さを帝に向かって熱弁した。一気に喋《しゃべ》ってしまい、ハッと冷静になる。自分だけが盛り上がってしまった様が、ずいぶんと恥ずかしく思われ、頬を熱くさせて、

「申し訳ございませぬ」

今日、二度目の謝罪をした。帝はくすくす笑っている。

「とてもいいね。貴女がそんなに熱心に話してくれるなど」

主上はどの女人がお好みですかと、問おうとした彰子より先に、帝が口を開いた。

「そなたも打ち解けるのが苦手なようだ」

とたんに彰子は現実に引き戻された。

「何があったか話してくれるね。朕もそなたもまだ生きていて、幾らでもやり直せるのだから」

「あ……」

「それとも、去っていく朕を、じっと見つめているだけの道を選ぶつもりか」

「いいえ……それは嫌でございます」

「話してごらん」

彰子にはまだ迷いがあったが、このまま黙っていても関係は悪くなる一方だ。葵上も、光源氏が自分を顧みずにあちらこちらの女の所に通うのを、文句ひとつ言わずにずっと我慢し続けた。黙り続けて問題は何一つ解決しないまま、死を迎えた。

「主上はなぜ、私との子を望むのですか」

帝は彰子の問いに目を見開いた。

「理由がいるのだろうかと、問い返したくなるほどそれは当たり前のことではないか」

「当たり前？」

「朕とそなたは夫婦なのだから」

「けれど、私に皇子が生まれれば、父がきっと敦康親王をひどい目にあわせておしまいになります」

帝は息を呑んで彰子を見た。

「ずっとひとりでそんなことを考えていたのか」

「父が皇后様をひどい目にあわせて、とうとうお隠れになりました。主上にも失礼な態度を取ることがあると伺うてございます。私はその道長の娘でございます。子を持てば、主上にとって災いの元となりましょう」

叫ぶ言葉が終わらぬうちに、帝は彰子を抱きしめた。

「ずっと皇后のことで苦しんでいたというのか」

「私は皇后様の仇として入内した女です」

「ああ、それはそうだ。朕もそういう目でそなたを見ていた時期もある。そなたは長いこと朕の中で『道長の大姫』であった。されど、今もそうであろうはずがない。朕は、懸命に支えてくれようとするそなたが、そなたとして愛おしい」

「まことでございますか」

「朕が正気に返るのを、文句を言わずに待ち続けてくれたのは誰であったか。霹靂《へきれき》の夜、助けを乞うた朕を受け止めてくれたのは誰であったか。八咫鏡《やたのかがみ》を我が代で損傷させた大罪に打ち震える朕に、手を差し伸べてくれたのは誰であったか。少しも『正しくない』帝と連れ立って歩むと言ってくれた后は誰であったか」

「主上」

「それはみなそなたである」

彰子は、恐る恐る帝の背に手を回した。

「敦康は可愛い。必ずや東宮にしたい。だからといって、その妨げになるからといって、そなたとの子がこの世に存在しなければ良いなどと思わぬ」

きつく抱きしめてくる帝の腕の強さを、もう疑うのは止めようと彰子も腕に力を込めた。

六

この年の十二月、燃え落ちた内裏が再建され、陰陽師によって還御《かんぎょ》する良き日が二十六日と定められた。人々は新年を本物の内裏で過ごせるのだと、華やいでいたが、

「そなたと話したいことがある」

帝が北の対から彰子のいる東北対に渡御し、深刻な顔で告げた。このごろ二人は、何でも話し合うようになっていた。彰子は、漢籍については良い師がみつからずに未だからきしだったが、政についてはある程度、相談に乗れる。定子はその逆だったと帝が教えてくれた。そういう話も、二人はできるようになっていた。

外は重たい雪が降っており、格子を上げて息を潜めて耳を澄ますと、雪が地に落ちる音が聴こえてくる。そうやって雪の音を楽しんでいるときのお渡りだったから、彰子は慌てた。そうでなくとも体が弱いのに帝は薄着だ。

彰子はすぐに格子を閉めさせ、火桶《ひおけ》を随所に置いて部屋を暖めさせようとした。

「いや、いい。そのままで」

「でも、女房達が咳病《がいびょう》を貰《もら》ってしまいます」

「そうか。ならば火を熾すがよい」

帝は、円座《わろうだ》に座した。

「お話とは」

「新造された内裏のことだ」

「みな新年に間に合って喜んでございます」

「喜んでいるところ悪いが、朕は戻るのを止めようと考えておる」

彰子はびっくりした。

「新年はこちらでお過ごしになるのでございますか」

「新年は新造の内裏以外、どこで過ごしても構わない」

「それは……」

「朕はもう二度と本当の内裏には戻るまいと考えている」

帝の言葉に、彰子は胸をぎゅっと摑まれたような衝撃を受けた。気持ちは痛いほどわかる。帝が内裏に戻ればまた焼けるからだ。火事は故意に起こされている。帝がいる場所が焼ける。燃やさぬためには、戻らぬのが一番早い。

(おいたわしい)

と思うが、帝が欲しているのは労わりの言葉などではない。

彰子は頷いた。

「よきお覚悟でございます」

「うむ。そなたなら、そう言ってくれると思うておった」

彰子が賛同したので、やや緊張気味だった帝の顔も晴れやかになった。

周囲に控えていた女房達が顔を見合わせている。女官にとって内裏に戻れないというのは、辛いことに違いない。局の数もなにもかもが里内裏では足りていない。

だが、一番戻りたいのは帝に違いないのだ。ここまで追い詰められたことを、どれほど情けなく感じているか。

「そういえば」

帝が話題を変えた。彰子の耳にそっと囁《ささや》く。

「漢籍の師が見つかったそうではないか」

声を潜めたのは、先方が普通の女房として彰子の後宮に入り、こっそりと人目につかない折に教えたいと、条件を出してきていたからだ。

妙な条件だが、彰子は呑んだ。漢文を読めるようになりたいと願ってからずっと、良い師はいないものかと探したが、そもそも女で漢字に親しむ者の数が極端に少ない。定子に仕えた清少納言が、こちらに仕えてくれればそれにこしたことはなかったが、すっかり姿を晦《くら》ましてしまった。今はどこにいるのかわからない。当人だけでなく、『枕草子』というあれだけの名作を生み出しておきながら、定子の死後は何一つ清少納言の書いたものが世に出てこないのだ。すべてが定子のためだった、ということなのだろう。

清少納言に匹敵する人物を、という基準で探した結果が、話を通したくだんの人物である。女房名は藤式部――筆名が紫式部という。かの『源氏物語』の筆者である。

十二月二十九日、女房たちの間で大流行している物語の筆者という鳴り物入りで、紫式部はやってきた。この日採用した女房はもう幾人かいて、何人かと共に初出仕を果たしたのだが、ちょうど物忌みだったから、彰子は誰の挨拶も受けられなかった。

年が明けて、他の新顔の女房達はいそいそと挨拶にやってきたが、紫式部だけその姿を見せない。どうしたのだろうと彰子は驚いた。数日経っても現れないから、他の女房に訊いてみた。

「式部さんは里に下がっておしまいです」

信じられない言葉が返ってくる。

「里に……」

（来たばかりなのに？　許しもなく？）

「何か緊急のことが起こったのであろうか」

「いえ、それが……誰も話しかけてくれなかったからと……。こんな冷たいところでは働けないのだそうです」

（噓……）

彰子は目玉が飛び出そうなほど驚いた。

「ならば、致し方ない」

出て来ない者を、首に縄をかけて引きずり出すわけにいかない。彰子は、紫式部を諦めることにした。好きな物語の作者だから、色々と聞いてみたいことはあったが、他の女房への悪影響の方が大きいと判断した。

が、しばらくしてまた女房から消息が上がった。

「式部さんから、便りが届きました」

「誰に」

「唯一、挨拶を交わした女房にです」

「それで」

「優しくしてくれるなら、もう一度出てきたいそうです」

「放っておきなさい」

そう答えるしかない。

結局、紫式部が再び出仕してきたのは、五月になってからである。

「いらっしゃいな。みんな待っていますよ」

誰もあまり待っていなかったが、女房の一人が薬玉を贈ってそう優しい言葉を掛けたあと、ようよう顔を出したのだ。

これから、この変わり者の女房と、上手くやっていく自信が彰子にはなかった。だが、自分が原因でまた引き籠られても厄介だ。

「待っていましたよ」

彰子は微笑で迎え入れた。いったい、とても常識があるとは思えないこの女性から、何故あんな人の心を揺さぶる物語が生まれるのか。

今年の正月二十日、帝は十二歳になった脩子内親王を一品《いっぽん》に叙し、准三宮《じゅんさんぐう》とした。三宮とは、皇后宮、皇太后宮、太皇太后宮のことだ。今はこれに中宮が加わるが、言葉自体は訂正されずに三宮となっている。この三宮に準ずるという意味だ。滅多にない好待遇である。これで脩子内親王は一生涯ないがしろにされることなく、不本意な結婚を強いられることもない。

定子の子供たちへの帝の溺愛ぶりが道長を不快にさせる。秋には、「伊周と隆家による道長殺害の企て」が噂となって都に流れたが、道長が流した可能性が高いと彰子は見ている。

中関白家の者が帝によって引き上げられれば、道長が引き落としにかかる。彰子が子を産むまでは、利用せねばならないから、以前のようにとことん追い詰めることはしない。だから、ただ噂を流すにとどめている。

自分が男児を産んだら、いったい何が起こるのか、彰子は恐ろしく感じながらも、やはり我が子が欲しいと強く望んだ。

彰子の妊娠が判明したのは、この年の暮れだ。産まれるのは来年。二十一歳で母となる。決して遅すぎない。定子も第一子を産んだのは二十歳のときだ。

それでも、彰子にしてみれば、やっと――という気持ちが強い。十二歳で入内して、八年。一時は子供どころか、帝との仲も諦めた。

(こんな日が来るなんて)

道長の喜びようは、どうかなってしまったのではないかと心配するほどだ。飛び上がって喜ぶという表現があるが、本当に飛び上がる者は多くない。道長は実際に廂《ひさし》で飛んだ。そのくせ、頭の中は冷静なのか、

「秘匿《ひとく》すべし」

妊娠したことを公表せずに、隠し通せるようなら隠そうと帝と話し合って決めた。呪詛を恐れてのことである。

帝と二人きりになると、

「よく頑張ったね」

褒《ほ》めてくれる。

「まだ何も頑張っておりませぬ。今からでございます」

彰子がはにかみながら答える。フフッと帝は笑って、

「そうだねえ」

彰子のまだ少しも膨らんでいないお腹を撫でる。

「お前もがんばるのだぞ」

腹の中の子に向かって話しかけた。

「嬉しゅうございますか」

葵上の話をして以来、彰子は不安が起これはその都度、口にするようにしている。その方がずっと上手くいくと学んだ。

「嬉しいよ。正直、朕の中にも少しの不安はあったけどね。その時にならねば、実際どう思うかはわからぬとな。それほど敦康が愛しいのだ。されど今、とても嬉しい」

彰子はにっこりと笑った。自然と浮かんだ笑みだ。帝と出会ったころは、笑みは嬉しいときに浮かべるものではなかった。

（良かった。変われて）

「さあ、今日はもう休みなさい。体を労わるのだぞ。これは勅命だ」

帝が冗談を交えて言う。

「勅命でございますか」

以前もそんな冗談を帝は口にした。あのときは笑えなかったが、今の彰子からは笑みがこぼれる。

「そなたは我慢強いゆえ、心配なのだ」

そう言って帝は席を立った。

ひとりになると、彰子はさっき帝が触った腹を自分でもそっと撫でる。ここに命が宿っているというのが不思議であった。

「嬉しい」

小さく呟《つぶや》く。だが、ここに宿るのが男児なら、これから帝と父の間で壮絶な闘いが始まるのだ。帝は何としても敦康を後継ぎにしたい。道長は己の孫を帝位に即かせたい。

（私は……私はそのときどちらを思うのだろう）

今の段階では、まったくわからなかった。未だかつて、病や早世などの特別な理由がない限り、后の男一宮が我が国の帝位を継承しないということはなかった。だが、定子も自分も后である。一宮という条件だけを鑑みると、敦康がそれに当たる。とはいえ、尼の姿で情交を交わして出来た罪の子だ。そこを世間がどう判断するか。

誰の心も惑わぬよう、一帝一后だったというのに、道長が己《おの》が野望のために歪《ゆが》めてしまった。

朝廷は荒れるだろうか。いや、ほとんどの者が道長の力に阿《おもね》っている。帝には力がない。だから、伊周を復活させたが、焼け石に水だ。すでに道長に対して殺したいほどの邪念を抱いていると噂が流されているのだから、次に流れるとすれば、また呪詛だ。最悪、長徳の変が繰り返される。

（私はそのとき、どちらに付くのか）

今の気持ちは帝だった。味方が誰もいなくなっても、自分だけは帝と敦康の力になりたい。

（そのために若宮の母になったのだと、今なら胸を張って言える）

それでもいざ男児が生まれたときに、己がどう転ぶのか、彰子にはまったく予測できなかった。


寛弘五（一〇〇八）年四月。彰子はお産のために一条院を出て土御門第へ移御した。大勢の公卿が扈従し、華々しい行列となった。幸せが零れそうな心地だったのが、暗転したのは翌五月下旬。定子の産んだ女二宮媄子内親王が薨去《こうきょ》したのだ。近頃病を繰り返していたが、危篤状態から甦《よみがえ》り、いったん安堵《あんど》した矢先であった。

媄子と脩子は、帝自身が傍に置き、慈しみ育ててきた姫君だ。どちらも定子を彷彿とさせる美貌で、脩子は母に生き写しと言われているが、媄子は輪をかけて光り輝くようだと言われていた。

昨今は、内裏焼失により、大内裏外郭門郁芳門《いくほうもん》前の藤原佐光《すけみつ》第に過ごしていた。享年九である。

帝は嘆き悲しんでいるという。彰子はすぐにでも一条院に戻って帝の傍に行きたかった。陰陽師の定めた日に従い、六月十四日に遷御する。帝の憔悴も激しいが、心を寄せ合って過ごしていた脩子内親王と敦康親王の嘆く様子は、彰子の涙を誘った。

駆け付けた彰子の姿を見た敦康は、

「義母上様《ははうえ》」

先月のうちに涙が涸れるほど泣いたという話だったが、再び堰を切ったように泣き崩れる。敦康は、六月に入ってから方違《かたたが》えで道長家司の家に預けられていたが、彰子が戻ってくることを聞いて、一日前に自身も今内裏に御入《おいり》したのだ。

彰子は慕ってくれる敦康がいじらしく、残された定子の子らが可哀そうで仕方なかった。敦康は、慰めると泣きつかれて彰子の目の前で寝てしまった。この姿を見るにつけ、

「私が守らねば」

という思いを強くする。だが、一条帝が「なんとしてでも皇后の子らは守るのだ」と決意を固くして道長に挑んでも、ほとんど相手にされずに終わるのと同じで、彰子の力では如何《いかん》ともしがたい。

(なぜ、主上がかほどに臣下に抑え込まれるのか。こんなのは間違っている)

彰子は悔しさに歯噛みしたい思いだ。

十五夜に会いにきた帝と、開けた格子から差し込む月色《げっしょく》を彰子は眺めた。これといって交わす言葉もなく、二人は過ごした。

明け方、

「すまないね」

帝がぽつっと言う。

「何をおっしゃいます」

「大事な時期に、夜を明けさせてしまった」

「今日はとても気分がようございましたゆえ」

「人の命は儚《はかな》いものだな。みな逝ってしまう」

「真《まこと》に……」

「その方だけは、朕を置いていかないでくれ」

「それは……嫌でございますなあ」

ハハハと帝は力なく笑った。

「来てくれて良かった」

と言う帝の言葉を他意なく受け止めて頷く彰子に、

「朕は闇に呑みこまれる寸前であった」

聞き捨てならないことを口走る。

「どういうことでございますか」

「姫宮が隠れても、朝廷では朕と姫宮の姉兄だけが愁傷に暮れている。他の者は、殊に左府は、みなそなたの懐妊の祝いごとに浮かれ中だ。帝である朕はどうでも良いのか。誰の朝臣だ。憎しみの焔《ほむら》が宿ったわ」

あまりに恐ろしい告白を耳にして、彰子は咄嗟には言葉が出なかった。目が泳ぐ。

「そなたが来てくれねば、祝いごとの中心にいるそなたまでをも、憎んでいたやもしれぬ」

帝は座を立って北対へ戻っていった。

再び彰子が土御門第に戻ったのは、初秋の七月十六日である。

産み月は九月なのに、八月下旬ころから、彰子のお産のために人々が土御門第に集まり始めた。血縁関係のあるものたちから始まって、少しずつ僧侶や陰陽師、山伏などが出入りするようになってくる。貴族らは、簀子や渡殿を仮の寝床に泊まり込み、起きている者は管弦などし、楽器を上手く演奏できない者は読経をしたり今様《いまよう》を歌ったりして過ごしている。

道長が、

「いっそ、今月中に産まれぬものか」

と彰子の過ごす母屋の前で呟くのを聞き止めた女房が、

「こればかりは幾ら殿でも思い通りにはなりますまいよ」

チクリと言い返す。

日が経つごとに集まってくる人々は増え続け、彰子に暇をもらって里に完全に下がってしまっていたかつての女房達も、このときばかりは伺候したいと駆け付けてくる。

彰子は日々懐かしい顔ぶれに挨拶を受けながら、嬉しいと思う反面、十五夜の帝の呪いのような言葉が耳にこびり付いて、どこか物憂かった。帝は翌日にはいつもの優しい男に戻っていて、まるで夢でも見たような気分だった。いや、もしかしたら夢だったのかもしれない。ここに来てから、やたら現実味のある夢を繰り返し見るせいで、少しずつ夢と現《うつつ》の区別が難しくなってきている。

このときも、うとうととまどろみながら、木に何かを打ち付けるような幾つもの音に目を覚ます。

「何事です」

叫んだ彰子に、

「ご安心ください。僧侶が二十名ばかりも物の怪を払うために一斉に渡殿を渡っているのでございます」

紫式部がすぐに答えた。手には紅葉の枝が握られている。

「それは」

「庭の木々や水辺の草むらが、今はもう完全に色付いたと言うて、右少将様が取ってこられたものでございます。『姉上様へ、秋をどうぞ』ということでございますよ」

彰子の気持ちがほっと綻んだ。

「そう、あの子が……」

さっそく花器に差して飾ってもらった。だのに、次にまた寝て起きたら紅葉がない。

「紅葉はどこへ」

花と違ってしばらく持つと思っていただけに残念な気持ちで紫式部に問うと、

「紅葉でございますか。さっそくご用意いたしましょう」

と言う。

そこへ弟の頼通がやってきて、廂の中へするりと入ってきた。手に紅葉が握られている。彰子へと差し出し、

「姉上様、秋をどうぞ」

と言った。彰子はぞっとなった。

九月に入ると頼通から菊花が届いた。そうこうするうちに九日の夜は、昨日までと比べ物にならないくらい苦しくなった。我慢して座っていると、

「顔色が真っ青でございます。横になってください」

周囲の女房達が騒ぎ出す。この頃になると、女房も四十余人も侍り、北方の襖障子《ふすましょうじ》の前に、びっしりと隙間なく座っているのだ。

女房の騒ぎを聞きつけて、

「お産の兆しがおありなそうな」

簀子に控える男の声が響く。まだではないのか、と彰子は思ったが、初めてなので確証がない。

そのうち彰子を置き去りに大騒ぎになった。よりましに移された物の怪たちを几帳で囲み、大声で祈禱師《きとうし》がそれぞれの方法で読経する。加持に使う芥子《けし》の香りが湧きたった。

九日には陣痛が起こることもなく、十日を迎えた。この頃には、都とその周辺の全ての僧侶と陰陽師が呼ばれたのではないかと思える人数が、土御門第にひしめき合う。

朝が完全に明けきる前に、彰子は畳も調度も御帳もすべて白く整えた産屋に連れていかれた。

時々お腹が張り、痛みを感じることもあったが、まだ騒ぐほどのことではない。彰子は座ったり寝そべったりしながら、その都度の状態で楽な姿勢を探った。腹より先に腰が重く痛み始める。

昼になると生暖かい水のようなものが股から流れ出たが多くない。痛みも時々起こるが激しくなかった。帝が車いっぱいにお産経験のある女を押し込めて送り付けてきた。女房達が、

「意味がわかりません」

「すでに私たち女房で場はいっぱいで入る隙もございませんのに」

遠回しに迷惑だと言っている。彰子は苦笑してやり過ごした。まだこの頃はこうして会話もできたのだが……。

痛みの間隔が段々縮まりだしたのは、亥の刻辺りからである。御帳の中は、吊るした灯炉《とうろ》のともし火で、赤々としている。

この頃から経験のない痛みが襲い、何が何だかわからなくなった。一刻ほどは堪えたが、意識が混沌《こんとん》とし始める。時々正気に返る彰子の目に、天井からスーと真っ黒い染みが滲み出てくるのが見える。

(何……あれは物の怪……)

染みは意識が戻るたびに大きくなっていく。僧侶たちが染みを指さして何か叫んでいる。ならばあれは、自分だけに見えているわけではないのだ。ぞわっと背筋が凍った。

「皇后ではないのか」

遠のきかけた意識の中に、そんな声が聞こえてくる。

(皇后……定子様?)

周囲の者が皇后に違いないと騒ぎ始める。

「怨霊《おんりょう》だ」

「鎮めたまえ」

「よりましに移すのだ」

染みはまだ染みのままだが、自らの重みに耐え兼ねるように、端が捲れてぶら下がり始めた。どろどろとした粘度の高い何かが落ちてこようとしている。

そこで彰子は「おかしい」と気付いた。自分は御帳の中にいるのだから、産屋の天井は見えないはずだ。

(また夢を見ているのだろうか)

ハッと意識を取り戻したのと、染みがぽとりと落ちてきたのが同時だった。顔にかかるかと思ったが、それは御帳の明かり障子の屋根に落ち、どろどろと垂れ絹を伝い、流れていく。なぜ透けて見えるのかはわからない。夢だからだろうか。

そうだ、夢だと彰子は思った。このとき、御帳の中に誰かが入ってきた。帝である。

(どうして……)

ひっ、と控えていた赤染衛門が喉を引き攣らせた悲鳴を上げる。

「入内前からの女房を残して、みな南廂と東廂に出ておれ」

道長の声が御帳の外で響き渡る。がやがやと大勢の人が動く気配がする中、帝が彰子に駆け寄った。

「来てくだされたのですか」

そんなはずはない。お産は穢《けが》れの一種で、決して帝が触れていいものではない。だのに、目の前で主上が優しく微笑む。その作り笑いは、帝がもっとも嫌ったものではなかったか。

彰子はおかしいという思いを強くし、帝から少しでも離れるため、ずり上がった。

「気をしっかり持て。朕だ。中宮」

「主上」

帝はいつも通り優しく両頬に手を添え、少しずつその手を下へとずらしていく。やがて、帝の両手は彰子の首に巻き付いた。

えっ、と思ったときには、ぐっと強い力で首を絞められる。

(苦しい……)

彰子は帝の手を除けようとその手を摑んだが、ふいっと自分の手は通り抜けてしまう。摑めない。赤染衛門に助けを求めようと視線を送ると、気を失っているようだ。

あれほど煩《うるさ》かった外の音はもう何も聞こえない。

(苦しい)

首を絞めてくる帝の指の力はどんどん強まっていく。

このままでは殺される。彰子の目尻から涙が零れ、帝に降りかかった。刹那、帝の手が躊躇《ためら》いをみせる。

次の瞬間、御帳の帳《とばり》が跳ね上がった。道長が飛び込んでくる。あっ、と思ったときには、帝の体が消えていた。

「宮、宮。大姫よ」

道長は、彰子の体を抱き起こして掻き抱く。

「どうかお助けを」

天に顔を向けて叫んだ。

「父……上……」

彰子は呼んだつもりだが、声は出なかった。それどころか、道長からすれば、彰子は気を失って見えるらしい。

道長は掌を娘の唇に近付け、

「息がある」

裏返った涙声で呟き、はらはらと涙を落とした。

「感謝を」

誰にともなく謝意を述べ、彰子のぐったりした体をそっと横たわらせた。それからいつもの左府の顔に戻り、

「他言無用だ。今見たものを外に漏らすな」

怒鳴りながら御帳を出ていった。

彰子が覚えているのはここまでだ。

次に目を覚めると、彰子は別の場所に運ばれていた。

「北廂ですよ」

乳母が教えてくれる。御帳が物の怪によって穢れたためだと言う。周囲をぐるりと几帳で囲っている。床も見守る女房達の髪も上襲も裳《も》も、雪が降ったかのように白いものを被っている。彰子の視線に気付いて、

「祈禱に使われたお米でございますよ」

紫式部が答えた。

そこからまた陣痛が始まり、赤子が生まれたのは丑《うし》の刻だ。

「男君でございます」

誇らしげに叫ぶ乳母の声と、元気いっぱいの赤ん坊の泣き声を彰子は聞いた。

（男の子……）

ここからまた、帝と道長の大変な闘いが始まるのだ。いや、闘いになっていないのだから、一方的な蹂躙《じゅうりん》といった方がいいのだろうか――。

（私は最後まで、帝と敦康親王のお味方をして差し上げられるだろうか）

生まれたばかりの我が子を抱くと、これまで経験したことのない、甘くて泣きたくなるような切ない感情が込みあがった。

第六章　最後の闘い、そして最初の闘い

一

あのときの怨霊《おんりょう》はなんだったのだろう。出産前夜の出来事を思い出すと、彰子《あきこ》は今でも震えが走る。

そっと首を手でさする。

（主上の姿をしていた）

その直前には僧侶や陰陽師たちが定子《さだこ》の名を口走っていた。だが、彰子には、定子と思《おぼ》しき気配は何も感じなかった。直前のまがまがしい黒いどろどろしたものも、あれをもって定子の怨霊とする根拠がない。

（だとすれば父が言わせたのか。評判を貶《おとし》めるために？　死者すら冒瀆《ぼうとく》して？）

あるいは、彰子と腹の子を害する者は中関白家だと決めつけて「定子」の名を口にしたのか。

（敗者となったものは、生者によって怨霊にされ、こうしてとことん貶められていくのだ）

彰子は乳母《めのと》に抱きかかえられて心地よさげに眠る我が子に目を向ける。この愛しい我が子をそ

んな目にあわせたくないと強く思った。

（我が子がかほどに愛しいものだったなんて）

胸が打ち震えるほど可愛い。この子のためなら何でもできそうだった。

（そう、悪にでもなれそうな自分がいる）

彰子は今になって父道長《みちなが》がどれほど子らを愛しているのか、確信が持てた。自分ひとりだけのためなら、あれほど苛烈《かれつ》な男にならなかったはずだ。

（助けに来てくれた）

怨霊の気配を感じながらも、躊躇《ためら》いもせずに御帳《みちょう》の中へ入ってきた。だが、あれは本当に現実に起こったことなのだろうか。現実なら、怨霊はなぜ帝《みかど》の姿を擬していたのか。

いくら考えても何の答えも導き出せない。


彰子の産んだ皇子は、十月四日には諱《いみな》が敦成《あつひら》と定められた。来月の十七日には、彰子はこの皇子を連れて、主上の待つ一条院《いちじょういん》へ帰るつもりだ。その日が来るのが怖くて仕方がない。どんな顔で会えばいいのか。帝の姿をした怨霊が自分を殺しに来たのだと伝えるべきか。それとも不快にさせるだけのそんなことは言わない方が良いのか。

彰子が恐れるのは帝のことだけではない。今は敦康《あつやす》親王に会うのも怖かった。もし、前ほどの愛情を感じなければどうなるのだろう。道長に続いて彰子までが自分の敵になる可能性があるのだと感じれば、敦康の心が壊れてしまうのではないか。

思い悩む彰子に、

「いったい何がそれほどまでに中宮を悩ませておいでなのか。でもまあ、女人は子を生した直後は気が立つとも言いますからな」

道長がにこにこと話しかけ、敦成を抱き上げる。恐ろしい権力者の姿は鳴りを潜め、ただの好々爺《こうこうや》に見える。

「あのう、父上。一つお伺いしたいことがございます」

「うん。何でも言うてみてくださいよ」

道長は機嫌がいい。

「あの出産の前夜のことでございます」

瞬時に道長の顔色が変わった。

「たくさんの物の怪がよりましに移って、ひどい有様でしたな」

「父上は、御帳の中まで私を助けにきてくださいました」

もしあれが夢なら、「なんのことだ」と言うはずだ。

(夢だったらいい)

彰子は息を呑んで父の言葉を待った。

道長は赤子を乳母に返して彰子に向き直る。手で他の者は出ていくよう指示した。

「どなたかから聞いたのですかな。中宮は気を失われておられたはず」

「いいえ。ほんのりと覚えているのです。夢だったのかと思っておりましたが、現実だったのでございますね」

しまったというように、ほんの一瞬、道長の目が上を向いたので、あの夜のことは彰子には隠しておきたかったのだと知れた。ならば、いっそう真実を聞きたい。

「父上はあのとき、御帳の中の怨霊をご覧になりましたか」

「いや」

用意していたような素早さで、道長が否定する。嘘だなと彰子は思った。

「私は見ました。今上の姿をしていました」

道長は唸《うな》るような声を上げる。

「主上が私を殺そうとしたのです」

口に出すと、胸が痛くなった。帝の姿を借りた怨霊が殺そうとしてきたのに、まるで本当に帝に殺されかけたような錯覚を彰子は覚えた。

道長は溜息《ためいき》をつく。

「何をおっしゃるかと思えば……。今日はその主上が十六日にこの土御門第に行幸なさるのだと、お知らせにきたのですよ」

彰子はびっくりして目を見開いた。

「主上がここへ来られるのですか」

「お二人が戻ってくるのが待てぬと仰せられてな。皇子のご誕生をたいそうお喜び遊ばされ、一刻も早く会いたいそうな」

「まあ」

「そのときに祝いの宴を催し、親王の宣旨《せんじ》も下される。こんな栄誉があろうか」

「親王宣旨を、さように大々的に行うのでございますか」

「すべては、主上の側からのご提案でございますぞ。十六日は歴史に残る行幸となりましょう」

彰子は、心の中に杭《くい》として打ち込まれた氷のようなわだかまりが溶ける心地がした。異例の行幸をしてまで、祝ってくれようとしている。あのとき絞められた首を、そっとさする。帝の形をした怨霊だとわかっていても、もしかしたら本当に帝の生霊だったのではないかと、そんな疑いがふと過《よぎ》ることがあった。

(疑うなんて恥ずかしい。こんなに喜んでいただいているのに)

すぐに色々と考えては思い詰めてしまうのは、自分の悪い癖だと彰子は思った。


十月十六日。一条帝が土御門第に行幸した。

この日のために道長は、庭に種々の菊花を植えた。珍しい色のものをたくさん揃え、ありきたりの黄色いものも、形なり大きさなり色の鮮やかさなり、どこか尋常ではないものを見つけてきて移植した。池にも美しく見事な水鳥を放ち、この日のために急ぎ造らせた龍頭鷁首《りゅうとうげきす》の船二隻《せき》を浮かべる。その時が来るまで、池の中に半島状に盛られた南山と呼ばれる築山の陰に隠す。

女たちは彰子の御座所がある東の対、客人の上達部《かんだちめ》たちは西の対に集う。

帝は辰《たつ》の刻にやってきた。御入《おいり》の合図の鼓《つづみ》が鳴り響き、番《つがい》の楽船二隻が初冬の水面に滑り出す。天上に響く楽の音に包まれ、帝の輿《こし》が悠然と土御門第の広大な庭園を進み、まずは彰子のいる東の対の階を上った。簀子《すのこ》に筵道《えんどう》が敷かれ、帝が降り立つ。彰子のいる南廂《みなみびさし》の御帳台の隣に立てた倚子《いし》に座した。御帳の帳《とばり》は巻き上げてある。目が合うと互いに、にこりと笑った。

帝は、帝付き女房に持たせていた薄紫の冊子を受け取り、彰子に差し出す。

「これは」

いつかの史記と漢詩が書いてあった冊子だ。彰子はあのとき読めずに泣いた。今は紫式部《むらさきしきぶ》に漢文を習っているとはいえ、史記が読めるかといえばとんでもない。ただ、帝の漢詩はぼんやりとなら意味が摑《つか》めるかもしれない。

「祝いの品だ」

「いただいても宜しいのですか」

「うむ。ちゃんとした品は他に用意してあるが、何か感謝の気持ちを込めて手ずから渡したくてね」

「嬉しゅうございます」

彰子は心から嬉しかった。他の品などなくても、これだけで十分、心に沁《し》みる。大切に胸に抱いた。

道長が敦成皇子を抱いて帝のもとへ伺候《しこう》する。帝の手へと赤子を渡した。その瞬間、敦成皇子が、あーと声を上げて泣いたが、帝があやすとすぐに泣き止む。

「これが朕《ちん》とそなたの子か」

感慨無量と言いたげに、帝が目を細めた。赤子の頬に自分の頬を押し当て、

「似ておるか」

少しおどけた調子で控えている女房たちに尋ねる。

「たいそう似ておいでてございます」

「特に目元が」

などそれぞれが感想を述べる。しばらくの間、帝は子を眺めたりあやしたりして過ごした。外では楽船から間断なく舞曲が奏でられ、もう一艘《そう》の船では舞姫が舞いを舞っている。主だった上達部らはみな参上しているらしく、楽し気な歓談の声がここまで聞こえてくる。

日が落ちかかるころ帝がこの場を去り、しばらくして寝殿の簾中《れんちゅう》に入った。思い思いに過ごした諸卿らは、帝の動きを合図に、西の対の各々所定の位置に戻っていく。道長も西の対に着く。

楽船が退出の合図の長慶子《ちょうげし》を奏で、ふたたび夕暮れの築山の陰へと消えていった。

次の瞬間、月華の下、一斉に庭の灯りが灯る。昼のように明るくなった会場に、おおっとどよめきが起こる。道長の力を見せつける光の渦だ。

眩《まぶし》さにみなが度肝を抜かれる中、敦成皇子の親王宣旨が下された。

「おめでとうございます」

「おめでとうございます」

たちまち祝いの言葉で満ちる。それぞれの階の下で楽所の者たちによる管弦が始まり、酒宴となった。

深夜まで楽しみ、帝は内裏へと戻っていった。長時間の滞在だったにもかかわらず、彰子はほとんど帝と話すことができなかった。

盛大な宴で、帝の尊さ、主催した道長の権勢、祝われる中宮と若宮の栄華を誇っていたが、彰子はそんなものより夫婦二人と息子の三人の団欒《だんらん》の方がずっと嬉しかった。

このあとも敦成親王関連の儀式は続き、彰子はずいぶんと気疲れした。

やっと自分の時間が持てたので、薄紫の冊子の最後の頁を開く。帝の作った漢詩を目で追ったが、やはりあまり意味がわからなかった。彰子はわからない部分を別の紙に書き出し、紫式部に訊ねる。全部を見せて簡単に意味を知るようなことはしたくなかった。自分でできる部分はなるべく自身で読み取りたい。

何日もかけて、かつて帝がどのような君主になりたかったのかを読み取った。

帝の、瑞々《みずみず》しい希望、太平の世への峻烈《しゅんれつ》な願い、思うに任せぬ苛立《いらだ》ち、夢破れた今の姿が、彰子の胸に大きな石のようにずしりと沈んだ。己の一族の基盤づくりにばかり力を注がず、道長が治世の方にもっと力を貸していれば、帝の思い描く世へこの国を導くのは、不可能ではなかったはずだ。帝が決して新造の内裏に戻ろうとしないやるせなさが、前よりもっと彰子には理解できた。

(これは本当に祝いの品なのだろうか)

彰子にはそうは思えなかった。敦成親王を得て、さらに強大になっていく道長を掌握できない己を恥じ、彰子には、「その子を得てそなたは今後どう動くのだ」と突き付けているように感じられた。

十一月十七日、彰子は敦成を連れて予定通り一条院に還御した。

すぐに敦康親王がお祝いに駆け付けてくれる。半分だけ血の繋がった弟を、嬉しそうに覗《のぞ》き込んだ。

「赤さんは可愛いですね」

弟と彰子を交互に見ながら、頰を紅潮させる。そんな敦康が、彰子の目には可愛らしく映る。

彰子はほっとした。愛情は少しも枯れていない。

だが――。

「私の弟ですね」

微笑した敦康に、彰子の胸がぎゅっと摑まれたように痛んだ。

（この笑顔）

昔の自分と同じ種類のものではないか。敦康は何もかも知っている。自分の立場も、敦成親王が生まれてきた意味も、優しかった「お爺様」の心変わりも――おそらく自分が利用された駒に過ぎないことさえ。

彰子は敦康のところまで膝行《しっこう》し、まるでそうしないと敦康が消えてしまうかのように急いで抱きしめた。

「義母上、まろはもうそんな歳ではございません」

「親王は幾つにおなり遊ばしましたか」

もちろん知っているが、そう問わずにいられなかった。

「十歳でございますよ。もう一月ちょっとで十一になります。それは、父上が妻を娶《めと》った年齢です。……義母上はお小さいから、後三年もすれば、まろの方が大きくなりますよ」

「そんな」

敦康は、彰子の体をそっと自分から離した。

「姉上がおっしゃいました。いつまでも子供であってはならないと。今後はことに義母上のお手を煩《わずら》わせてはならないと。今日はそれを伝えてきなさいと言われたのです」

脩子内親王はもっと事情がわかっている。きっと今後の弟の身の安全が心配でならないのだろう。道長にとって、ただの邪魔者となってしまったのだから。道長にとって役目のすんだ弟が、いつまでたっても中宮の周りをうろつくのは、よくないことを引き起こすと考えたのだろう。それが杞憂《きゆう》でないのが、彰子には辛いところだ。だからといって、はいそうですかと言えようか。

血が繋がっていずとも、ずっと養母として育ててきたのだ。色々な姿を見守り続け、たくさんの思い出を一緒に作ってきた。どんなときに拗《す》ねて、どんなときに笑って、どんなときに泣くのか、他の人より自分が一番知っている自信がある。それはもう我が子と言えるのではないか……。

そこまで考えて自分の傲慢《ごうまん》さにハッとなる。

子を孕《はら》むということを考えるとき、ずっと気に病んでいたことはなんだったか。我が子が生まれたら敦康を今まで通り愛せるだろうか、我が子を差し置いて敦康を帝位つけさせることができるだろうか……そんなことではなかったか。つまり自分はずっと敦康を「我が子」とは思っていなかったのだ。

それにさっきの微笑。心を隠すために使う仮面としての微笑を浮かべさせ、それを見て衝撃を受けておきながら、自分が一番敦康を知っているなどおこがましい。

(今日まで、あんな表情をするようになっていたなんて、知らなかったくせに)

それでも彰子は、敦康を引き留めようとした。

「何をおっしゃっているの。子は親を煩わせるものですよ。煩わされるのが親の喜びなのですから」

敦康はまた先刻と同じ微笑で、曖昧《あいまい》に笑った。反応が昔の彰子と同じであった。父道長に困ったことを言われたとき、彰子はいつも曖昧に笑った。逆らったりはしないが、頷《うなず》きもせずにぼんやり笑う。

彰子から力が抜けた。敦康は、「では」というように頭を下げて、彰子の元を去っていった。

その数日後にやっと帝と二人きりの時間が持てた。このとき彰子は、帝にとある冊子を贈った。後の世にいう『源氏物語』だ。今まで『源氏物語』は各帖ごとに愛好家の間で書き写されて出回っていた。こうして、冊子にこれまでに綴《つづ》られたものを作者の意図のまままとめたものは存在しなかった。それを、このたび紫式部に命じてまとめさせたのだ。紫式部はここで初めて冊子の表に、『源氏の物語』と題を書き入れた。

その貴重な冊子を、先日の漢詩の御礼に彰子は帝に贈った。

こちらには何の含みもない。ただ楽しんで欲しいという純粋な気持ちだ。含みのあるものに含みを込めて返すなど、彰子には思いもよらなかった。

帝は嬉し気に目を細めて彰子からの贈り物を受け取った。

「ああ、これはすごいね。百の玉《ぎょく》より価値がある。そなたの好きな『葵上《あおいのうえ》』から読もう」

帝は中を開いて、その箇所を探す。見つけてさっと目を通すと、

「そういえば、出産のおりに怨霊が出たそうだね。まるでこの『源氏の物語』の中の六条の御息《みやす》所《どころ》のようだ」

生霊となって出産する葵上を苦しめ、最後はとり殺した登場人物の名を口にして、さらりと彰子の出産時に現れた怨霊の話をした。

「朕の格好をしていたと聞いたが」

誰かが報告していたのだ。道長だろう。きっと、道長が自らそのときのことを伝えながら、帝の反応を読み取ろうとしたのだ。呼吸や目の動き、指先や肩の揺れまで、捕食者の目で観察したに違いない。

「夢うつつでよくは覚えていないのです」

「何者かが、朕とそなたとの仲を引き裂こうとしているようだ」

と帝は彰子を引き寄せた。二人はそのまま夜の帳に身を沈めた。

二

また呪詛《じゅそ》問題が勃発した。

寛弘《かんこう》六（一〇〇九）年春。新年の叙位で、帝は伊周《これちか》を正二位に叙した。敦康の後見の地位を高くして、誰にも侮られぬようにしようと試みたのだ。

早速……というべきか。同じ月の下旬には、彰子と敦成親王、そして道長を呪詛した厭符《えんぷ》が発見された。伊周のために源為文《ためふみ》、源方理《のりまさ》、高階光子《たかしなのみつこ》、円能《えんのう》らが呪詛したのだという。高階光子は、定子の乳母の式部命婦《しきぶのみょうぶ》のことだ。

いったい、どれだけ愚かなら、かつて呪詛が原因で大宰府《だざいふ》まで流された者の周囲が、ふたたび呪詛を行うというのだろうか。長徳《ちょうとく》の変のとき、呪詛を行って少しでも伊周側に得なことがあったのなら、味をしめたということもあるだろう。しかし、中関白家の没落を招き、定子の出家に繋がり、それゆえに尼の子として敦康親王が誹《そし》りを受けるなど、さんざんな目にあっている。

しかも伊周は正二位に叙されたばかり。そんな危険な橋をわざわざ渡るのは不自然だ。まだ後継者問題が表立ったわけではない。急いで呪詛を行うより、せっかく叙された高い位階を盤石にし、敦康親王を後見する方が得策だ。

だからこれは、仕掛けられた冤罪《えんざい》だと彰子は考える。またしても道長に、中関白の一族は、数年前とまったく同じ手口でやられたのだ。

この呪詛の件は、実行した僧の円能が命じられて禄《ろく》も貰ったと証言した。この禄が大きな証となった。円能の弟子が、確かに禄を貰って円能の童子が抱えて帰る姿を見たと証言した。だが、こうも都合よく第三者が目にしていることがそもそも怪しい。わざと見せた可能性もあるではないか。

また、光子の家で働く者がこの件について事情を知っていると証言したが、これも前々から人を送り込んで口裏を合わせればよい話だ。

道長は以前から伊周が自分の命を狙《ねら》っているという噂を都中に流していた。ずっと前から、いざというときがきたら、長徳の変を再び――と考えていたのだろうから、長い時間をかけて仕込んでおいたとして、何の不思議もない。伊周は一度罪人に落ちたのだから、使用人の来てがなかなかいなくて困っていたはずだ。人を潜入させるのは簡単だったろう。

実行犯は絞刑の判決に対して罪一等を減じる、という厳しい処分が下った。ただし、実際には早い段階で次々と許されていく。異常事態であったが、誰も表立って口にするものはいなかった。

この事件では、指図をしたわけでも実行したわけでもないのに、伊周も罰せられた。呪詛が伊周のために行われたと円能が証言したからだ。世間を騒がせた事件のおおもとであるという理不尽な理由で、伊周の朝参は止められた。

帝が数年がかりで少しずつ中関白家を復権させてきたが、これまでの努力はすべて水泡に帰した。帝の虚しさはどれほどのものだったか。道長には歯が立たないと思い知らされたであろう。

「実はな」

と呪詛事件について帝が彰子に一度だけ語ってくれたことがある。この事件には『枕草子』が絡んでいるという。帝は数年前から式部命婦を通じて、『枕草子』の写しを世に広めるよう裏で依頼していたのだという。

「なぜ、そんなことを」

言ってはみたものの、理由がわからない彰子ではない。定子を中心とした中関白家の復権の一助にしようと計らったのだ。

近頃、やけに読まれていると不思議に思っていたところだから、合点がいった。

（そういうことだったのか）

『枕草子』を読めば、たいていの人は定子が好きになる。伊周もどこの貴公子だと目を瞠《みは》りたくなる優雅さだ。実際に定子の後宮に出入りしていた上達部らにとって、華やかで機知に飛んだ女房達と過ごした日々は、忘れ難い青春そのものだったらしい。そうなのだと、彰子は耳にしたことがある。

今の彰子の後宮が地味で諧謔《かいぎゃく》もなく、気が利かないがゆえに近寄りがたいだけに、『枕草子』を読むと、定子と一流の女房たちとの思い出が、珠玉のようによみがえるのだとか。

とにかく『枕草子』が出回れば出回るほど、彰子とその女房達が貶められ、定子の評判は上がっていく。しかも『枕草子』は未完だという。今も、清少納言はどこかに隠れ、続きを書き続けては、式部命婦に届けているのだ。

それを道長は阻止《そし》しようとした。呪詛事件には、幾重にもはかりごとが隠され、絡み合っている。

「だから、式部命婦は此度の呪詛の主要人物とされたのであろうな」

と帝は言った。つまり、お前の父が仕組んだことだと言っているわけだ。彰子がさほど驚かないことを知った帝は、興が覚めたような面持ちで、

「なんだ、知っていたのか」

肩をすくめた。

「知っていたわけではございませんが……」

「左府は紫式部に『枕草子』と同じようなものを作らせるであろうな」

そうかもしれないと彰子は思った。実際、道長はこの後、彰子の姿をこの世に打ちとどめておくための随筆を、紫式部に執筆させた。それが『紫式部日記』である。

帝は、道長との政争に敗れて以来、立てなくなる日があるなど、病勝ちになった。近頃、譲位の噂がじわじわと流れ始めている。この流れで譲位すれば、敦康親王の立太子は絶望的だ。

「朕は譲位を望んでおらぬ」

帝は公言したが、道長には一条帝に譲位して欲しい理由があった。彰子の妹で内侍として出仕

していた妍子《きよこ》が、来年の春に東宮のもとにキサキとして入内することが決まったからだ。妍子を后の地位に就けるためには、東宮が帝にならねばならない。

道長の計略では、一条帝を譲位させ、東宮を即位させる。その際、新帝の中宮は妍子が務める。新たな東宮に、彰子の産んだ敦成親王を就け、彰子は国母となり皇太后となる。

道長の目からみれば、敦康親王が用済みなだけでなく、一条帝も用済みなのである。彰子は憤りを覚えたが、どうしようもない。こういうときに、彰子には独自の威光などなかったし、発言力もない。

帝は絶望の淵にいて、よく倒れるようになった。もちろん、道長から用無しの目で見られるようになったことも自覚している。

「道長め。どれだけ朕を愚弄《ぐろう》すれば気が済むのだ。そなたのせいではないとわかっていても、顔を見ると朕は堪えがたい思いにかられる」

帝は、徐々に彰子を遠ざけようとする素振りを見せるようになっていた。

そのくせ、ひどく優しい日もある。

「そなたのせいではない。そなたは何も悪くない」

そう繰り返し、彰子を抱き寄せる。うそ寒い思いで抱かれながらも、彰子には拒むことなどできない。帝の心が切なく流れ込んでくるからだ。彰子は壊れていく夫を眼前に、なんとか救い出す手立てはないものかと足掻《あが》いた。そういう中で、再び懐妊したのだ。

祝事に寄せて、帝は素早く伊周の朝参を許す宣旨を下した。打ちひしがれていたが、まだ敦康親王を儲宮《もうけのみや》となすことを諦《あきら》めていないのだ。伊周復帰はその意思の表れである。

そんなことをすれば、道長が黙っていない。彰子が出産のために敦成親王を連れて里第に遷御したあと、それは起こった。

「朕がいればそこが燃える」

と言った帝の予想通りに、一条院が焼亡したのだ。もし、新造の内裏に還っていたら、内裏は一条帝の御代だけで四度目の火事に見舞われていたことになる。

伊周が許された後、妍子の入内前。これ以上ない時宜《じぎ》の火事である。

ぎりぎり踏みとどまっていた帝の精神が、今はどういった状態になっているのか、彰子には気がかりだったが、出産を控えた己に何ができたろう。

帝はかつての定子のように行く当てがなく、道長所有の枇杷《びわ》第に入った。このためここが今内裏となり、枇杷院となった。この一連の出来事は、結局は帝も道長の掌の上という印象を世間に植え付けた。火事で伊周邸に避難していた脩子内親王と敦康親王の身柄も枇杷院に移され、三人は道長の館に無力に身を寄せ合っている。どれほどの惨めさだろう。

ここでまた、一条帝が譲位を決意したという噂が立った。じりじりと道長が追い詰めていく。朝廷は、表面上は凪《な》いだ湖の水面であったが、水面下では濁流が渦巻いている。帝が道長の意向に逆らうごとに不幸なことが起こる。従わない限り、それが続く。彰子は早く帝の許へ帰りたかった。

十一月二十五日に、彰子は二人目の男児を出産した。生まれたばかりの皇子は、敦良《あつなが》と名付けられ、十二月下旬には枇杷院へと入った。いつになったら帝に会えるのだろうかと心配していたが、その日のうちにさっそくお渡りがある。彰子に扈従《こじゅう》してきた公卿らへのもてなしの宴が、いつしか皇子誕生を祝う宴にすり替わる。土御門第でもさんざん祝いの宴を張ったのに、まだ足りないのかと彰子は呆《あき》れる思いだ。

途中で帝は彰子のいる御簾《みす》の中に入ってきた。少し痩せてはいたが、これといってやつれた感じはない。迎え入れた彰子は、ほっと息を吐いた。そんな彰子に帝もフッと肩の力を抜いた。

「そなたは今も朕を心配してくれるのだな」

「当たり前でございます」

「当たり前……か」

帝は肩を震わせて皮肉な笑い声を漏らした。

翌年、また帝を打ちのめす出来事があった。藤原伊周が病のため死んだのだ。父と同じ飲水《いんすい》（糖尿）病である。寛弘七（一〇一〇）年一月二十八日のことだ。定子が亡くなっておおよそ十年の月日が流れていた。

どれほど落ちぶれようと、自分が在位している以上、時間をかければまた少しずつ位階を戻してやれる――そう一条帝が考えていたのは明白で、この十年間、伊周は苦労の連続だったかもしれないが、帝はもっと大変だった。ずっと水面下で道長ほどの男と駆け引きを続けてきたのだ。

これもみな定子の産んだ敦康親王を末は帝に……と願い続けてきたからだ。真の後見役として、最終的には共に道長と対峙《たいじ》してくれる日を期待していた。それが死んでしまった。

「まだ三十七歳だというのに」

二人きりの夜に、帝が絞り出すような声で無念がる。帝はこれまでの経験から、彰子と二人きりで交わした会話が外に漏れぬことを知っている。二人は際どい話も以前にくらべてするようになっていた。彰子が十一年間かけて得た、帝からの評価である。

「そなたが伊周だったら、道長と闘えたかもしれぬな」

道長の娘に向かって、そんなことまで言う。

「伊周は漢籍以外すべて駄目な男だった。あの男を味方にするしかなかった朕の十年の苦労を思いやってくれ」

彰子は相変わらず無口なままだったので、この時も黙って聞いている。

「その点、そなたは道長によく似ている」

「私は、あんなにひどい人間ではありません」

あまりに聞き捨てならなかったので、彰子は反論した。帝はさも可笑しそうに笑った。

「ひどい人間だなどと、父君に対してそんなひどいことを言う中宮は、やはりひどい人だろう」

「そんな……」

「朕は道長が憎いが、別に嫌いではない」

「わかりません。憎いのに、お嫌いではないのですか」

「直接色々と奪われてきたから憎いが、そうでなければああいう性質の男が、嫌いではないということだ。実に己の欲望に素直な男ではないか」

仰向けに寝転がる。

「……朕は、伊周を失ってなお敦康が諦められない。まだ、譲位はせぬ」

それは、満身創痍《そうい》になったこれからも、ほとんど勝負にならなかったとしても、道長を相手に闘うということだ。

（このお方は……）

表向き半ば傀儡《かいらい》のような顔をして、これほどまでに裏で抗い、幾つもの堪えがたい場面に遭遇し、他の者ならとっくに心が折れているはずが、決して諦めない。

帝が寝転んだまま手を握ってきた。急のことに彰子は驚いた。目と目が合う。

「あのとき……」

と言って、帝は最後まで口にするのを躊躇った。

「あのときとは」

「そなたが敦成を産んだときのことだが……」

彰子は首を傾《かし》げる。

「そなたの首を」

「首」

どくりと彰子の心の臓が鳴った。怨霊に首を絞められたときの嫌な感触が甦《よみがえ》る。帝の目が冷たく笑う。彰子は帝から目を離したかったが、縫い付けられたように動けない。

「絞めてしまえば良かったな。さすればこんな問題は起きなかった」

彰子は咄嗟《とっさ》に握っている帝の手を振り払った。

「あのときの怨霊は主上だったのでございますか」

声は途切れ途切れとなり、語尾は掠《かす》れた。首に指が絡むおぞましい感触が強くなる。

「六条の御息所だな」

「なぜ……。主上は今、私と敦成親王を殺せば良かったとおっしゃったのですか」

「言うた」

「私との子を、望んでくだされたのではないのですか」

「確かに望んだ」

「敦成が愛おしくはないのですか。主上にとって『我が子』は、亡き皇后様とのお子だけなのですか」

「それは違う。敦成も敦良も可愛い。そなたも今なお愛おしい。生きていてくれて良かったと思う気持ちも本物だ。それでも出し抜けに頭を過る。殺しておけば良かったと。人の心はままならぬものよ」

紫がかった高貴な至極色《しごくいろ》の瞳が、今は奈落に繋がっているかと疑うほどの底なしの暗闇色だ。衝撃を受けた彰子に心の余裕はなかったが、それでも帝の声無き悲鳴を聞いた気がして、焦慮に駆られた。

──このお方は、再び助けを求めているのではないか。

「これ以上、朕に何ができると絶望の淵に立つほどに、魔が差すのだ。そなたと二人の子を殺せと、声が聞こえる。無間地獄の如《ごと》き生き地獄だな」

帝が淋しげに言う。

「それでも、もう打つ手がないと絶望しても、敦康親王の冊立《さくりつ》に向けて、譲位をなさらずに動かれるのでございましょう」

「そうだ。朕は退かぬ」

「何か私にできることはございますか」

帝は驚いた顔で、上半身を起こした。

「そなたはお人よしだな。朕が怖くないのか」

「とても怖うございます」

帝が呆れた笑いを漏らす。

「気持ちだけ貰っておこう」

「でも、力になりたいのです」

「残念ながらそなたは無力だ。女人が力を持つには、後見人の威光に浴するか、皮肉なことに国母になるしかない。すべては敦康冊立のためゆえ、それ以前にそなたが力を持つ見込みはないのだ」

彰子に辛い現実を、帝は淡々と突き付けた。

この年、七月十七日に敦康親王の元服式が執り行われた。加冠の役を「お爺様」である道長が、理髪の役を蔵人頭源道方《みちかた》が務めた。敦康の御衣《おんぞ》が少し乱れていたので、道長がさりげなく直してやる。これが、道長が敦康に見せた最後の優しさだった。

道長に加冠を頼んだのは彰子である。帝は本当なら伊周にやって欲しかったのだろう。だから元服にあわせて伊周の位階を上げてきたのだ。そして息子の晴れ舞台と中関白家の復活を、定子に見せてやりたかったに違いない。それがわかっているから、道長は露骨に嫌がった。

「一瞬たりと可愛いとお思いになったことはないのですか」

渋る道長に彰子は言い募った。

「ありませぬな」

予想通りの言葉だが、いざ聞くと呆れる。九年間も「我が孫の如し」と口にしながら育てておいて、この言い草だ。

今回は、道長がどう思おうと、彰子も簡単に引く気はない。

「それでもかまいません。加冠の儀は、可愛いと思ってやるものではありませんから。では、お願いいたしますね」

「なんですと」

「当日になって具合が悪くなるなど、中宮の顔をつぶすような真似はなさらないと信じております」

道長の眉間《みけん》に皺《しわ》が寄る。

「今日はまた、ずいぶんと強引ですな」

「少しは父上のやり方を見習おうと思ったのです。政《まつりごと》について色々教えていただいたのに、まだ何一つ実践できずにいるものですから」

「ふうむ」

「まずは父上をお相手にやってみようかと。失敗しても、父上がお相手なら挽回できますでしょう？」

さっきまで不快気だった道長が、たちまち相好《そうごう》を崩す。

「よい心がけですな。されど、先刻のやり方はあまり宜しくないでしょう」

「なぜですか。教えてください」

「ああいう言い方をされれば従わざるをえませんが、従う方の心にしこりが残ります。わたしには権力がありますからそういうやり方も時に効果がありますが、中宮様には地位しかございません。悪手でございます」

「肝に銘じます」

「されどそういうお気持ちになられたのは喜ばしいことですぞ。もうすぐ中宮様は国母になられるのですからな。これからはやっていかねばなりますまい。次に期待いたしますよ」

「はい」

「此度《こたび》の加冠の件は、お引き受けいたしましょう」

こうして道長は加冠の役を請け合った。

彰子は実は、「少し不快にさせたあと、大きく喜ばせて懐柔する」という手を使ったのだった。初めて実践したが、道長から学んだやり方だ。帝の力になれる中宮を目指し、今後は少しずつでも変わっていきたい。「そなたは無力だ」と言われたあの日に、「私はもっと変わって力を付けてみせる」と決意したのだ。

加冠の儀のあと、大人の装束を着し、みずらを解いて冠を被った敦康親王が、彰子の元に挨拶《あいさつ》にきた。

まだ十二歳だが、

「義母上《ははうえ》、大人になりました」

とはにかんだ笑みを浮かべた。

この笑みは先日と違って本物の笑みだ。彰子も義理とはいえ立派に育った息子の姿が嬉しくて、眩しく感じる。

「これを。お父上もかつて、父帝（円融帝）から元服のお祝いに龍笛《りゅうてき》をいただいたそうですよ」

と言葉を添えて、彰子は野剣《やけん》と龍笛を敦康に贈った。

「大切にいたします」

敦康は恭《うやうや》しくいただく。

「これからも変わらず見守って参りますね」

彰子は「変わらず」という部分に力を込めた。敦康は頷く。それから、

「後二年でございます」

と話しかけてきた。

「何が二年なのでございますか」

「義母上がわたしの母になってくれた御年までです。今が十二ですから、あと二年で届くのです」

「まあ、本当に」

「いかにそれが稀有《けう》で有難いことだったか、わたしもわかる年齢になりました。これからは孝行をさせてください」

「楽しみにしていますよ」

この日は、彰子にとっても嬉しい一日となった。

しばらくは道長から帝側へ何も仕掛けてこなかった。帝が相変わらず新造内裏に戻らず、焼けた一条第跡にもう一度、一条院を建て直そうとしていたからだ。彰子は、「もう本来の内裏には戻らない」との帝の決意を聞いていたが、道長は知らない。だから、帝は新たな里内裏を築いているのではなく、譲位したあとの隠居のための院を建てているのだと勘違いした。

内裏は新たに帝となった居貞親王《おきさだ》が使うゆえ、一条帝には院が必要なのだと解釈したわけだ。だから、譲位は一条院が建てられた直後だと思い、それまで待つのに何の不都合があろうかと、上機嫌だった。

ところが、一条院が再建され、一条院と中宮、そして子供たちが遷御しても、一向に譲位の話が出てこない。道長の勘違いだったのだから当たり前だ。一条帝にしてみれば、「何の話だ」ということになるだろう。

未だ帝が譲位する気がないのだと道長が気付いたころ、敦康の曹司《ぞうし》で怪異が起こった。天井の上に、無数の瓦礫《がれき》を投げつけるような音が鳴り響いたのだ。

寛弘八（一〇一一）年五月七日、子《ね》の刻のことだ。占った結果、凶と出た。「国家に慎みあり」というのだ。期日は、五月七日から三十日以内、あるいは六月、十月の丙《ひのえ》・丁《ちょう》の日と出た。

占いの通り、五月二十三日の丙申《へいしん》の日に、一条帝が彰子のもとにお渡りの最中、前触れなく倒れた。

帝は一時、正気を失くしていたようだが、三日後には落ち着き、周囲の者はみなほっとした。彰子もそうだが、帝付きの者たちは、一条帝の病に慣れているところがあった。元々病弱でこれまでもよく倒れては持ち直すことを繰り返し、今日までできた。生死の狭間を彷徨《さまよ》ったことも一度や二度ではない。今度もいつものように、どれほど重症に陥っても、最後は快復すると思っていた。

ところが、二十六日に俄《にわ》かに容態が悪化した。見舞いのため彰子は清涼殿に駆け付けたが、意識がない。いつでも帝の傍についていられるよう、彰子は清涼殿の東廂《ひがしびさし》に設けた上の御局に入った。

事態が急変したのは翌、二十七日である。彰子の元に重大な知らせがもたらされた。

——一条帝、譲位。次期東宮は彰子の産んだ二宮、敦成親王となす。

すでに決定したという。彰子から血の気が引いた。

(急すぎる)

あれほど譲位はしないと言い張っていた帝だ。儲宮《もうけのみや》を敦康親王にするために、表向きはずっと協力関係を保ちながらも、水面下では道長と対立し続けた。それが倒れてわずか五日後に、これほど鮮やかに正反対の結論が導き出されるのはどうしたことか。

そして、自分はどうだと彰子は自嘲《じちょう》する。いざというときに少しでも手助けができればと、この一年は自分を変えようとがんばってきた。ところが、蓋《ふた》を開けてみれば、役に立つどころか、経緯を知らされもしなかったのだ。完全に爪はじき状態で、すべてのことは運んだ。

帝が、「そなたは無力だ」と言った意味を、嫌と言うほど思い知らされた。今日ほど自分が許せなかったことはない。情けなく、涙が滲む。帝はずっとこのやるせなさを抱えて生きてきたのだ。理解できるはずのないことを、したり顔で理解しようと努める妻が、さぞ疎ましかったことだろう。それでも、幾ら嫌気がさしても、何度でもまた慈しんで大切に扱おうとしてくれていたのだと、今ならわかる。

彰子は詳しい事情もわからぬまま、今は意識を取り戻しているという帝を見舞った。この時はしっかりした様子で、

「宮と少しの間、ふたりで話がしたい」

とそのほかの人を遠ざけ、二人で話す機会を設けてくれた。

「横になってくださいまし」

楽な姿勢をとるよう頼んだが、

「いや、大丈夫だ。調子が良い」

一見、病に伏した人とはわからない様子で夜御殿の御帳台に座している。

「面目ないな」

いつもの調子で帝は皮肉な笑みを浮かべた。

「いったい、何があったのでございますか。本当に、儲宮を敦成親王になさったのでございますか。敦康親王はいかがするのです」

「怒っておるな」

「当たり前でございます。今までなんのためにご苦労めされたのか」

「良いではないか。そなたの産んだ子が、東宮になるのだぞ」

「だから……なぜ」

「朕は左府に負けたのだ。朝廷は力の強い者が真の王者で、物事を決め進める権利があるということだ。朕は七歳から二十五年も帝をしておる。誰より知ってはいたが、逆らった。あの男、朝

議で勝手に朕の譲位を決めてしまいおった」

まさか、と彰子は動揺した。幾ら朝廷を掌握しているとはいえ、そんな暴挙が許されていいものだろうか。父への怒りで唇がわなわなと震える。

「あの男が朕に何をしたか、そなたはようく知っておくがよい」

帝が恐ろしいことを口にする。これ以上、まだ何かやったのか、と彰子の心臓が早鳴る。

帝が夜御殿の東隣にある二間と呼ばれる部屋に視線をやった。加持などを行う僧侶らが控える部屋で、夜御殿と二間の間は開け放たれて几帳などで視線を遮っていることが多い。今もそうだ。

「一昨日、朕が病悩で伏しておると、左府が二間にやってきた。そこで、控えておった慶円《けいえん》に占文を見せ、大声で泣き喚いたのだ」

「主上が寝ている横の間で、泣き喚いたのでございますか」

異常な行いだ。

「聞こえるようにな、大仰に泣きよった」

「なんのためにそんなことを」

「わざと朕に訊かせるためだ。……此度の病はこのまま重くなっていき、崩御するというのが、占いの結果だったそうな」

「な……」

彰子は生まれてこの方、自分がここまで怒ったことがあったろうかと思えるほど、怒りに打ち震えた。

「許せない」

無意識に声が漏れる。

「呪いの言葉よのう。朕はその後、本当に病状が悪化して、混濁した状態が続いたのはそなたも知っての通りだ。今はこうして快復しておるが、いずれまた倒れよう」

「そんな。お気を確かになさいませ。本当の占いの結果でございますまい。左府の空言でございます」

「わかっておる。だがな、よく聞くがよい。道長が朕はもう死ぬと決めた以上、朕の命はここで尽きるのだ」

呼吸ができなくなるほど、彰子は狼狽《うろた》えた。自分の父が、己が伴侶を殺す――。この国の帝を害する。

「道長は」

と帝の言葉はまだ続く。

「人事不省となった朕を尻目に朝議を開き、昏睡状態の帝の代わりに譲位を決した。今朝、こうしてまた起き上がれるまでに快復した朕に、『譲位決定』の知らせを告げた」

ごくりと彰子は唾《つば》を呑みこむ。

「わかるか、そなたにこの無念が。朕は帝よ。それが、臣下に譲位を告げられたのだ。よいか、迫られたのではない。告げられたのだぞ。これほど馬鹿にされた帝がかつていたか。迫られ、逆らえず、やむなく譲位した帝はこれまでにも幾人もいよう。されど……」

帝は歯をぎりりと嚙みしめた。呼吸が段々荒くなっていく。胸をぎゅっと摑む。

「今、医師を……」

腰を浮かしかけた彰子を、帝が止める。

「もうかほどにゆっくりとそなたと話せる機会は来ぬやもしれぬ。朕も落ち着くから、そなたも落ち着くがよい」

荒い呼吸を鎮めるために、帝はしばらく肩で息をしていた。だいぶ落ち着いてから、帝は話を続ける。

「朕はそれでも敦康のことが諦めきれず、権中納言に、最後の相談をした」

藤原行成のことで、道長とも通じているこの男に、これまでも何度も帝は重大な分岐点に差し掛かる相談をしてきた。もちろん、道長と通じていることは知っている。だからこそ、行成に意見を聞くのが、話が早いのだ。すでに調整が済んでいるのと同じだからだ。これまで帝が表向き道長と良好にやってこられたのは、行成の存在が大きい。

「なんとか敦康を儲宮にできぬものかと。実はこれまでも何度も相談していたから、半ば答えは知ってはいたが、あやつめは色々理屈を述べ散らかし、今度も『否』と申しおった。並べ立てた『否』の理由の中には、よくぞそんな屁理屈を……と笑い出したくなるものもあった。されど、耳を傾けざるを得ぬ言葉もあった。敦康には後見人がいず、敦成には絶大な力を持った左府が付く。これがすべてなのだと歯に衣着せずに言い放ちおった。無理に敦康で押し切れば、内乱も起こりかねぬとな」

「なんということを……」

「親の情愛で、内乱は起こせぬ。なによりこの内乱の勝敗は決まっておる。これ以上は、敦康の命が危ない。朕は屈した。敦成が次期東宮だ」

彰子はその場に平伏した。

「申し訳ございませぬ……申し訳ございませぬ。わが父が……」

「謝る必要はない。そなたは朕の側の人間だと思うておる。ゆえにすべてを話した」

さきほどから彰子は泣いていたが、いっそう涙が溢《あふ》れ出た。

「そなたはこれより国母となる。望みさえすれば、我が母以上の権力を得ることができよう。されどそなたの性格では、そんなものはいらぬと突っぱねそうだが……望むがよい。誰かを助けたいと思ったとき、力がなければ救うことができぬ。朕のような思いを子らにさせたくなければ」

帝は彰子の手を掬《すく》い取り、しっかりとした力で握った。

「この朝廷をそなたが牛耳るのだ」

息が止まるほどの言葉であった。それでも彰子は、握り慣れた帝の手を「諾」と気持ちを込めてこちらからも握り直したのだ。

彰子が新たな決意を胸に宿した瞬間である。道長と闘い続けた帝の意志を、彰子は継いだのだ。

これから先は、彰子が道長と闘っていく。

これが、彰子が帝とじっくり話ができた最後になった。


彰子は退出したあとすぐさま道長を呼びつけた。

「左府」

まずは怒鳴り付けた。

道長は訝《いぶか》しげに彰子を見る。

「いかがなされた」

「なにゆえあのようなことをしたのだ」

いつにない彰子の怒りを隠さぬ姿に、道長は唖然《あぜん》となる。

「あのような……とは。いったい中宮は何を怒っていなさるのか」

「己が胸に手を当ててもわからぬと申すか」

「とんと」

「譲位のこと、立太子の件、何故何れ《いず》もこの中宮に何の相談もなしに動き、決した」

「相談……」

「主上の意識がないのであれば、中宮である私に、まずはなにかしらの言葉をかけるべきではないのか。なにゆえ我が直廬《ちょくろ》をこそこそと通り過ぎ、東宮の御座所へ参った」

「いや、それは……」

国政は中宮に相談せねばならぬものではない。だから、彰子が半ば無茶を言っている。道長はあまりの娘の豹変《ひょうへん》に驚いたのか、言葉を失ってまごついた。彰子は追い打ちをかける。

「そなた、中宮はないがしろにしてよい存在か」

「……いえ」

彰子はこれほど怒りを露わにした姿を父に見せたことがなかった。道長は、その思わぬ迫力に息を呑む。

「今後、国母となる私に対し、かような無礼があれば、身内といえども許さぬと心得よ」

言い放った彰子は、このとき初めて心から娘としてではなく、中宮として父の前に座し、言葉を発したのだ。

この一件のせいで、これより先、なにごとかのおりは、国母である彰子にいったんは話を通す、という慣例ができた。もうだれも、彰子を無視できなくなったのだ。彰子は一条帝の望み通り、権力への道へ一歩、足を進めた。

一方、一条帝はこのあと、六月二日、次期帝となる居貞親王と面談し、敦康親王を一品に叙し、くれぐれも生活が不自由せぬよう、本封以外に千戸の封戸《ふこ》と三宮に準じた年官・年爵《ねんしゃく》を給するよう約束を取り付けた。

最後まで一番の気がかりは定子の忘れ形見のことだったのだ。

六月十三日に譲位は成り、ここに新帝三条《さんじょう》帝の御代が始まった。東宮は彰子の産んだ二宮である敦成親王である。

一条院は、その後も悪くなったりよくなったりを繰り返し、六月十九日に死を前にして出家をした。この三日後、息を引き取ったのである。享年三十二、早すぎる死であった。

帝は辞世の句を、途切れ途切れに詠んだ。聞いた者がそれぞれに書き留めたが、声が掠れがちになって、はっきりとはわからない部分ができた。このため、何種類かの歌が後世まで残り、一条帝が本当に詠んだ歌がどうだったのかは、誰にもわからない。

「露の身の　草の宿りに　君をおきて　塵《ちり》を出でぬる　ことをこそ思へ」

と書き留めた道長は、我が愛娘の彰子のことを詠んだと思い、

「露の身の　風の宿りに　君をおきて　塵を出でぬる　事ぞ悲しき」

と書き留めた行成は、皇后定子を歌ったものだと日記に記した。

彰子は、これは定子の子らへ詠んだ父の心ではないかと解釈した。一条院はずっと定子は空へ上らずに、露となってこの世に留まり、子らを傍で見守っていたのだと信じていたのではないだろうか。だから、どれほど道長に打ちのめされても、また立ち上がり足掻くことができたのではないのか。

（院はずっと、お隠れになった皇后さまと共に歩み続けてこられたのだ）

そして、自分は、そんな院のほんの少し後ろをついて歩いた。これからは、二人を追い越し、まだ道なき道をひとりで歩いていくのだ。

七月八日、一条院は荼毘《だび》に付された。

煙が空に上ってから道長が、とんでもないことを口にした。遺言で一条院は、自分の体は火葬にせずに定子と同じ土葬にしてほしいと頼んでいたのだと言う。

「ああ、すっかり気が動転して、失念していたわい」

さらりと道長は告白し、最後まで院を愚弄した。

帝は露となった定子と再会し、脩子内親王と敦康親王を見守り続けたかったのだろう。だが、それを道長が許さないことも知っていた。あの辞世の句は、そういう歌だ。

帝になれなかった敦康親王は、中関白家の血を引いているのにふさわしく、風雅の道に生きた。道長の息子、頼通とは生涯友情を壊すことなく育み、二十歳のときに病で亡くなった。敦康親王が即位できなかったことを恨む逸話は何一つ後の世に伝わっていない。もしかしたら、残りの七年は、即位するより幸せな人生だったかもしれない。

彰子の子、二宮敦成は第六十八代後一条天皇となり、三宮敦良は第六十九代後朱雀天皇となった。

孫の親仁《ちかひと》も第七十代後冷泉《れいぜい》天皇となり、三条帝の後は彰子の血筋の帝が、三代も続くのだ。

それらすべてを見送り、承保《じょうほう》元（一〇七四）年十月三日、彰子は崩御した。

二人の帝の国母として、男たちの欲望が国を乱さぬよう監視しつづけた人生だった。愛に生きた定子に対し、彰子は国と平和のために生き、馬鹿正直でまっとうな人間が割を食わぬ世にするために、権力を掌握《しょうあく》した。

「男たちに権力を預けると血が流れましょうほどに、しばらくの間、私が預かっておきましょう」

あるときそう紫式部に語ったということだ。享年八十七であった。

本作は書下しです。

秋山 香乃（あきやま・かの）

1968年福岡県北九州市生まれ。活水女子短大卒業。2002年『歳三 往きてまた』でデビュー。2018年『龍が哭く 河井継之助』で第6回野村胡堂文学賞受賞。主な著作に『総司 炎の如く』『伊庭八郎 凍土に奔る』『天狗照る 将軍を超えた男―相場師・本間宗久』『獺祭り 白狐騒動始末記』『氏真、寂たり』等がある。

無《む》間《げん》繚《りょう》乱《らん》

2024年1月31日 初刷

著者 秋《あき》山《やま》香《か》乃《の》

発行者 小宮英行

発行所 株式会社徳間書店

〒141-8202 東京都品川区上大崎3-1-1
目黒セントラルスクエア

電話 03-5403-4349（編集）
049-293-5521（販売）

振替 00140-0-44392

本文印刷所 本郷印刷株式会社

カバー印刷所 真生印刷株式会社

製本所 東京美術紙工協業組合

ISBN978-4-19-865763-5